墨林

叶康宁／主编

（第一辑）

广西科学技术出版社
·南宁·

图书在版编目（CIP）数据

墨林. 第一辑 / 叶康宁主编. —南宁：广西科学技术出版社，2024.4

ISBN 978-7-5551-2127-5

Ⅰ. ①墨… Ⅱ. ①叶… Ⅲ. ①文艺—作品综合集—中国 Ⅳ. ①I211

中国国家版本馆CIP数据核字（2024）第032258号

墨林（第一辑） MOLIN（DIYI JI）

叶康宁 主编

策　　划：卢培钊
责任编辑：阁世景
责任校对：冯　靖
营销编辑：刘珈沂
责任印制：韦文印
装帧设计：韦娇林

出 版 人：梁　志
出版发行：广西科学技术出版社
社　　址：广西南宁市东葛路66号
邮政编码：530023
网　　址：http://www.gxkjs.com
电　　话：0771-5827326

经　　销：全国各地新华书店
印　　刷：广西广大印务有限责任公司

开　　本：787 mm × 1092 mm
字　　数：383 千字
印　　张：19
版　　次：2024 年 4 月第 1 版
印　　次：2024 年 4 月第 1 次印刷
书　　号：ISBN 978-7-5551-2127-5
定　　价：198.00 元

卷首语

傅斯年曾说："史学就是史料学。"周传儒也说过："近代治学，注重材料与方法，而前者较后者尤为重要。徒有方法，无材料以供凭借，似令巧妇为无米之炊也。果有完备与珍贵之材料，纵其方法较劣，结果仍忠实可据。且材料之搜集、鉴别、选择、整理，即方法之一部，兼为其重要之一部，故材料可以离方法而独立，此其所以可贵焉。"材料是历史研究的出发点，这一点毋庸置疑。

王小盾老师曾说人文学科的学术能力就是找得到材料、读得懂材料、能解读材料。找到材料是治学的第一步。而材料常常被某些机构和个人当成枕中秘宝，不愿意让更多的人看到。每一个学人都有过寻找材料的艰辛经历，上穷碧落下黄泉，"动手动脚"找材料的过程中难免要吃闭门羹。

创办《墨林》的初衷，是为艺术史学人提供一个分享新材料的平台，让新材料成为学术工具，丰富艺术史的资料库，拓宽艺术史学人的视野。

《墨林》（第一辑）分为上下两编。

上编是陈海燕整理的《程啸天师友往来书札诗文录》。程啸天是已故安徽画坛名家，先后师从张伯英和黄宾虹，与艺坛文苑的许多知名耆宿，如许承尧、丰子恺、林散之、曹靖陶、过旭初、滕白也、马国权、汪世清等都有交往。这些人物，对艺术史略有所知的读者一定都不陌生，他们曾在历史的星空中熠熠生辉，他们的流风余韵，有如艺林散叶，散落在这些书札诗文中，等待有心人去拾掇。

下编包括四部分。第一部分是陈未知整理的《匋斋藏碑跋尾》（张祖翼部分）。这是清末民初卓有影响的金石学家张祖翼为端方藏碑所作的题跋，稿抄本现藏于上海图书馆，从未公开出版过。第二部分是张武装撰写的《陈鸿寿集外诗辑考》，陈鸿寿是西泠八家之一，他的诗集仅见《种榆仙馆诗钞》两卷，该文纠误前人补遗的同时，又续辑曼生诗多首。第三部分是叶公平的书评《读〈容庚北平日记〉札记》，作者讨论了《容庚北平日记》的史料价值，并指出了整理本的疏漏之处。第四部分是新发现的《黄宾虹赠吴载和印谱》，其中有黄宾虹写给吴载和的短札，为黄氏集外佚文。另有黄氏手书玺印释文多处，是研究黄宾虹的重要史料。

先哲謦欬，前贤鸿爪，汇聚于此，虽零珠碎玉，却金声玉振。

目录

上编

程啸天师友往来书札诗文录（陈海燕） / 002

张伯英 / 003
黄宾虹 / 007
丰子恺 / 018
林散之 / 027
王伯敏 / 031
俞涤烦 / 038
巴坤杰 / 040
白冠西 / 042
鲍月景 / 044
鲍弘德 / 047
鲍　杰 / 048
曹靖陶 / 053
曹一尘 / 063
曹　度 / 065
陈君实 / 066
吴墨兰 / 067
程永青 / 069
程亚君 / 072
程次衡 / 073
程丽君 / 075
方苑栖 / 076
丰一吟 / 078
葛介屏 / 079
过旭初 / 080
侯北人 / 085
胡凤子 / 087
胡留青 / 089
黄警吾 / 090
洪润时 / 102
蒋孝遊 / 103
江立华 / 105
蒋清华 / 107
蒋文敏 / 108
金尧如 / 109
黎存在 / 110
林君芷 / 112
凌凯文 / 113
柳非杞 / 115
柳文田 / 118
马国权 / 120

潘絜兹 / 121
钱重六 / 122
滕白也 / 123
邵灶友 / 124
宋亦英 / 125
石谷风 / 126
谭南周 / 128
汤天真 / 129
陶　广 / 131
王达五 / 132
王石岑 / 133
王石城 / 136
王显文 / 140
王自夔 / 141
汪世清 / 142
汪孝文 / 149
汪光裕 / 160
汪印川 / 161
吴进贤 / 162
吴皖生 / 163
武旭峰 / 164
夏仲清 / 165
向　镛 / 166
萧龙士 / 167
徐永端 / 168
新安书画社 / 169
颜国钧 / 170
袁廉民 / 171
叶雨蕉 / 172
叶少珊 / 174
郑逸梅 / 175
周汝昌 / 177
张炳森 / 178
郑伯荣 / 180
郑初民 / 181
周　吾 / 187
张恺帆 / 188
庄月明 / 189
张启立 / 191
朱念孝 / 192
程自信（宝光、葆光） / 195
陈海燕 / 209

下　编

匋斋藏碑跋尾（张祖翼部分）（陈未知） / 216
第一册 / 217
第二册 / 225
第三册 / 233
第四册 / 242
第五册 / 248
第六册 / 251
陈鸿寿集外诗辑考（张武装） / 257
读《容庚北平日记》札记（叶公平） / 278
黄宾虹赠吴载和印谱 / 285

上编

程啸天师友往来书札诗文录

陈海燕 / 整理

程啸天（1911—1984），安徽省黄山市徽州区岩寺镇虹梁村[①]人。又名程岳、程仲芳，号山人、黄山樵者、新安老人、虹梁居士，斋名四知堂、清心轩、虹梁草堂、陶苑等。早年从吴柳堂、张伯英习诗文书画。青年时期随侍张师伯英近十年，随师出游硖石、枫泾、松江、沪西与杭州、宁波等地，沿途写生并得各地著名藏家之邀约，观览临摹所藏历代名画。1933 年 12 月 14 日，《申报》以《现代名人书画·古歙程啸天先生作品》为题，刊登其画作《拟梅道人笔意》。20 世纪 40 年代，由徽州名士许承尧等人函介，又拜黄宾虹先生为师。黄宾虹师悉心传授画理、画法，先后为其评改画作四十余幅，赞其山水画、书法均臻佳妙，并赋《赠程啸天诗》一首："新安山水讥甜赖，我独于君有契然。独客支笻岩壑上，中原何处问归田？"对程啸天继承和弘扬新安画派优秀传统的画艺、画风褒赏有加。1948 年起，程啸天多次在皖南举办个人画展，其代表作品《秋江耀金》《黄岳高秋》《迎客松》《桂林象鼻山》《新安江上渔舟》等先后为国内外报刊所刊载或博物馆、纪念馆所收藏。

后期居乡期间，程啸天曾三登白岳，十余次上黄山，无数次行走于新安江两岸，注意观察山水景物四季与朝夕之变化，写生作画不辍，画作日臻浑厚华滋之境，为丰子恺、林散之、王伯敏、侯北人等师友所称赏。晚年设"啸天画室"于黄山景区，与中外人士进行文化交流，为弘扬中华传统文化、推动黄山旅游事业发展做出了积极贡献。曾任新安画派研究会副会长、新安书画社副理事长、安徽省文史研究馆馆员。

2010 年 9 月，在多位安徽省政协委员提案的倡议下，黄山市举办了"程啸天百年诞辰纪念大会"与"程啸天画展"。2015 年 10 月，上海人民美术出版社出版《新安画派传人：程啸天山水作品集》。同年，安徽省与黄山市分别在合肥、黄山两地举办了"程啸天绘画艺术研讨会"和"程啸天画展"，以纪念这位卓有成就的艺术家。

程啸天师友（附亲属）往来诗文、书札，由于种种原因散失毁损颇多，我们仅就目前所见，做了如下的汇集录存。限于水平，书稿中的文字辨识及注释，讹误或多，敬请方家与读者予以批评、指正。

① 编者注：岩寺镇虹梁村，原属歙县。

张伯英[※]

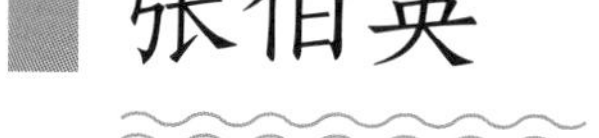

砚铭

张伯英赠程啸天砚铭

友必端、石交坚、心澹如水，足以永年。　　啸天属铭，乙亥秋，伯英。

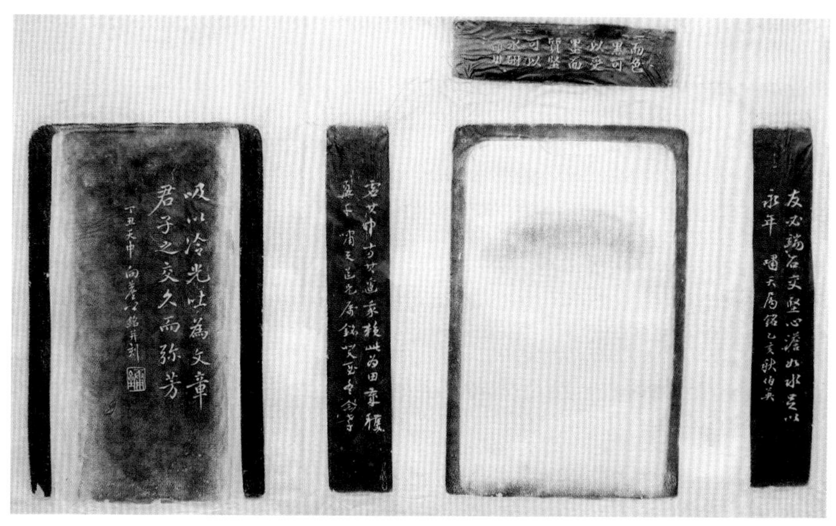

程啸天用砚砚拓，张伯英、朱念孝、向镛、汪印川铭

文稿

宋拓索靖《月仪》贴题跋（程啸天旧藏）

□[①]章草者不外钟、索，然《月仪》一篇，宋米南宫尚不得见。而此天下孤本幸保存于项子京、钱簳石识者之手，得于今日影印传世，供吾侪研究资料，是知今人眼福，百倍于古人也。乙丑麦秋寓青莎购此，计值泉四百，张俊记。

※　张俊（1881—1943），字伯英，号沧海外史，浙江石门（今桐乡市）人。擅长六法，其所作山水，浑古神逸，深入宋、元堂奥。清末漫游日本，该国艺术家、赏鉴家多推重之。1912年，创中华南画会于东京，我国画家赴日与会者，有叶伯常、施廷辅、潘琅圃等十余人。邮寄作品赞助者，有吴昌硕、陆廉夫、黄山寿、胡郯卿、高邕之、范守白、李剑泉等数十家。曾开南画展览会于东京上野公园，宣扬我国传统文化。1921年返国，继续从事书画创作。1936年在上海等地举办画展，颇获赞誉。1943年病逝于湖南安化县，终年六十二岁。

①　编者注：□，首字残缺。

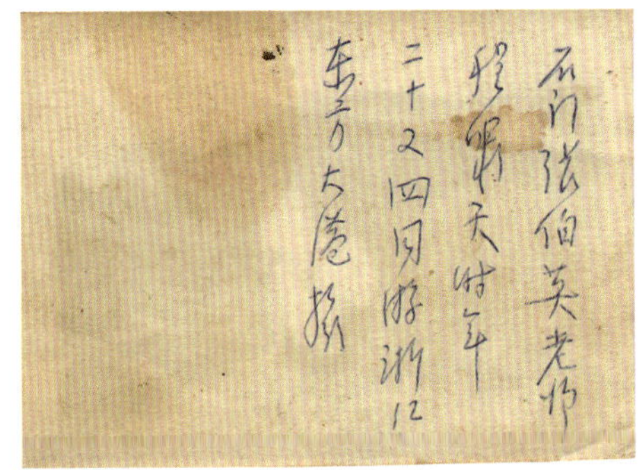

张伯英（左）与程啸天合影

附：程啸天诗文稿

怀念先师张伯英先生

程啸天

名满台鲜并九州，国仇一愤不勾留。

十年亲炙倪黄笔，过隙流光已白头。

壬戌除夕，虹梁老人于浙江先师故居得师妹炳森检赠遗绘后作此，时年七十又二，啸天。

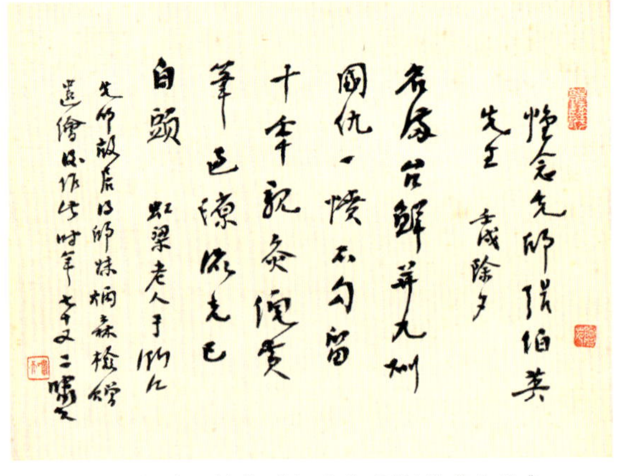

怀念先师张伯英先生 壬戌除夕 名满台鲜并九州 国仇一愤不勾留 十年亲炙倪黄笔 已隙流光已白头 虹梁老人于浙江先师故居得师妹炳森检赠遗绘作此时年七十又二啸天

程啸天诗作《怀念先师张伯英先生》

张伯英山水册页程啸天题跋（纸本）

此纸质四页，除一页赠与胡公凤子外，余三页笔墨静逸，为予执弟子礼后所作，堪为法则，为师妹[①]所赠。壬戌春又贻先师石章多枚，啸天又记。

① 编者注：师妹，指张伯英之女张炳生（一作张炳森）。

程啸天题张伯英山水册页

张伯英摹古山水册程啸天题跋（绢本，程啸天补题于残缺处）

一

此四小残缺绢页山水，笔墨精劲、神韵清越，为先师伯英先生生前精作，不轻示人。壬戌春，予再度抵浙，凭吊其故宅，炳妹于劫灰中检[①]得赠予。不觉感喟，宝物岂真有神护，不使湮灭，待人而藏耶？法乳遗灯，默然缅溯。予珍之，师或能自慰矣。

二

吾师张伯英先生，浙江石门人，前清举人，曾留学日本早稻田，肄业。以学违志，乃出其画艺，长东京中日南画会，宣扬祖国文化艺术。当年被汲引者有吴昌硕、陆廉夫、王一亭、潘朗布[②]等。以“五九”国耻绝笔日本归国，栖身衡泌，以画自怡，间受邀各藏家鉴定。抗战中，避地湖南安化县，以疾卒，年六十又八。

三

吾师张伯英先生，精于仿古。前曾以前人文赋作丈长条幅赠与日本德川幕府组阁时代，名噪一时。此摹南宋刘松年笔意，予获此不啻珍物。

四

浑古清灵墨法精，薪灯海外少传人。

江山依旧春喜焕，并与新安日日新。

壬戌冬月，弟子程啸天记于虹梁，年七十又三矣。

① 编者注：“检”，旧同“捡”。

② 编者注：潘朗布，即潘琅圃。

程啸天文稿

一

丙寅，崇德县属星石桥赤砂浜张伯英先生精于绘事，曾主画会于日本上野公园，并漫游彼邦各地及鲜、台等埠，为日本、中国画界所重，推为前辈，“五九”国耻，藉病谢绝返国，居家养疴，至此渐复。师兄先执贽求教，予心慕之，力未许也。（《程啸天自撰年表》）

二

庚午，时家中益困，兄在常州经商。母与祖（母）对家务操劳益苦，父嗜好如故，然亦穷愁困憋矣。予有志画学，视兹环境，殊为苦闷。妻掬首饰私蓄以成我从师之愿，大为感动，乃摒挡以行，谒张伯英先生执弟子礼，得偿初志。从此朝夕研磨，随师观览，师兄仲宣、仲清与焉。（《程啸天自撰年表》）

三

甲戌，时游平湖，纵观葛氏传朴堂历代书画，凡自北宋刘松年等以迄明清诸画，都由吾师指点观览或临摹，以此予画益加深造，当时有出蓝之誉。识陆子宗延，常与联吟，以破旅愁。是年春病疫几殆，吾师延陈医师一药而愈，为之心感。（《程啸天自撰年表》）

关于画法

张伯英老师的笔法和黄宾虹老师一样，向重倪（云林）、黄（公望），兼致力沈（周）、董（其昌）。二师旨归不同，张师后来集力取法王烟客（时敏），故笔墨技法清润；黄师则专致力倪、黄、沈，上溯董（源）、巨（然），略参以披麻等法。晚年周游山川，道法自然，观察所得充实了笔墨，浓重处有“干裂秋风、润含春雨”之感，较新安四大家为苍润，以“浑厚华滋”四字真言，为学新安山水者立法。我师从张、黄，浸淫古画数十年，由宾师[①]“浑厚华滋”之真谛而悟画法，画至浓重处，深感笔苍墨润、骨法兼力最难最难，非率尔而能达也。（程啸天手稿）

① 编者注：宾师，指黄宾虹先生。

黄宾虹※

书札

黄宾虹致程啸天书札

一

啸天先生有道：

昨由鲍生交到手书，知前有大作山水画一帧，因杭友传观，赞美不已，什袭保存于西湖美术馆。馆中古今佳作名画，或影印，或记载，以备社友参考。近因世界美术观念倾向东方，于中国常州、嘉兴、新安明画者高出吴越之上。以画法用笔线条之美，纯从金石书画（画，指言铜器、碑碣造象）而来，刚柔得中，笔法起承转合在乎有劲。清代软弱，不善学，恽南田、华新罗之过也。大作附缴美术馆章。又者：朝臣、院体、市井、江湖便是恶习，今欧美要纯粹中国画，如参日本、西洋，皆所不取。

即候文绥。

宾虹拜上

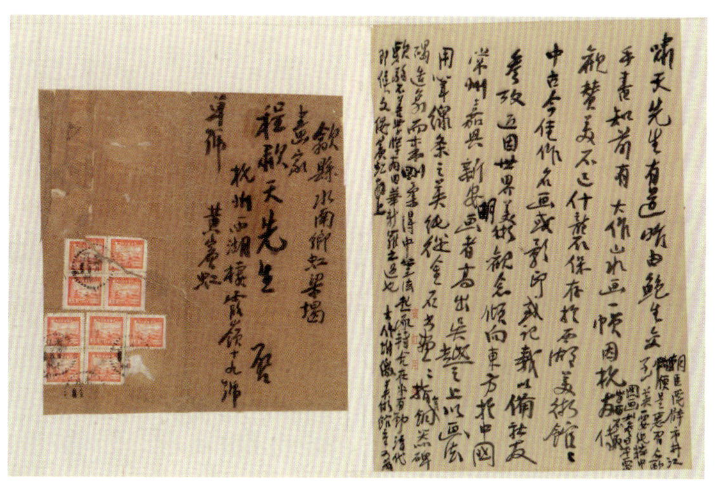

黄宾虹致程啸天书札暨信封

※ 黄宾虹（1865—1955），近现代杰出的国画大师、学者。安徽歙县潭渡村人，出生于浙江金华。初名懋质，后改名质，字朴存，号宾虹，别署予向、虹叟、黄山山中人等。除绘画之外，还从事绘画史论、篆刻的研究和教学。擅画山水，倡导精研传统与坚持写生并重。早年受"新安画派"影响，以干笔淡墨、疏淡清逸为特色，为"白宾虹"；八十岁后以黑密厚重、黑里透亮为特色，为"黑宾虹"。其画风浑厚华滋，意境深邃。曾任国立杭州艺术专科学校教授、中国美术家协会常务理事等职。著有《黄山画家源流考》《古画微》《虹庐画谈》《画法要旨》《宾虹诗草》等。

二

啸天先生道席：

叠诵惠缄，并大作山水画，天资学力均臻佳妙，敬佩敬佩。时适有华东、华北诸同志来杭筹备艺术研究，观者均赞不已。方今人民政府提高民族文化，南北绘画展览开始。江南山水，天然图画，黄山白岳，尤为雄奇峭异。唐宋以来，文人学士以其余事蜚声艺苑，史乘昭著。近三十年寰球学者悉心研究，悦服至诚。所惜历朝名迹，散佚既多，书籍记载，评论或异，鄙人因友好征求意见，不揣谫陋，写拙作《画学篇》一首，呈诸博雅。篇分章段，大略注释，未及脱稿。贱目以患内障，昏暗不明，不得已入杭省医院割治，困卧床蓐三个多月。今虽看山读画渐近平常，然变近视为老花。医生云：今春养未充，不能配眼镜。写字作画，尚属涂鸦。各处至友，多未答复，甚抱歉也。大作山水画，稍迟当题奉赵也。

虹叟顿首

现今南北文联同志诸人，精心研究绘画理论，每人均有著述刊行。拙作画学肊（同“臆”）见：一上古三代，汉魏六朝，画先有法而不言法，参书法中以见内美。故老子曰：圣人法天。天不言而四时行，圣人作而万物睹。上古燧人氏钻木取火，仰观俯察，近取诸身，指上螺纹，即画起点，积点成线，有线条美。弱点是无笔，焦点是无墨。笔有刚柔，墨有阴阳，三五错综，无繁不简。宋元画始言法，而变化无穷。取法古人，以师造化可耳。

附：《画学篇》（黄宾虹寄赠程啸天单页宣纸钤印本）

文明钻燧稽皇初，丹成纯青火候炉。女娲补天石五色，平章作绘开唐虞。
凤凰来仪奏韶舞，龙马应瑞呈河图。夏璜殷契周金古，国族标帜通鱼凫。
春秋封建始破坏，民学洙泗删诗书。优游暇豫攻六艺，绘画附属书数余。
图经刻划类匠作，士习重画旋分途。顾陆张展务内美，不齐之齐三角弧。
李唐君学书有奴，丹青炫耀阎李吴。魏征妩媚工应制，王侯妃嫔宫庭娱。
郑虔王维作水墨，合诗书画三绝俱。兼取众长洪谷子，嵩华山中居结庐。
补缀人物倩吴翼，关仝出蓝非过誉。范宽林峦壅砂碛，平汀浅渚层层铺。
董巨二米一家法，浑厚华滋唐不如。房山沤波得神妙，传柯丹邱方方壶。
元季四家称杰出，黄吴倪王皆正趋。梅花庵主渍墨濡，黄鹤山樵隶体臞。
墨中见笔笔含墨，大痴不痴倪不迂。明初作者繁有徒，避弃轩冕甘泥涂。
唐仇继起罕真迹，沈惟求细文求粗。自董玄宰宗北苑，青藤毫端露垂珠。
启祯多士登璠玙，群才济济均俊厨。邹衣白笔折钗股，恽道生墨滋藤肤。
泾阳莱东足文史，黄山绣水兼藏储。笪江上号郁冈斋，朱竹垞为静志居。
画筌书筏会真赏，殚见洽闻德不孤。朝臣院体宝石渠，渐由市井流江湖。
马远夏珪只边角，吴伟技参禅野狐。娄东海虞入柔靡，扬州八怪多粗疏。

邪甜恶俗昭炯戒，轻薄促弱宜芟除。道咸世险无康衢，内忧外患民嗟吁。
画学复兴思救国，特健药可百病苏。艺舟双楫包慎伯，扐叔赵氏石查胡。
金石书法汇绘事，四方响应登高呼。夏玉出土今良渚，斑斓色采实若虚。
古文奇字证岣嵝，舜禹揖让无征诛。会稽和协集万国，平成水陆通舟车。
天然图画大理石，神工诡秘滇南无。文治光华旦复旦，月中走兔日飞乌。
变易人间阅桑海，不变民族性特殊。箕裘弓冶缅矩矱，行之简易毋踌躇。
来轸方遒拥先导，负弩我愿随驰驱。群策群力加勤劭，功夺造化味道腴。
永寿万年当不渝。

癸巳九十叟黄宾虹未是草。钤印：会心处、冰上鸿飞馆、黄宾虹、黄山山中人。

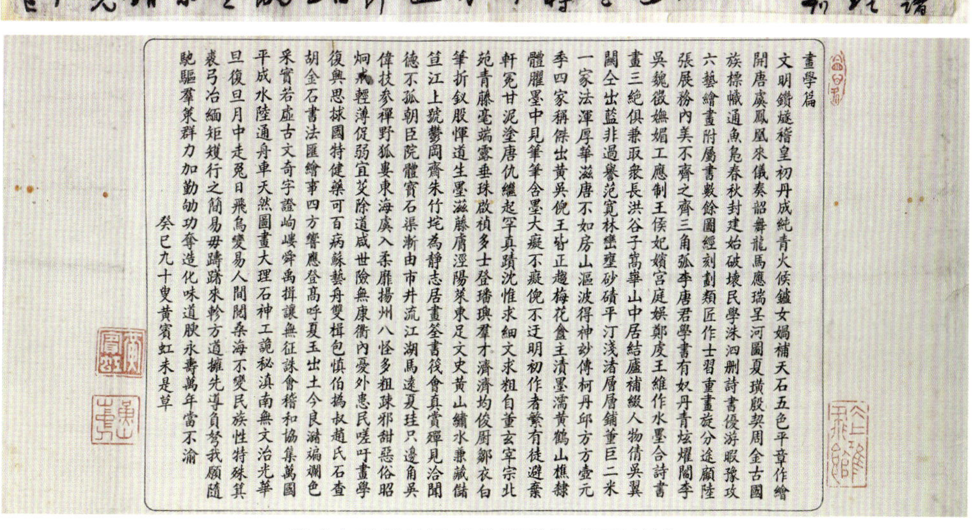

黄宾虹致程啸天书札暨赠件《画学篇》

三

啸天学兄先生有道：

兹诵手书并大作画，清才毅力，骎骎于大方家数，诚钦诚佩。黄山白岳，钟灵毓秀，可预卜也。中华名画，自董玄宰来歙之丰南，当时新安收藏宋元真迹甲于吴越，因之提倡董、巨、二米。天启、崇祯间，虽世变乱中，而英材豪杰之士莫不崇向书画文艺，超逸前古，如毗陵之邹衣白、恽道生，秀水之项德新、孔彰，实与新安四大家堪鼎足。而新安画者曾筑待邹亭欢迎衣白。龚半千谓衣白学大痴可谓入室，恽道生已升堂。王渔洋谓新安画家宗尚倪、黄，以渐江开其先路。其实渐江师真迹极少，多出姚宋、祝昌诸人所摹仿；王孟津至以轻薄促弱奄奄无生气诋之，非过论也。渐师于衣白甚契合，所作书画皆笔酣墨饱，正六法中所称骨法兼力者也。娄东、虞山，力有不逮，不脱临摹面貌，故近今欧美学者目为甜赖。雪个、清湘，赝迹亦多。恽南田自谓虚空粉碎，华新罗求脱太早，吴门、浙派之恶俗，云间、金陵亦非上乘。今欧画力求急进，究心明季诸老，崇拜新安画家，将改革其旧习以翻新，能深研用笔自然之真理。不出数年，可无中西画之畛域，有断然者。拙笔上窥北宋范华原、李营丘，惟陋劣自笑，暇当寄答雅意也。

宾虹拜上　五月十九日

四

啸天先生台鉴：

承睬（视）大作，甚佳。鄙见因前清画学式微，娄东、虞山巧而不拙，轻薄，失古人浑厚华滋之意。明季士夫俱从北宋，极力挽回枯硬薄弱诸弊，钩勒尤见笔力遒劲，可以为法。拙题博笑，如何？

复候台绥。

宾虹拜上

题画

一

骨法兼力则有气，气力刚强兼能含蓄有余则有韵。气韵生动，浑厚华滋，师法董巨，是为正宗。啸天道兄此作颇近似之。八十五叟宾虹题。

二

明画枯硬，至邹衣白、恽本初起于毗陵，而新安李檀园、李周生，皆能浑厚华滋，不蹈轻薄促弱，上追董、巨正轨。程君啸天加意骨法兼力，此帧尤为杰构。己丑八十六叟宾虹题。

赠诗

赠程啸天

黄宾虹

新安山水讯甜赖，我独于君有契然。
独客支筇岩壑上，中原何处问归田？

附：许承尧致黄宾虹书札（举荐程啸天拜师）

手上宾虹吾兄：

乡人程仲芳[①]，有志画学，前从枫泾钱伯英[②]游，仰慕高名，愿隶门下，托渭占、墨西与弟言为之作介，束修由其自陈。愿进而教之为幸。余别启。

弟承尧顿首

许承尧致黄宾虹举荐信

附：黄宾虹致黄骈南书札（托转交题画件给程啸天）

骈南宗台大鉴：

展诵手书并睬（视）程仲芳君山水画大小三纸、许疑老[③]遗墨书札一通，雅意拳拳，至为纫佩。沪江一晤，转瞬十年有余。喆人君，上季得其来函，因敝寓

① 编者注：程仲芳，即程啸天。

② 编者注：钱伯英，为张伯英之误。

③ 编者注：许疑老，指许承尧。

右邻有甲卅五号，悮（误）收者亦为黄姓，素未识面，近始聆悉为邮差疏忽，至今未能答复为歉。里中祠宇规模宏大，岁修无常川的款，诚难为继，有贤裔如钧瑞君辈起而整理，诚属可嘉。树滋君抵沪，曾已通讯，诸务谅冗。汉口有金蜜公君，杨家河有一大有庆酒厂即其寓处，能诗文，篆刻书画均有可观，尊处曾晤面否？前数月曾来旧都过访，至今尚通音问，亦青年中之卓立者。汪孝文君其乃祖若父均熟人，近至上海，颇注意乡邦文献。歙中尚有人材，惜未能尽知之。惟鲍君白、葛又华二君能画，常通函。新安大好山水，自明中叶商业发达，文化增高，溪南莘墟吴用卿诸老，即与江浙名硕交游。以书画论，即西南二水流域，如丰乐溪、渐水两岸，居水木清华之地，英奇磊落之士有志乘不克详载者，前拙著中获数十人，足以冠江浙二省而有余。惜洪杨之乱，书籍谱牒往往不存，后人无考，大为可痛。金石书画，初流入湘赣诸省，近二十年来多往国外，而欧美学者进步甚速，将由物质文明进于精神文明，举中国不经见之文物皆可明晰，而吾国人瞠乎其后，以与竞争，不亦难乎？仲芳程君得名师指授，画法固已不凡，倘加多见古迹，多游名山大川，正未可量，愿作良朋多通函，切盼。先附拙题一纸奉还，乞转。

此复，台绥。

宾虹拜上

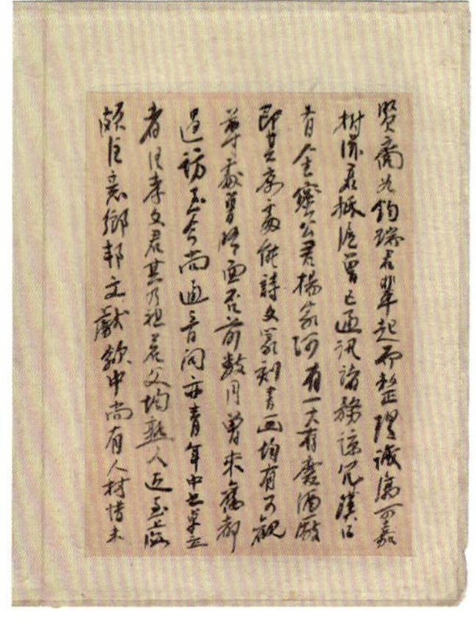

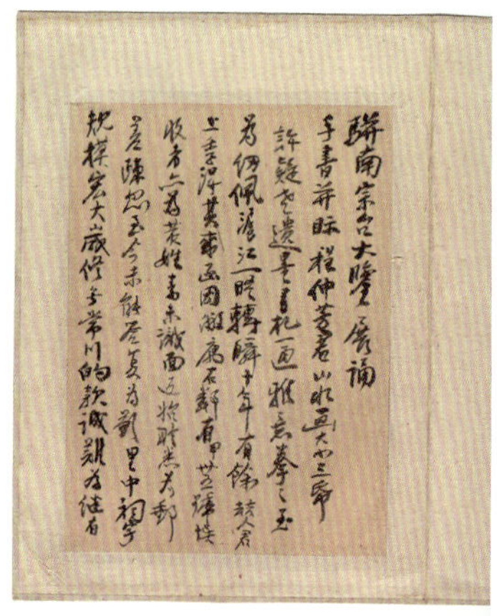

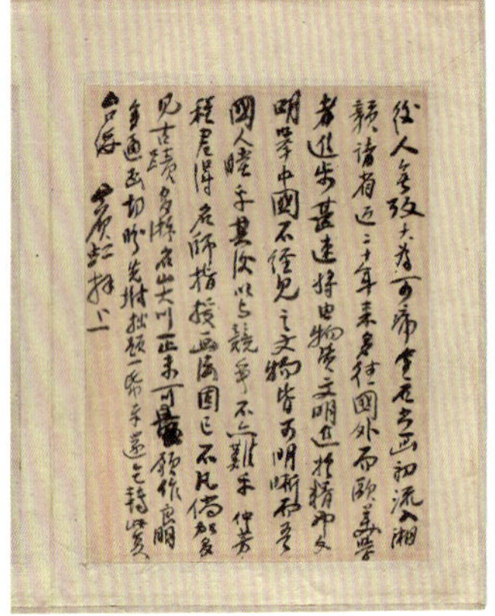

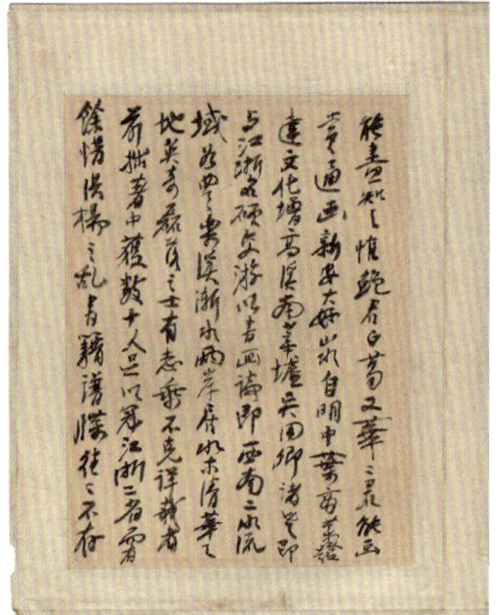

黄宾虹致黄骈南书札

附：程啸天诗文稿

程啸天致黄宾虹书札

一

宾公夫子大人尊鉴：

新正病腿，曾呈一禀，谅登几席。近因碌碌，问候多殊，抱愧实深。忠堂方亲美英返里，谈及我公精神矍铄、啸傲西林，似神仙中人，为可羡也。仍祈保摄，以冀后谒崇阶，畅叙积怀。暇恳惠赐加题旧画一帧，以资记念。

肃叩金安。

生程啸天拜上

每因碌碌，笔墨遂荒，为唤奈何。

二

朴老夫子尊鉴：

在里奉赐书并阐明新安派源流及今后艺途趋向，使晚如获明灯，有所抉择矣。旋即呈复，略请指示数点，由航寄平，未悉已转达座右否？兹晚行道柯城，于八月杪抵此，寓于水亭街大昌布庄内进，略有小件，惟风气闭塞，橐笔生涯恐不易发展。如时局转佳，或游云间，亦未可知。奉上小幅一帧，拜恳指示迷途，俾得随时改进，未来成就皆先达之所赐也。转杭时当专谒崇阶，藉抒景慕。

肃叩金安。

晚生程啸天顿首　重阳日

三

朴老夫子尊鉴：

奉谕暨蒙宠题拙作，晚生知所适从矣。烽烟遍野，资斧不继，不得不蹇归故里，致问道之缘于焉顿失，感喟何极。明岁时局粗平，决当追随杖履，以抒积仰，附呈覆瓿诗数首，藉供莞尔。学植虽荒，亦足见稽古有心耳。

肃叩炉安。

晚生程啸天拜上

衢杭道中有作兼简仁庵

征途犹喜得奝容，一望平芜万树松。浙东人喜植松林。怪石危岩惊睡眼，新诗细律见词宗。间阅仁庵所赠诗卷。

田畴来日仍全绿，枫桕归时已半彤。菽水未安难雾隐，论文明岁或相从。

游鹿鸣山鹿鸣山面临衢江

三衢风物称朴古，我获来游手足舞。鹿鸣山上幽者居，临风啸望秋江浦。大块蒙尘天地昏，到此如登广寒府。良医詹相信通神，山麓有詹相公庙，生前良医也。明德真修拓乐土。比丘尼明德坐化于此。清泉古墓杂悲欣，清泉凛冽，戾止游踪。赏者开怀吊无语。楮烟凝碧幼妇词，一代风流广陵女。明末瞿明府携姬人广陵赵氏莅任于此，赵氏才艺超绝，惜不永年，年十八而殁，明府为立碑，卜葬山麓。昊天不仁妒异才，知音亦有瞿明府。邘江遗秀此消沉，千载悠悠感逆旅。新云范子有宿缘，一饭殷勤东道主。他时倘可拾堕欢，何妨共访柯山斧。[illegible]

与师兄楼□□别十五年矣，世事纷纭，烽烟遍野，匆匆一面，遽赋骊歌，临歧感叹，但增吟咏。

天涯惊初见，隐约旧风仪。堂上仍前健，成行列孙儿。班荆拾堕欢，相望毛二丝。衔日催飞鸟，难驻蒲柳姿。斗酒热衷肠，情味胜昔时。近状问殷勤，关怀共一师。世事感纷纭，往复任奔驰。临歧忽匆匆，河梁欲语迟。

四

朴老夫子尊鉴：

前函暨拙作谅呈几右，如获清暇，拜恳赐示一二，以开茅塞。三衢之行殊以不能以文会友为怅。过杭时当专谒丈席，以抒积诚。

肃叩金安。

晚生程啸天拜上　十月廿七

五

宾虹老夫子尊鉴：

前叠呈禀候，谅达几右，春来遥想道履冲和，金神胜昔，以颂为慰。生马齿徒增，毫无寸长以慰尊注，甚为抱愧。惟家母清健，儿女学业顺意，堪释远怀。此间去年秋收较丰，一般生计日见改善，为可喜也。余容续禀。

顺祝崇安。

生程啸天拜上　正月初五

宾虹夫子赠照

程啸天

一代风流尽，人间哭老成。艺林存典则，天阙重斯文。

遗憾思邱首，伤心吊玉容。双桥慰饥渴，赠照直[①]千金。

宾虹夫子遗容，弟子程啸天题于思过轩，（19）57.1.30 除夕。

① 编者注：“直”同“值”。

哭宾虹夫子

程啸天

门墙遥荫溯京门，寒暑论心十数春。
古道照人增向往，先生妙笔重当今。
画从骨法融元韵，更从华滋示谛真。
一曲广陵今绝响，皖江空忆典型人。

《新安乡景图》题识

程啸天

屡上黄山步崔嵬，仙岑奇境妙化裁。
烟云荡荡熨双眼，浑厚华兹此处来。

宾师集新安画技大成，得浑厚华滋真谛，实屡游黄山白岳有以启之。兹写《新安乡景》，呈虹庐留念。

《栖霞永念图》题识

程啸天

栖霞永念图。一九五三年宾师招诣西泠，因事不果。五五年师遽归道山，不及诀别。六六年春瞻仰栖霞纪念馆并谒见宋夫人，今十周年矣。夫人已殁，为敬绘永念图。弟子歙县虹梁程啸天于丙辰冬月。丁巳秋仲题，年六十又七。

学习新安画派笔墨运用情况

——浅谈黄宾虹先生画技及其运墨法

程啸天

新安画派以渐江等开其先路，他们以师法自然创造了特有风格，与当时仕宦派分庭抗礼，各树一帜，得到了人民特别的欣赏和喜爱，这是传统画的可喜进展。

清季仕宦派以董香光为首，在画法上标榜以幽淡为宗，崇尚摹仿，他们可以足不出户，在本本上陈陈相因地讨生活。他们在画谱上记熟了丘壑、树木、溪流，东搬西移，既无烟云变幻，又缺真山气息。所以黄宾虹先生说：“四王之山全白，缺乏自然墨味！”

新安画派，技法当然也是吸取前人传统，但在传统技法上则深究自然，有所创新，获到了真山真水的“形”和“神”。这派黄宾虹先生一再在画法中说过“无

往不复”“无垂不缩”，这些都是中国书法的基本，用在画法上，使画笔能藏锋，能含蓄，“三折法”又能使笔墨沉而不浮，能筑实学画的基本功夫。

黄宾虹先生对董其昌的论画“下笔便有凹凸之形”表示不大满意，谓近于神秘。他在《金石书画编》中把笔墨论得最详尽。他说，用笔要能分别阴阳、反正，其法在笔锋向背，顺逆兼用，有中锋、侧锋，俱关毫端——横、直、竖、侧、藏锋、露锋，一波三折，如积字成句；一句之中，词分动静，积句成文；作文之法，起承转合——他强调以书法入画，苍劲有力。他说：“言画法者，先明书法。”他在笔法上提出五个要求，一曰平，二曰圆，三曰留，四曰重，五曰变。平象锥画沙；圆象折钗股；留象屋漏痕；重象枯藤堕石；变是不拘于法。书法用笔不拘于一，画法亦宜。其他如吕凤子等，都未阐明笔墨运用之妙，只是把前人的论说加以演义而已。

新安画派历来作者，都是来自民间，深师造化，寝馈山川，细心察究，举凡天地阴晴变化，烟云荡漾，千姿万态，俱能兼收并蓄，故笔情墨趣自成一种特有风格，为人民所喜爱！故其画近看则有笔有墨，远看则气势万千！一幅画有笔有墨，方是好画，怎样去懂得用笔运墨呢？这是我们研究传统画技的重要问题。

黄宾虹先生毕生致力于用笔、运墨的研究，他以多年的实践反复体会，作出了笔墨运用的总结，为后学津梁，我们有继承和发展的必要。

黄宾虹先生认为画法本来是借助于书法的，大体上“工笔画的线条可取法于籀篆，意笔画的线条可取法于草书”；黄先生又说“篆法起讫，首尾衔接，隶法更变，草书右转，二王左收，皆取半圆，即得钩勒”。

入了画，可以在一幅画面上看到作者的中锋钩勒有劲，侧锋因情取势的自然图治，使人爱画之心油然而生，加之运墨恰当，能分五彩，生趣盎然，怎么不叫人喜爱。除传统技法与书法有着密切一致的道理外，而怎样运墨亦成为与技法深入学习和运用中一个继承与探索的基本致力所在。

谈到运墨，历来画家都说得语焉不详。董其昌说过“笔墨二字，人多不识……”，又说“石分三面，是说是笔又是墨”，但没有说出如何用笔运墨；秦祖永说“作画切忌‘重’‘俗’‘湿’”，也没有道透其中道理；傅抱石也说“运墨而五彩具”，又说“宿墨绝对不能作画”，理由何在，也无解释；石涛老人也曾含糊地说：“古人有有笔有墨者，亦有有笔无墨者，亦有有墨无笔者，非山川之限于偏，而人赋受不齐也，墨之溅笔以灵，笔之运墨也以神。（《石涛话语录笔墨章》）”

我们要对传统技法加以创展，必须学习黄宾虹先生一样，能行万里路，读万卷书，爱山入骨，恋山入神，作画忘食，不分烈炎、严寒，锲而不舍，方有所成。

新安画派既是研究新安山水本身组织和山川风貌，形成特有风格，但其特点则是除继承传统技法外，又重视笔墨遒劲，基本上是借助于书法的。

中国画是用笔画出来的，它与写字运笔方法要求有着一致的道理。所以历来画家都承认书画同源，以书法入画。但新安画技是特别能做到这点的。有人说，没有一手好书法，那么画起国画来，骨力既不遒劲，运笔又难以自如而变化，近于描涂，气韵何由而生；一幅无骨力、气韵的画，柔靡涣散，决难为人们欣赏，是有道理的。

新安山水画能引人入胜，主要原因是以书法入了画。书法作品，令人看了有“润含春雨，干裂秋风”之感。为什么能达到这样的境界呢？曰：基本功的深入学习和掌握，不断地接触自然和观察自然，拜自然为师。石涛和尚所说的“搜尽奇峰打草稿”，以这样的细心观察自然的精神来概括山川风貌，善于取舍，以山川灵气融入笔端，加以变化，形成一种风格。新安画派之所以能形成风格，犹如范宽画终南山，董源画金陵山，倪云林画太湖附近山，各以所在山水本身组织结构、地形地貌而作出的法则而成之。故新安画派者，画的是新安山水也！

（未定稿）

程啸天代表作之《迎客松》

丰子恺※

书札

丰子恺致程啸天书札

一

啸天先生：

承赐寄大作并栗子一匣，至深铭感！此物此间不易多得，一公斤见惠，已属珍品，特此志谢。大作日见进步。贵乡多山水名胜，山水画家必多体验机会。表现祖国大自然美景，实富有政治意义，且为人民大众所喜爱也。仆近来老朽多病，画笔甚疏。草草报复。

即颂艺安。

丰子恺　（一九）五九年十二月九日

二

啸天贤兄：

令郎[①]送来新栗一包，至感远惠。闻近上黄山，想必满载佳作而归也。仆最近游江西井冈山，曾又文画在各报发表，或可见到。近作《日月楼秋兴诗》一首，今另纸写赠，藉留纪念耳。不日上北京参与大会，匆匆问候。

即颂文安。

子恺顿首　辛丑十一月廿日

三

啸天贤兄：

久不通问，得示甚喜。知近况安善，至慰。弟亦老而弥健，茶甘饭软，酒美烟香，不知韶华之消逝也。令郎多年不见，想必安善。今乘兴写小画二帧附赠，聊存遗念。

顺颂秋安。

弟子恺叩　十月十二日

※　丰子恺（1898—1975），原名丰润，又名丰仁，浙江桐乡市石门镇人。中国现代画家、散文家、美术教育家和音乐教育家、翻译家，是一位多方面有卓越成就的文艺大师。曾任中国美术家协会常务理事、中国美术家协会上海分会主席、上海中国画院院长、上海对外文化协会副会长等职。其风格独特的漫画作品，内涵深刻、构思新巧、生活气息浓郁，深受广大受众的喜爱，影响深远。

①　编者注：令郎，指程自信，当时在上海复旦大学中文系读研究生，师从朱东润教授。

四

啸天贤兄：

久不通问，得示甚喜。藉悉贵体患病已愈，至慰。仆数年来一向安善，唯近两年来忽患肺病，幸有特效药，已入吸收好转期。闲居养老，亦每日从事学习也。小女一吟从事翻译工作，颇为烦忙，幸身体健好。令郎已调皖南任教，甚善，昔年在复旦，每星期日必来此晤谈，屈指已属七八年前事矣。光阴真荏苒也。此复。

顺颂春安。

子恺手启　壬子立夏

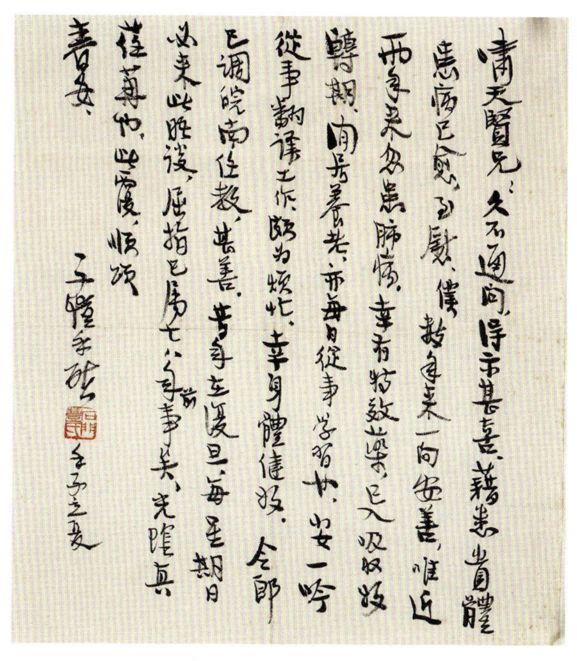

嘯天賢兄：久不通問，得示甚喜，藉悉貴體患病已愈，至慰，僕數年來一向安善，唯近兩年來忽患肺病，幸有特效藥，已入吸收好轉期，閒居養老，亦每日從事學習也，小女一吟從事翻譯工作，頗為煩忙，幸身體健好，令郎已調皖南任教，甚善，昔年在復旦，每星期日必來此晤談，屈指已屬七八年前事矣，光陰真荏苒也，此復，順頌春安，

子愷手啟

壬子立夏

丰子恺致程啸天书札

五

啸天贤兄：

承赐茶叶收到，谢谢。

贵友索画，今选旧作二幅附上。来信字小不甚清楚，故不题上款，恐写错也。

仆托庇安健，在家养老，日唯浅醉闲眠而已。余后陈。

问好。

弟子恺启　（一九七四年）六月廿九日

再：胡光远君曾来访，弟亦赠画。

丰子恺致程啸天书札

六

啸天仁兄：

来示奉到。前承惠笋干，早经收到，并曾有信道谢。此物不易买得，深可感谢。仆近来健康，茶甘饭软，酒美烟香，足下想亦安善。

子恺叩　（一九七五年）二月七日

春寒料峭，手冷不能多写。

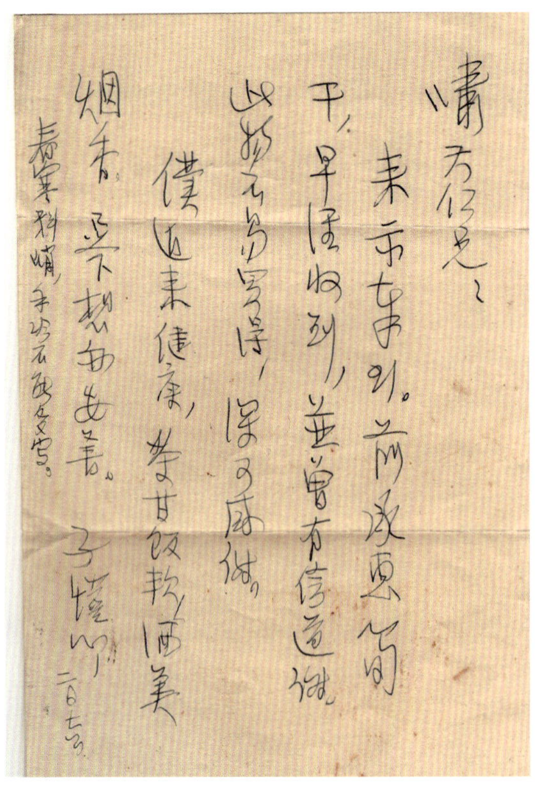

啸天仁兄：

来示奉到。前承惠笋干，早经收到，并曾有信道谢。此物不易买得，深可感谢。仆近来健康，茶甘饭软，酒美烟香，足下想亦安善。

子恺叩

二月七日

春寒料峭，手冷不能多写。

丰子恺致程啸天书札

七

啸天兄：

寄来茶叶已收到，此新茶甚好，谢谢。

令媛青年病故，甚可悼惜，但人生修短无定，尚请节哀顺变为要。

自信想必进步，暑假当可返家团叙。

弟身体粗健，经常茹素，得无疾病，可以告慰。[①]

顺问夏安。

弟子恺叩　（1975年）儿童节

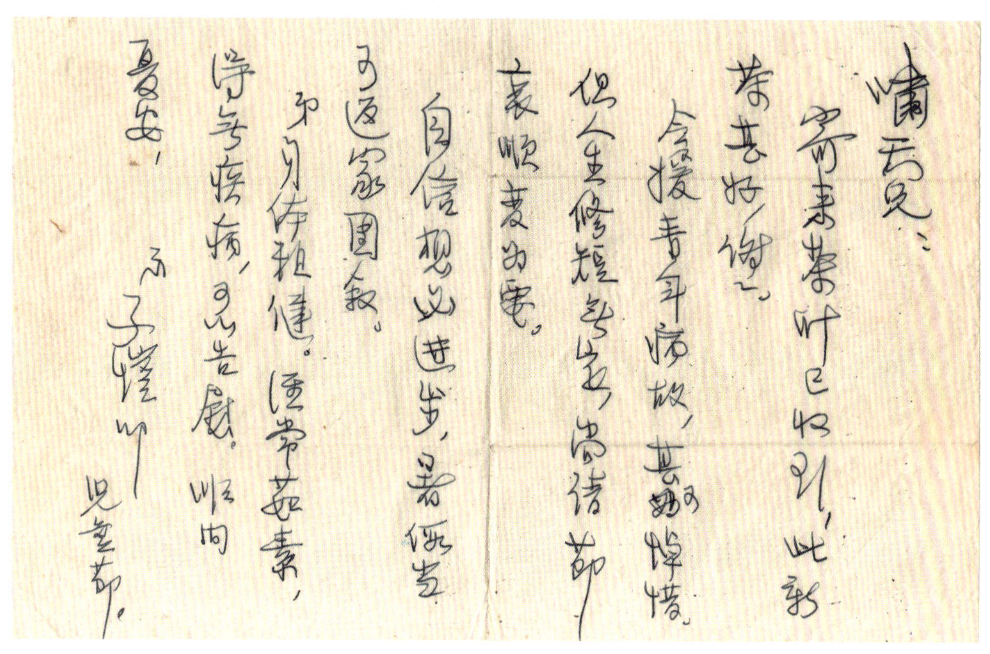

啸天兄：寄来茶叶已收到，此新茶甚好，谢谢。令媛青年病故，甚可悼惜，但人生修短无定，尚请节哀顺变为要。自信想必进步，暑假当可返家团叙。弟身体粗健，经常茹素，得无疾病，可以告慰。顺问夏安，弟子恺叩 儿童节。

丰子恺致程啸天书札

赠画

注意力集中，子恺。啸天同志惠存。

画作上有程啸天题字：乃敏同志珍存，啸天转赠。

① 编者注：信封上有程啸天字迹——唉！人生修短无定！此是最后一信，令人生感！一九七五年五月六日亡女，至九月十五日而公遽返道山！

丰子恺赠程啸天画作《注意力集中》

题画

一

锦绣河山。程啸天画，丰子恺题。

二

归舟图。啸天画，子恺题。

丰子恺题程啸天《锦绣河山》

丰子恺题程啸天《归舟图》

赠诗

一

日月楼秋兴诗

袅袅秋风起，高楼日月长。窗明书解语，几净墨生香。
丛菊争秋艳，寒蝉送夕阳。夹衫新得宠，团扇渐相忘。
软玉灯前静，青纱帐里凉。长河低入户，明月近窥窗。
一枕寻新梦，三杯入醉乡。诗情秋更逸，何用惜春光？

啸天画友两正，辛丑新秋，子恺寄赠。

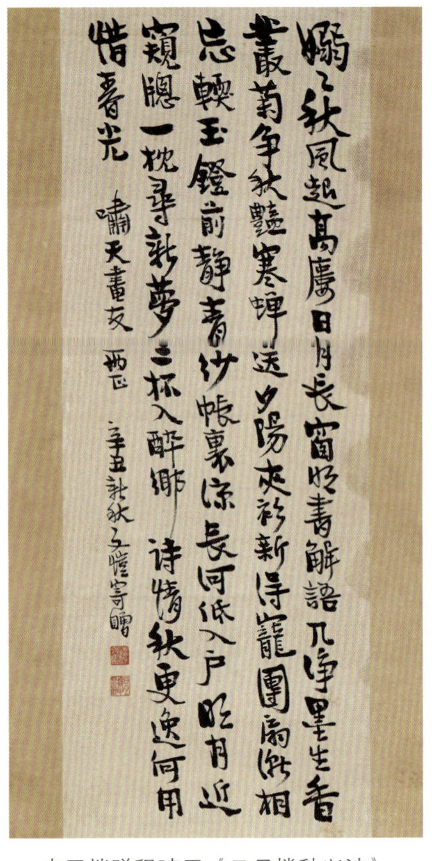

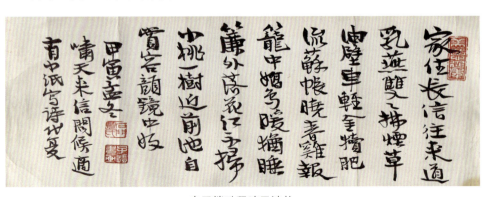

丰子恺赠程啸天《日月楼秋兴诗》

二

甲寅孟冬啸天来信问候，适有小纸，写诗代复。

家住长信往来道，乳燕双双拂烟草。
油壁车轻金犊肥，流苏帐晓春鸡报。
笼中娇鸟暖犹睡，帘外落花红不扫。
小桃一树近前池，自赏容颜镜中好。

钤印：美意延年、石门丰氏、子恺书画。

丰子恺致程啸天诗札

赠照

啸天贤兄惠存，子恺。一九七三年岁首摄。

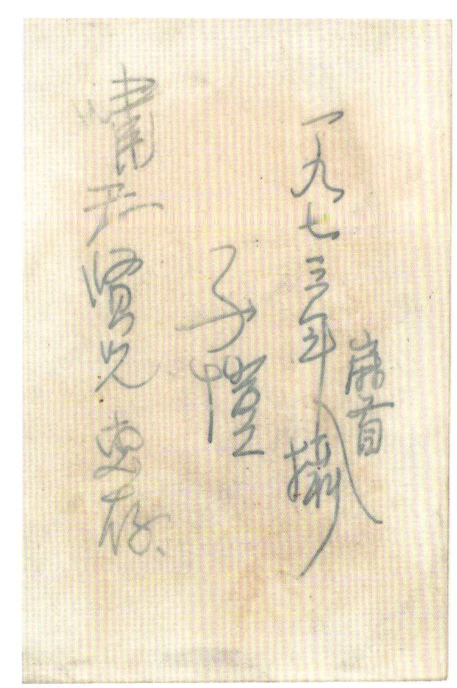

丰子恺先生赠照

与丰子恺先生合影

1966年3月，丰子恺(左)、程啸天(中)、陈海燕在上海丰宅门前的合影

附：程啸天诗文稿

程啸天绘《迎丰[1]图》题句

师友溘然逝，沉思泪痕多。墨池浑黑水，年貌半消磨。
欲继前人绪，应愁双鬓皤。凋零亲旧少，此志或蹉跎。

戊午夏月题《迎丰图》后，孝文志兄教我。同里程啸天。

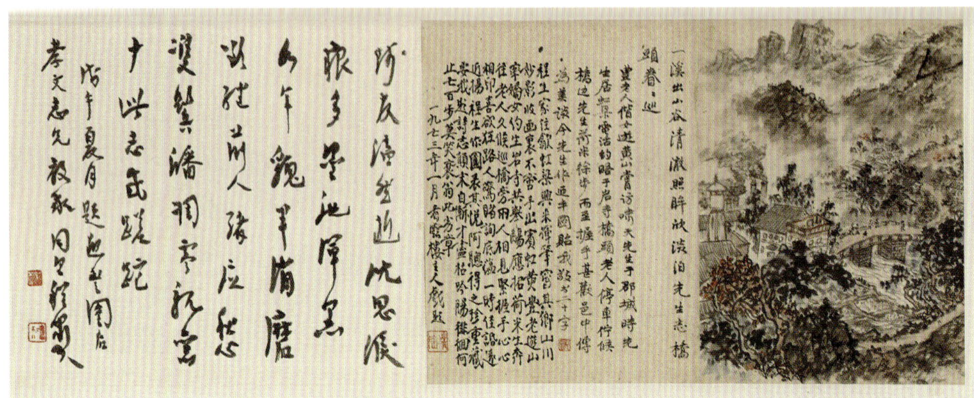

程啸天为纪念丰子恺先生创作的《迎丰图》

① 编者注：丰，即丰子恺。

林散之※

书札

林散之致程啸天书札

天啸①先生阁下：

辱书数通先后收悉，馈赠名荈亦收到，迟迟未报，惭汗惭汗。鄙人年来多病，懒于书简，故人谅之可耳。大书画数件以最后所书为佳，以守法不逾规矩。以后兄台作书，悉宜以行书为主，不宜过放。书谱谓先求平正，再求奇险，不知以为然否？区区不尽意，冬寒唯自摄。

专颂道绥。

弟林散耳拜启　元月八日

题画

林散之题程啸天山水轴

米襄阳谓惜墨如金，泼墨如渖，能知惜墨泼墨，则思过半矣。天啸学画甚勤，因就其所作，以己意皴点示之，幸留粲正。乙卯四月，聋叟。

※ 林散之（1898—1989），安徽和县乌江人。原名以霖，号三痴，后改名散之，别号左耳、散耳、聋叟、江上老人。江苏省国画院专职画师、一级美术师、江苏省书法家协会名誉主席。1972年中日书法交流选拔时一举成名，其诗书画作均得名家至高的评价，特别是草书饮誉世界，被誉为当代“草圣”。

① 编者注：天啸，即啸天，林散之先生笔误，下同。

林散之题程啸天山水轴

林散之题《栖霞请益图》

六四年秋日，画院何乐之先生介识歙县汪改庐先生，得读所著宾虹师年谱及其书简，始知孝文为先生之长公子，又知天啸、砚因、伯敏、无染、孝文诸君皆于黄师法乳，所受甚深。今改庐持天啸诸君为孝文联作之作，其笔墨渊源所自，风雨晦明之情，岂胜感念也。因不揣鄙陋，涂此以附其末，幸孝文父子有以教我。林散之。

赠诗暨书作

程啸天同学惠寄宾老故居照片数张，感慨于怀，怆然成诗。

林散之

黄楼犹记绿葱葱，江水江花路万重。
风雨遥天数十载，鸿泥遗爪忆真容。

点绛唇

林散之

又是一年，湖边来识前时路。花飞无数，同伴人何处？细算平生，总被闲情误。真辜负，流光虚度，只有聋如故。

啸天同志正，闲情一首《点绛唇》，散耳。

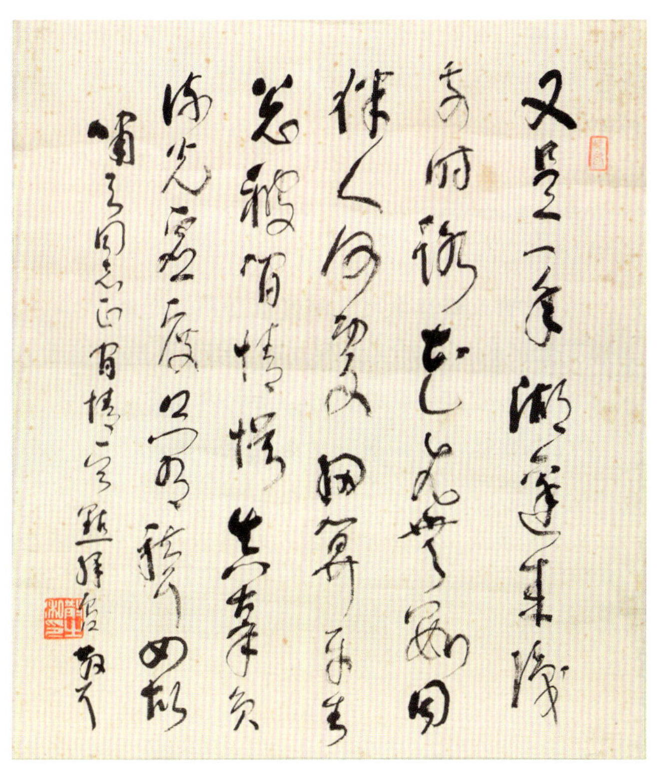

林散之赠程啸天词作《点绛唇》

赠程啸天书作杜牧《山行》

林散之

远上寒山石径斜，白云生处有人家。
停车坐爱枫林晚，霜叶红于二月花。

啸天同学留政，杜牧《山行》，戊午林散耳。

太湖旧游

林散之

日长林静路漫漫，红叶如花最耐看。
我比樊川腰力健，不烦车马上寒山。

天啸同志索书，久不报，愧歉何如，今书太湖旧作一首以奉，用塞责耳。聋叟。

《八十自述》又二首

林散之

八十岂云寿，童心尚未除。邻儿争竹马，村女共摸鱼。
世事功名急，人情故旧疏。读书严父命，矮屋压头颅。
记得远游事，仓皇石火光。千山与万水，北调共南腔。
巴月仍相窥，夷歌久已忘。归来情未倦，小草祝年芳。

天啸同学赠画，书此奉酬。丁巳夏仲，散耳。

附：程啸天诗文稿

程啸天赠林散之《栖霞永念图》题跋

索居无俚，缅怀宾师，为写此图，缀以小诗，呈散老[①]。

永念宗师一代赊，宾公法乳润谁家。
栖霞遥睇南山麓，慧炬犹欣灿墨花。

① 编者注：散老，对林散之先生的尊称。

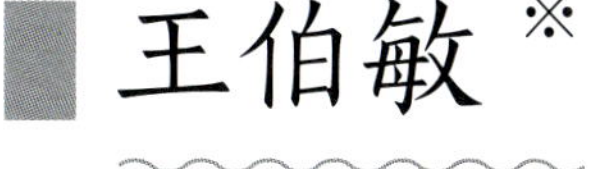

王伯敏※

书札

王伯敏致程啸天书札

一

啸天先生台鉴：

久疏问候，近况谅佳。

兹有香港《文汇报》“中国书画”版，拟出版一期《虹庐专刊》，刊登黄宾师作品外，还刊登虹门有关同志作品。此事承主编委托，属我组稿，为此请先生惠寄山水照片或山水原作若干幅，以便选用制版。如寄原作，用毕奉还。

专此并颂新春新喜。

小弟王伯敏　二月一日

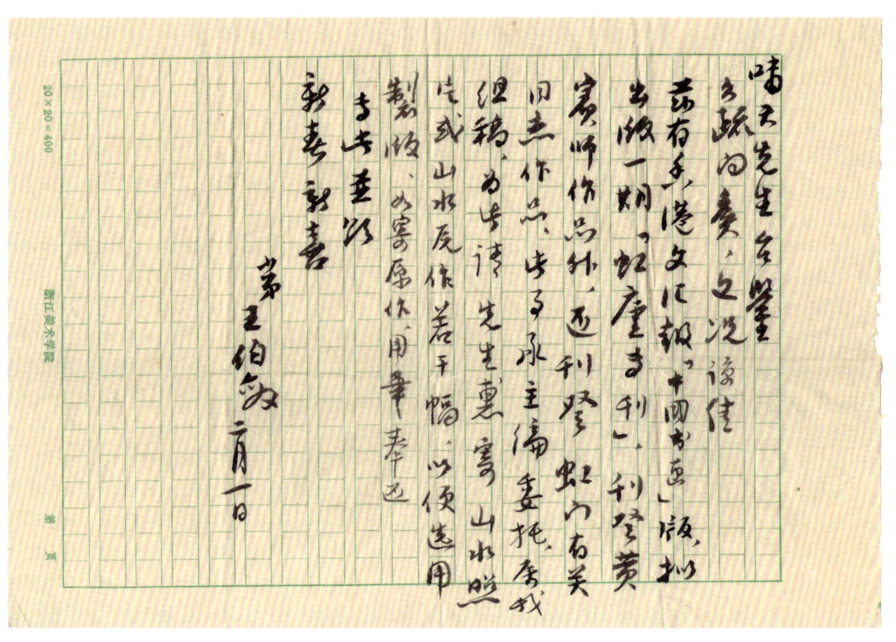

啸天先生台鉴：

久疏问候，近况谅佳。

兹有香港文汇报“中国书画”版，拟出版一期“虹庐专刊”，刊登黄宾师作品外，还刊登虹门有关同志作品，此事承主编委托，属我组稿，为此请先生惠寄山水照片或山水原作若干幅，以便选用制版，如寄原作，用毕奉还

专此并颂

新春新喜

弟王伯敏　二月一日

20×20=400　浙江美术学院　第　页

王伯敏致程啸天书札

※　王伯敏（1924—2013），浙江台州人，中国美术学院教授，美术学博士生导师。我国著名美术史论家、画家、诗人。著有《中国绘画史》《中国版画史》《中国美术通史》等。

二

啸老大鉴：

久疏问候，顷得惠书，快慰莫名。香港《文汇报》（“中国书画”）编有《虹庐专刊》，内选先生山水一张，原来去年下半年发表，近来信，说是今年上半年发表，如发表，当即函告，并寄这张报纸给你，请勿念。

《西泠艺丛》重在介绍篆刻，更重在介绍浙江名头，日后如有机缘，当为先生尽力推荐也。

专复并颂年安。

王伯敏　二月三日

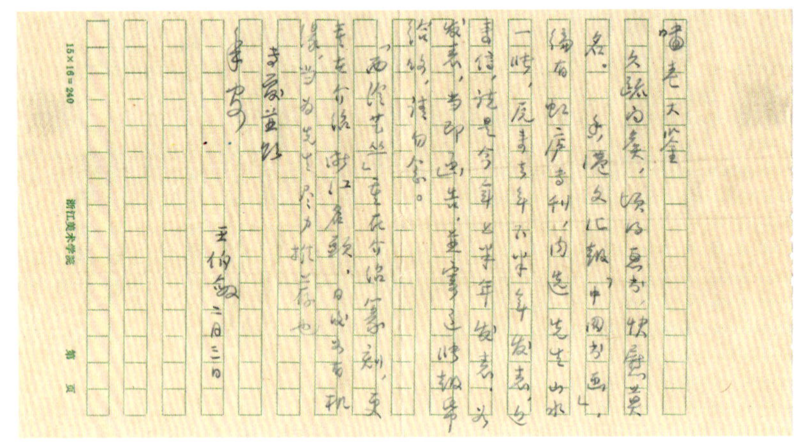
啸老大鉴：

久疏问候，顷得惠书，快慰莫名。香港文汇报“中国书画”编有虹庐专刊，内选先生山水一张，原来去年下半年发表，近来信，说是今年上半年发表，如发表，当即函告，并寄这张报纸给你，请勿念。

西泠艺丛重在介绍篆刻，更重在介绍浙江名头，日后如有机缘，当为先生尽力推荐也。

专复并颂

年安

王伯敏　二月三日

15×16=240　浙江美术学院　第　页

王伯敏致程啸天书札

三

啸天先生：

来信及惠新茶敬收，至谢至谢。

先生大作曾推荐《艺丛》，他们回信，原因两个，一是要发表本省书画家的作品，外籍书画家作品，如到浙江展出，可以刊用；二是说，这些照片拍得不清楚，制版也困难。因此原件退回。现寄还，请收。我没有尽到责任，抱歉之至。先生是否争取在合肥一些报刊发表？但这些照片，制起版来确实不理想。

奉送宾师彩色照两张，请收。

我已迁居。

本月二十号，将带研究生去新疆，六月底回杭州。

专复并颂安。

王伯敏　五月十五日

四

啸天先生：

闻贵体欠和，至以为念。本月上旬，我曾至歙县开会，会议四天，安排非常紧凑，而且来客甚多，无法抽身至屯溪看望你。接着去合肥开会，碰见自信[①]，详悉一是。凡肠胃有恙，慢慢疗养可愈，希安心疗养，请勿着急，过些时日，就会无恙。先生居黄山之麓，黄岳云烟，他日当任先生尽情挥毫也。刻画小品竹图，意在祝先生平安。

专此颂安。

王伯敏　五月廿日

先生养病期间，得信后，请不必费情回复。又及。

五

啸天先生大鉴：

先后惠书敬悉。有劳寄茶叶，谢谢，谢谢。

我去江西回来后，带研究生去上海参观刘靖基先生藏画展。回来后，课务较忙，诸友信都迟复。《虹庐画刊》编辑已完工，内编有大作山水一帧，由香港《文汇报》出版，估计要到下半年十一月或十二月可以印出来。如印出来，我一定将报纸邮奉，希勿为念。

专此并颂安。

小弟王伯敏　六月一日

山西王时敏，无此人，可能你记错了，也查不到，无甚紧要事，就不必根究了。又及。

六

啸天先生：

惠书敬悉，迟复为歉。委画已请柳村先生写就，刻寄奉，请收。先生大作日前由孝文同志转来，谢谢。我明日去江西讲学，顺道拟游井冈山革命圣地及庐山诸胜，约下月底返杭。行色匆匆，不尽一一。

并颂大安。

王伯敏　十月十二日

七

啸天先生大鉴：

一九五三年春，宾师赠诗，鼓励我撰写《中国美术史》，今拙著《中国绘画史》即将由上海出版，回忆宾师教诲，心甚激动。宾师赠诗，抄奉如下：

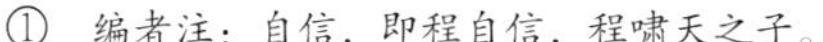

① 编者注：自信，即程自信，程啸天之子。

赠王君伯敏　黄宾虹年九十

一个瓯山越水人，长年劬学竹相邻；论评南北千家画，君有才华胜爱宾。

（爱宾即唐代张彦远，著《历代名画记》。）

先生如有雅兴，是否就此诗和一首，作为纪念。尊诗请用毛笔书，并盖印，大小不规，书写时，最好把宾师原诗亦抄上。不情之请，未知责我否？

王伯敏又及

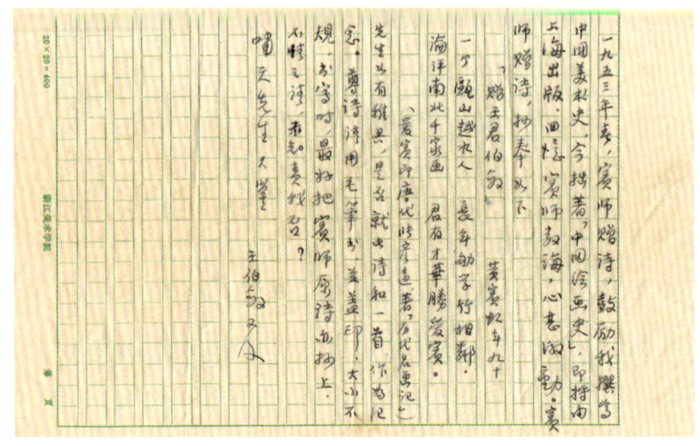

一九五三年春，宾师赠诗，鼓励我撰写中国美术史，今拙著《中国绘画史》，即将由上海出版，回忆宾师教诲，心甚激动。宾师赠诗，抄奉如下：

「赠王君伯敏」　黄宾虹年九十

一个瓯山越水人　长年劬学竹相邻。
论评南北千家画　君有才华胜爱宾。
（爱宾即唐代张彦远，著《历代名画记》）

先生如有雅兴，是否就此诗和一首，作为纪念。尊诗请用毛笔书，并盖印，大小不规，书写时，最好把宾师原诗亦抄上。不情之请，未知责我否？

啸天先生大鉴

王伯敏又及

王伯敏致程啸天书札

题画

题程啸天山水轴

王伯敏

山川浑厚，草木华滋。实中有虚，虚中有实。笔力是气，墨彩是韵，学者不可忽视也。录宾翁画语题啸天同志之画，以为共勉。□二年八月于杭州，王伯敏。

题陶苑画端

王伯敏

白摧龙虎骨，黑入雷雨垂。杜陵妙论画，参澈无声诗。黄宾师画入内美，学之者不易，得其者更难。啸天先生胸贮黄岳，得山灵之气，故能运麝墨以储虹庐遗意，为时人所不及。兹录宾师论画诗于陶苑画端，以示钦佩。己未初夏，王伯敏于沪上阿聪[①]之室。

① 编者注：阿聪，指汪孝文。

王伯敏题陶苑画端

王伯敏题《黄岳高秋》

王伯敏题《桂林象鼻山》

《黄岳高秋》题跋

王伯敏

黄岳高秋。此虹梁程啸天先生画黄山始信峰，峰固奇而画更奇，非黄山山中人所不可及。盖画者胸贮万峰，故用笔磊磊落落，得以境与性会也。己未王伯敏于吴山之麓书五十六字以题。

《桂林象鼻山》题跋

王伯敏

桂林象鼻山。此啸天先生写生，笔墨苍劲，极得妙造之趣。昔黄宾师游漓江，有数十图记写，已难获观，故读斯画，尤觉可亲。壬戌仲春，程老大驾钱塘，相见柳浪闻莺，兹书数语，以志钦佩。茅林王伯敏。

《栖霞永念图》题跋

王伯敏

虹梁彩笔松烟墨，永念栖霞画意深。

壬戌清明后十日读此图，如见先师，并志啸天先生真的之情。王伯敏于钱唐。

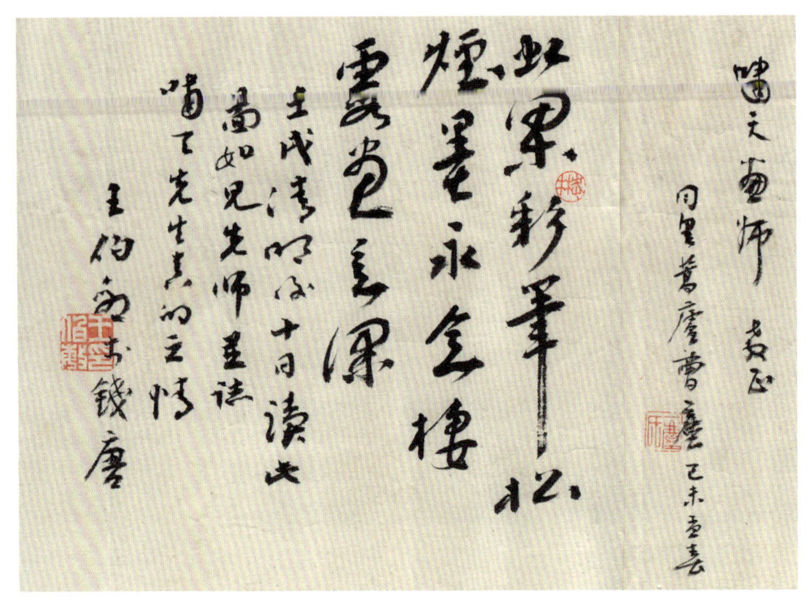

王伯敏题程啸天画作《栖霞永念图》

赠书画作品

书赠程啸天

白擢龙虎骨，黑入雷雨垂。杜陵妙论画，参澈无声诗。黄宾师论画。

咫尺千山舞，依稀万木荣。长河万点墨，似见笔纵横。论画拙句，书奉啸天先生正腕。王伯敏。

赠程啸天《临江清远图》长卷题跋

临江清远图。啸天先生自桂林游归过杭州，写此请正。壬戌春三月，王伯敏。

附：程啸天诗文稿

一

王伯敏教授所著《中国绘画史》一书，行将出版，彼曾受当年（1953 年春）

黄宾师为诗鼓励，孜孜垂卅年，终庆告成。予不能诗，感翁锲而不舍，毅力超凡！乃和宾师原诗元韵，成两绝句见意。时有桂林之行，倚装草此呈正。黄山程啸天，时年（壬戌）七十又二（阳历三月底补记）。

二

颇喜潭滨得替人，南山声誉播东邻（翁居杭州之南山下，著作等身，誉满东都[1]、港、澳）；今成不朽千秋业，中外欣如见大宾。

三

艺评史话代存人，秉笔精勤谁与邻；一线黄河流万里，争观处处拥佳宾。

题王伯翁[2]绘《虹庐图》

王伯翁绘《虹庐图》，纪念先师宾公故居，乃侄警翁[3]征诗甚富。兹使余题字，为诗三绝，聊以抒怀，并望正之。

虹庐法乳继应难，五岳胸无笔逊三。
奈纵孜孜双鬓白，一生足未出江南。

迹踪有幸近虹庐，亲见芝岩润不枯。
香雾蒙蒙遍桃李，高名应永伴天都。

粉梓幽光泯未传，宗师一代有裔贤。
征诗遍及诸耆宿，潜德扬芬重此篇。

程啸天赠王伯敏画作《黄海一痕》题识

黄海一痕。写似伯敏同志粲正。啸天。

画幅上有王伯敏题字：得渐江之趣，转赠东舒同志。王伯敏。

程啸天为王伯敏绘《黄海一痕》

① 编者注：东都指日本。
② 编者注：王伯翁，指著名书画家、美术理论家王伯敏教授。
③ 编者注：警翁，指黄宾虹先生之侄黄警吾。

俞涤烦※

书札

俞涤烦致程啸天书札

啸天我兄足下：

顷接似老[①]交下伯英先生一画，兹复其一信，奈不知地址，请吾兄代写封面，封口付邮。渎神之处容谢不尽！致伯英先生信中，弟竟不揣冒昧，杜撰邮兄，未识有万一之当否？尚祈参阅，赐教尤幸！

率此，奉烦。顺颂台绥。

弟明顿首　乙亥四月十九日

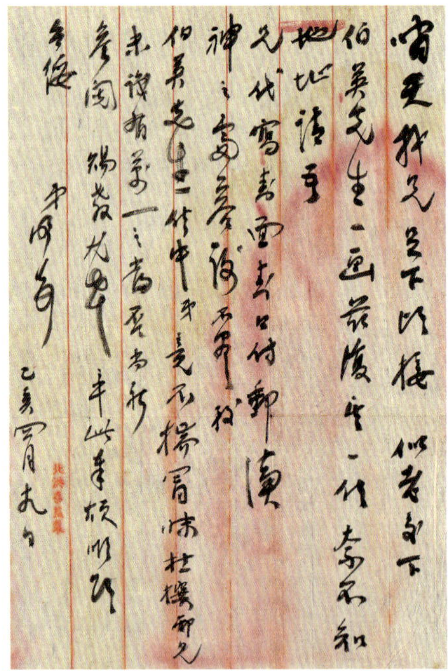

俞涤凡致程啸天书札

※　俞涤烦（1884—1935），浙江吴兴人，名明，字镜人，号涤烦，近代著名画家俞语霜族侄。幼年在上海习水彩画，后专学陈洪绶、任伯年人物画，亦工肖像和花卉，尤擅仕女画。1912年为《天铎报》创办的副刊《天铎画报》之主要作者，上海西洋美术团体天马会会员。后赴北京发展，受邀在故宫临摹古代书画。1920年，中国画学研究会成立，俞明与陈师曾、萧俊贤等人一同被聘为中国画学研究会“评议”。俞明在北京时招收的弟子众多，其中便有后来成为著名画家的徐燕荪、吴镜汀。俞明于20世纪20年代后期离京返沪，定居于松江枫泾镇。

①　编者注：似老，朱似石，名运新。

附：俞涤烦家传

俞君涤烦家传

朱运新

君讳明，字镜人，号涤烦，又号晋人，吴兴俞氏。曾祖讳屺瞻，本生曾祖讳岵瞻。祖讳涛，精形家言，尝择地干乔木山之麓而卜葬焉，地甚狭小，山抱水环，谓子孙当有挺秀者。父讳允兹，字奎如，酷好绘事。君常侍侧，于发干写叶阴阳向背之法，自幼得诸庭训。母氏蔡，埭溪补罗公长女，夙习诗书。君于塾师授读外加以母教，未成童而通群经大义。未几，遭父丧，所遗画具，君悉藏之，暇辄研究，初学草虫，信笔涂抹，神形生动。从叔语霜见而奇之，授以钩勒赋色诸法。更画人物，宗改玉壶。同邑金君城睹君画，大惊异。会京师有古物陈列所之设，为之推毂延誉，君得从事所中，获观内府所藏唐、宋以来名画。知玉壶宗阎立本，旦夕揣摩，深悟古法。其用笔简净，布置精密，施色古艳，直逼古人。间作写意，落笔生姿，极似华秋岳。东海大总统命金城长中国画学研究会，于是聘君为评议会员，得君指授，俱成名家，画风亦为一变。求君画者踵相接，得意之作，武进徐君宗浩恒乐题识，并重于世。

南归后，客枫泾，益自矜重。平生交游，徐君宗浩、会稽任君堇为最契。余晚而日与君亲昵，见君亢爽豪侠，喜急人之难，遇事必辨别是非，而不惑于世俗利害之说。于今之权贵，尤不稍假借，以故造诣虽深，而画卒不大显于世。余时或广众骂坐，君辄为余危之，退必私告吾儿广慈，以为非无道言孙之义，虑遭不测。嗟乎，余以肮脏余生，际兹浊世，久置祸福生死于度外，而君犹爱我若此，至今追忆遗言，犹为感涕。徐君尝称君孤介绝俗，而画则唐、仇再世。任君称君之画有夙悟而泽于古，又谓君坚能不磷，刚亦易折。知言哉，知言哉！

君生于光绪十年甲申正月初七日，年五十有二，以共和二十有四年乙亥十月二十三日卒。配叶氏，无子，以弟之子有成嗣。女一，缶，适江苏华亭钱宝华。

附：程啸天诗文稿

程啸天文稿

癸酉，时与朱念孝、许济棠、任弼、沈业昌[①]等诗酒流连，颇为契合。与古人物画家俞涤烦相交。（《程啸天自撰年表》）

① 编者注：沈业昌（1907—1988），又名沈伟达、沈达，字洪年，上海枫泾北镇人，教育工作者。1933年，沈业昌与邹献庭等人在今之上海人民广场东南侧创办民众教育馆，任馆长。曾先后在上海市民主中学、上海市社会科学学校、上海市民智中学任职或任教。

巴坤杰※

书札

巴坤杰致程啸天书札

一

程老师：

复信已拜读，承不厌其烦地详细介绍了我业师一家及其左右亲邻故旧，以慰悬想，亟谢！你已告老回乡，悠游啸傲于山水之间，清福堪羡。寄来一册《安徽报社通讯》，拜读了令郎大作，后继有人，诚为是贺。

信中叙及贵体有痔疮便血史，一般内痔如轻微不重，仅因解便时擦破出血，无其他症状，故无甚感觉，平时只要保持大便润畅就行，如多吃些蜂蜜、麻油之类。如出血较多，色鲜红点滴而下，可摘些槐树花泡茶喝就能止住。在体虚血少不足情况下，可以吃点中药阿胶能补血止血，或用龟肉当菜吃也有效。如果精神不佳、食欲不好，没有火像，那就要吃点白术炭了。年纪大了，病不严重，最好不要手术，吃了苦不上算，还难恢复。对吗？仅供参考。

请教你，如学画点兰、竹一类小玩意，找些什么书作指导？请你指点指点。此复

敬礼！

巴坤杰顿首　（19）80-5-6，合肥市中医学院

二

啸天老师：

承惠尊作，展研拜读，故乡山河，憬然在目，增我鲈鱼之思矣。

宝画苍劲幽深，题诗贴切情景，吾何幸也，获此将珍藏之。

属屡投桃，愧无以报，谨捡将日内合肥报一纸，上有鄙作《祝英台近》词一首，以就斧正，并附邮小照一张，系去春所摄，距今约年余耳，想对照忆旧容，黄发垂髫，定然失认而感叹之也。照背涂有歪诗一首，以博一笑，亦留念之意。

※　巴坤杰（1924—2005），安徽歙县渔梁人，安徽中医学院教授。师从啸天先生表兄、名中医方建光。1958年毕业于安徽中医内经研究班。著有《方剂学问难》一书，主编有《中医临床手册》，合编《古今食物养生秘奥》《安徽中药志》。曾任安徽省政协第五、第六届委员会常务委员，安徽省政协文教卫委员会卫生组副组长，中华方剂学会理事、顾问，安徽省中医分会理事、顾问，安徽省高校教师职务评审委员会中医、中药、中西医结合学科评议组组长。

尊体高年无病是寿征，当享颐期，耳鸣一症，小恙而已，可服左慈丸有效，即“六味地黄加五味子、磁石”，具滋补镇静之效，不妨可试服之，如无此，可商之药铺请代制可也。

最后，谢谢佳作。此复

敬礼！忠堂村熟人请代问好！

巴坤杰敬书　（19）80-6-2

附：程啸天诗文稿

一九八〇年十月十五日访巴坤杰

程啸天

寓忠[①]同青年，遇合共白首。君才能济人，我或饥驱走。
惟喜见真情，殷殷晤谈久。酒后又分襟，佳期后会有。

① 编者注：寓忠，寓居忠堂。忠堂，村名，今属安徽省黄山市徽州区，名中医方乾九、方建光的家乡。巴坤杰曾师从方乾九之子方建光。

白冠西※

书札

白冠西致程啸天书札

啸天先生：

前由汤局长转来大作十四件，以某种关系，未能按照计划完成，十分抱歉。昨阅汤局长信及先生意见，并得李明回同志帮助，已将此事解决，计得人民币捌拾肆元，遵嘱寄至罗田信用社，祈收后见复。

李明回同志面嘱，请先生再画十幅，幅面要大些，每幅定为捌元。画到款即奉上。在这以外画两幅送给经办人，以作将来帮忙张本，未知尊意如何？请酌之。秋高气爽，能否来肥一游，以慰渴慕？

先生笔墨，余素所钦，新安一派赖以不坠。在余目中，当代画山水者无能超过先生，以此，毁谤排挤杂踏而来，此种不光彩行径，自古有之，不足为怪。余可断言，先生之作，必能千古，彼辈虽一时烜赫，皆是后门货色，转瞬间，定必烟消云散。余虽不善画，而看画，略有经验，非大言自夸者。先生由于不善吟青蝇之诗，到不得大人先生之捧场，此正是先生品格高超、文人本色。钦佩钦佩！余与先生无一面识，亦不善于捧场，人微言轻，不足以增先生之声望，聊舒己见，亦实事求是之意耳。专此敬复

并询近安！

白冠西顿首　八月廿八日

赐复请寄“合肥市徽州路 45 号文物商店收购部”本人收即妥。

再启者，今秋为余八十初度，拟请先生为写一双松图，直幅，以作纪念。画面能作双松挺秀，茅屋流水，趁以野菊修竹，面对苍山，显出一片幽靖神韵，能少工则更妙。不情之请，能否慨允，伫目以俟。

冠西又及

此间赏识先生作品颇不乏人，定论自在人心，请努力创作。

※　白冠西（1900—2000），字季鸿，江苏盱眙人。工诗，擅书法，精书画鉴赏。安徽省博物馆鉴定专家。著有《中国指画人物词典》《季鸿诗草》（未刊）。

程啸天赠白冠西山水轴题识

白老闳西先生教正。壬戌秋，程啸天学画。

程啸天赠白冠西山水轴

鲍月景※

书札

鲍月景致程啸天书札

一

啸天先生鉴:

许久不晤为念，接读尊书，悉先生现已退休在府安闲纳福，殊深欣慕。我近来身体衰弱，作画甚少，一年之间也不过两三幅稿而已。想您现下画兴尚茂，定能创制佳品，惜您我路途遥隔，终不能见到您近作为憾。炳生家及老虎家生活安定，仲清兄家目下也好。余容续叙。即请

春祺并颂

潭福。

鲍月景于三月九日

二

啸天先生:

许久不晤，时生怀念，想福体安康是颂，先生已近耄年画兴依然不减，这也是我们艺人的乐事。您说宣纸现在难买，这是何故？我想宣纸是安徽所产，倒是莫解。我已有七年不作画了，自去秋杭州织锦厂又要叫我与他创作古代传统画，以人物仕女为主的丝织品台毯画稿，这是出口品。不过我现在已年纪大了，思索迟钝，创稿较难，兼之不能埋头作画了，惟有缓缓而来了为憾。您询及夏仲清的通讯处，我也有多年不晤了，到了昨天碰到他的幼女，我就问她父亲的通讯处，她说是现住“崇福镇西横街□□号”。您同他通信面上可写（浙江省桐乡县崇福镇西横街□□号夏仲清），定可到达的。深恐挂念，特为奉闻。即请

春祺并颂

潭福。

鲍月景于 4.22

※ 鲍月景（1890—1980），又名鲍张莹，号冰壶外史，又号老髯、语溪樵子，别署苦竹老人，七旬后号石父。擅长工笔仕女画，生前为中国美术家协会浙江分会理事、浙江省文史馆馆员。出版有《鲍月景书画集》。浙江省桐乡市建有鲍月景艺术馆。

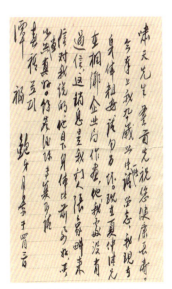

鲍月景致程啸天书札

三

啸天先生鉴：

首先祝您健康长寿。今奉上我九十岁照片一张，请留念。我现在身体粗安，请勿为怀。现在夏仲清兄在桐乡企业局作画，他，我处没有过信，这消息是我门人张象耕来信对我说的。他目下身体比前要好，所以画兴真好。余容后陈。专复，

即请

春祺并颂

潭福。

鲍弟月景于四月三日

鲍月景致程啸天书札

赠画

鲍月景赠程啸天《黛玉瘗花》题跋

黛玉瘗花。啸天道兄指政，戊午仲夏，月景鲍张莹年方八十九岁。

赠照

啸天友兄存念，己未春，九十老人鲍月景敬赠。

鲍月景先生赠照

附：程啸天诗文稿

程啸天赠鲍月景山水扇面题跋

月景先生雅正。乙亥春日，黄山程岳[①]时客枫溪。

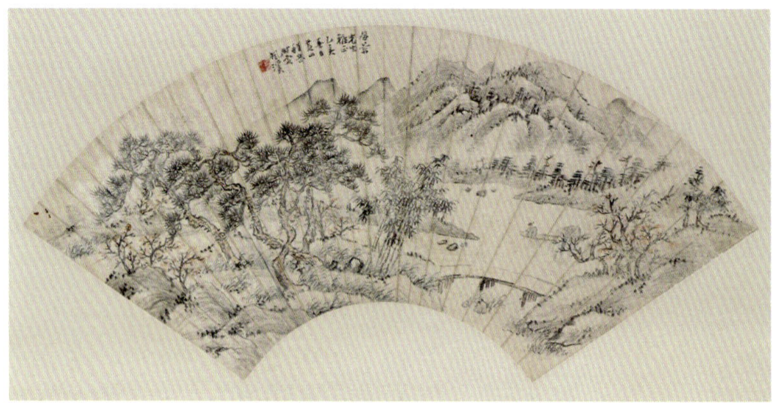

程啸天为鲍月景绘山水扇页

① 编者注：程岳，即程啸天，一名程岳。

鲍弘德※

赠诗

啸天同志作画相赠，题记多有勖誉之辞，感愧交萦，赋诗答谢。敬祈斧正，并颂炉安。

皜[①]皜新安派，丹青播令名。师承艺拔萃，点染老弥精。

翰墨渐青睐，驱驰感挚情。蓬心一读画，云海荡胸襟。

壬戌冬至前六日　鲍宏德拜呈

程啸天画作《细雨濛濛》

※　鲍弘德（1922—2010），字闲孟，安徽省黄山市徽州区岩寺镇人，曾任徽州师范学校教师、歙县政协副主席、安徽省政协委员。

①　“皜”为“皓”之异体字。

鲍 杰※

书札

鲍杰致程啸天书札

一

程老——尊敬的师长：

病中来信已读，铁骨铮铮，和疾病搏斗，坚强性格跃然纸上，令人敬佩！

画界事，放宽心，尤其是病中，不必去管它。还是像过去一样，我行我素，对他们的冷嘲热讽不予理睬。我说您画得好，他不能改变我的看法。他说你画不好，也不能封住他的嘴。依我看群众喜欢就是好，许多人要您的画就是好。有些人是妒嫉，是小人心，切不要和他一般见识，影响身体。

孝文的信，我已看了。为之说说是可以的，他关心乡里，关心新安画派，精神可嘉。请告他的地址给我，不要写草了。

齐云山作画是他们非常尊重您，是作为县志一样的永久性资料书，您能支持时就一挥，发给稿费的。另外您先写“齐云山探奇”横竖各写一条，作稿题用如何？以身体能支持为原则。

黄警吾、白榕都来信问候您，祝您早日康复。

是否要住院？如果需要，请写信给地委统战部，请他们帮助解决。或由我转呈。寥寥数语即可。问先生娘好！

敬祝早日康复！

鲍杰上　3.27

二

程老：

您的特大喜讯下来了，十月九日，省委统战部 158 号文件批准您和曹为文史馆员，您的工资，补足到退休前的，即月工资 43.5 元。即在家休息，拿全工资。曹的工资没有说，您的大名摆在曹前面。

※　鲍杰（1936—2017），资深新闻工作者，程啸天先生挚友。原《安徽日报》驻徽州地区记者站站长，曾任《徽州报》副总编辑。著有《旅游的报告》（散文集）等。

我过二天去岩寺采访，初步打算十七日到岩寺，住岩寺旅社。如有事，可找我。此致

敬礼！

鲍杰上　10.15

三

程先生：您好！

很久没有见面也没有通讯，您近况如何，甚为挂念！

最近一段工作较忙，连续加班，身体有些不适，无妨工作。

明天我到屯溪制药厂劳动，打算搞半个月，国庆节无事，欢迎您来玩。

叶淑玉同志即将开学，她特别要我写这封信问好！她说老屋上的爬壁藤能治风湿，如有什么时候方便时搞点来，她妈治病用。麻烦您啦！

中央来电：山东、江苏、安徽无大震。合肥的小震已过，三点六级。一切请放心。

向尊夫人问好！祝您全家幸福！

鲍杰上　9.6

四

尊敬的程老：

人生难觅一知己。像您这样正人君子可算我的知音。对人诚恳、守信，七十多年一贯如此，可敬、可佩。

《徽州报》登了一张写生的尊容，弥补新安画会上的过分突出吴公。学问不应论年纪，哪个艺术成就大就宣传那个，我碰了许多钉子仍坚持如此。

震龙砚石及盒承蒙催促，他既已三周前搞好，那当然是要谢谢他的。我收到后即给他写信，请放心。

我为苏老办的事已有些指望。

题签已收到，但愿能选用。

您的肠炎不要急，我想减少饮酒，多吃些素菜，增加一些营养，如炖鸡蛋糕、肉圆、豆腐之类，我想是会康复的。宾老活到九十多岁，您当有此长寿。我家有个亲戚，活到九十二岁了，还能烧饭、炒菜，清健得很。

画家心清、神静，一定是长寿的。您的家事也要放宽心，有些事急也没有用。我能尽力处自然竭尽全力，对苏老如此，对您更会尽心。唯我只有一支秃笔。

先生娘是否康复了？我也是惦记在心，老年人滴鼻血，一是火气大，要吃些青菜、萝卜、胡萝卜，能吃点橘子、苹果更好。她是一位好心人，是您事业的最可靠支持者，您艺术上的成就和她对您生活上的照料，尤其是早年变卖嫁妆让您求学，这充分表现了她的贤惠和有远见卓识，不多絮了。

敬祝二老康复、长寿！

鲍杰上　12.19

五

啸天先生：

信悉。我东奔西走要完成采访任务，请原谅我不能一下复信了。

索取《秋江耀金》底片事，待我回肥再和郑商量，是否成还是问题，依我看您还是重画一张给一吟先生。或者您给若泉写信，请他寄给您。

稿费肯定是会寄来的，信里开出到总编室审批还有点时候，有时快、有时慢，您耐心等着吧。

我在歙城逗留时，听人说您托供销社挂勾，又去县文化局打证明要走杭州卖画，有此事否？

您说歙县画界诸公皆是您的好友，果真吗？我是非常怀疑的。

明日我去歙县采访，在县城，您如愿意晤面，欢迎您一叙。

寄还丰一吟给您的信。

问先生娘好！顺祝

冬安！

鲍杰上　12.23

六

程先生：您好！

别后，我即参加地委学习班学习，接着又去湖南参观学习，瞻仰毛主席的故乡，月底才回来，给您拍的照片使您等急了。

先寄上一张样片，如果您满意，我再去洗，如果不满意，我再等机会给您重拍，总之，一定要使您满意。您朋友的照片，请您转给他。

明日，我下乡采访，不多写了。

向您的夫人及全家问好、致意！此致

敬礼！

鲍杰敬上　11.3

叶淑玉和她妈妈向您问好、致谢！

七

程老：

您好，30 日我返合肥开会，昨天始归。即给您上书，以问安。

广告挂出否？请尽早办妥，这是为您为友谊商店着想。您自己抄一份，以后用得着，这是我们三人花了心血写成的。

到肥后，我又写了一篇《黄山啸天画室开业》的稿子，争取再用一下。郑若泉处，我已说好，争取用您的《象鼻山》。有机会我再写您的访问记。给港胞外宾作画有感人事迹吗？

苏老来黄山否？甚念。

《春到黄山》用了您的手写题，《科苑》答应寄刊物和稿费给您。此册请交赵仕安。

我在肥时给自信打了个电话，他不在。

敬礼！

鲍杰上 6.6

访黎佳时，他允寄画片来，他选用，并说他给您写信。

八

程老：

刚接齐云山管理处副处长张启立同志来信，敬请您为正在编的《齐云山志》画一张齐云风景图和我的一篇小稿题《齐云山探奇》作题，您多写几题，有横有竖，以便选用。这次一定用的，您如能坚持挥毫，也是一件支持他乡载入史册的事，如卧病不支，嘱先生娘托人代书告我，我再去作解释，如何？顺颂

早日康复！

鲍杰敬上 3.17

图画及题是我推荐给休宁的。

附：程啸天诗文稿

鲍杰同志见访

程啸天

（19）74年甲寅夏历五月二十八日，时暴雨三日，大水损坏八角坞水库。（存有《陶苑图》）

陶水深千尺，君情比水深。一言无宿诺，风义超兼金。
大浪围四山，使君不能走。千峰发笑声，多聚一日首。
黄昏天阴曀，雨声得暂停。空蒙弥清樾，且看且谈心。
共榻虽云乐，来此冀频数。清谈苦夜短，明日隔山岳。

鲍杰同志拨冗走访陶苑，相见甚欢。时大雨倾盆，白浪围山，天公作美，留榻共话。信宿，渡水而别。濒行，复索赠诗。感而抹画，缀以小诗，并附跋语，用志永念云。

鲍杰（左）、程啸天（中）、苏绍周合影，1984 年 2 月拍摄

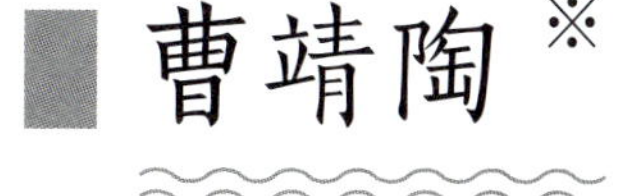

曹靖陶※

书札

曹靖陶致程啸天书札

一

啸天仁弟如握：

顷得阿聪书，知前为君书《谢惠茶诗》已收到，吾于诗略有一日之长，而于书则工力甚浅，不堪与何翁并论也。昔临桂词人况夔笙尝为余言：时彦俱不工书，寐叟长素辈，虽以书自负，实亦虚声，视傅青主、丁敬身、伊汀州、何道州瞠乎后矣。宾翁书亦逊其画，雅则有之，健则未也。杭人宋君以癌症剜一目，致力八法二十年，虽未足与昔贤比拟，在今日能臻此境已不多见，附件盼留存。高华允赠陈墨，尚未寄来，便中盼以函促之。经济江河日下，心绪极不安，因每月不足在十五元以上，非得职不能应付，固非亲朋小惠所能解决，况小惠今亦几欲绝迹。例如阿聪以往每月平均所赠在二元至四元之间，不无小补，自汪成浪游故里，负债如累，已多时无力为惠，本月仅一元而已（上两月且无之），其处境我深谅之。

五年前南京傅老，向无一面缘，闻我贫困，迳汇卅圆，并允月助十金，两年持续未断，不幸于前岁作古矣。傅老卒年八十有一，实非富有，每月向江苏文史馆领津贴三十元，一生茹素，自奉俭朴而以余金助人。

我向怕热而不怕冷，近年则反是，入冬畏寒特甚，此血衰之征也。前几年因手头紧迫，屡将棉衣卖去，今非添製无以御寒，已由舍六弟抡宇自开封寄白布十六尺，拟添一棉被，此为被夹里之用。尚拟制棉衣裤一套，苦于布票不足，钱尚可乞友好贷助，未知徽州能设法布票一丈否？徽州布票此间不能通用，但向当局申请批准，亦能买布。只是此物人人所需，绝不愿强人所难，必须在毫无勉强之情况下为之，否则拟从不要布票之布匹中打主意，未尝无办法也。此颂

近安。

靖陶顿首　十一月十八日

※　曹熙宇（1904—1974），又名靖陶，字惆生，号看云楼主人，安徽歙县雄村人。以诗作享誉金陵苏沪间，擅书法。师事陈散原、袁克文，从梁启超、陈宝琛、况周颐、樊增祥等游，与陈师曾、溥心畬、齐白石、张大千、徐悲鸿、郁达夫等友善，与许承尧、黄宾虹相交尤厚。早年就读于暨南大学，后就职上海时事新报社，任编辑。晚年客居江苏昆山。著有《中国音乐舞蹈戏曲人名词典》《小戏考》《看云楼诗》等。

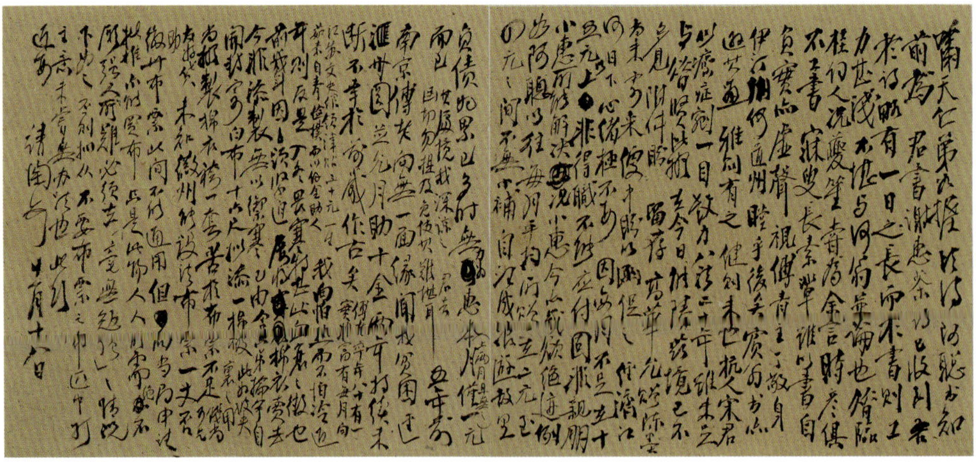

曹靖陶致程啸天书札

二

啸天仁弟如握：

接到汇票，颇觉不安，以弟况非裕，必损己需，我雅不欲剜人之肉以补疮痍也，然弟出于一片热忱，姑暂纳之，俟手头稍宽再谋报谢耳。十年来阅尽炎凉，昔受我惠者往往冷眼相看，而神交则颇有厚贶，如金陵傅翁，月助十金，逢节加倍，前岁逝世，年已八十有一，孝文曾见其人，实非富有，仅文史馆月支津贴三十元耳，今之鲍叔也。五十年前吴缶庐、陈师曾、齐白石、黄宾虹诸老为作《看云楼觅句图》，题咏如林，惜已毁于劫火，题词无副本，兹就所忆，随录一二。汪成将习木工，孝文索诗已应之。此颂

潭安。

靖陶手启　十二月十三日

□□□寄我长笺，移赠仁弟，此老书法胜于乃师，惟□□□谓其为三百年来第一手，则言过其实也。

老友黄庆涛兄（对我颇有帮助），以我曾赠其扇面一页，系朱彊村所书，喜出望外，以朱氏不仅为清末四大词家之一，且为其叔祖之同年（其叔祖亦光绪七年翰林），故极珍视也。他希望我再赠画扇一页以为配，不论花卉、山水，也不一定要有名，只要造诣较高即可。我手边无之，已向沪友设法，你如有此种物，更好！

附：《看云楼觅句图》题词

《看云楼觅句图》题词（曹靖陶忆稿）

闽县[①]陈宝琛，弢庵，同治戊辰翰林。

八表同昏正此时，柴桑心事少人知；
刹那万变图难尽，写入诗中亦一奇。
文正诗篇盥读亲，苏斋评点墨如新，
清门原与常人别，自享千金远世尘。

先德文正公手写诗稿，翁覃溪密批绝精。

义宁陈三立，散原，光绪丙戌进士（陈师曾之父）。

惊才擢秀邓林枝，青眼高歌许共期；
剩有精微穿溟涬，人间寥阒已多时。
过眼无心总妙如，翻成象网得玄珠；
他年履道坊头客，来向名山借写胥。

嘉兴沈曾植，寐叟，光绪二年翰林。

静待诗自来，觅之转成隔；正如去来云，故以迟为适。
羡君日登楼，妙句云中得；何为苦责余，催诗如逼债。
闭门白日眠，枯肠不堪索。

南海康有为，长素。

君才绝似程春海，家近黄山亦肖之；
日日登楼望云海，盘空硬语逼昌黎。

南通张謇，季直，光绪甲午状元。

衣狗惊时变，翛然懒出山；神龙不作雨，倦鹤与俱闲。
有意随舒卷，无心自往还；相看两不厌，笑指画图间。

新会梁启超，任公。

绮岁才名四海知，家风那复愧陈思；
登楼笑问诗来处，白日看云忆弟时。

① 编者注：闽县今属福州市。

闽县林纾，琴南。

看云第一数黄山，乡梦诗情日往还；
不似闭门无己苦，此心长在白云间。

余杭章炳麟，太炎。

人间苍狗亦无尽，天际白云还自闲；
问君楼阁在何许，太空不受朱旗殷。

闽县严复，又陵。

客里中年每倚楼，一天云气正穷秋；
白门衰柳还无恙，可惜诗人雪满头。
半生俯仰共车船，常对苍崖一放颠；
过眼烟云多少事，不妨笑涕话君前。

归安朱孝臧，彊村。光绪七年传胪。

采桑子

闲云未必关才思，题遍蛮笺，缥缈游仙，输尔清吟一辈贤。
老来搜句浑无力，坐惜徂年，去雁行边，魂断西堂白日眠。

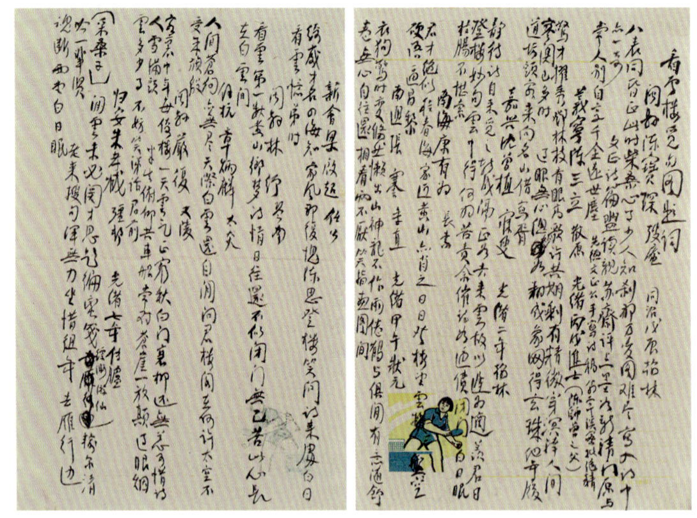

《看云楼觅句图》题词（曹靖陶忆稿）

三

啸天仁弟如晤：

昨得书知允赠茶，且感且愧。今日包裹已到，烹泉细品，味留舌本，不啻重返新安矣，谢谢。度儿久无消息，据阿聪转告仍在剧团工作，未返雄村。剧团虽致薄薪，但须缴队，自获甚微。我旧撰《中国音乐舞蹈戏曲人名词典》一书，北京商务印（书）馆（一九）五九年印行，嗣上海中华书局欲为再版，要我修订。我与度儿共同整理增至百万余字（原著四十万字），中华（书局）审查认为甚好，因运动搁浅，颇疑无从问世。顷得赵景深教授戏剧写作专家，来书嘱与书局联系，再度修改，争取从速出版，渠谓此书甚有用处，未可废也。我已嘱度儿努力为之，未知渠尚能抽暇否？度儿与世杰同学，交谊极深，惟荐贤是否有效，未敢必也。容当代为一促，以尽人事。前函误书光华，实即高华。雄村读高如光，致混淆也。写至此，高华复信称所藏尽遭洪劫，剩残卷一品，未忍割爱。复颂

近佳。

靖陶手上

四

啸天仁弟：

阿聪枉札，藉悉我前复弟书已到，承以贱况为念，甚感。我素旷达，随遇而安。然饥寒逼人，有时殊难自解，阿聪知我，常以一元、二元伴函，虽为数甚微而情重如山，可感也。秦友黄君及女诗人徐翼存，黄年七十六，徐年八十一。极爱书画，便中盼各赠一小幅，上款（一）庆涛（二）翼存。迳寄昆山，不必由阿聪转递矣。度儿从事农业十年，不能自给，昆山对复员军人皆优先安排，亦有从农村调城工作者，视其学历灵活运用，不似徽州之拘泥于政策也。我甚忧之，目前各地提倡书画，我已嘱其注意及此。皖省高级干部，渠颇有相识者，倘能托人介绍入中国画院皖分院，尤为佳妙。仍盼弟常与联系为要。友人索宾翁小品，我处片纸无存，弟能割爱，甚为感盼。此问

近好。

靖陶手上　三月十五日

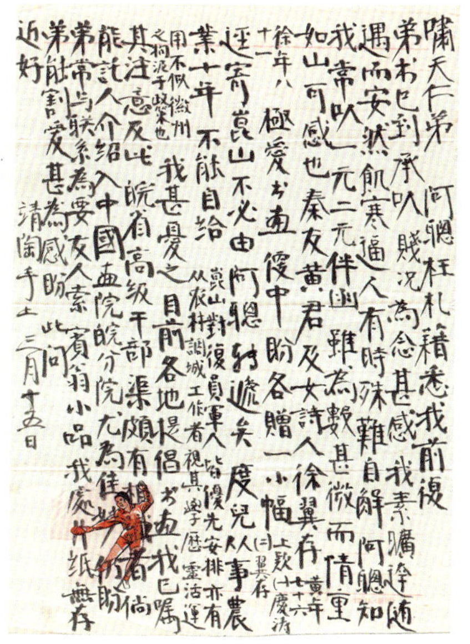

嘯天仁弟 阿聰枉札藉悉我前復弟书已到承以賤况為念甚感我素曠達随遇而安然飢寒逼人有時殊難自解阿聰知我常以一元二元伴函雖為數甚微而情重如山可感也秦友黃君及女詩人徐翼存黄年七十六徐年八十一極愛书画便中盼各贈一小幅上款(一)慶涛(二)翼存逕寄崑山不必由阿聰轉遞矣度兒從事農業十年不能自給崑山對復員軍人皆優先安排亦有從农村調城工作者視其學歷靈活運用不似徽州之拘泥于政策也我甚憂之目前各地提倡书画我已囑其注意及此皖省高级干部渠頗有相識者倘能託人介绍入中國画院皖分院尤為佳妙仍盼弟常与联系為要友人索賓翁小品我處片紙無存弟能割爱甚為感盼此问

近好

靖陶手上 三月十五日

曹靖陶致程啸天书札

题画

孝文以啸天所作《阿聪书舍图》求题

曹靖陶

妙绝一幅画，如何吝署名？笔姿似宾叟[①]，华滋欲乱真。
宾叟既作古，伊谁传其神？瑶笺来歙浦，知出虹梁[②]程。
图中绘书舍，依稀著孝文。山水与草木，即景动乡情。
百观了无厌，宾叟疑复生。贤哉子程子，健笔诚堪珍。
孝文羁旅久，忽焉年五旬。劳劳贷温饱，兴嗟望歙宁。
小楼孤伏案，梦绕旧书楹。披图聊自慰，题诗还远征。
吾衰何敢却？等是作流人。何年共归去，书舍梦重巡。
折柬邀啸天，急足烦汪迎。兹愿固非侈，何须叹老贫。
相期各保重，举酒祝长春。

孝文表侄五十初度，啸天画《阿聪书舍图》为祝，摹潭渡黄先生笔意，绝精。孝文自题一诗，并索予题句。一九七三年十月，靖陶时客昆山。

题程啸天绘《黄罗山图》

曹靖陶

黄罗山径旧曾经，赋笔雄赡服震亭。
闻道啸声今满谷，扫除文字重丹青。

昔过黄罗，欲以一诗状其峰峦之美，值诵家震亭公所为赋，遂搁笔。屈指四十余年矣。孝文出啸天近画索题，率赋应之（结语用梅村成句）。啸天与度儿友善，画亦甚工，而吾诗浅陋，愧不称也。一九七一年十一月，靖陶时客昆山。

题程啸天画作《纪念画师采白先生》

曹靖陶

白云丝丝复缕缕，顽绕山腰不肯去。
青山乐与云周旋，葱郁终年恋无拒。
云山相得自主宾，喜煞画师目常注。
兴酣下笔如有神，纸上云山得真趣。
画师骑鹤去不归，后死筑亭寄深慕。
程生好事为之图，画坛啧啧资掌故。
老夫十寺旧游人，况共画师往频晤。

① 编者注：宾叟，指黄宾虹。
② 编者注：虹梁，指虹梁村，程啸天的故乡。

卅年伤友更思乡，图里小亭劳梦驻。
堪叹老来才尽矣，吟肠枯涩空七步。
孝文痂癖幸依然，恶札或免付一炬。

看云楼主人戏题，一九七二年八月二日。

题程啸天绘《迎丰（子恺）图》

曹靖陶

程生家住歙虹梁，兴来挥笔写其乡。
山川妙影收画里，不啻手出宾虹黄。
丰老[①]游山率娇女[②]，约生岩寺共举觞。
应招荷米生奔往，老人久候巡桥旁。
两人相见紧握手，心心相印喜欲狂。
路人惊睹询底蕴，一时佳话远近扬。
程生作图表其悦，阿聪得之珍重藏。
要我题诗志颠末，自惭才尽枯吟肠。
徘徊何止七百步，莫笑衰翁此劣章。

一九七三年一月，看云楼主人戏题。

题程啸天绘《看云楼图》

曹靖陶

旧丐缶庐、白石、宾虹、师曾、待秋、拱北、善子、大千诸公作《看云楼图》，已沦劫火。顷承啸天为制新图，因题一绝，感慨系之。一九七三年四月，看云主人靖陶。

此心不共浮云变，老至肠枯仍恋楼。
难得程生遥慰我，纷纷衣狗一图收。

题《程君啸天精模宾翁遗墨》

曹靖陶

黄潭宾叟虽长逝，立雪门前喜有人。
文物已随洪水尽，知君得此定能珍。

程君啸天精模黄宾翁遗墨，持赠高华姻兄。为题小诗留念，靖陶时客昆山，年七十矣。

① 编者注：丰老，对丰子恺先生的尊称。
② 编者注：娇女，指丰一吟。

俚谣寄啸天伉俪虹梁

看云初稿

程君高兴游金陵，乐极生悲囊被劫。
客中顿足唤奈何，无已归车从举债。
此情默默瞒阿聪，深虞东道增悒悒。
飞笺告我殊达观，身外之物何须惜。
犹怜我老更愁贫，百计节余助一臂。
欲救近火嗟水遥，函乞阿聪暂贷急。
莫道四圆数甚微，情同潭水深千尺。
闻君自奉力戒奢，支援师友尽全力。
尤欣举案孟光贤，屡屡资君抛饰物。
环堵萧然各晏如，画中自有颜如玉。
俚谣千里寄虹梁，期君伉俪评得失。

题啸天绘《黄山归葬图》

曹靖陶

改庐一世爱黄山，山居羡煞汪于鼎。
暮年白下作流人，中宵梦绕莲花顶。
一身容易一家难，客里寿嗟终正寝。
佳儿百计慰其亲，誓埋遗骨还乡井。
归志生前虽未酬，犹喜松云英魄领。
人天万感摧肺肝，程邃[①]拈毫精写景。
披图一一肖真情，诗成涕泪潮吾颈。

改庐表兄遗骨归葬黄山，林散翁首为之图，曾题五律一首。啸天复作佳图，孝文殷殷索题，宜不能却，遂作七古归之。一九七三年四月十八日七十初度，靖陶曹惆生。

赠诗暨题跋

谢啸天惠茶诗

曹靖陶

归计因循枉自疑，梦萦故里瀹枪旗。
多君千里殷持赠，为我卅年疗积思。
清馥贮囊犹沁脑，佳姿聚碗似描眉。

① 编者注：程邃，清代著名书画家，此处代指程啸天。

独嗟七步家风斩，欲颂虹梁窘措词。

茶芽极品曰枪，次曰旗，见叶石林《乙卯避暑录》。

啸天仁弟远赠徽茶，喜赋奉答，投重报轻，愧甚愧甚。一九七三年十月，看云主人靖陶时客昆山，年七十矣。

曹靖陶赠程啸天《宋季丁书法立轴》题跋

仁和宋季丁自病目后刻意临池，以汉晋人为法，二十年精力尽耗于此。此其近作也，雅逸可喜而凝炼犹似未足，然近代书道衰微，臻此已甚难得矣。移赠啸天仁弟，一九七三年十一月，看云老人时年七十。

曹靖陶寄赠程啸天诗稿

一

哭徐悲鸿

殷勤云树意，两见北来鸿。明岁烦先券，西山看醉枫。吾方典衣待，君已盖棺中。谁信幽明隔，摩抄遗墨浓。君两度枉书招作北游，践约迟迟而讣音遽至。

画法区中外，殊途固共归。先生解融贯，斯道抉精微。独与吾兄契，频同巨幅挥。只今空四壁，回首泪沾衣。君曩与家兄元宇合作巨幅甚多，今不存片纸。

二

溥心畬曾许为艳秋[1]女弟作《凝绿馆图》，迟迟未就，诗以速之。

一诺曾邀顾恺之，只今凝想恍如痴。画情应共春华发，莫待阴阴绿满枝。

旧作录似啸天仁弟，看云。

程啸天钞稿

吾师看云楼主——曹靖陶先生昔年赠张大千五十寿诗录存：张大千五十。

丹青妙擅代有传，惟髯卓绝畴差肩。蜀贤石恪得笑意，东坡书《三笑图》后云：石恪此画，三人衣冠，皆有笑意。神盘意豁嗟天全。却从界法植根本，岂屑涂抹供时怜。自从渡陇叩石窟，庐舍那光辉屋椽。《名画记》：张僧繇画庐舍那像，夜恒有光，照徹屋壁。瞿昙修罗各古媚，霓旌宝盖纷骈阗。西探象教极变态，参以正法归陶甄。把臂入林共吴道子顾虎头，腕底那复存熙筌。徐熙、黄筌。忆昔梅边获倾盖，昔游嘉善，谒梅道人墓，与君相值，遂订交焉。衣韬蕴藉清而权。吴皋赁庑数晨夕，新诗脱口猥题镌。为余洗手亲斫鲙，园亭置酒春风颠。高谈抵掌掷金石，致我鄙吝时为蠲。兴来放笔辄见予，我诗君画从流连。倏尔烽烟塞天地，君归蜀国吾海壖。屡欲奋飞趣左右，山川险阻无由缘。昨者时清值海上，十年契阔欣昭宣。天怀

[1] 编者注：艳秋，指新艳秋，著名京剧表演艺术家。

淡定情益笃，退藏不掩名高骞。崇朝挥洒不暇给，惠我一幅何精专：习习香风出岩谷，霞魂月魄相婵娟。承绘《白杜鹃》一帧，清艳尤绝。惜哉佳图已羽化，曩年承绘《看云觅句图卷》，毁于盗火。不然并此双珠联。还期浸假弥此憾，口不敢请心拳拳。顾惟鄙生百无似，书痴结习徒难湔。匪于君画有笃嗜，融神契道斯筵篿[1]。今年清和值艾寿，方如皎日行中躔。追踵九老足笑傲，蹴蹋五岳驱云烟。不遑古昔论晚近，娄东石谷俱高年。罔用铺棻侈图箓，盘礴物表真神仙。联叙平生当延祝，酒酣逸兴长飞遄。（曹靖陶赠张大千《五十寿诗》，程啸天录存）

附：程啸天诗文稿

题《看云楼图》

程啸天

图成远寄昆山看云楼主人，曹师靖陶喜而题句。不意周岁，师遽归道山，感触人琴，补记颠末。丙辰夏，程啸天。

旧作沦劫火，新图慰远心。苍凉衣狗聚，迎接考居亭。

程啸天为曹靖陶绘《看云楼图》

① 编者注：筵篿，或作筳篿。

曹一尘※

题画

题程啸天《采白亭图》

曹一尘

采公埋骨处，景物最清幽。远眺天都云，近枕练江浏。
五明泉水静，古衲墓梅秋。夜台欣有伴，美萃芬长留。

题程啸天《栖霞永念图》

曹一尘

天都有乔木，新安仰重阐。披云崇而峻，练水洁而瘉。天遣黄宾老，艺苑奏韶钧。西子湖边瞻泰斗，千古粼粼。拙作奉题《栖霞永念图》，啸天画师教正。同里蒿庐曹一尘，己未孟春。

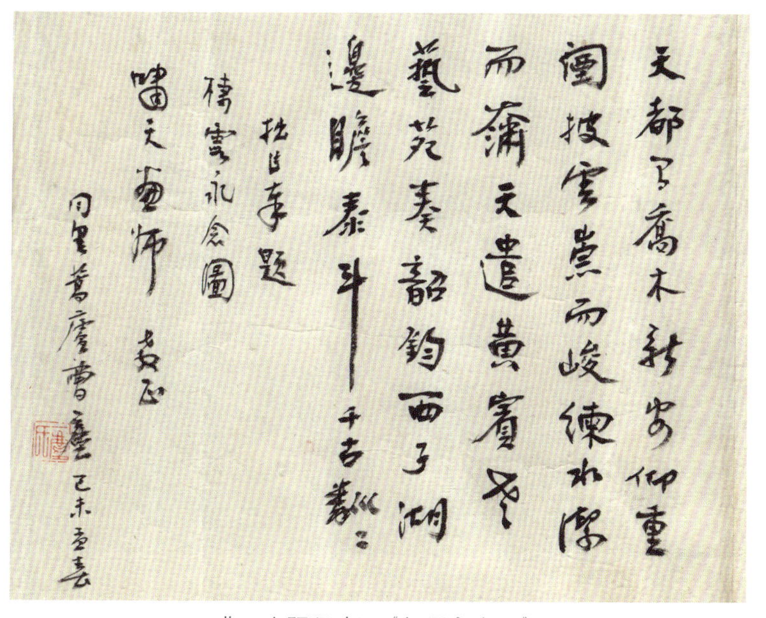

曹一尘题程啸天《栖霞永念图》

※ 曹一尘（1902—1988），字益丞（后以字行），号一尘，又号蒿庐，晚号跛翁，安徽歙县雄村人。精于字画鉴赏及考证，在古鉢（同“玺”）、金石学上建树犹深。工篆刻，诗文书画亦佳。与许承尧、黄宾虹、汪采白、徐丹甫等名家过从甚密。晚年任歙县博物馆顾问、安徽省文史馆员。著有《一尘草堂藏古鉢印》《集秦汉印统文字》《一尘吟草》《一尘草堂杂录》等。曹一尘之子曹迟，承父学，工书法、篆刻，擅于墨模雕刻和古墨鉴定。

赠印

黄海归来。啸天先生惓游黄海，作此以博大方家一粲。壬寅夏，蒿庐。

附：程啸天诗文稿

程啸天致曹一尘、曹锡朋书札

益老赠纸，报以小画。锡老悼亡，慰以小句。见意可也。二老暇节常聚谈诗，并将佳诗成册，亦新安未来文献也。并请加餐自摄。

程啸天呈字　8.25

程啸天赠曹一尘《桃花坝图》题识

偶来桃坝听滩声，忽动当年故旧情。相见精神仙不老，竹山红豆慰予诚。益老已逾古稀，精神矍铄，隐居竹山，锄圃自娱。携儿偶来桃坝，相见甚欢，以所赠旧纸写此博粲。啸天。

程啸天为曹一尘绘《桃花坝图》

曹　度※

题画

题程啸天为黄高华绘《四季山水册》

曹度

江岸年年覆绿芜，人间好景只须臾。
啸天仙去无踪迹，留得春光在画图。

高华姻长嘱题啸天兄山水册页，念及斯人，不胜哀惋。癸酉春二月，曹度题于合肥城外文园。

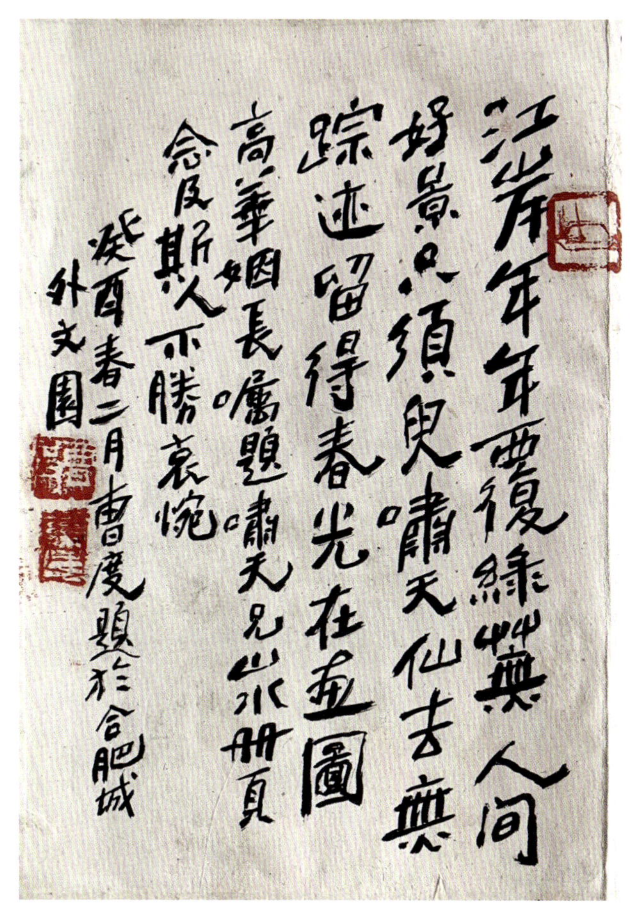

曹度题程啸天为黄高华绘《四季山水册》

※　曹度（1925—2012），安徽歙县雄村人，诗人曹靖陶之子。任职于安徽省文学艺术界联合会，曾任《安徽文学》《清明》副主编，擅诗文，著有《曹度诗文集》，与艾以合编有《谢冰莹文集》《废名小说》。

陈君实※

书札

陈君实致程啸天书札

一

啸天兄、素华姐：两位好！

久未通候，十分歉疚。前接邮包一个，寄来咸笋，小龙特别高兴。有劳破费，实在过意不去。谢谢两位的美意。

小龙在沪健好。期中考试尚可。语文得95，算术得79。他平时不够专心认真，否则成绩还可好些。敬颂

夏安！

陈君实、吴墨兰仝启　（1980年）6月3日

另函小书数册，赠给苹苹（萍萍）。

二

啸天兄、素华姐：你们好！

久未请安，不胜系念。谅来两位都健，望珍摄。我们粗安，请勿念。

寄赠咸笋、新茶已收到，谢谢两位。要你们破费，十分不安。

儿童节前寄上小书数册，供萍萍课外阅读，祝她学习进步，身体健康！

自信在沪进修已三月，近因小林（小麟）害伤寒病，上月底赶回合肥。现小林病已好转，望勿悬念。自信约于20日前回沪继续学习，7月初进修结业。敬祝健康。

君实、墨兰　（1980年）6月9日

问萍萍好。

※　陈君实（1916—1980），俄罗斯文学翻译家，亦工诗，笔名梦海，江苏武进人。1934年起历任上海开明书店店员、《时代日报》编辑、时代出版社编译部编译、上海新文艺出版社编辑。20世纪30年代与友人陈冰夷、孙世镇共同开设新青年书店于沪西愚园路，后独资创办青年文艺出版社，出版过《方志敏传》《瞿秋白传》等。译著有《克雷洛夫寓言》《普希金童话诗》《盖达尔中篇小说》《华西里·焦尔金》《列宁》《爱情诗》等。生前为中国作家协会会员。

吴墨兰※

书札

吴墨兰致程啸天书札

啸天兄：您好！

有好久没有见面了。听说您近两年来曾到过上海，但没到我家来，我一直感到很遗憾！上星期看到小龙的来信，知道你最近生病，患的是肠炎，但愿你能及早医治，早日恢复健康！

近几年来，我们虽然不通音讯，但从自信那里，知道了您这些年来的工作情况，您获得的成绩使我感到高兴！国家需要您，希望您早日恢复健康！以后我如有机会去黄山游览，我一定会顺道去看望您俩老的。

我近来还好，在家做些儿童文学翻译工作和校对工作。家里一切都好，释念！

向素华姐问好，愿她保重身体！

祝您早日恢复健康！

吴墨兰　（1984 年）2 月 29 日

附：程啸天诗文稿

程啸天致陈君实、吴墨兰书札

陈、吴两老：

你们好！

承你们关心，寄来萍萍的课外读物，谢谢！昨日接到自信的信，知道小林获疾，现已痊可。这几个月和这次为小林护病，海燕是吃了不少的辛苦，我们又不能为她分劳，徒唤奈何而已！

我家一切均好。小小土产，何劳挂齿！想府上舅舅们都好！

此复，并祝

※　吴墨兰（1916—2003），广东省中山市人，俄罗斯文学翻译家，上海市文史馆研究馆员。曾任职于时代书报社、时代出版社、少年儿童出版社。译著有《列夫·托尔斯泰故事集》《太阳快要出来了》《灰姑娘》《小家伙》等。

夏祉。

程啸天、阮素华同启　（1980 年）6.10

萍萍请安。

程啸天致陈君实、吴墨兰书札

程永青※

书札

程永青致程啸天书札

一

仲弟：您好！

正初中我往桂林去玩了四天，回来后不知你有信来，因你信封是写给老钟的，我不在家，老钟看后见没有主要事情，诗是他们不感兴趣的，就丢一边忘记了。后因我翻阅报纸才捡得，已过了半月了，幸未遗失。吾弟诗才横溢且炼字炼句都很古奥，非我所及。因吾弟一生都在翰墨中工作，造诣较深，我则工作之余，用以抒发愁感，既无古籍参考，即有所写，总难惬意，腹笥空虚，难言此道，尚望有以正之。吾弟家中是否藏有古籍书，如古文、唐诗、名人诗词之类，如有，望借阅一二用作揣摩。因古籍能动人灵感，我所爱好，惜手头一无所有。不日可能回家一次，再行晤聚。今再复和六叠及有感七律二首。情之所至，不计工拙，希鉴之。并问

近好。

永青手书　1977.3.30

二

仲弟：您好！

来函附过老[①]佳作均已收到。读后觉此老诗笔娴练，造句脱俗，想家藏必丰，平素深于此道，为之赞赏不已！诗中有百龄翁不知指谁。我也邯郸学步，依原韵和一章以寄所怀。另附近作首夏即事七律二首又晚景述怀五言一章，只供弟看，不必给他人看。我近况很好，有机会来玩一次。即问，近好。各诗如有不妥之处，望为指正。

兄永青手书　1977.6.27

三

仲弟如晤：祝你新年快乐！

很快节日已经过去，前几天遇到陶老说上九在岩寺看见你，知道你在合肥过年，天伦之乐必甚愉快，匆匆回来又要各地走走。我因天时不正，也无情绪东走

※　程永青（1906—1996），安徽省黄山市徽州区虹梁村人，程啸天胞兄。早年外出经商（常州、昆山），退休后返里，长期寓居歙县富堨村。

①　编者注：过老，指过旭初先生。

西走，一直等在住处，未出门一步。在房里看看书写写诗，倒也自在。天公[①]好，到我处来玩两天好吗？我处虽无好的招待，但粗茶淡饭还有得吃。如果你欢喜走路，从塘（棠）樾来只20里。附上岁首书怀诗几首，希指谬为盼。草此并问
全家安好！

兄永青手书　元宵日

挽诗

挽程啸天

二弟不幸逝世，沉痛之余，诗以悼之。7.23。

炎风急雨骤雷鸣，折干摧枝大木倾。
顿失河山造化笔，里邻同哭老先生[②]。
一树三枝只独存，无多老泪又纵横。
有才不寿天无道，遗恨千秋万古情。
家门不幸失良贤，社会同声悼啸天。
遗墨人间犹健在，斯人无命剧堪怜。
廿年风浪苦担当，黑夜长明见曙光。
一霎夕阳红正好，无情暮霭暗苍苍。
生平鲠直无私曲，垂老犹存高傲心。
自谓体强能胜病，缠绵床第到于今。
无凭人事本茫茫，世路从知有短长。
泉路缓行期待我，共将身世话悲凉。

附：程啸天诗文稿

程啸天诗稿

十二月二日晤兄[③]于富堨

乱山行尽一桥明，雾散千林市语清。
旧道迎来人笑语，新晴喜获步随行。
萧疏陶径花同隐，温暖姜情被共亲。

① 编者注：天公，徽州方言，意谓天气。
② 编者注：徽州故里，乡人皆尊称程啸天为“老先生”。
③ 编者注：兄，指程啸天之兄程永青。

老去天伦乐更切，明朝相别楚生心。

一九八〇年，虹梁

程啸天诗稿

和诗敬读，酸楚肺肝，亦叠前韵，呈正永兄。

一

大块消春冷，思兄绕梦魂。缅怀溯竹马，举盏念儿孙。
异地无常好，丘园或可温。鸡虫何得失，苍狗白衣翻。

二

读罢心情冷，佳章痛入魂。杯宽容丘嫂，胸大纳儿孙。
山水家乡好，里和手足温。白驹霎过隙，何物再萦翻。

三

我已心灰冷，时萦痛女魂。感怀增隐恨，延念到儿孙。
但得家无恙，何妨暂失温。乾坤殊不小，君意莫腾翻。

四

初春亦苦冷，萦梦故关魂。已已非游子，谁能不爱孙。
索居滋远念，佳什诱馀温。樽酒归浮白，苦丁莫独翻。

五

莫逐春寒冷，诗多损梦魂。垂纶观舞蝶，携手娱雏孙。
世事浮云看，家山水木温。心参安定禅，莫作乱云翻。

六

久为乖风冷，深衷隐梦魂。心无辕羹釜，情已蔽儿孙。
赖发天伦感，才添手足温。回思历历景，百喟寸心翻。

啸，未是草。春六日。

程亚君※

书札

程亚君致程啸天书札

啸天同志：你好！

三月廿日来信拜读。

我因二次大手术，后遗症严重，膀胱炎至今一直未见全愈，故此也难外出。凤老常来我处，他不久可能被吸收此间文史馆。

你最近有何大作？宾老入门弟子王康乐由广州返沪，创作颇为兴望，不知你们可有联系。合肥黄山画会活动如何？望常来信指教。致

握手。

老弟亚君　三月廿八日

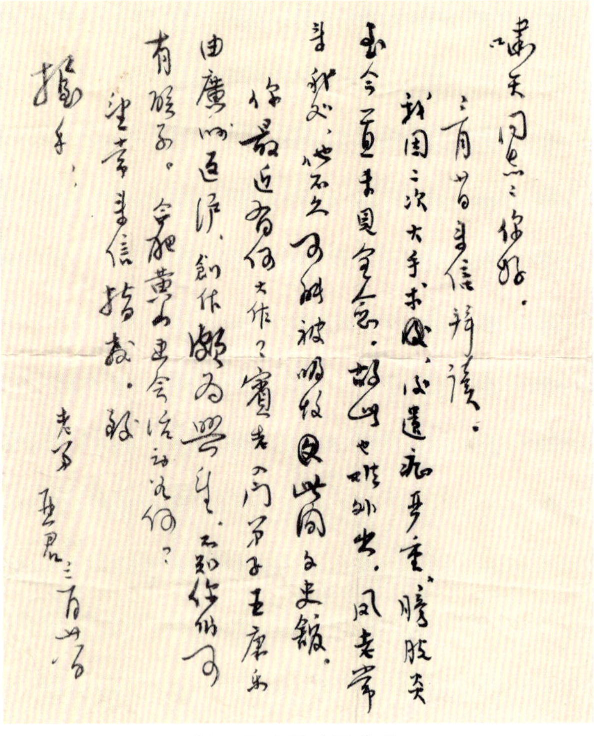
嘯天同志：你好。
三月廿日來信拜讀。
我因二次大手術，後遺症嚴重，膀胱炎至今一直未見全愈，故此也難外出。凤老常來我處，他不久可能被吸收此間文史館。
你最近有何大作？賓老入門弟子王康乐由廣州返滬，創作頗為興望，不知你們可有聯系。合肥黃山畫會活動如何？望常來信指教。致
握手。
老弟亞君 三月廿八

程亚君致程啸天书札

※　程亚君（1921—1995），安徽歙县人。著名书画家。1949年后历任上海人民美术出版社副总编辑、上海中国画院秘书长等职。出版有《程亚君画选》。

程次衡※

书札

程次衡致程啸天书札

啸天叔：

先后收到九月二日手谕暨吾叔在黄山胜地所拍小照及电视片，确使我亲谒尊颜，则又使我感叹客观规律不容情，人生为什么要老？假使不老多好？

两帧电视底片，已加洗出很清晰，若您需要，我洗好寄来。

湖州有条骆驼桥，正在市中区。这里是水码头，弯弯曲曲河道很多，现在可称水陆交通方便的地方了。

之逊的母亲是我的表姐，石冈二姑母的女儿，可能她在幼时经常到虹梁来耽搁，因此，她对虹梁老辈很熟悉。

银鱼丝是太湖三宝水产品之一，在国际市场声誉很高。国内视为珍贵的水产品，味道尚可，炒肉丝味道更好。

目前吾叔每月生活费由何单位承担？我建议必须争取固定单位支付，有所保障。

草函谢忱！敬请安康！婶母请安。

侄次衡谨上　9.16

二

啸天叔：

寄赐《团结报》刊，收阅好多天了。阅读报刊以后，则使我理解向吾叔提问情况的示意，果是我的理解未错，确是吾叔晚年的极大幸福！晚亦为欣慰也。

随函附上小照底片两张、加晒照片四张，请尊收。尚有附来赐阅两帧尊照，如需用时请谕知，当即寄奉。

小女玲琳与她夫力宣欣赏吾叔的国画，他们欲求一帧，又怕齿口。晚请吾叔给予他们画帧横幅，请书力宣、玲琳两人名字，俾使下辈珍藏和留念。小女玲琳是我退休她来湖州顶职，现在正在要求调回屯溪工作，这样对家姐有所照顾。她与令外孙女汪楚相处，胜似姐妹。乞求的墨宝，如蒙允诺，不计时间早迟，如同身受也。特此函复。敬祝

※　程次衡(1919—2008)，又名仲冈，安徽黄山市徽州区虹梁村人，程啸天族侄。早年在杭州业商，后迁居湖州。

安康！叔母请安。

侄次衡上　10.17

附：程啸天诗文稿

程啸天致程次衡书札

仲冈贤契：

接奉手书，快如面觌。时间迅速，令人惊叹！你和令兄及法[①]，常在念中。我曾到合一玩，并屡讯问令兄及法，杳无消息。令郎在王村，曾获见二次。吉人之后，为人师表，不禁感羡！

承赠昔年我画照片，足见贤契爱好书画，使我能看到艺术进步情景，曷胜欣慰！我师黄公[②]之书画，你能保留至今，深为难得。可以说你家有一个宝了，希加意爱护。

嘱画，当然是可以的，但赠物就不必了。近据安大一位教授说，湖州对于传统艺术较为重视，但画家不多。愿为我设法去开个画展，我不同意，原因是得不偿失！不过如有熟人积极为我推荐些画，收少数画润，以资弥补，倒也可以。不知你在湖州多年，人面熟否？如可以推销一部分“新安山水”流传浙湖，倒也蛮好！又可以收点润笔，帮我下季游广西漓江一臂，亦一大（下页缺）……

（1981 年）

① 编者注：法，人名。
② 编者注：黄公，对黄宾虹的尊称。

程丽君※

书札

程丽君致程啸天书札

一

程老师并师母好！

来信收到，勿念。

关于您来桂林之事，屯溪公、婆不来桂林，您可以自己来。到杭州坐79次（上海—昆明），这趟车中途不用转车，直接到桂林下车，来时给我一电报，到时接您。至于桂林招待所单房之事不用问，有贵有便宜的，还可以住我厂里招待所，每晚1.00元，相当单房，无人住可以给单房给您，既便宜又干净，看病很方便，桂林医院很多，来回坐车也很方便。

现在桂林天气不怎么冷，但经常下雨，其他无事，我们还好，勿念。

祝好！

月琴于（19）81.11.21

我可以给找个地方住，不用花钱。我厂改名金刚石厂。

二

程老先生：您好！

来信收到，我一天忙忙碌碌，也没有给您去信。上次寄来画象鼻山收到，但对看象鼻山不十分像，因为您画的鼻子太长。象鼻山原样是短胖，鼻子没有那么长，而且伸在水中。我都给他们了。

厂里有一位上海人，他梦想要您的画，天天催我去信给您，让您帮他画一幅画、写一对联，在您有空时记住帮他画一下，就画黄山画。有空请代我画一张画，再写上一对联，送给一同事女儿结婚用。

您走后桂林报一直无登载，所以我没有给您去信。师院赵老师那里我还要送画给他，以后我再无空去那儿，不知那些画处理如何？想必他给您去信告知。

您走后啸虎一直出差在外，我一切好，勿念！望您老人家多加保重身体！

月琴于（19）82.6.17

※ 程丽君（1941—　），一名月琴，安徽黄山市徽州区虹梁村人。程啸天族侄女，业医，曾任职于桂林金刚石厂。在程啸天晚年赴桂林、柳州等地观览、写生过程中，方啸虎、程丽君夫妇曾给予多方面的帮助。

方苑栖[※]

书札

方苑栖致程啸天书札

仲芳兄：

新春蒙惠诗章，敬步原韵奉和二绝：

（一）

春雨春风赖剪裁，清词天上忽飞来。
故人老病支寒榻，把卷浑忘体力衰。

（二）

公私自古两难全，艰钜遭逢在目前。
君是朝阳吾熸烬，愧将斑管和诗篇。

己亥元宵未是草，敬乞郢政，苑栖。

另录六十自寿七律一首：

方看鬓齿忽华颠，瞬息人间六十年。
往事已随流水去，当前惟取夕阳妍。
尘心着我难依佛，久病看人尽是仙。
白酒黄柑聊自寿，却怜清颐到杯边。

右诗[①]除求正外，并乞赐和，更请挥写水墨册页一帧，即以和诗录于其上，以作永久纪念。专此即颂

教祺！弟苑栖再拜。

（一九）五九年四月廿六日

题画

方苑栖题程啸天绘《秋林高士图》[②]

且托秋心付笔端，疏林点染数枫丹。
山河极目多离乱，抱得琴来不忍弹。

戊寅九秋感赋，即以奉题啸天先生法绘山水。弟方舆。

※　方舆（1899—　），字苑栖，已故，安徽黄山市徽州区马岭村人。擅诗，曾任歙县烟村小学国文（语文）教员。

①　原诗直行书写，“右诗”即为上诗。

②　编者注：《秋林高士图》作于抗日战争期间（1938 年）。

方苑栖题程啸天画作《秋林高士图》

附：程啸天诗文稿

程啸天诗文稿

（八月初九日）今日为方苑栖兄服务烟村小学十周年纪念，适值五旬诞辰，校中同人聚餐，予亦叨陪末座。席间举行题词纪念，予为题一律以呈：

化雨浴桑梓，春风满十年。美君诗律细，愧我砚磨穿。
锦瑟年应庆，何奈却可怜。今朝须尽乐，醉饮莫辞先。

丰一吟※

题画

丰 吟题程啸天绘《新安山水图》

（一九）六一年随先父丰子恺游黄山，道出歙县岩寺，与画家程啸天相晤甚欢，先父尤为高兴。别后程先生为绘《迎丰图》留念。今程先生以苍劲有力之新安画见示，追忆前情，为志鸿爪。己未秋月，丰一吟记于上海。

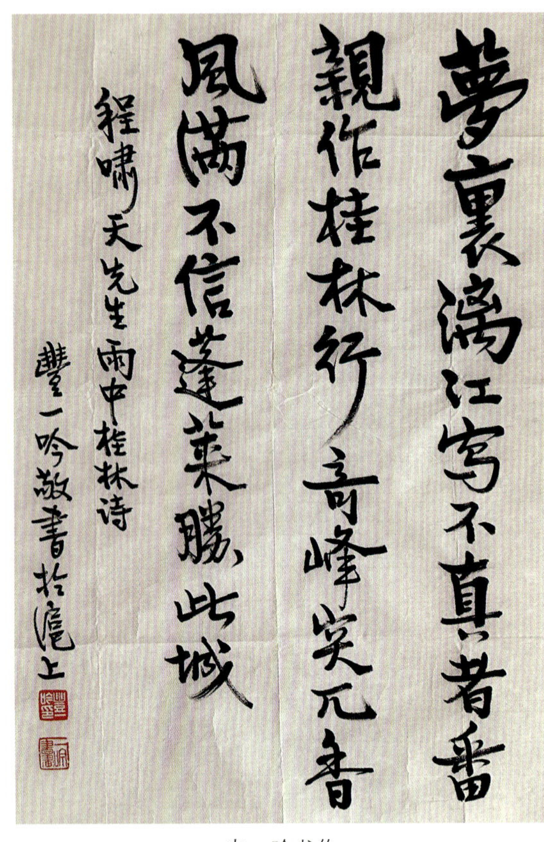

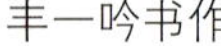
丰一吟书作

丰一吟题程啸天绘《新安山水图》

※　丰一吟（1929—2021），书画家、翻译家。上海市翻译家协会会员、上海市文史研究馆馆员。丰子恺先生之女，书画作品颇得乃父之神韵。

葛介屏※

赠字

书宋黄鲁直七古一首赠程啸天

葛介屏

凌波仙子生尘袜，水上轻盈步微月。
是谁招此断肠魂，种作寒花寄愁绝。
含香体素欲倾城，山矾是弟梅是兄。
坐对真成被花恼，出门一笑大江横。

宋黄鲁直《王充道送水仙五十枝，欣然会心，为之作咏》七古一首，啸天同志法正。己未花朝后三日，介屏于淝上逍遥津畔。

题画

葛介屏、程啸天合绘《梅石图》题跋

葛介屏

番风廿四春消息，人与梅花一样红。自信同志鉴之。壬戌重阳，程啸天写石，葛介屏补梅于淝津。

葛介屏、程啸天合绘《梅石图》

※　葛介屏(1912—1999)，安徽合肥人，名德藩，字介屏，晚年号介翁。著名书画家、金石篆刻家、诗词学家和文物书画鉴定家。

过旭初※

书札

过旭初致程啸天书札

一

啸天世先生足下：

久未奉教，甚念。兹将各事分述如下。

1. 赵朴老处，近来不易见面，故我到他寓又将尊画携还了。

2. 先奉上九十六岁沈老[①]篆字横幅一纸赠足下，祝足下年届九十又六而能饮酒写作也。

3. 我近已改为退休，秋间如有机缘，一定来黄山，能与足下和初民世先生同游黄山，尤可喜也。

4. 稍迟备酒约赵公小叙，再为足下与初民先生代索一纸寄上。并祝

全家好。

旭初顿首　（19）78.6.8

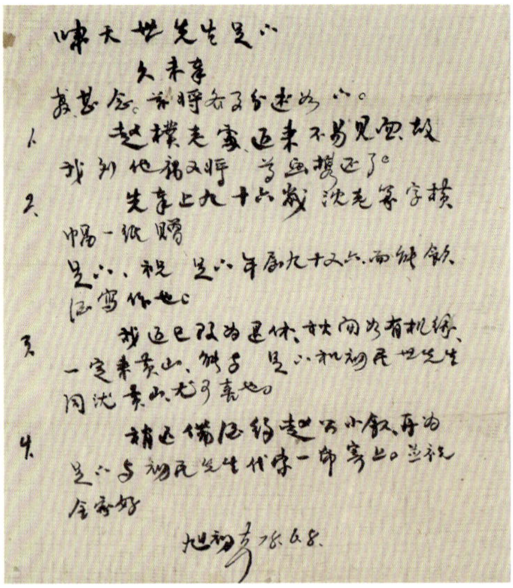
啸天世先生足下
久未奉
教甚念。兹将各事分述如下。
1. 赵朴老处近来不易见面故
我到他寓又将尊画携还了。
2. 先奉上九十六岁沈老篆字横
幅一纸赠
足下，祝足下年届九十又六而能饮
酒写作也。
3. 我近已改为退休，秋间如有机缘，
一定来黄山，能与足下和初民世先生
同游黄山，尤可喜也。
4. 稍迟备酒约赵公小叙，再为
足下与初民先生代索一纸寄上。并祝
全家好
旭初 78.6.8.

过旭初致程啸天书札

※ 过旭初（1903—1992），安徽歙县人，围棋国手过百龄后裔、过惕生之兄。我国现代围棋前辈。1924年，经人介绍赴北京陪段祺瑞、段宏业父子下棋。抗日战争胜利后，在上海创办上海围棋社。1951年，在李济深的支持下，参与创建北京棋艺研究社。这是新中国成立后第一个棋社。常与陈毅、方毅、楚图南、张劲夫等人手谈。历任北京市文史研究馆馆员、北京棋院顾问等职。著有《沧桑谱·过惕生过旭初弈谱精选》，与林志可、过惕生合编有《围棋名谱精选》。

① 编者注：沈老，沈裕君（1882—1982），浙江桐乡市人，字待翁。中央文史研究馆馆员。工书法，精篆刻。

二

永青、啸天贤昆仲：

和诗均极佳，因再作感怀七律志谢。

手谈访友到燕山，卅载交游乐往还。
咬得菜根常素食，无须芝草驻童颜。
莫嫌骥老犹称力，且喜埙篪诗并来。
他日新安重胜会，陶然一醉共徘徊。

丁巳夏暮，旭初未是草。

三

永青、啸天贤兄弟：

最近天热，手谈较忙，前奉贤兄和诗，非常感佩，匆匆拟成七律一首，夹于书中，久不见。今日看书又发现矣，爰马上再写几句，可能在半个月左右要返故乡，良觌匪遥，统容面叙。托方元书记事，贤昆仲晤时请代催其速复也。

祝贤兄弟全家好。

旭初顿首　8.19 灯下

暂请不与外人道也。晤方元便悉一切。

四

啸天翁足下：

我因低血压，少与戚友通讯。方启章姻弟岩寺址遍寻无着，曾去一明片（写岩寺后街），不知能收到否？望足下代为一查，无任感祷！四月发表尊画，足下要几张？望示知，以便连稿费一同寄上。

并询近好。

过旭初　4.13

附致方的信，望代加封填写地址。又及。

五

啸天翁足下：

复示所悉《团结报》已收到，尚有二三事分述如下：

1. 我去《团结报》两次，允发表后，亦请足下赐一小画酬之。

2. 张劲老今年七月六十又九诞辰，可能是足岁，虚岁已七十矣，请足下赐一二尺山水，由我裱好送去。

3. 我处亦盼足下赐一横幅二尺长、一尺宽，以备留为纪念。胡家兄来看此间房，拍案叫好；尊画裱好，留待他日来游龙潭湖的同志看看，想足下亦乐于赞助也。

4. 昨日寄到尊画稿费六元（登团报），得暇寄上。并颂

夏安。

旭初顿首　5.28

题画

题虹庐弟子合绘《栖霞请益图》长卷

过旭初

黄宾虹老人，一代画宗。吾友汪孝文集老人之高弟程啸天、朱砚英、王伯敏、段无染、林散之五子之山水，一如老人之疏宕奔越、聊浪自放者，装之为《栖霞请益图》。栖霞者，老人之所居也。蒙见示，观之一气贯之，想见五子挥毫时，早已得其三昧矣。余因勉题七绝二首，聊致钦佩云耳。

宾老画圣兼书圣，久住栖霞诗更奇。
孝文圣门之羽翼，五子海内誉纷驰。
画图请益见情真，笔有风雷墨有神。
六法自来通八法，栖霞端合住骚人。

己巳三秋，过旭初时年八十又七，题于北京龙潭湖畔。

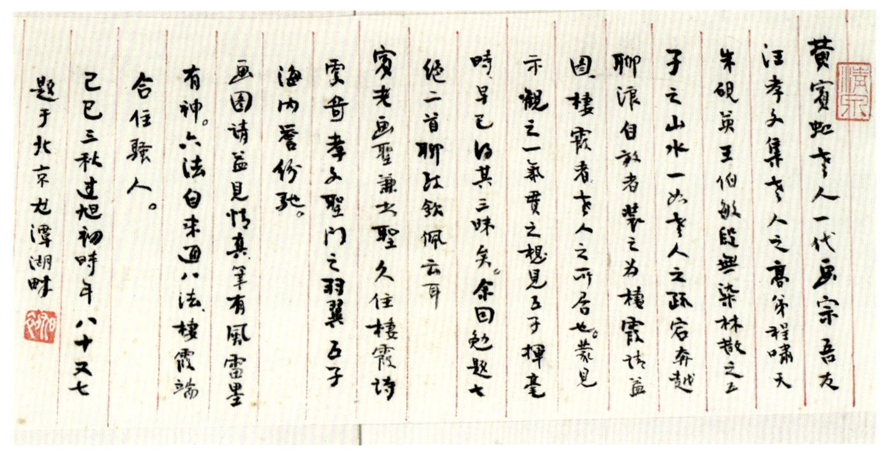

过旭初题虹庐弟子合绘《栖霞请益图》

题程啸天绘《采白亭图》

过旭初

歙县程啸天世先生为黄宾虹老画师入室弟子，所绘《采白亭图》惟妙惟肖，因为题咏。

西干采白亭，早在幽赏列。上有拔云峰，俯瞰滩碎月。
下有太平桥，夙昔所慕悦。去秋从歙来，依依不忍别。
程子造诣深，书画将双绝。郑汪印鸿爪，雅谊永不灭。
感此怀诸公，题诗赠留阅。

丁巳春，旭初未是草。

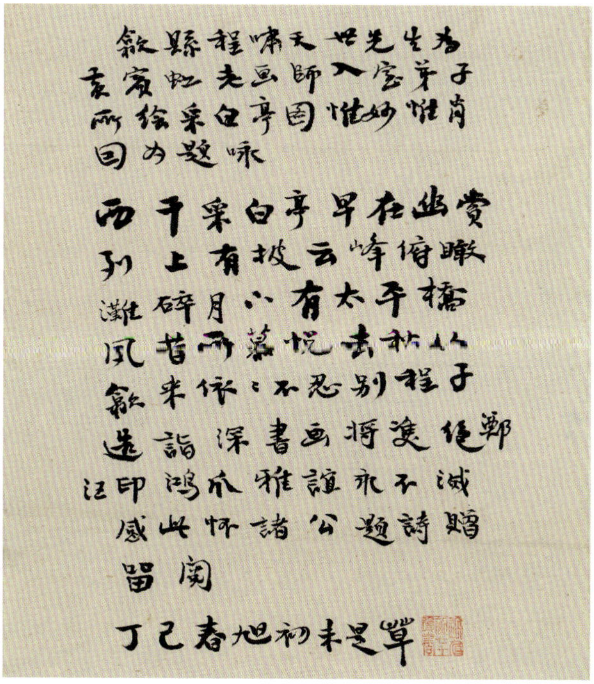

过旭初题程啸天绘《采白亭图》

同前题，又七绝一首，丁巳春，北京。

故园遥望路漫漫，亭影犹存想像间。
难得多情程穆倩[①]，披云峰下绘溪山。

题程啸天《栖霞永念图》

过旭初

啸天画家教正，戊午仲秋，旭初敬题。

宾虹大画师，工诗又工篆。幽居栖霞岭，俯瞰湖水艳。
程子绘画图，郑虔将三绝。山高与水长，雅谊永不灭。
属余志鸿爪，题诗赠留阅。

汪孝文世兄惠程啸天画《采白亭图》，诗以谢之

过旭初

采白亭图妙，披云喜不禁。欣逢汪子惠，更佩啸公深。
无可酬喜贶，先书表谢忱。琼瑶不足报，何以答知音。

丙辰寒月，旭初呈草。

① 编者注：程穆倩，即清代著名画家程邃，此代指程啸天。

题过旭初、程啸天、程小麟合影

小麟和爷爷幸福地和过公公合影于岩寺。

丁巳国庆节。过老今年七十六岁，我六十七，小麟六虚岁。

过旭初（右）、程啸天（左）、程小麟合影

侯北人※

书札

侯北人致程啸天书札

一

啸天道长吾兄如晤：

去秋黄山之会，至今仍在眼前，能与吾兄把晤言欢，实乃平生一大快事，惜时间暂短，不能把膝深谈，怅甚、歉甚。前得学生白梦转来大作一幅，万分珍爱，新安传人，唯吾兄耳。弟远居海外，不能多有请益，实乃憾事。兹绘就《新安江景色》一幅呈上，希能予以指教，以求进益也。得暇尚希时赐教言。特此，并祝

健康。

弟侯北人上　一九八三年三月卅一日

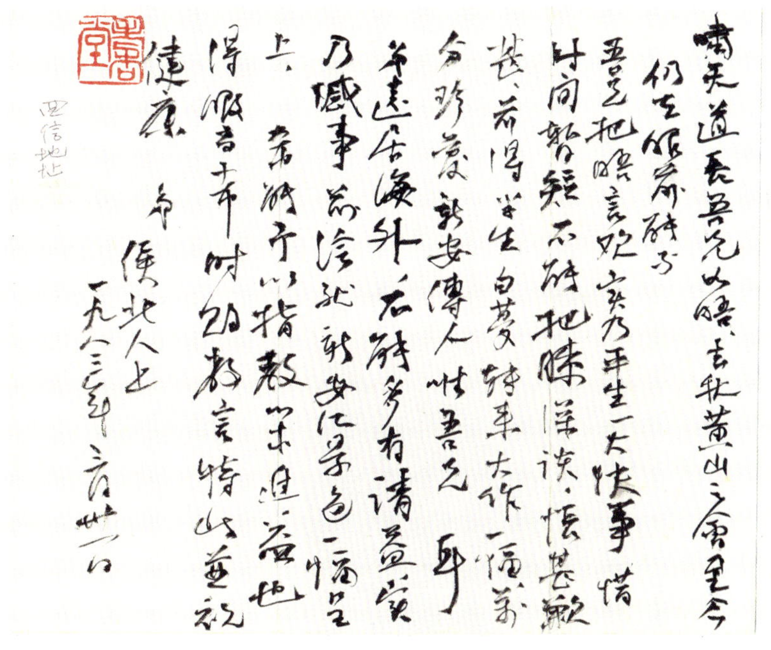

啸天道长吾兄如晤：去秋黄山之会至今仍在眼前能与吾兄把晤言欢实乃平生一大快事惜时间暂短不能把膝深谈怅甚歉甚前得学生白梦转来大作一幅万分珍爱新安传人唯吾兄耳弟远居海外不能多有请益实乃憾事兹绘就新安江景色一幅呈上希能予以指教以求进益也得暇尚希时赐教言特此并祝

健康

弟侯北人上　一九八三年三月卅一日

回信地址

侯北人致程啸天书札

※　侯北人（1917—　），祖籍河北昌黎，1917 年生于辽宁海城，毕业于日本九州岛帝国大学。1948 年转往香港，担任报纸专栏作家。早年师从李仲常先生习画，后求教于黄宾虹先生、郑石桥先生。1956 年由香港移居美国加州，从事教授中国绘画工作。1979 年，召集热爱中国绘画的有关人士，创立“美国中华艺术学会”，为美国中华艺术学会首任会长和永久性名誉会长。

二

啸天大兄同道如晤：

顷接手教，知悉近况，深慰远怀。依嘱随函附上在黄山时照片三张，希留为纪念。希望不久将来能再登黄山一游，以饱览胜况。特此匆匆。暇时尚祈函教。并问

近安。

弟侯北人拜　五月四日

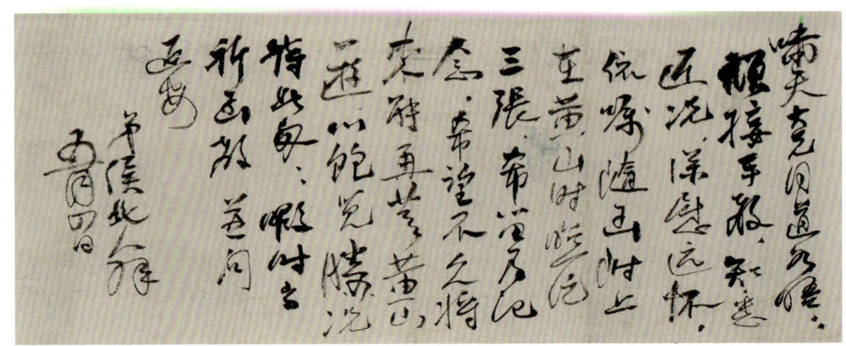
啸天大兄同道如晤：顷接手教，知悉近况，深慰远怀。依嘱随函附上在黄山时照片三张，希留为纪念。希望不久将来能再登黄山一游，以饱览胜况。特此匆匆。暇时尚祈函教。并问近安。弟侯北人拜 五月四日

侯北人致程啸天书札

赠画

赠程啸天《新安江景色》题跋

壬戌年秋九月，赴黄山途中经新安江，适值夕阳西斜，景色苍茫，山村人家，一片画图，令人陶醉。归加州后忆写，笔墨均拙，不能得之万一，略博啸天同道长兄一笑耳。侯北人于美国加州老杏堂中。

侯北人赠程啸天画作《新安江景色》

胡凤子※

题画

至岩寺与虹梁老人会盟

胡凤子

车行高下逐山隈，路近渔梁一镜开。
点点新容迎道疾，莺歌燕舞傍人来。
太平桥过即河西，五里栏杆路逶迤。
岩寺寻盟今再晤，赏心从此莫相违。

题程啸天绘《采白亭图》

胡凤子

新安风物尽朝晖，峰自披云塔自巍。
采白亭留图画里，岚色波光明翠微。
画意诗情景倍妍，江山如笑换人间。
虹梁妙绘真横绝，一笔能开万古天。

怀友三章　癸亥八月病中

胡凤子

宾至名归程啸天，新安画派此中坚。
虹庐弟子多豪俊，四化描春齐着鞭。

（另二首潘絜兹、郑逸梅不录。）

※　胡凤子（1904—1983），原名舜仪，安徽歙县槐棠人，吴待秋弟子。青年时在苏州萃英中学、东吴大学任教多年，与友人范烟桥等创办芳草文艺社。抗日战争爆发后举家返歙，创办槐山小学。后曾任《西北日报》驻沪特派员、《通俗报》经理。新中国建立后曾任上海市文史研究馆馆员。

啸天画赠程亚君索题　己未六月

胡凤子

山水结深契，烟霞散罗绮。旷望天地宽，此心欲千里。
重云生远心，岚光明翠微。感此春意好，遥舟迎清晖。

虹梁老人以近作《黄山云谷藏云》画帧属题

胡凤子

谷自云中出，云从谷里生。谷云相依倚，谡谡来松风。
良工绎巧思，揽入剡溪藤。墨渖腾百泉，笔力屯千军。
淋漓动杜甫，纵逸迫王蒙。胜游宛在目，山川万古春。

海上飧叙

胡凤子

末座忝陪获甄陶，存真画室纵谈高。
主宾都是徽州佬，酒未沾唇意已酵。

己未六月廿日与新安画家程啸天、《安徽文艺》编辑黎佳、《安徽日报》记者鲍杰飧叙于“存真画室”，有感于主人程公亚君殷勤之意，占此以为鸿爪，乞正之。凤子。

附：程啸天诗文稿

秋日偶成寄胡凤子

程啸天

人人自诩画新安，毕竟新安下笔难。
浑厚华滋真妙谛，有谁参透雾中山？

老诗人胡凤子先生

老诗人胡凤子先生，歙之李槐棠人，久居沪上，诗才横溢。今庚年虽八十高龄，身躬尚强而腰脚甚健，逢兹盛世，吟咏不衰，欲为四化尽情歌颂。惜为癌敌于9月10（日）夺去生命，未竟其志！朋旧同声惋叹！同里汪孝文先生为胡公作小传；同里王老显文为理其遗作——黄山诗多首，以刊《黄山》，聊贡与知胡公者，作为久念云。

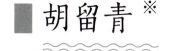

胡留青※

书札

胡留青致程啸天书札

程老师：

在宁一别，倏忽间已隔一月。您返徽后来的来信已收到。在这里谈不上招待，不足挂齿。

不知此行结果如何？郭同志曾几次和我谈起过。来信没有见告，颇挂念。

此间学校快将放假。若有便车，我可能回家。届时一定要来看望您和师母。

兹有一事，烦您能从中媒介一下。我的几位同事，暑假欲去黄山，他们担心住宿安排会有困难。因此，想托我设法在那里找个熟人。我的印象之中，您似乎是有学生在那里的。如果有，不妨请您给写个条子，寄来这里，让他们带上作上防备。如果没有，即作罢。千万不要专程去找老鲍了，否则就是误解了，因为这完全是两可的事情，请程老师不要误解了我的意思，不要酿成个六十里的麻烦。没有熟人就算数，不必多此一举了，千万千万！因为我谙悉程老师办事认真，在此不得不再三说明。再说一遍，这是两可的事情，可有可无。他们（约四五人）大约月初动身。过了月初就不要来信了。

自信是否回家？

我如果八月十日前不到徽，就是不回家了。

有什么事来信。向您和师母请安。

晚留青上　1979.7.19

便中见了老鲍，请问候！

※　胡留青（1940—　），安徽省歙县烟村人，1962 年毕业于南京工学院，后任教于东南大学土木学院。程啸天友人谢衡度之外孙。程啸天 1973 年赴南京游览、写生时，曾寓居于胡宅。

黄警吾 ※

书札

黄警吾致程啸天书札

一

大伯宾虹昔为先父仲方作《课耕息影图》，跋云（节略）：余兄弟四人均出生于浙东金华，弱冠，三弟贾无锡，四弟守金华，余与二弟返歙。未几，余即就食沪滨，自惭年逾半百，碌碌无成，徒增几慨，惟二弟息影故里之课耕楼，埋名隐姓、与世无争，令人羡慕。昔惟贞公归隐时营此楼，有联云："课子迟眠，数卷读残窗外月；呼童早起，一犁耕破垄头云。"今二弟能步先人遗范矣，适逢五十初度为作图并篆："芳草到门无俗驾，林泉随处有清余"联句以贺之。惜此图与联均为洪水所毁，因录所题，敬请老友啸天画师依原本意境以补之。

信封：罗田公社虹梁大队程啸天画师收

潭上黄警吾缄

二

啸老：

黄山游了多少天？创作了多少精品呢？赖少其、黄胄这些人都见面了吧？搞得他们的佳作没有？现在中秋过去了，估计你该已返虹，节过得怎样？

前据高华说，你问绍帆是何人，他是潭渡翰林公次荪太史的后裔。他还有一副宾老篆籀的联对来配合你的大作——《滨虹亭图》（但也不一定非此不可）。如果不信的话，俟你来酌酒的时候，可以作个见证。

开学了，带信比较容易了，如何，请你先给我个消息好吧？再谈。专致

敬礼！

警吾　1980.9.24

三

啸天画师：

昨天晚上 8 点钟，我已睡上床了，坐在床上看书，突然□□□跑进房来，觉得很奇怪，他的情绪很紧张，开口就说，有件事要向我问过明白，所以急急赶来，

※　黄警吾（1904—1986），黄铎，字警吾，晚号八十趣叟。安徽省歙县潭渡村人，黄宾虹二弟黄仲方之子，工诗文。

他说接到程老师的信，说有画寄郑村，未收到等语，并云他岳母为此事，已亲到郑某家查问过，并无此事，到敦厚先生家也去问过，均不知，他爱人并未收到此画，大家都很着急等语。我只好将计就计地告诉他，事情已解决了，由我和程老师另外找了几张杭州美院画中国画的实习生的画，由程老师改好题名，由我转给前途，并说明改画价值，举出黄宾虹老人许多例子，前途很满意，再等最后一张寄来，送去就结束了，请他不必着急，也不必追究。我们大家知道，这些画已经给那位“大人先生”拿走了，你们是无可奈何的，我们也无法可想，随它去吧。请他写信答复你。好容易把他情绪稳定下来。我从侧面了解，他们亲戚之间，自泰山倒后，双方已闹到兵戎相见程度了。如果为了这件事闹大，岂不是节外生枝吗？你写信告诉他吧，算了。

再说，我将画转交经过，上面所说均是实情，要补充的是：所题名的二人，均是住城里的人，另有一个是山里的。我是送给绍帆的，并且同他说，你有信给我，实在没空，先给他们用用起，将来有机会再画。他们也无所谓，没说什么，就写这些吧。专致

敬礼！

警吾　3.7

四

啸天：

你自甲天下的地方归来，染着甲气，想必是变到甲等忙人，不来也没信了！我因不知你在不在家，也不敢写信给你。确然虹庐搞来了东西不少，也有不少名流。很希望你来评定一下。我抄了一个复写本，准备邮寄给你看看，同时也准备续印分发，但不知道你在家不在家，所以没敢寄。如果寄印挂，能收到吧？告诉我。

嬉桂林，倒是小意，可是债台高筑，人情账还不清了吧？不够三更灯火五更鸡，总是画好了。我算间接债权人之一，你该没忘记吧！因为这些人的账，比人情账难欠，我们对他们不要拖才好！你同意我的说法吗？

虹庐修理也有点小动静，可仍是梯响不见人呀！现在寄点材料你看看，可以知道我的进度。你接触面广，有人谈起，好知道一些，自然也会侧击侧击。

把歙县定为风景县，我这个想法，不是什么高超理想，也不是幻想！现在泰山脚下的古城泰安，已由国务院定为旅游城，见《文汇（报）》5月10日1版，你看见吗？黄山旅游名声不低于泰山吧？何以没人敢说话，我交给程齐夔转提的建议你看见吧？怎样讨论的吧？有议案吧？告诉我。

信班快到了，再谈。此致

敬礼！

警吾　（19）82.5.20

五

啸天老友：

闻汝归来，可贺可贺，又闻名列典籍，更是钦羡之至，此后尽可隐居虹梁，多画些画。其实我可与王伯敏谈，把画册寄给他们看看，请他们写点文章，再得名流捧一捧，较之同这里的外行领导打交道，可能好得多。有些领导手段高明，您被利用，而不知所用，看其攫取，而不敢言所取。我深刻领教过，不知您有同感否？世道如此，事不可为也。君以为否？

近来自信世兄没有信来，他外出开会回来否？希望告诉我。

赖少其早已离开宣传部部长及文联职位，转移省政协副主席，您知道吗？

天气很热，又在“双抢”，农民毕竟苦得多，加之今年水成灾，但徽州现下又在抗旱，如遇荒年，就不堪设想了。高华去开封府游览已归来，每日起早钓鱼、栽花，享享清福，可佩可佩。草此布意，并请

暑安！

警

六

啸天画师：

社会主义的制度确实好，邮电员把 3 分邮票的信件转到黄山，让您收到了。

凌凯文老师也把您前次的信送来，我那个“把歙县划为旅游县”的幻想起反应没有？当然这非易举，但现在画张蓝图，留给儿孙们去做，也是好事。泰安县[①]可做，歙县难道不可做吗？黄山归来不看岳，结论早有了，歙县要识货啊！

“自古成功在尝试”，歙县潭渡黄宾虹故居收入《中国名胜辞典》，这就是“做”的成功。黄山旅游要的是人做。歙县的事，宾老故居的事，您可作为茶余酒后的谈资不好吗？我也知道您要谈的，但谈画论画多了，又怕您要忘了。

虹庐继续征求诗画，已不少于第一次，而且质量也高，名流题咏不少。第一次您叨林散老的光，一开卷就是“啸天同学”，这一次仍然是散老打前，可是没有“啸天同学”了。我想老朋友不应该昙花一现，所以“征诗续集”的序文，想就落到您的笔下了。

本想把抄好准备付印的“续集”寄给您，可是您太神出鬼没了，不敢乱投。所以先问问您，如果您在茅蓬小息之余，时间许可之下，请速复我，我即印挂寄上。因为暑假在即，汪老师得空刻写。说完了，下次再说。此致

敬礼！

警　1982.6.2

① 编者注：泰安县现为泰安市。

七

啸天大画师雅鉴：

闲行垄亩间，拾得一诗，录呈一笑：

程子避尘嚣，携囊入此山。桴桴于云海，乐矣竟忘还。

你看他似神仙了吧？

处暑后，黄山秋意已深，游客渐少，汝当安闲些吧？然有要人在，又作别论。能得一二良友，叙叙谈谈，就更好了。闻刘海粟、沙孟海二老都在山里，确否？

早在6月2号，我有封信寄给你，收到了吧？现在准备把“征诗续集”复写本寄给你，但又不知你情况究竟怎样？故先寄封信问问你，请你立刻复我一信，否则我就把全部稿件，挂号寄来，请看一遍，为我写篇序文，好吧？再谈。此致

敬礼！

警　1982.8.29

八

啸天委员钧鉴：

昨晤高华，方知尊驾在城开政协会。花了昨晚一夜，及今天一上午，赶写了几年来想要提的建议，并画了一张不准确的草略图，一并以人民来信方式，向大会提出。恕我不能亲往投递，故请您好以委员资格代我向大会提出，敬请诸公讨论。还有二月十号由邮政寄给政协常务委员会一封人民来信，附有一份“三结合”呼吁书，一并请代查一查，是否在此次会上讨论，还恳见复是荷。

皖生、齐燮诸公未另。此致

敬礼！

警　1983.4.2

（程啸天有批：“已经代转，请放心，正在开会，不及恭答，谅之。”）

九

啸天大画家：

吟兴不错，一来五首，愧不奉和，因写宾老在徽州一段史料——《黄宾虹在徽州》，较忙。这段史实我不写没人知道了，黄宾虹研究就失去富有革命性的一些好材料。例如组织黄社，与陈去病建立徽州革命据点，许际老监督（即校长）新安中学，托他在芜湖物色教席，他邀同陈去病、陈得鲁冒炎热过翚岭，越丛山关，跋涉来歙；际老见陈老亲来，大为惊异。这些历史事迹如是湮没，岂不可惜，所以我要抢在鬼神来到之前，把它写出来，或多或少完成我的点滴历史使命。权威人对此不可惜，我可惜；歙县不要，我寄往杭州。

昨接杭州搞宾虹历史的赵志钧来信，有一页谈到您，我把它寄给您看。我的意见，此举是互相因果的，捧宾虹也是捧自己。老朋友，希望您同我一样，写一写。朱金楼在《新美术》第四期有文章，看过吗？

令郎自信世兄有函来，他玩长沙很惬意，过去我曾到过，附函请看。再谈。此致

敬礼！

八十甦叟，警　9.10

十

啸天画师：

刚发出一信，您的大札又到了，真是社燕秋鸿，浪费了邮票，还苦了邮递员。

前信我已说起《黄宾虹在徽州》的问题，因为我节衣缩食搞黄宾虹的史迹，得不到歙县权威者支持，反遭他们的白眼，何苦来哉。杭州赵志钧、朱金楼（美院教授）辈，搞得热火朝天，到上海、北京各地搜集宾虹书画史料，我得到这些消息，告诉他们徽州这段史实，应该充实这段空白，才引起他们注意，由赵志钧（宾老前女婿）亲自特地来歙一趟。我舍命陪他入城，见到了一些权威人物，都得不到要领，使赵罢兴而返。我们不气馁，调转方向，尽量搜集，写好材料向杭州寄。不假，在旸村碰见尊驾散会归来，小民的八十甦叟到城里碰壁以后，方向盘一转，笔未停过，已经把潭渡的起源及宾虹祖父全家迁金华及宾虹出生（1864年）至13岁返潭渡考试，直到（1907年）私铸逃沪，附带桂林自治公所夺管庆丰堨，兄弟交恶，这连串的史实都写出了，就要向杭州寄了。

您所说的《黄山》季刊不适合发这样系统的材料，我也有个打算，想再花它个二三十元，像“征诗集”小册子一样油印出来，请大家纠正或补充一些，再找名流写点序，由地区文联正式印刷发行，版权也属公家所有，岂不好吗？

故居修理事，我现在不能谈，也不晓得谈，更不是笔墨所能谈，您真的想知道底细，我倒欢迎您跑一趟，来当面谈谈。

朱金楼教授文章，前后两篇我都有，字数太多，非我所能抄奉，快不了，慢也不行，您另想办法。有人抄，可供材料。

自信世兄大作《士先器识而后文艺——中国古代文论中的文德说》，您有吧？我有一本，考证丰富，可贺。再谈，即复。此致

敬礼！

八十甦叟，警　（1983年）9.13

十一

啸天画师：

您好像是在为我“金婚”做傧相，尽说好话吧？

适得其反，我为搞“宾虹故居”受尽苦头。权威人说，谁授权给他这样搞；老伴和儿子媳妇说，一点家务事都不做，搞来搞去，搞出点什么名堂来？哈哈，官不以我为民，妻不以我为夫，子、媳不以我为父，是皆搞“宾虹故居”之罪也，您知道吗？您说我负气而返，非也。我既不负气，且也不泄气，歙县不欢迎，能

得杭州欢迎，不是一样吗？您说“坚忍不拔”地干，诚然，我对宾虹事业就持这一态度。

《黄宾虹在徽州》稿子我已寄往杭州去了，约有几万字，前面信上说过，不知适合《黄山》季刊与否？我有复写稿一本，欢迎您来看看，合用的尽量抄些去，恕我不能将孤本寄上。有例可缘，凡是摭边宾虹的材料，都是不收稿费的，《徽州报》有案可稽，不须顾虑。

写到这里，邮班来了，寄来大作二幅，好快，超乎寻常的快。旧作新题也好，新作品也妙，明天挂号寄到杭州。不过，我们虽是老友，要我写您的简略，还是写不出，还请您自己写点，免得我对朱、赵不好交待呢？寄来我再补去也不迟。

不写了，准备写给赵志钧的信，其余再谈。此致

敬礼！

警吾 9.20

十二

啸天大画师：

您健步如飞，到处跑，有什么病呀？与厕所打交道，赶快到屯溪医院去好好检查，及时医好，切切不能拖，拖成慢性肠炎或其他，治疗就麻烦得多。

请切切不要疏忽，以致把身体拖垮，要紧，要紧。老朋友不多了，您我共同警惕。再说一遍，赶快到屯溪检查，一次治愈，去病莫如净，切记，切记。

赵志钧出书忙，听说到上海去交书稿了，不知道回杭否？他们劲头足，一搞就是十几万字或是几十万字。朱更忙，连赵的东西也没空看。立刻就去催，有信来即奉告。他们对老兄是尊重的，我们切切不要误解，交一个知心朋友是不容易的。他们都有些书生本色，毫无官僚气和市侩气，拖拉味道是有的，您不可以己推人，把您的快干精神看他们。要晓得，文人当中，像您这样美德的人、性急的人，毕竟是少数。黄宾虹有求必应，您可谓青出于蓝而胜于蓝了。一笑。

今天写了篇《黄宾虹何许人也》给《黄山》杂志社，并附了封信给周同志，也提及您的督促，附稿请看，尚不知可采用否？不管如何，我算完了一个心愿。再写吧，吃不消了。此致

敬礼！

警 （1983 年）11.10

昨晚写好，急急睡了，今早复看，再说一遍：赶快去医院检查，拖拉不得！要紧，要紧，11 号早投邮。

题画

题程啸天《采白亭图》

黄警吾

滩咽碎月一溪水，流伴披云两袖风。
亭还落霞何处去，钟沉古寺共成空。
诗僧画出新安史，墨客神来歙浦中。
幽谷余芳常不断，图传故迹笔传宗。

寄赠文稿

歙县潭渡黄宾虹故居虹庐始末

黄警吾

歙县潭渡黄宾虹故居，经国家文物管理局主编的《中国名胜辞典》收为国家名胜后，并经过安徽省政府有关部门的负责人赖少其、刘政文、朱泽等同志，先后亲来视察规划，并由县政协副主席丁泰贵同志率同歙县古典园林建筑队测绘蓝图呈报上级，拨来专款专修。现值搜集地方史料期间，有将故居始末写出的必要，现在分述于下：

清同治甲子（1864 年），老人黄宾虹，出生于浙东金华，至光绪丙子（1876 年）十三岁时，因为要依照当时的考试制度，随父亲回徽州歙西潭渡原籍，应童子试（即考秀才），是为老人返歙之始，试毕返金华。第二年，复偕二弟庚、字仲方（笔者父亲），又返歙，老人应院试，二弟应童子试，均录取，因无伴回金，暂依二伯父母生活，翌年仍返浙；但此后则经常来往歙金间。光绪丙戌（1886 年）廿二岁那年，正式迎接父母来歙主持婚礼，与洪坑洪莀臣之女结婚。当时因老屋狭隘，人多不能容，遂住租于族人黄辅之遗孀的怀德堂中。是乃怀德堂渐次演变成为黄宾虹故居虹庐之开始（见《宾虹杂著》及二伯娘语）。再考怀德堂之历史：溯清康熙戊戌之夏，大水成灾，族先祖慎斋公，醵金分理，计口授食，活人无算。水退，田地尽淹，村众无以为生，公乃以工代赈，大兴土木，建其所居。上梁之日群众用红纸大书怀德堂三字，敲锣打鼓纷拥来贺，主人乃以此定名，是为怀德堂之来由也。传至光绪戊戌（1898 年），辅之遗孀，年老多病，孤苦无依，屋将倾倒，乃增价售我而修葺之，适逢甲子三周。（计 180 年，见《宾虹杂著》及家信）此屋坐北朝南，入门有小院，过院进入二门，即大厅，其扁额怀德堂三大字，是当代著名大书法家锡山秦道然书（注 1）。大堂中有宽大天井，光线充足，最早老人在此厅上，邀请乡耆汪松川先生创办惇素小学，开歙县乡村小学之先例（注 2）。壁后即倒厅，阶下庭前植有罗汉松，大可合抱，对以古梅，中间植有方竹，刻石凿池，风景幽雅，俗呼三友轩。凡此均百年古物，而非老人手植。西侧有小门，曲通玉森斋，斋为先人延师教读儿孙之所，旁接小室，面向小园，中有花木蕉竹之属，石芝竖立其中。此一小间，即为石芝画室，当年布置很简单，门板配以木架即为画枱，水墨丹青，满铺台上，四壁尽悬古画，老人独在其中，消磨岁月，达数十载，殊不知有多少宋元的山水云烟，明清的秋枫春柳，临摹点染其间。由此可通内进，老人与洪夫人住此间。此间之后为二弟仲方之住宅，然亦为老人闹革命，甘愿抛头颅，借以私铸铜币之所。以上这些，均为宾虹老人的史迹不可分割之片断，亦即虹庐过去的梗概。现在怀德堂大厅及三友轩倒厅，均随时代变迁而被拆改为平房，无法恢复。石芝画室与玉森斋，虽经生产队借用改为仓库，基本屋架尚存，政府已经决定修复，不日兴工。至于石芝之来原（源），私铸房屋命名为铸园之经过，当另文再叙述之。搜集人黄警吾，1983.4.15。

注 1. 此扁额现尚完好存在，为许姓做楼板用，建议收购回来，陈列一旁。

注 2.《歙县志》载，私立惇素初等小学堂，在歙西潭渡，光绪卅二年成立，黄质创办，由黄氏族人捐助，兼收学费，黄质宾虹、黄赓仲方历为堂长。《宾虹诗草》载有贺汪松川六十寿诗……感君讲学坐潭滨……句。

石芝画室之来由

黄警吾

石芝是宾虹老人歙县潭渡故居画室前之大石，原高八尺余，玲珑古雅，挺立如芝，老人题画中有书作于石芝室，或石芝阁者均指此。相传芝为清初大珍藏家黄桐如先生之遗物，桐如藏书万卷，字画无算，当代名流，咸走访之。其家之花园中筑有藏书阁，阁畔立石芝（见《先德录》），客至每置酒其间，鉴古论今，吟诗作画，盛极一时。传至光绪戊戌，已百余年，园阁早毁，石芝孤立草丛，无人问津，其后主有拟售芝者，老人闻之，认为先贤文物不可或失，急重价收归，置园中恰对作画处，乃以石芝两字命名其画室，此为石芝画室之来由也。（记录伯母、先父口传）

后来石芝被毁，有残段投水中十年。1980 年春，有画者根据旧作题款，远道来访画室，遍问无识者，寻至田野间，询于余，余告其旧址，并示芝残段，嘱移归置后院，俟画室修复，仍置室前。虑残段已失玲珑之姿！恐再遭投水之劫，乃请乡耆曹一尘兄，为篆石芝两字，亲刻石上，以资识辨，而杜后劫。八十𨗴叟警，（19）83.4.20。

潭渡硚始建与修理

黄警吾

沄（潭，下同）渡黄氏，自唐代由黄屯（即黄沄沅）北渡后，才有沄渡这个名称，意思就是说，由黄屯渡过来的。因屯与沄谐音，遂称沄渡，原先设渡船于现在石硚（桥，下同）下深水沄里，硚之南北两岸处，世称古渡口，经宋元两代未变。明初人渐多，往返不便，初架木桥，至万历丙辰（1616），兴造涵成台，即三元殿，以木桥不宜载重，乃重建石墩，上铺木板。传至清乾隆丙寅（1746），黄凤六画师续写《沄滨杂志》，有记云："夫硚以木则太朴，以石则太华，若此庶几得中乎。"足见此际，硚的石垛木面，情况未变。嗣后有黄尔恂公建滨虹亭于硚之南端，尝语人曰，是硚当溪流洄洑之冲，舟筏出其下，车徒沓其上，非以石易木，不足久计。至以祚公深念祖父意志所属，寻经始而遽身逝，未果。其子晓峰公，于嘉庆己未（1799）秋归展墓，见硚面欹朽陊剥，乃禀于母徐淑人，淑人出私囊积蓄纹银七千两，嘱从父楚兰公为经营，伐石而成（见《先德录》）。是为今日全部石造之三元硚（俗呼沄渡硚），据当时丈量记载：全长卅三丈，阔一丈六尺，七孔，上覆石栏杆，开工始于嘉庆庚申（1800），落成于癸亥，首尾四载，共耗银一万四千两，除徐淑人乐输之数外，不敷者，由以铨以璿二公分任之（见《沄滨杂志》）。解放后[①]，以唐模茶厂运茶，郑村粮站运粮（徽屯公路原经此硚），汽车来往频数，硚面受损甚钜。1966 年沄渡村民黄伯龙，会同有关各村群众，向歙县政府要求拨款修理，得到支持，遂联合旸村各大队，组织修硚委员会，会同县交通局，着手修理，挖去石缝中上百年的大树根，有的重达几百斤之钜，硚面破碎孔穴，全面用水泥浇灌一层，石缝亦用水泥补实，不使水漏入及种子着落。所用各项材料和技术人员工资，政府拨出现款九千余元。粗工由人民尽义务，计沄渡一千工，水川三百工，黎明一百工，七川二百工，沄渡中学一百二十工。经过三个多月的艰苦奋斗，终于将硚修好；但由于天冷冰冻，惜水底未修。还有美中不足的是，为了修硚用石，而拆去为建硚竖立的牌坊。现在铁路局的加重卡车，得以频繁的往来其上者，乃此次修理之功也。搜集人八十踸叟警，（19）83.4.22。

挽联

挽程啸天

黄警吾

贤郎继志，能事留名，归去应无少憾；

月黯虹梁，风悲练水，故人何处招魂。

---

① 编者注：解放后，即新中国成立后。

附：程啸天致黄警吾书札

一

警老：

小儿自信收到写稿，有费金神，谢谢！虹庐征稿第一集请亦可寄去！逸事如有更好！托人带上近作两幅，呈于宾师纪念馆里，门人一点心血，聊以少报万一，以后请付裱工为盼，请复。前函谅达。

祝长寿。

程啸天拜上 4.29

二

黄警老：

吉人天相！

三次上书，正在疑虑为洪乔所误！今天去小店，始捧读大札，为之一喜！喜的是，您是带病延年！

县统战部俞部长知道您为宾公纪念馆辛劳，我在会议上趁机为您要求文史馆为您补贴每月 30 元，早已上报，大约（19）83 年元月可以批准。他人的说词，不过是捕风而已。

关于上年以 4 斤酒一张中堂一事，经您一再麻烦，结果还是姚村姚某汇来 20 元。当时，我想，都是本地人（先寄了一中，四对还是五对？）就算了，动手画了半个多月，画了四张中堂，包好送到（最后考虑倒不是那个拖拉车人，也不是银行的老凌！）化工厂由某人（这个人有问题！）转托郑村那位姓郑的（郑村当铺巷里的）带到郑敦浩（郑某和郑敦浩都是君子人，不会出问题的）家托郑敦浩兄转您的。事隔一年，您又不提起，不是我到姚村，思想上还不知道这事呢！您看看世上的人不君子的多得可怕，老实人，才吃亏呢！

我现在病肠炎，手又酸痛，又欠下四中堂，怎么办呢？您看我这人是“无功受禄”的人吗？

程啸天拜复 1.20

三

警老：

尊示暨大著敬读，宾公纪念馆，我们似感必要，文化领导者是否重视，是一个问题。鲍杰同志去合未回，有机相遇，当与一商，彼意如肯呼吁，亦可增加影响，后再奉告。高华幽人雅致，携眷游黄，必有收获。他家去了 5 个人。我推测是：高华、老母、弟与弟媳、妹。是否？

敬礼！

程啸天谨复 7.19

四

警老：

三次奉上拙函，谅已知道了。再托小吴致意，请即寄我宾老遗像、石芝等各几片。

上面请书：林散老留念。

下面：黄警吾、程啸天谨赠。　期　日

看看散老对宾公纪念馆有什么感想！

祝长寿。

弟啸字

五

警老尊鉴：

开会回家，拜读赠集，甚悦！总感到您的事已办完了。集中有许多错误字句，以后重版必须校正。并于曹度的诗，没有写上，要补。虹庐图王伯敏兄的诗，为何不写上？还有虹公弟子石谷风、朋友王石城等应去征诗，您看如何？如有空星期五到府上拜望。高华翁当在家！

敬礼！

小小弟程岳顿首　6.2

六

警翁：您好！

嘱图，迟迟复命为歉！

兹有一事，请即复我：丰子恺先生女儿丰一吟同志函问说，她和外祖母等，在抗战期间逃难到桐庐乡下，曾住宿于一个船形岭上。这里也住了一个画家，也叫黄宾虹，但年龄却比丰老小些，有些疑惑不解。请回忆一下，有无此事？并颂近安。

晚程啸天拜复　11.8

七

警老：

在歙城博物馆画了将近半月，昨天回家，看见桌上两道“金牌”，拆开一看，需我“返工”，这也是开天辟地第一回。我这画家，比宾公差十万倍，宾公平生没返工过。因为纸质量不好，裱起来，效果会好的，如果返工，不裱可能还是不好看。看笔劲么！

名字颠倒，也无所谓，林公为我写条，都是写“天啸”，反而好，倒觉新鲜！当然，各人看法不同，理解不同。我不为他们“返工”，他们会不高兴，您也会不高兴的！对吗？这样一来，苦了我，也苦了我的双脚。画家烦了神，还仆仆风尘送上门，也是破天荒第一回！！

我现在很忙，省博、省美术服务部，以及县博、县文化局都有任务，天又冷，出不了货，是事实。交货迟了，您要“万灶”[①]，怎么办呢？此复

敬礼！

啸复　12.19

八

警老：您好！

前在车上，曾搭敦浩兄的友人的信，向您问好！想已知道。

在杭见了王伯敏先生，他允以后见了赖少其同志，向他说，为黄师纪念馆筹点经费！

有空来拜望您！或者邀高华兄去游白岳！

祝长寿。

啸字　4.7

① 编者注：万灶，徽州方言，即生气之意。

洪润时※

题画

题程啸天绘《栖霞永念图》

洪润时

一

师承倪瓒继弘仁，篆刻收藏绘事精。
光大新安成巨子，名山千古有传人。

二

绘事超群赏览真，新安画手数黄公。
栖霞潭渡同千古，名重鸡林又一人。

奉题一绝以应　　啸天画家两正，同邑玉屏山农洪润时。

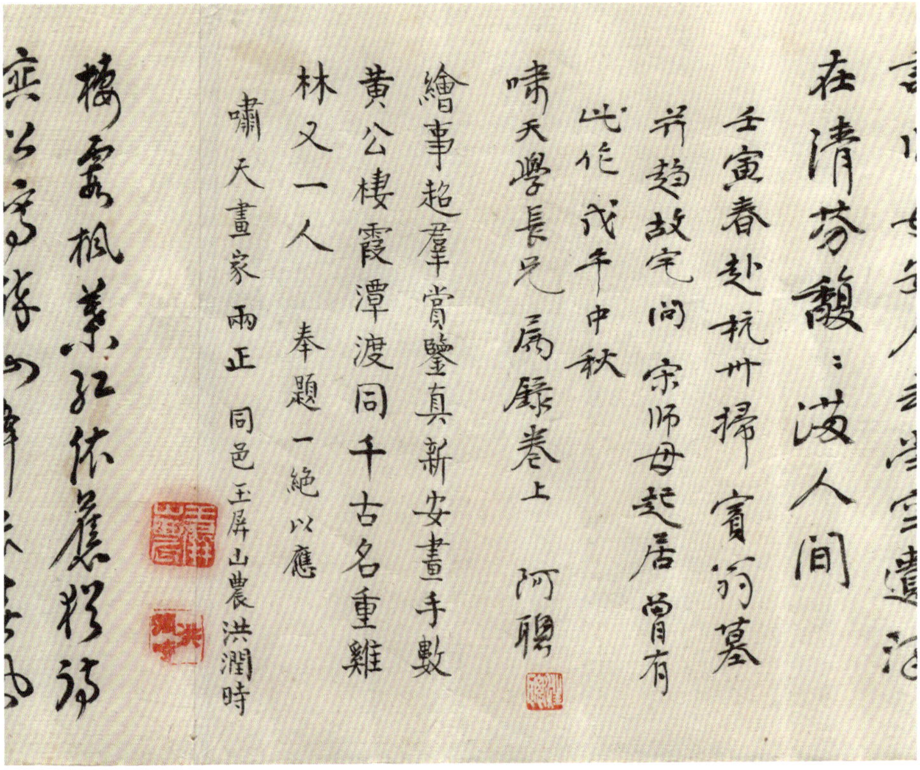

洪润时题程啸天绘《栖霞永念图》

※　洪润时（1907—　），号玉屏山农，安徽歙县桂林镇人。著有《宁澹斋诗稿》。

蒋孝游※

书札

蒋孝游致程啸天书札

一

啸老：您好！

两信都收到，但令郎没有寄照片给我。因此我迟迟未复信。

旌德之会，快慰平生。现在天气炎热，不知你老仍天天作画否？

安徽省美术书法作品展览，定于七月六日在合肥展出，大约上次在旌德看到的草图，经过评议加工后，现在正式展出。我们合肥市送去作品很少，最后选展几幅，我还不清楚。据说全部展出二百多件，其中书法占半数，专告。颂夏祺！

蒋孝遊　七月五日

请你写信给令郎，催促把照片给我，当代转安徽报或合肥报，至于文化报，我不认识编辑是何人。

二

啸老：

别来三年了，今读《旅游天地》鲍杰同志的文章，知老兄身体健康，老兴甚佳，非常喜悦。

弟于八一年中秋从合肥回故乡硖石居住，一切顺遂。去年还去昆明探亲，在西南黔滇游览名胜古迹，大开眼界。回乡后以退休之身，仍作画消遣，惟小县城文艺活动较少，又因人事关系不熟，难得参加展览耳。

最近弟拟编写海宁县[①]金石书、画、金石、诗文方面的人名录，已抄到了历代文艺人名二百多条。惟清末到解放前几十年是空白的。想到老兄曾在硖石读书，有便之时，请你回忆当时的师、友姓名，回忆你在硖一段时间所接触的书诗文画情况，我当编进去，也是一种有意义的纪念，不知你同意否？

※　蒋孝遊（1911—1994），原名孝，字紫云，笔名沙汀，浙江海宁硖石人。早年毕业于上海新华艺术专科学校，后随钱名山、郑午昌等人习画。擅山水，以写黄山为主。生前为中国美术家协会会员，曾任合肥市美术家协会主席、嘉兴市美术家协会主席。著有《山水画源流》《画余随笔》《海宁历代美术史料人物传记》《紫云诗存》等。

①　编者注：海宁县现为海宁市。

此事不急，请有便回忆为盼。专此。祝贺

春节大吉大利，老兄老嫂子长寿，有便候候鲍杰同志！

弟蒋孝遊　一．廿二

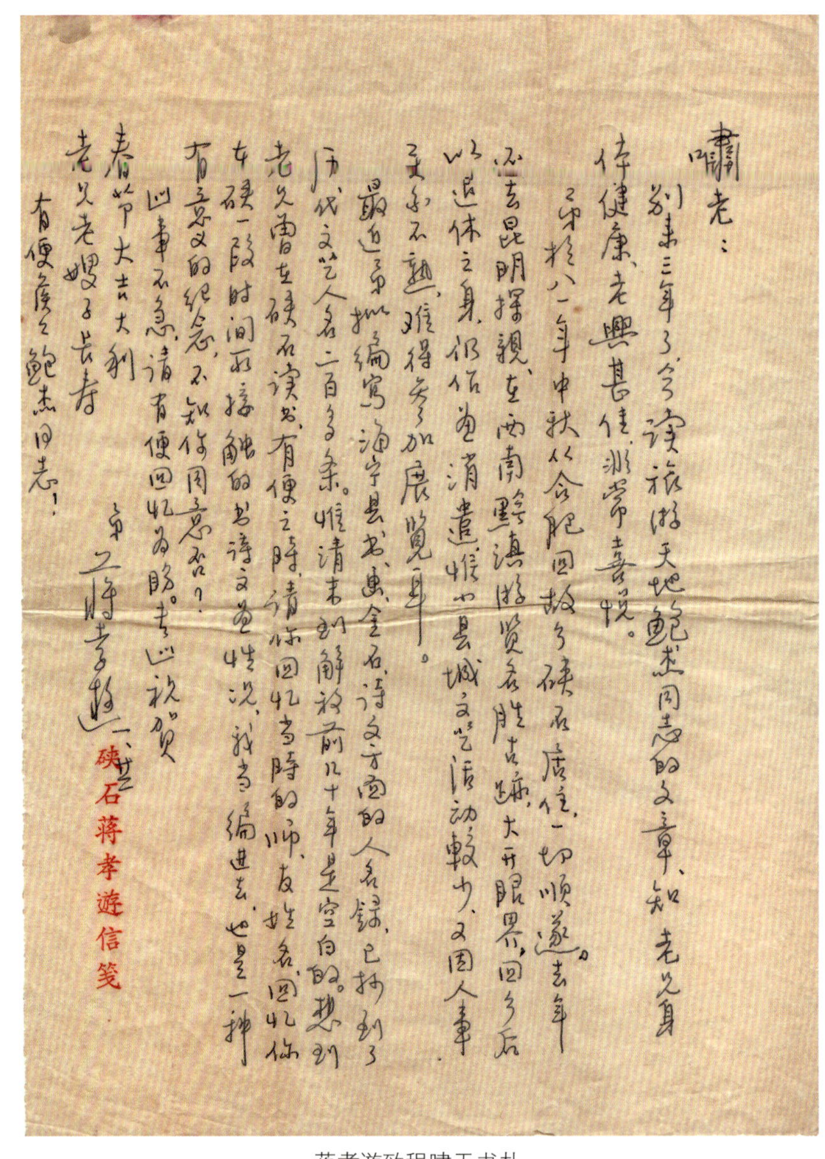
啸老：

别来三年了，今读《旅游天地》鲍杰同志的文章，知老兄身体健康，老兴甚佳，非常喜悦。

弟于八一年中秋从合肥回故乡硖石居住，一切顺遂。去年还去昆明探亲，在西南黔滇游览名胜古迹，大开眼界。回乡后以退休之身，仍作画消遣，惟以县城文艺活动较少，又因人事关系不熟，难得参加展览耳。

最近弟拟编写海宁县书、画、金石、诗文方面的人名录，已找到了历代文艺人名二百多条。惟清末到解放前几十年是空白的。想到老兄曾在硖石读书，有便之时，请你回忆当时的师友姓名。回忆你在硖一段时间所接触的书诗文画情况，我当编进去，也是一种有意义的纪念，不知你同意否？

此事不急，请有便回忆为盼。专此祝贺

春节大吉大利

老兄老嫂子长寿

有便候候鲍杰同志！

弟蒋孝遊　一、廿二

硖石蒋孝遊信笺

蒋孝遊致程啸天书札

江立华※

书札

江立华致程啸天书札

啸公：

前信刚发出，次日收到《新溪石室图》，故未及时作复。昨日休息，凤老又带来《黄山图》，快何如之。公之大作，笔酣墨饱，气势磅礴，至为喜爱，谨此谢谢！

承代求洪百里先生作《梦笔生花图》，亦于昨日收到，不但工细，且极潇洒，亦所喜爱。此皆公之大力支持，实以为感。百里先生处，我已直接去函致谢，便祈代为致意。

据凤老云："公曾有信致孝文兄，云及王石城先生不善画兰，拟另请歙县某名家一挥。"屡次叨扰清神，铭感五中。时值秋凉，伏维珍摄乃要。敬请

秋安。

华谨上　9.20

附：程啸天诗文稿

为江立华绘《新溪石室图》题识

程啸天

立华老兄筑室歙之新溪，风物宜人，将来啸歌田野，观水桥头，一乐也。戊午秋，程啸天。

石室筑新溪，云霓望欲迷。江郎与凤老，相约上丹梯。

新溪小吟

程啸天

始踏山溪路，先逢洞里春。村光脱旧俗，树老焕新容。

浓雾遮遥望，清流发细吟。诗情与画意，都属两闲人。

戊午冬月，与立华兄闲步湄川、新溪小吟，亲历其境，较为真切，书此留念并正，

※　江立华（1925—2007），沪上收藏家，安徽歙县人。与过旭初、汪孝文、胡凤子、柳非杞、沈本千等人友善。

同乡弟啸天岳。

程啸天为江立华绘《新溪石室图》

蒋清华※

书札

蒋清华致程啸天书札

啸天先生有道：

敬启者敝友柳非杞先生近在上海病重，危在旦夕。春初，清华曾托他代求法绘《长江万里图》乙卷，未审已否写就，尚欠笔酬若干，便中至希惠示，俾由加直接寄还可也。清华九月廿五日由温哥华赴东京，廿七日晨抵北京参加国庆。大作将来寄：北京画院尹副院长瘦石留交，或寄北京□□胡同九十九号梁司长□□留交也可。有暇希多惠教言。耑此，顺颂

夏绥。

后学蒋清华拜启

左角附上英文地址多张……寄信时贴上加拿大英文地址当可收到。

附：程啸天诗文稿

悼蒋清华华裔加拿大

程啸天

《长江万里图》甫寄而蒋君讣至。

柳老石吹绵，春花竟后随。人间失石友，泉下晤良贤。
共感流光速，还看景物迁。遥遥一卷寄，付与子孙传。

※ 蒋清华，加拿大华侨，书画收藏家，柳非杞先生友人。

蒋文敏※

书札

蒋文敏致程啸天书札

啸天同志鉴：

日前益堂回家，云起：该画已由足下交与他收，很好，以免众儿开闹，使我少受闲气。据益堂云遇有朋友可以持京或申，以分真伪，以免将来争夺。此凡有违盛意，弟甚抱愧之极，不周之处，乞请鉴原宥谅为幸。今日聿光来，递到你的通知，退休加薪一事，谢谢。而我是职工范围，非教育范围，恐有区别，容托人进城去与领导当局联系联系，再看如何。有便请驾临舍叙为荷。匆匆。此上，并请

道安，不一。

教弟蒋文敏敬礼　5.17

附：程啸天诗文稿

赠蒋文敏山水轴题识

程啸天

一

用宿墨写此便觉苍润。敏丈教我。时在丁巳夏，程啸天。

二

莲花沟山骨奇异，目赏心识，有裨画学。虽山陡境仄，不觉疲累。啸天写。文敏先生雅教。甲辰冬，啸天重题。

※　蒋文敏（1893—1986），安徽歙县人。早年在上海从商，曾在歙人曹霆声开设于沪上的商铺任职。

金尧如※

赠诗

读程公啸天上天都画轴有感

金尧如

昔游黄岳上天都，尽日山中看不足。
十余年来长相思，客魂几度梦吴越。
今日得君三尺笺，元来此峰落眼前！
浑厚华滋意飘渺，一片苍茫云海间。
山水自是黄山好，此山姓黄岂偶然？
太息十年黑画讼，常恐后难继此翁。
不意黄山脚下客，一挥彩笔夺天工。
雄深雅健高仰止，如对文章太史公。
黄门弟子何磊落，富贵浮云谁谓穷？
丹青不知老将至，万古黄山记君功。

程公啸天粲正之，金尧如。（一九）七八年六月一日于京都。

※ 金尧如（1923—2004），笔名管见子，浙江绍兴人。生前为中国作家协会会员，曾任香港《文汇报》总编辑。

黎存在 ※

书札

黎佳致程啸天书札

啸天吾师：

来示及为刘天明同志所作山水多幅均已收到。最近我到北京去了一次，迟复为歉。鲍杰兄所写文稿，亦已拜读，将努力争取早日见刊，请放心。

先生的为人和为画，很多方面值得我学习，岁末如能挤出点时间再去皖南，虹光当是我必访之处也。

敬礼！

黎佳　九.三

附：程啸天赠黎佳山水画作题跋

一

以书法入画，颇觉遒劲。似黎佳同志指正。己未春月。（钤印：啸天）

程啸天赠黎佳山水横幅

※　黎存在（1928—　），笔名黎佳，吉林双辽人。擅长漫画。曾就职于安徽日报社，任美术编辑，后调入安徽省文学艺术界联合会，任《安徽文学》编辑部副主任、编审。

二

戊午冬月，为黎佳同志画并请法正。古歙程岳于黄山。

程啸天赠黎佳山水轴

林君芷※

赠书作

赠程啸天书法轴

作诗贺我得石友，曲肱听君写松风。啸天同志博教，壬戌年，柳铁君芷。

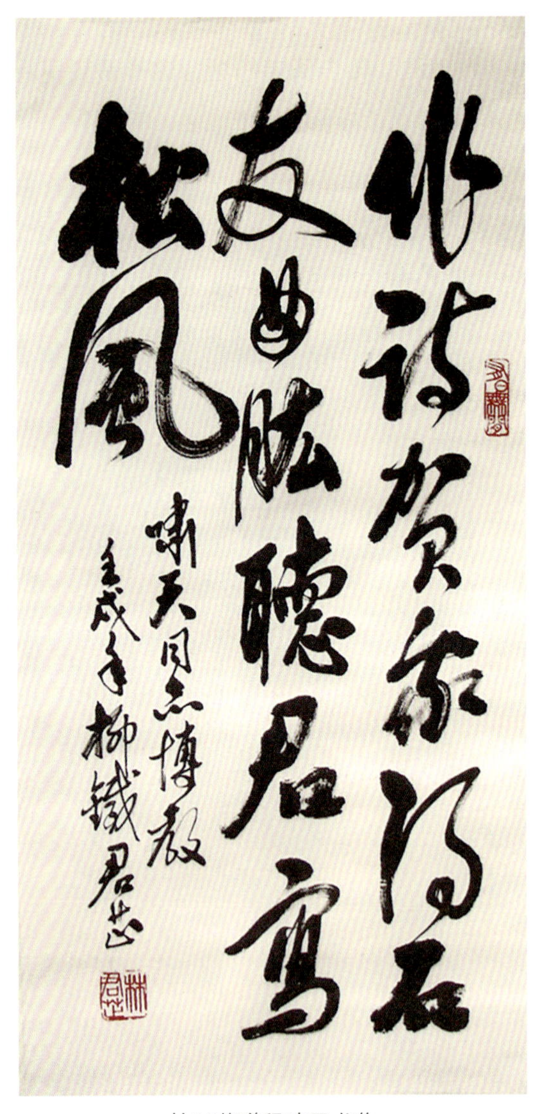

林君芷赠程啸天书作

※　林君芷（1925—　　），号门石、扶醉斋主人。中国书法家协会会员，广西书法家协会理事，柳州铁路局书法家协会副主席。

凌凯文※

书札

凌凯文致程啸天书札

啸老：

久未函候，歉仄殊深，比维起居佳胜为祝。

9月份您搭人口信致敦浩，转告凤老病逝，这一恶耗早就由立华告知，挽联已寄出，其联句是：三月病魔，夺去我良师益友；廿年知己，难忘您笑貌仪容。

半月前，我去城里，在百里府上，见到他房间里挂有一张“百里春兰画室”的横幅，我为他拟了一副联句：百里春兰香百里，三江秋山映三江。

后来又以“百里春兰百里香”为题，凑了这么四句：

百里春兰百里香，艺坛声誉不寻常；（指夫妇二人均能画）新安画派佼佼者，（指百里）“三八”苍松满画廊。注：第四句是指去年“三八”节，县文化馆为春兰搞了一次个人画展。

以上的诗联，请给我指正。

昨天洪琴汪铁马又给我一信，他对您慕名已久，想请您给他画一幅山水。这人是曹瑾的姨表，他的诗写得很好，正初上您来舍下，我曾将他的诗作给您看过。他的爸爸叫汪梦松（已故），学识渊博，在衢州得到弘一上人的赏识，彼此颇至交。汪病逝，弘一上人曾为汪写了《汪居士传》和《汪居士传补遗》，发表于《半月刊杂志》（周瘦鹃先生编）。曹瑾曾将《汪居士传》和《补遗》复写了各一份给我，并寄了一份给地方志编写组。另外还写了“汪居士二三事”一并寄去。

汪居士又精通佛学，又擅长金石，著有《印之所得》一文，连载于《衢声日报》。写有《随笔偶录》25大册，《浮生日记》75大册，《薜梦庵日记》77大册。共计177大册，为字约630余万，写自1919年底，迄于1954年元旦，凡35载，未曾间断过。

特此将汪铁马家世，作一简单介绍，请为他作画一幅，以满足他的要求和愿望！

敬礼！

凌凯文　（19）84.1.18

※　凌凯文（1919—1988），安徽歙县人，教育工作者。

赠凌凯文山水轴题跋

凯文大兄与余交较久，其待人接物怡怡笃笃，求之今世，颇不易得。屡承索画，久未报命。兹以宋元笔意挥此，亦觉江山有助，气韵滃然。丙辰中秋日酒后，啸天。

程啸天赠凌凯文山水轴

柳非杞※

书札

柳非杞致程啸天书札

一

啸天吾兄先生：

来信敬悉。今先有告者，前次我寄四川江油县[①]李白纪念馆筹备处，介绍吾兄之画，并建议如你馆要收藏一些黄宾虹高足的李白纪念画，我可代达，请程兄画几幅寄上，贵馆可致酬直接寄程兄。今天得复，同意请你先寄一幅去，题材以李白之山水诗意为准，他们指出的几处山水，可不再画了。你可就近向图书馆借李白诗参考即可，题好后，必需题上李白诗原诗，上款（台头）可以不写。

潘絜兹兄画了 120 幅李白仕女画，在北京展览，今该馆要潘兄全部给他们，可能会有数万元（或十万元）酬谢也。我与潘是在重庆认识的，去年我识胡老，也是潘介绍的，解放后胡曾与潘来看过我，我已忘记了。去年胡对我说潘在画古人诗意画，我即写信潘，望他尽量画李白诗意。不知是否由我之提而着手于李者。因李白馆“文化（大）革命”前就已与我联系，要我收集李白纪念文物，当时曾代收了一些。后以“文化（大）革命”而停止。去年又重新恢复，惟现在情况不同，已收不到纪念东西了。

一九五五年起至一九六六年止，我代杜甫草堂收集了杜甫纪念字画（明、清、近代、现代）百幅以上，另外还收到中、外文的杜诗书册，“文化（大）革命”时结束。上月我函四川成都市文化局[②]，我对此项陈迹颇有意义，应发奖金。因杜或李的大批纪念文物可以出国展览，收回入场券的外汇一定可观的。今尚无复，我下月拟再写信文化部，仍有此要求也。

今附上李馆来信，你存着好了，不必退我。

祝好！

非杞　四月卅日

※　柳非杞（1911—1982），江苏无锡人，名希宗，字非杞。上海市文史馆馆员、书画收藏家、诗人，曾任职于上海图书馆。出于对柳亚子的敬仰，1936 年初申请加入南社纪念会，为志愿会员。与柳亚子、郭沫若、徐悲鸿、何香凝等名人相友善。编著有《亚子书简》。

① 编者注：江油县现为江油市。

② 编者注：文化局 / 部现为文化和旅游局 / 部。

二

啸兄：

八月廿八日函到，均悉。今告者，附上胡老来信（不必还）。程亚君现住院医病，要三个月能愈。你如来沪展览，不易。我与胡在沪均无有力的熟人，只有亚君尚有少许办法，但也不是三个月内的事，出院后可能还要休养。现在的事很难说，我们都是门槛以外的人，要找一个人也不易找到（我为胡事去找罗□□，不在，没晤到。如是门内的人，就直接到他家，没有见不到的）。

但你画尽可照样画着，不要因展览不易而停止。

老蔡是俗人，你不必绘大幅给他，小幅已够，他又没房子可悬挂，没有镜框，没有裱画店裱，就是挂了也烟吞灰积，不数月而纸发黄（近年他家中的情况）。迎客松只有公家场合可挂，私人小房间挂此不调和。我的看法如此，请酌。

我经常怀疑你处的邮路不畅，今用大信封，不知乡间邮人能注意一下否？此信不知能到达否？

我没有在《人民日报》付刊（副刊）发表纪念亚子文字，是不是《人民日报》出版的《战地》第四期增刊内有郑逸梅著短文纪念亚子？［内附刊周总理给我的信三封，均是关怀亚子的］。此刊一时难买，我俟觅到后再给你。

亚子书简，市政协说要年底可以刊出（在他们的不定期刊物内刊出）。

（文史资料）届时再送你。

非杞　9.1

三

啸兄：

信到。你前寄来之女照，我是收到的，已送别人了。茶叶我敬客人时用，自己吃白开水。你寄茶叶来可以，少一些为妙。今有武昌金石书画家挚友曹立庵欲我求人绘画，今请你是否可绘一张工笔重彩山水给他，赐呼立庵，感同身受。托蒋售画之画，画好后，可先寄我处（至多五张）。蒋还要我请人画长江万里图（分绘尺页 12 页或 14 页，我已代他买好裱好的尺页簿），要工笔重彩，你如能画，我可把册子寄你，叫他送酬百加元。你如能绘，不知有画稿底子可找否（主要是三峡）？工笔重彩是俗了，外国人愈俗愈好。

非杞　6.15

赠书作

赠程啸天书法轴

柳非杞

来是空言去绝踪，月斜楼上五更钟。
梦为远别啼难唤，书被催成墨未浓。

蜡照半笼金翡翠，麝熏微度绣芙蓉。
刘郎已恨蓬山远，更隔蓬山几万重。

李义山诗，啸天先生一笑。己未非杞，上海。

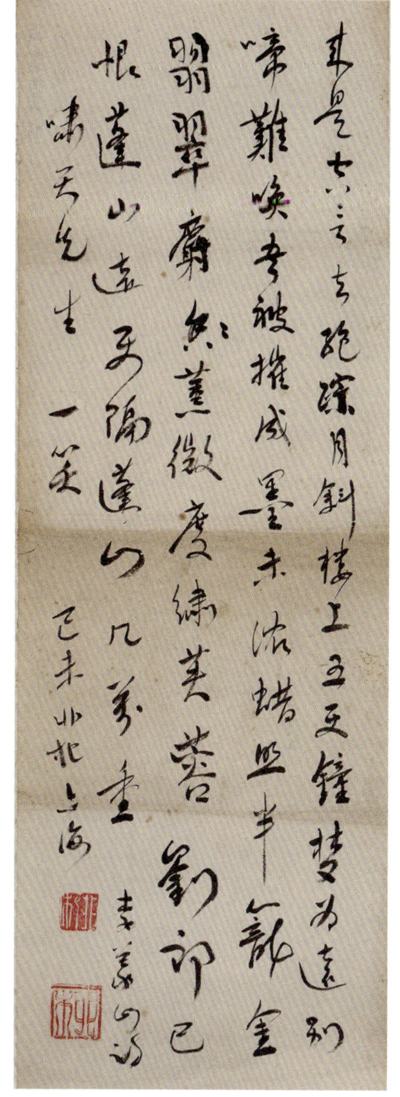

柳非杞赠程啸天书作

附：程啸天诗文稿

赠柳公非杞

程啸天

鲁殿灵光岁屡更，依然还比海霞明。
山中拙笔惭无似，虚领春风万里情。

柳文田 ※

赠画

柳文田为啸天爱女梦兰画像题识（柳文田跋）

丁巳秋日，登州柳文田画于鸠江。

1. 画幅有过旭初题诗堂：啸天爱女梦兰遗容，丁巳秋，过旭初题。

2. 画幅有程啸天题跋：三十三年惨不春，昙花现后此留真。装成待付苹苹手，遗雏今年九岁。他日凝思泪自倾。

一九七五年五月六日八时，梦兰病终歙院，享年三十又三。遗雏七岁。一九七七年八月六日，柳子文田特为写真。装成，待付苹苹，时已九岁矣。他日凝思，不知其涕泗何从也。一九七七年五月六日八时，两周年纪念预写。父并记。钤印：啸天。

柳文田为啸天爱女梦兰画像题识（另幅，董建[①]题）

此为文田舅写啸天先生爱女梦兰遗容。己丑夏，余在溆啸天先生孙昆明兄处，曾见同式一帧，其款识印章俱全，此幅当为副墨，近日昆明兄持来属题，略识数语，归之。壬辰仲秋，董建。

柳文田为程啸天爱女梦兰画像

※ 柳文田（1922—1990），山东蓬莱人，擅长中国画，历任芜湖市美术馆馆长、芜湖市书画院副院长。作品有《李时珍》《满江红》等。

① 编者注：董建，字建之，别署近野者，柳文田外甥。现为西泠印社社员、中国书法家协会会员、黄山印社社长。

程啸天赠柳文田山水立轴题识

春月无俚，写传统法以应文田法家并博一粲。丁巳，黄山啸天作。

程啸天为柳文田绘山水轴

马国权※

书札

马国权致程啸天书札

啸天老伯尊前：

数日期前，李德文先生曾以尊作一幅，稿件一及一青年画家作品两幅交下。因未详尊址，晚曾复自信兄一函，请为代致鄙意。今又奉老伯自□□□号信箱转来法绘一幅，一再厚赠，深感惶愧之至。

青年画家之作，已与版面编辑商量，设法刊出一幅，容作安排。因敝报旨在宣传祖国，要求较高，与一般省报、地区报之鼓励青年作者，任务有所不同。

《黄山冬游记》，如作者改写至一千六七百字，可设法登刊，转载行文过长，均难于处理。谨复。

敬祝起居安乐！

晚马国权拜上　元月十五日

※ 马国权（1931—2002），字达堂。祖籍广东南海。中山大学古文字学副博士研究生，师从容庚教授。曾任教于中山大学、暨南大学中文系。1979年任职于香港《大公报》社。曾任中国书法家协会学术委员会委员、中国古文字研究会理事、暨南大学及广州美术学院客座教授、西泠印社理事等。著有《马国权篆刻集》《广东印人传》等。

潘絜兹 ※

赠画

赠程啸天《晋祠宫女图》题跋

太原晋祠宋塑宫女庄严端丽，世罕其俦，移作画参，未免逊色。啸天先生法家正之。　　一九七七年春二月，潘絜兹于北京画院。

潘絜兹赠程啸天《晋祠宫女图》

※　潘絜兹（1915—2002），浙江宣平人，当代著名工笔人物画家。1932 年入北京京华美术学院，师事吴光宇、徐燕孙，专攻工笔重彩人物画。历任中国历史博物馆美术组组长、《美术》月刊编辑、《中国画》主编、北京画院专业画师及艺术委员会副主任、北京工笔画会会长、中国美术家协会北京分会副主席。

钱重六[※]

书札

啸翁画家：

前周连奉两札，因洽谈画事，迄未得头绪，后悉内幕，该项画卷，纯系向港澳不识人士兜售之商人所为，故系工艺品而非绘画，只要略能涂抹之人，即可下笔，粗制滥造，每日可画数十张，故出价甚微，他们赚一些裱工，要像公一样的名家之作，一方面他们也无此需要，一方面降低身价，实在非合宜，故弟已代为回绝，因对不上口径也。

得《大公报》所刊尊稿后，弟即去函该报副社长李侠文君。李系弟同级友，解放前过往甚密，三十余年睽隔迄未觌面，即鱼雁亦只一二次。今见尊稿后，即将公情况告知，顷得复函，对公推崇备至，摘录于后：

“庆焘（弟之学名）学兄：接诵十月五日手书，借悉情况，至为欣慰。自沪上握别，瞬已数十年，何时重游旧地，当图快叙也。弟每年均赴京，因已有直航飞机，不再取道上海耳……

弟与此间多位友人，平时极嗜黄宾老山水，其中有宾老生前挚交及其弟子，收藏极富。廿年前敝报曾出版《黄宾虹先生画集》及举行多次展览，此间人士推荐介绍宾老艺术成就，均极热心。北京浙江及此间所藏宾老遗作，弟曾多次观赏，闻其高足王伯敏正在编写宾老年谱，沪上将出版画集。贵友为宾老高足，精作新安山水，得宾老真传，至为欣佩，如承惠寄佳作，当再为在报刊刊登，并向此间爱好宾老山水者广为介绍也。（下略）”

这样，弟意公如有现存作品之照片寄一些来，由弟转给李君，同时请公画一幅给李君私人，写明侠文社长，以志纪念，想必能承慨诺也。

为此，弟曾代卜一签，得到的评注为：“君子升，小人阻，征战生离苦，前有吉人逢，信在马牛人在楚，事要营求安。”特录出呈教，其中“信在马牛”一词费解，不知公能会意否？此系诸葛神数，屡次卜问，颇为灵异。据此语，留俟来日证验可也。耑此。顺候

安好。

弟钱重六手上　十月十八日

※　钱重六（1911—2009），原名钱庆焘，江苏江阴祝塘乡人。1937年毕业于清华大学历史系，抗日战争时期积极参与抗日活动，转战多地。曾任黄埔军校第六分校教官，后任广西梧州平乐（现为桂平平乐）、桂林等中学教师。抗战后返沪，先后任教于育英中学、培明中学、上海教师进修学院。专业工作之外，亦对中国历法有较深刻的研究。

滕白也※

题画

《聪训草堂图》题跋

聪训草堂图。啸天为孝文作。己未，白也，时年八十。

滕白也题程啸天画作《聪训草堂图》

※ 滕白也（1900—1980），现代雕塑家、画家，名圭，字白也，江苏奉贤（今属上海市）人。早年留学法国，专习雕塑，后曾赴美国深造。

邵灶友※

书札

邵灶友致程啸天书札

程老：

你好！

来信收到，遵嘱寄上六尺四开二张。

久闻先生大名，数次来歙未能一见，实是憾事，下次来歙当登门求教。

我经手编的《歙县画廊》有先生的作品二幅，寄给你的书及稿费想必均已收到？

祝健康愉快！

学生邵灶友　1.18

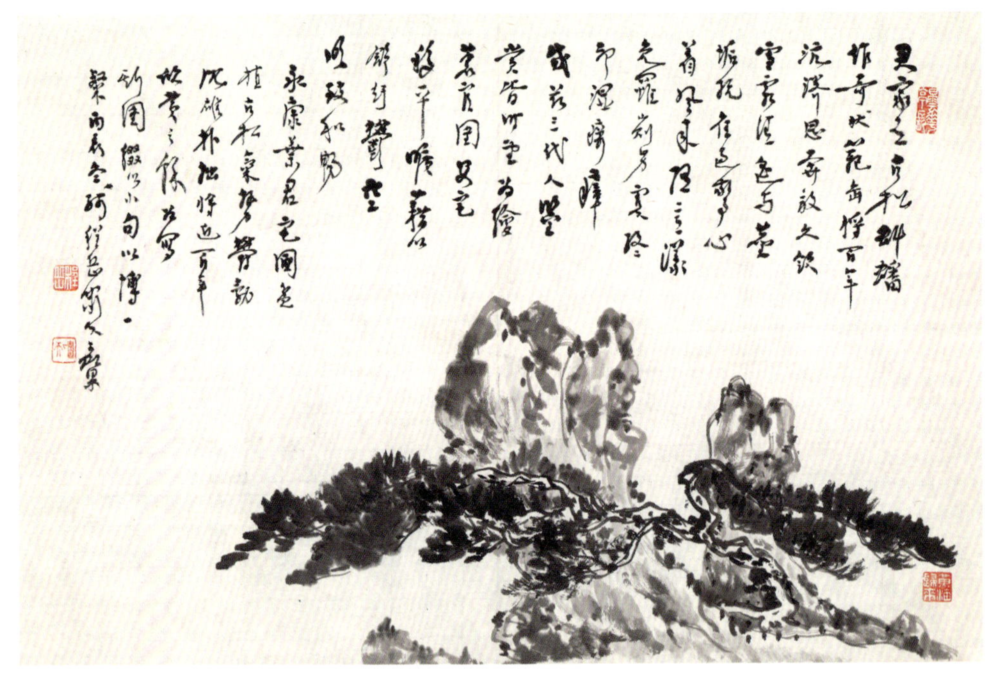

程啸天画作《苍官图》

※　邵灶友（1940—　），安徽绩溪人，历任安徽省《文化报》美术编辑、安徽省群众艺术馆副馆长，现为国家一级美术师、中国美术协会会员、安徽省文史研究馆馆员。出版有《邵灶友写生画选》《邵灶友画集》等。

宋亦英※

书札

宋亦英致程啸天书札

啸天同志：

二次赐函均收到，谢谢，但您的第一次来函我是复了信的。因尊函地址不详，且据最近庄家汉同志来云您的住处系罗田公社虹梁大队，而您前函所写系“虹光”，而我因对家乡地址知之甚少，就写了虹光大队，也未署什么公社（根本不知道），想此函早付河汉矣，乞原谅（原函信皮附上）。我的失眠症，从6—8月讲都是很好的，主要是每晨锻炼有关，尊意至感。

从最近庄家汉带来美术作品中看到您的大作一幅，甚佳（已告庄），拟请您再画一帧（4尺的1/4或1/8，即册页，均可）。歙县近年的美术创作进步颇大，这与领导关怀、作者努力都是分不开的，这颇令人感到鼓舞、快慰，特别是您老正“古稀”之年（当然以现在的年龄讲，也不算太稀了），而您身体健康、精力充沛，今后数十年的创作生涯，想象中是会为古歙留下宝贵的财富的，也是值得我学习的。

脱颖神驰，专此，并致

敬礼！

宋亦英　九月廿二日

※　宋亦英（1919—2005），原名宋惠英，工诗词，笔名宋梅、宋蕴，安徽歙县人。1936年毕业于国立北平艺术专科学校西画系。1945年参加新四军，新中国成立后曾任《黄山报》美术编辑，安徽省群众艺术馆副馆长，中国美术家协会安徽分会秘书长、副主席、名誉主席，安徽省第四、第五届政协委员及政协常委，安徽省诗词学会副会长，中华诗词学会理事等职。

石谷风 ※

题画

题程啸天为黄高华绘《四季山水册》

石谷风

啸天学兄受业于宾虹先生，与余交深道契，曾几何时，已下世有年。往事如烟，不复可寻。一九九三年春日，高华世兄出示“四季山水册”，观之恍如衔杯促膝时，曷胜人琴之感？至其画华滋浑厚，得宾师笔墨之气韵也。承不弃，嘱识数语以应之。石谷风记于淝上。

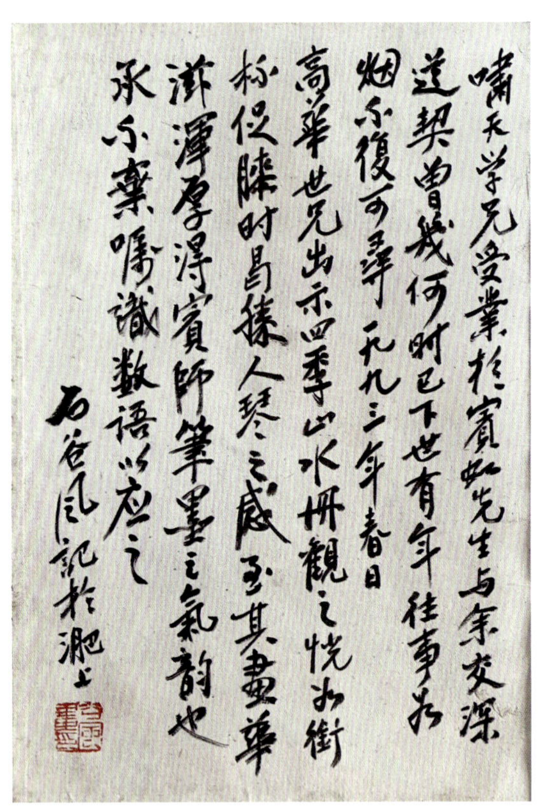

石谷风题程啸天为黄高华绘《四季山水册》

※ 石谷风(1919—2016)，湖北黄梅县人。著名文物鉴定家、画家。擅长中国画、美术史论。师从黄宾虹、李苦禅、王梦白等人。曾任北平古物陈列研究馆研究员、安徽省博物馆研究员、国家文物出境鉴定安徽站副站长、中国美术家协会会员。多次举办个人画展。著有《古风堂艺谈》《石谷风动物画集》《石谷风画集》《亲历画坛八十年：石谷风口述历史》《徽州墨模雕刻艺术》等。

文稿

同为黄门的程啸天

歙人程啸天已故去二十年了，他是一位很用功的画家。每当看到他的山水墨迹，很自然想起一些有关他的往事。

1954 年春，我去杭州探望黄宾虹先生，谈到徽州一些老友时，黄先生说程啸天在歙县农村教书，生活很清苦，还经常寄山水作品给他。老人家嘱咐我，有机会到徽州看看他，并帮助解决一些生活困难。

我回徽州不久，便去看望程先生。到歙县呈坎镇（今属徽州区）后，去西坞石村不通车，只好步行。山路崎岖，这是一座很荒僻的村落，仅有十几户人家。在村外小山头上有两间屋，便是小学校，从窗外望见十几个小学生正在听课，桌椅全用石块和木板搭成，十分简陋。

啸天先生见我到来很是高兴，下课后便和我攀谈起来。这时，小学生们用好奇的眼光打量我的穿戴，感到很新鲜。程先生说，这里人烟稀少，外面很少有人进来，小孩子们见生人不习惯。我说这里是世外桃源，他说是个画画的好地方。

我们在农民家吃过派饭以后，就到他的卧室。只见墙上挂满他自己画的山水画，上面还有黄宾虹、丰子恺先生的题跋，全都是鼓励之辞。他还把黄、丰两位先生写给他的书札挂在墙上，作为座右铭。程先生说："去年丰子恺先生游黄山，过呈坎下车，还来看我，我感到很荣幸。"我即刻说："山不在高，有人则灵啊。"我并告诉他，黄先生很关心你，叫我来看看你有什么困难。程先生说："这里山多田地少，农民口粮不足，生活很艰苦，我与他们同甘共苦。虽然如此，练字画画不能停。"过了一会（儿），他说最大的困难是纸张奇缺。我看到满桌堆的旧报纸，上面画了又画。接着，他找出用碎宣纸画的山水，送我几张全是巴掌大的纸片，颇感无纸作画之难。于是我将带上的写生宣纸和画笔全送了他，以后又托岩寺小学黄高华带了些宣纸给他。他有了纸，作画便更勤了。

程啸天的山水画笔墨功夫确实很深，这与他穷不失志、刻苦磨炼分不开。黄先生曾致函赞道："承示大作甚佳。鄙见因前清画学式微，娄东、虞山巧而不拙，轻薄，失古人浑厚华滋之意，明季士大夫俱从北宋极力挽回枯硬薄弱诸弊，勾勒尤见笔力遒劲，可以为法。拙题博笑。"（摘自《亲历画坛八十年：石谷风口述历史》）

谭南周※

赠诗

答程啸天画师

谭南周

曾蒙丹青惠，又赠绝妙词。诗情添画意，雅趣几人知。
苍苍石上松，云海景朦胧。借问黄山客，何时得一逢？

秦邮谭南周拜上。

程啸天画作《昙花亭》

※ 谭南周，厦门市著名作家。福建省诗词学会副会长、中华诗词学会理事。

汤天真※

书札

汤天真致程啸天书札

程老：

你好！很长时间没有听到你的消息，殊念。

昨天，我见到了省文物商店的白老，从他那里得知你已经生病很长时间，特来信向你慰问。我没有见到自信，白老是从自信那里得知的。我们都衷心希望你安心休养，抓紧治疗，早日恢复健康，能够为我国的国画事业，做出更大的贡献。倘若需要什么药物，在当地不能解决的，可来信告知，我将尽力帮助！

鲍杰同志已调回徽州，任《徽州报》副总编，这件事大概你已经晓得了。去年年底，他到合肥来办理调离手续时，曾在我家里畅谈过，内容很大一部分是谈到了你的处境。这一点，我们是很表同情的。目前你又在生病，希望你的心胸要开阔一些，把那些不愉快的事情丢到脑后，使自己的心情舒畅起来，这对你的健康是大有好处的。有些具体问题，我们以后再逐步设法解决。待你身体恢复健康后，春天暖和了一定到合肥来玩玩！再谈！此致

敬礼！

汤天真　二月廿三日

附：程啸天诗文稿

赠汤天真《黄海松涛》题跋

黄海松涛。黄山为天下胜境，游人踵接。予前曾戾止，觉北海风景为全山冠。暑窗无俚，试以新意写似天真同志欣赏。啸天。

赠汤天真《新安山色》题跋

新安山色。渐觉推陈喜出新，江山胜处日为邻。一枝笔写新安景，派继传薪我自珍。

※　汤天真（1925—2021），资深新闻工作者。

己未大除夕兴来为天真同志写此，请正。新安程啸天于虹梁。

赠汤天真山水轴题跋

黄宾虹先生对于山水的表现有极其丰富经验，无论用笔、用墨，都有他的独特创造。予此帧学步，不知汤公天真如何教我。壬戌秋月晴日程岳啸天，时同客桃花溪畔。

程啸天为汤天真绘《黄海松涛》

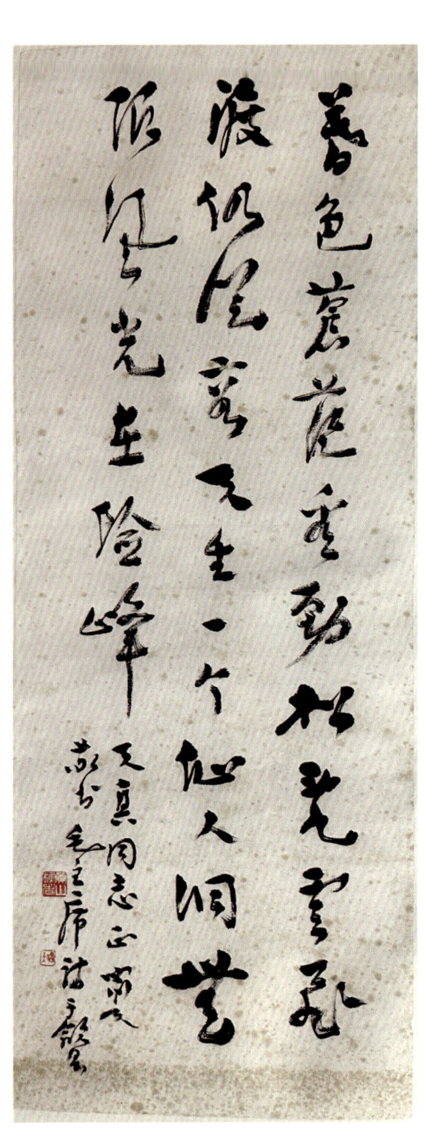

程啸天赠汤天真书法轴

陶　广※

赠联

陶广赠程啸天书法对联

立脚怕随流俗转；留心学到古人难。

啸天先生雅正，陶广。

程啸天画作《古柏图》

※　陶广（1888—1951），湖南醴陵人，抗日将领。早年曾参加北伐战争。1939年任民国革命军第十集团军副总司令。抗日战争中后期，率所部（当时总部设于宁国县胡乐司镇）官兵驻守于皖南宣城、徽州一带。抗战胜利后，辞去军职，从商。1949年起，定居杭州，与黄宾虹先生有交往。曾任浙江省政协委员。

王达五※

题画

题程啸天《栖霞永念图》

王达五

谊殷师弟一挥毫，展画难禁乡梦遥。
长忆栖霞秋灿烂，丹枫夕照烛天烧。
枫叶初丹浴嫩寒，却将朱墨作秋山。
薪传无尽师承远，不废江流天地间。

啸天画家教正，王达五敬题。

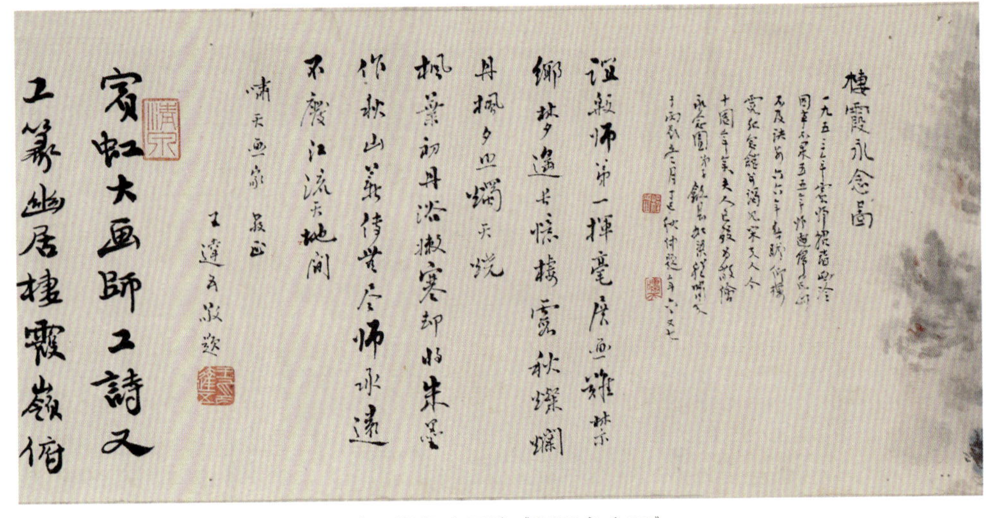

王达五题程啸天绘《栖霞永念图》

※　王达五（1912—1979），教育工作者，于右任弟子。

王石岑※

书札

王石岑致程啸天书札

一

啸天先生：

惠笺及法书已收到，感佩之至！嘱画兹绘就，请程自信同志转奉，事忙少佳作，乞指教。以后来歙当谋拜会。专复并致

敬礼！

石岑上　（一九）七二年十月廿八日

二

啸天同志：

惠书奉悉，甚慰。令郎自信同志嘱画，稍暇当写寄繁昌请教，祈释念。以后有机会来歙再谋良晤。专复并致

敬礼！

弟石岑上　十一月十六日

前蒙惠赠法书，极感。拟再请书立轴唐人诗一首（最好七绝诗句），不知能如所请否？除由俞宏理同学代为面求外，特此拜恳。

三

啸天同志：

近因事去合肥，前日始归。惠赠法书两幅，已收到。其一已转交我校孙文光同志，我与伊均极感佩。稽迟奉报，乞恕。明日因我校招生加试美术，又须去安庆，旬日后始可回芜。令郎嘱画事，当尽早绘寄，便请转告为感。匆此并致

礼！

王石岑上　十二月十二日

※　王石岑（1914—1996），安徽合肥人，当代著名国画家、美术教育家。擅长中国山水画，师从黄君璧，生前为安徽师范大学艺术系教授。曾任中国美术家协会会员、安徽省美术家协会常务理事、安徽省诗词学会顾问。

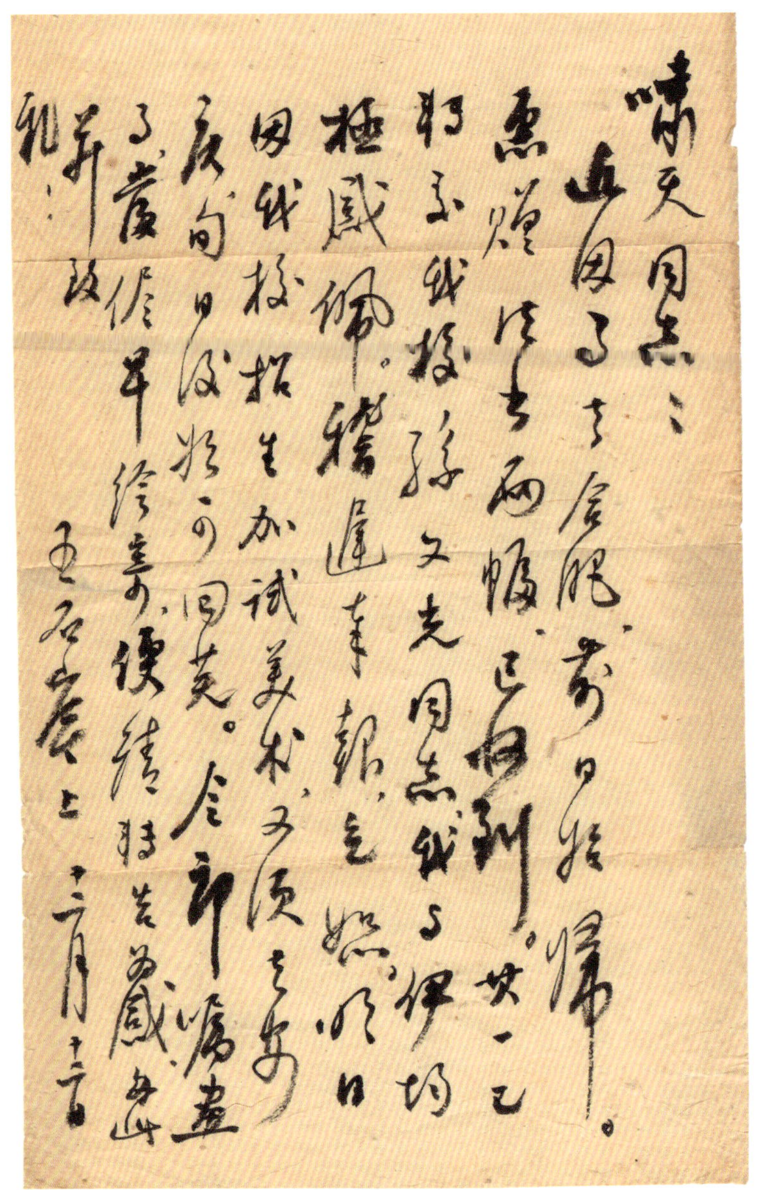

王石岑致程啸天书札

赠画

赠程啸天《西陵峡烟雨》题跋

王石岑

啸天先生惠教。石岑写西陵峡烟雨于江上点帆楼。

附：程啸天诗文稿

程啸天致王石岑书札

石岑老师：您好！

承在百忙中赠我法绘，实深感激。奈自信小儿（近日我拟赴繁一游，因故不果）亟爱足下墨宝，谨将尊翰寄回。今后如有余暇，拜恳再赐数笔赠与小儿自信，赠我之法绘必能寄回矣。

小儿自信毕业厦大，继入沪复旦中文系为研究生，后分配广州暨大及华南师院任教达八年，“文革”后领导照顾彼夫妻关系于繁昌中学，现已七年。前年安徽日报汤天真主任曾向您校前书记魏心一推荐，繁昌县委书记要求暂缓。

兹因英明领袖华主席抓纲治国亟需人才，小儿欲展步昔日所学，日前曾拜会您校书记程韧同志，如能有机（会）至您校工作，则我当有聆教之日，不知能如愿否。复致

敬礼！

小弟程啸天谨复　（1976）11.16

程啸天画作《荷花图》

王石城※

书札

王石城致程啸天书札

一

啸天道兄：

请石谷风画，他忙，尚未动笔，容再去索！信和令亲信均收。我脚生无名肿毒，接着老爱人患病毒性感冒，仍在治疗中。故久不作画、写字。奉上一张《鲁迅诗》给令亲正字。我迄今未收到一幅宾虹、采白的字画，如遇有中、小立轴，请留意。不急！寄上二十元请收！天热，昨今稍凉！

祝你全家好！

王石城上　八.十

二

啸天兄：

孝文兄有信来。

信画均收，邮局不给寄，我有十余幅要寄出，规定一张一张寄，真是急人。我信已写出，说要寄画给友人，只好慢慢来。

自信说你要来合肥，又讲他赴沪进修，你是否来?

下车走到我处十余分钟即达。问大庆路三里街，抵三里街汽车站即到我处，方便。欢迎你来！

去年你第一天回府，我第二天即到合肥，真不巧。

安徽金石书画学会刚成立，顺安。再会！

王石城上　三.廿三

三

啸天兄：你好！

信款均收，宾虹画也见，感激之至。

自信事可成，安大定要，繁昌也放。这是不久前我到安大和自信来函，了解的情况，你放心好了。这样，你有机会来合肥，我们可面谈。

※　王石城(1909—1992)，别名石夫，江苏扬州人。擅长中国画及美术史研究。杭州国立艺专肄业。曾任国立艺专讲师、中央艺专副教授，正则艺专、安徽师范学院、安徽艺术学院教授。

实在因为忙，迟作你友画和复函。几个旅社要我写、画，迄未完成任务。今草成你友画，请转，继画省美展作品。领导提出，无论山水、花鸟都要有新意，有时代气息。我画了《松竹梅》着色，五尺宣大小，能用与否，由审稿人定。你画他们说要新一点。

三月十九日《安徽日报》上发表《怒放》，剪给你，请正！张、赖字尚未求到，他们都忙，以后再求。

黄、汪画搞不到算了，此事可遇不可求。最近有人从徽州来说，他见到有人家把黄画贴在墙上，他慢慢撕下来，可装裱，画质量尚好。这是偶遇，当不可求。

上海人美[①]来信，我前写《萧云从》可用。准备赴沪，参观法国画展，同时征求意见，修改拙稿。再会！

此祝健康！

王石城上　四月廿四日

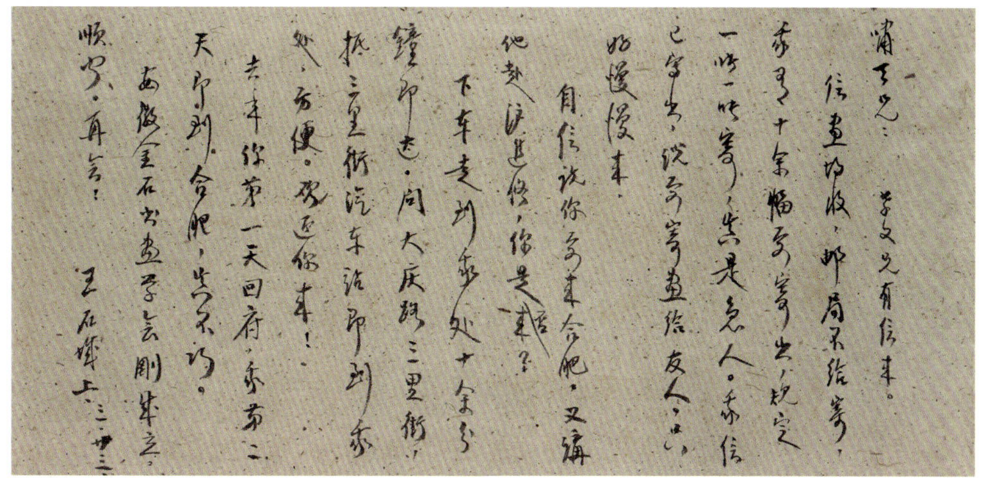

王石城致程啸天书札

四

啸天兄：

你的信收到很久，一直很忙，迟复为歉，请谅！

今天自信来，蒙赐采白山水，感激私忱，难宣万一。

你个展未能参观，为憾！

“新安派”的特点，我意：描绘对象为黄山、新安江一带风景，表现法以线为骨干，笔简意深，与当时诸流派不同，与梅清黄山派、萧云从姑熟派也有区别。我们看渐江及其四弟子的画便可知矣。黄宾虹的表现法似与新安派不同。有人说发展新安派，似亦牵强。不知你意如何？

市政协、人代会刚开过，会上与其他五位同志合作的《春满人间》合肥报印出，

① 编者注：上海人美，即上海人民美术出版社，下同。

寄请指正。（另一幅《黄山》未刊出）

去年接识日本友人十一位，都是研究中国美术史和画论的专家教授，正作画请他们指正！

南京两位同志的《梅花》尚未寄去，地点、姓名盼告！迟寄为歉！

上海人美决定出版一套《中国美术理论文库》，选择书画部分两百种，标点、校勘出版，我将与自信合作，搞几本。

黄树滋[①]家藏的黄宾虹山水画，不知保存得怎样？上海人美出他画册，拟前往摄影。如何？盼即告！

此祝春节愉快！

王石城　二.六

题画

题程啸天《迎丰图》

王石城

丰老黄山学少游，天兄荷米迓桥头。
师生握手传佳话，千载风流画里收。

题程啸天《栖霞永念图》

王石城

栖霞枫叶红依旧，犹待宾公写醉山。
绛帐春风留秀芝，师承刻意展新安。

啸天兄两正，戊午秋八月，王石城于淝上。

附：程啸天诗文稿

赠王石城《百丈泉》题识

程啸天

百丈泉，石城翁法正，黄海归来。戊午秋，啸天。

① 编者注：黄树滋，黄宾虹族侄，与黄宾虹交往密切，存有黄宾虹致其书信等文献资料百余件。

程啸天为王石城绘《百丈泉》

王显文 ※

题画

题程啸天绘《采白亭图》

王显文

扁舟吾欲着闲身，来访当年采白亭。
程老丹青能狡狯，西干景物更宜人。

敬题啸翁所绘《栖霞永念图》

王显文

笃于师谊虹梁老，绘得斯图永念存。
我欲心香倾一瓣，鸦涂蚓唱愧难论。

曾亲声欬在神州，前辈风流谁与俦。
赐我艺观犹在箧，栖霞埋骨已千秋。

己未春日，夕阳红半楼主王显文。

注：抗日战争前夕由我伯岳吴虚谷先生作书介绍，曾在上海神州国光社晋谒先生[①]，蒙赐接见并手赐《艺观》杂志两册，现尚存二期一卷。

※ 王显文，一名王祖述，号夕阳红半楼主，安徽歙县人，书画家吴虚谷的侄女婿。

① 编者注：先生，指黄宾虹先生。

王自燮[※]

书札

王自燮致程啸天书札

程老：

十二日手书敬悉。夏日炎炎，身体不适，尤须休息，望多珍重。

黄澍教授因夫人患病，伴送去杭州治疗，故前来信所嘱尚未同黄老联系。书画社也因而推迟成立。

《黄山》增刊已购就十册，留待来取还是邮寄，请示知。草复，并祝

暑安。

王自燮　八月十三日

老凌附候

※　王自燮，祖籍安徽歙县，王茂荫后裔。曾任民革黄山市委主委、黄山市政协副主席、安徽省政协常委。

汪世清 ※

书札

汪世清致程啸天书札

一

啸天先生：

孝文同志来信，得知先生慨允代为将歙县文化馆所藏之龚贤《香草堂集》抄出，十分高兴。龚贤是金陵派画家之首，工诗，其《香草堂集》刻于清初，传世极少。我于前年返歙时，在文化馆偶然见到，喜出望外。屡思设法抄一副本，俾便观览，终以不得妥友，无由相托，致未如愿。今得借重大力，倘获玉成，感谢之至！

此集薄薄一本，不到百页，估计约两万余字。拟用毛边纸抄写（纸将另邮寄上，到请检收），每页行数与每行字数悉依原书，而字体则不必相同，行书即可。附上致鲍弘楷同志信一封，烦代转交。弘楷同志在歙县文化馆工作，为幼文先生之幼子，我前年在歙时曾与之相见，虽初次见面，而热情接待，令人感激。一切借阅手续，即烦与之面商。如能借出一段时间，待抄毕归还最好。否则请协商一个两便的方法，就请先生视具体情况而定。至于有劳先生之处，容当后谢。如何？请随时函告为荷！

我久离乡井，于故乡人事已疏。先生精于书画，愧未早知，致疏闻教。日昨孝文同志寄来尊作《采白亭图》，笔墨凝重，曷胜钦佩！前年返歙时，曾往西干访采师墓，不但亭已倾圮，即墓亦没入蒿芜，为之怅然而返。今见尊作更不胜人琴之感矣。

我与先生素昧平生，未敢冒昧求教，此请孝文同志转奉此函，有渎清神，尚希原宥。如蒙赐示，请寄北京西城东养马营 15 号我收。专上，并致

敬礼！

汪世清　1976.2.29

※　汪世清（1916—2003），安徽省黄山市徽州区潜口镇人，中央教育科学研究所研究员，物理教育和物理学史研究专家，资深徽州学家。

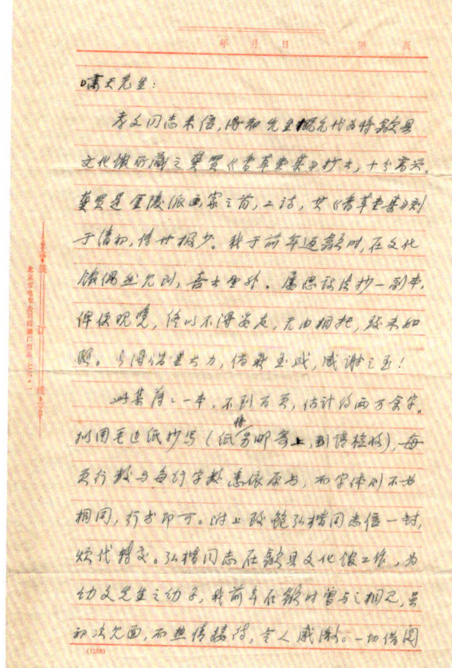

啸天先生：

孝文同志来信，得知先生慨允代为将歙县文化馆所藏之梅翠《青草堂集》抄本，十分高兴。梅翠是金陵派画家之首，工诗，其《青草堂集》刻于清初，传世极少。我于前年返歙时，在文化馆偶然见到，喜出望外。屡思设法抄一副本，俾便研览，终以不得当友，无由相托，致未如愿。今得借重大力，[illegible]玉成，感谢之至！

此集薄薄一本，不到百页，估计约两万余字。拟用毛边纸抄写（纸另邮寄上，到请检收），每页行数与每行字数悉依原书，而字体则不必相同，行书即可。附上致熊弘楷同志信一封，烦代转交。弘楷同志在歙县文化馆工作，为幼文先生之幼子，我前年在歙时曾与之相见，虽初次见面，而热情接待，令人感激。一切借阅

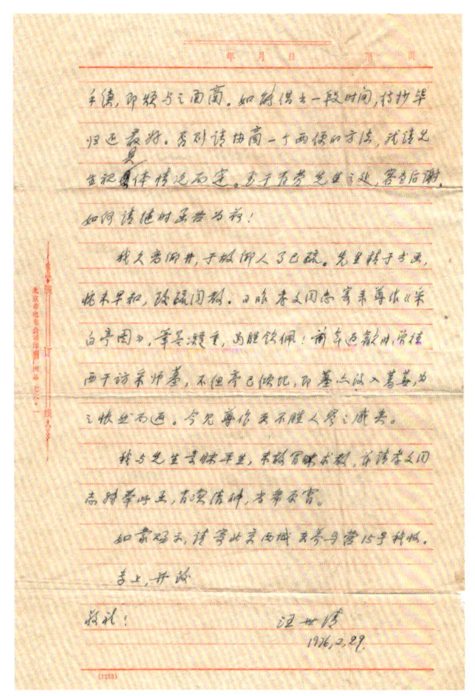

手续，即烦与之面商。如能借出一段时间，待抄毕归还最好。否则请协商一个两便的方法，我请先生视具体情况而定。至于有劳先生之处，容当后谢。如何请随时函告为祷！

我久客[illegible]，于故乡人事已疏。先生精于书画，惜未早知，致疏问讯。日昨孝文同志寄来尊作《采白亭图》，笔墨凝重，为胜钦佩！前年返歙时，曾往西干访采师墓，不但亭已倾圮，即墓亦没入蔓草，为之怅然而返。今见尊作，更不胜人琴之感矣。

我与先生素昧平生，[illegible]，亦请孝文同志[illegible]，有渎清神，尚希原宥。

如蒙赐示，请寄北京西城[illegible]15号转收。

专上，并颂

敬礼！

汪世清
1976.2.29

汪世清致程啸天书札

二

啸天先生：

四月十六日手书敬悉。

大作《采白亭图》已收到数日，迟复为歉。此幅以宾老笔法写练江两岸山水，气势磅礴，阅之不禁神往，先生画学之造诣亦于此可见。承告学画学诗之经历，足见学养有素，深为钦佩。我平生为学苦无门径，亦乏专攻，数十年一无成就，殊堪赧颜。闻孝文言，先生年长于我，“以仆为师”，更何敢当，以后千祈勿如此称呼。至于学术商量，则可互相学习。如蒙见问，当尽所知奉告，亦望不吝赐教也。

尊画四小幅尚在手边，拟抽暇配题拙句后即寄孝文伉俪留念。请放心。

孝文来信，谓先生另有《采白亭图》一帧以赠黄高华者，并抄示郑初民题七古一首。郑为我之旧友，然多年不相闻问，已不知其近况矣。如有所知，盼告一二。

采师墓在披云峰北麓，距河岸尚有一里许，离太白楼似较远。采白亭建在墓前，可能是四角亭，东面有匾，颜曰“采白亭”。亭内有碑，上镌《风柳鸣蝉图》。我于前年返歙时曾访其址，遍找不得。后闻墓址仍在，而亭已早圮矣。尊作可以意为之，亭之位置，以近作观之，大体已得，不必求其精确也。未知以为如何？专复，并致

敬礼！

汪世清　1976.4.23

三

啸天先生：

惠书敬悉。

为抄书事，屡烦清神，已觉不安；得知奔走各地，备增劳累，更感忐忑。此事如暂时不能做到，可以不必急于实现，且待将来有机会再说。先生如此热情实在令人感激不已。

尊作《采白亭图》已寄还孝文同志。近得其来书，谓拟再请先生另画一幅，不知已动笔否？此亭建筑时，我是亲临其地的，但时日已久，印象已很模糊。前年返歙时，闻亭已倾圮，虽曾一至披云峰下访其遗迹，然山路已迷，即亭之所在，亦未找到，只得怅然而返。但据模糊的记忆，画时如以披云峰之高耸苍翠为背景，山隈水际，一亭翼然，似可使画面之间重点更为突出。浅见仅供参考。如有不妥，尚希指教。

我所学为物理学，于诗文书画纯属外行，工作之余，颇喜倚声，有感亦偶有所作，然意境格律均欠讲求，故所作常流于浅露，不敢示人。《玉楼春》四阕匆率成篇，谬承嘉奖，深以为愧。至于先生虚怀若谷，欲"以仆为师"，则何敢当。如蒙不弃，相交为友可矣。未知尊意以为如何？

尊画四小幅尚在敝处，拟抽暇配题四叶，再邮寄孝文同志。顺告，并希原谅。专复，并致

敬礼！

汪世清草上　1976.4.8

四

啸天先生：

五月一日来信已收到多日，迟复为歉！

郑初民兄寄来抄稿一束，中有龚贤香草堂诗，计分五言律、七言律和近诗三部分，喜出望外。他如此热情，十分感激。只因多年无联系，未敢冒昧去函致谢，已于昨日寄去《毛主席诗词》三十九首及法家著作两种，以表谢忱，然亦难符其盛意也。知注奉问。如与之相见，仍希代为致意，尤所感荷！龚集既已借出，就不也再劳清神。歙文化馆尚有可抄之书一二种，俟该馆清理内籍后，如允抄，仍当借重大力耳。

拙作《浙江资料集》手边尚有数册，俟检出后另邮寄奉。

小词《水调歌头》一阕，拟题尊作《采白亭图》，另纸抄奉青览，尚希指教。匆草，并致

敬礼！

汪世清　1976.5.16

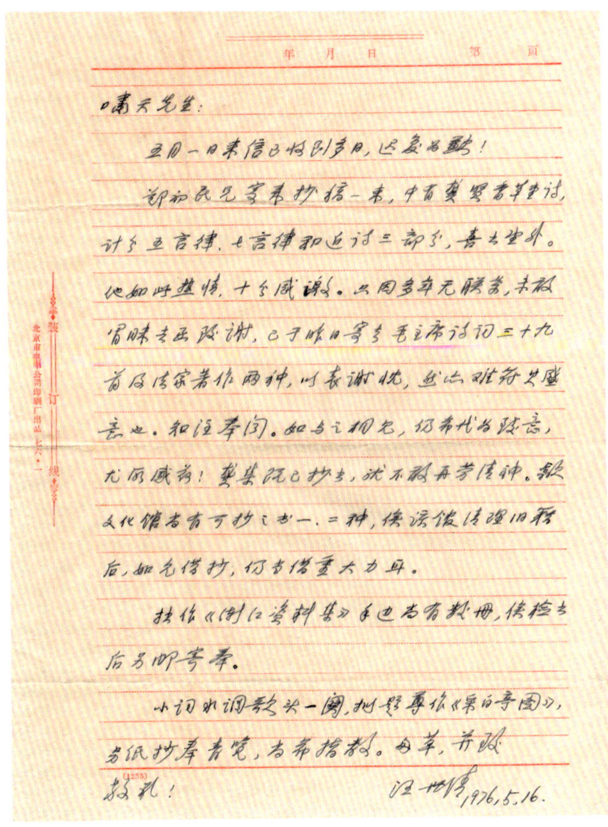

年　月　日　　　第　页

啸天先生：

五月一日来信已收到多日，迟复为歉！

郑初民兄寄来抄稿一本，中有黄宾虹书画诗，计分五言律、七言律和近诗三部分，喜出望外。他如此热情，十分感谢。只因多年无联系，未敢冒昧去函致谢，已于昨日寄去毛主席诗词三十九首及法家著作两种，以表谢忱，然亦难舒其盛意也。知注奉闻。如与之相见，仍希代为致意，尤所感荷！黄集既已抄去，就不敢再劳精神。歙文化馆尚有可抄之书一、二种，俟该馆清理旧籍后，如允借抄，仍当借重大力耳。

拙作《浙江资料集》手边尚有数册，俟检出后另邮寄奉。

小词水调歌头一阕，拟题尊作《采白亭图》，另纸抄奉青览，尚希指教。匆草，并致

敬礼！

汪世清　1976.5.16.

汪世清致程啸天书札

水调歌头　再题程啸天先生新作《采白亭图》

汪世清

意造多仙境，最喜貌家山。写供卧游黄海，画稿继诗函。采师作黄海卧游集画册，以继仲伊公黄海前游集与鞠友公之黄海后游集。十载相从南北，几见解衣捉纸，挥洒兴尤酣。却忆生花笔。飞梦到江南。练溪右，披云麓，石淙湾。此地骚人埋骨，梅柳映澄潭。天际遥峰一抹，凝望长虹塔影，风景旧曾谙。图绘孤亭处，万绿满西干。

五

啸天先生：

久未奉函问候，殊歉。孝文信来，得见惠赐鞠友公荷花一帧，并劳垂问，盛情至感！

唐山、丰南强烈地震波及北京，幸敝寓一切均安，差可告慰。

前得初民兄来函，提及尊处近得黄白山乔梓合著之《潭滨杂志》，并持赠黄高华，可谓得其所矣。先生之举亦令人钦佩。此书原刻本似已早佚，闻尊处所得为同治中黄崇惺重刻本，亦极可贵。盖书出于学人之手，虽所记皆属佚闻，其翔

实可信，必有资吾歙掌故之参考也。不知所得是全帙否？此书在宾老之《滨虹杂著》中评价甚高，然迄未寓目，每以为憾。先生如有暇，极希能与高华兄相商，能将全书抄一副本最好；倘字数过多，摘录一部分亦可。不卜先生能俯允否？如蒙臂助，尽可抽暇为之，亦不必急谋其成也。费神之处容当后谢。

承示尊诗有一字修改，自当照办。藉见治学之严肃精神，亦可佩耳。专上，并颂

撰祺！

江世清手上　1976.8.17

六

啸天先生：

八月廿四日手示已收到，迟复为歉！

《潭滨杂志》为白山先生父子之合作，弟向往已久，深以未能得见为憾！此次所得虽非全帙，亦至可贵。日前孝文兄转来高华兄抄示数条，即以文章而论，亦极清新可诵。前函曾拟劳神抄一副本，知已与高华兄联系，盛情至感！昨得初民兄来信，知高华兄已请其代抄。先生或已知之，以后如有其他有劳清神之处，当具函相商也。

孝文时有信来，知其有大野风雅之辑，许际翁诗自在收罗之列。弟久离乡井，于故乡文物早已睽隔，虽嘉孝文之志，然实恐无绵力相助耳。

北京地震警报迄未解除，然人心稍定，一切活动皆已趋正常。弟及家人一切均好，祈释锦注，故乡有何新发展，至希时赐好音。

余俟后陈。专复，并致

敬礼！

弟汪世清拜手　1976.9.5

赠诗词

玉楼春（题程啸天为孝文所作《采白亭图》）

汪世清

溪流碎月滩声细，远浦渔歌随浪起。疏钟箫鼓化机鸣，西干十寺旧址已建为工厂。高荡披云摇点翠。一峰南北双坟峙，披云峰上尚有梅花古衲墓。墨客诗僧光画史。梅花凋谢柳花飘，独有空亭凭梦忆。

新棠高柳弦歌地，绮梦髫年嗟逝水。画图云海望翻腾，采师曾作云海图相赠。惭愧平生输壮志。来探虎踞龙蟠美，忍见金迷和纸醉？鸣蝉风柳写萧骚，一晌斜阳多少泪。采师在南京时作《风柳鸣蝉图》最有名。

难忘浦口叮咛意，北去危城烽火里。一九三五年秋，余北上就读，采师亲送至浦口。征车皓月照

离愁，恰似去江縣杳水。时艰世难逢燕蓟，欲写哀鸿何处寄。豪情无奈托云山，画得扁舟缥缈际。

南还避地西溪尾，绿雨寒深摊画纸。一九三七年冬采师携家暂寓蜀源鲍氏绿雨楼，时罗长铭亦常至。诗人题句叙渊源，画派新安先路继。长铭题采师画诗有“三百年来传法乳，祝昌姚宋合低头”之句，谓采师上继渐江，为新安一派开无数法门。诗编画卷犹留迹，放眼神州天地异。而今千里望莲峰，紫翠纷披红日丽。

右小词四首，调寄《玉楼春》，题程啸天先生为孝文所作《采白亭图》并书博粲。

汪世清于北京

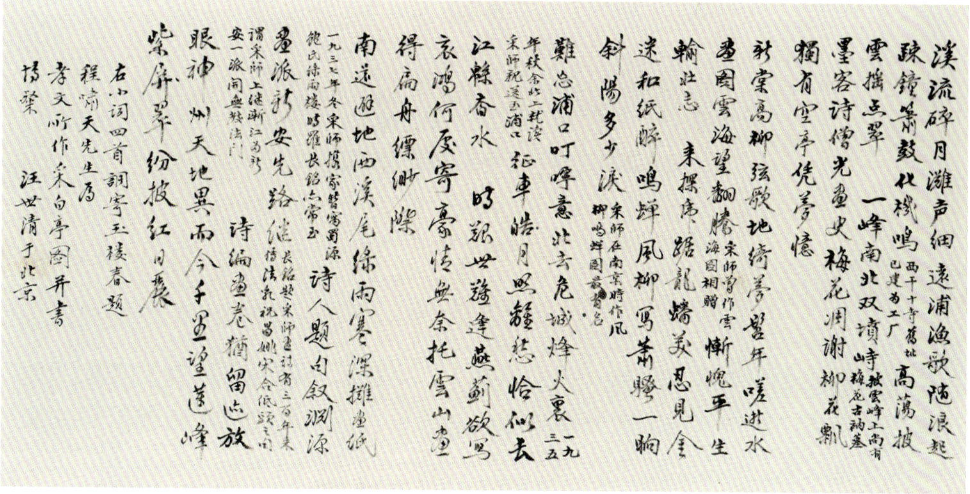

汪世清题程啸天为汪孝文绘《采白亭图》

浣溪沙（题程啸天为黄高华绘《非园图》）

汪世清

掠雨梳烟掩碧痕，春衫欲染汁犹温。画图今见枕流（亭名）存，十里潭湖飘麦浪，一弯眉岭郁林源，游人何处认非园？

潭渡有非园，为黄氏别业，康熙中黄白山先生曾记之于《潭滨杂志》，林泉之盛，犹可概见。屡经世变，园址虽已荡为荒烟蔓草，然高华兄缅怀其先世之流风余韵，仍以非园名其居，乞程啸天先生为之图，千里邮示，嘱为题咏。展卷纵观，想见时当今日龙山丰水无地非园，亦到处尽是非园，高华兄即居其地，是则非园之名得其实矣，爰赋《浣溪沙》小词一阙，附书卷末，即求教正。

汪世清于北京　一九七八年一月八日

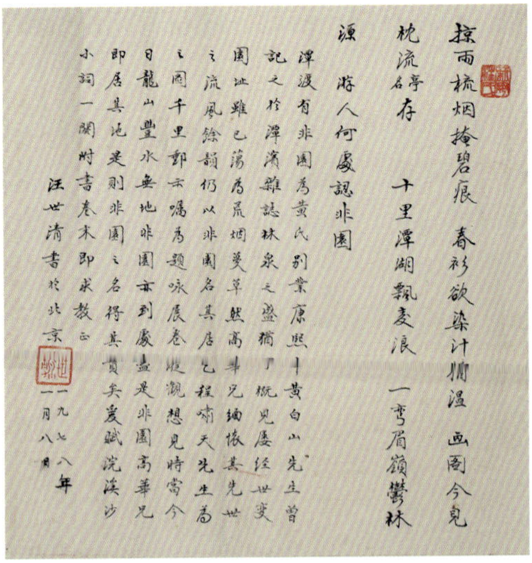

汪世清题程啸天为黄高华绘《非园图》

水调歌头

汪世清

程啸天先生曾为孝文兄绘《采白亭图》，余已题小词《玉楼春》四首，顷又获其师宾老笔法新作，与前图意境不尽同，珍赏之余，再填《水调歌头》一阕，书奉孝文兄粲正。

意造多仙境，挥洒貌家山。且供卧游黄海，画稿继诗函。采师作黄海卧游集画册，继仲伊公之黄海前游集与鞠友公之黄海后游集。满纸云烟缭绕，隐约松涛瀑响，始信叹奇观。梦绕生花笔，忽又到西干。练溪左，披云麓，石淙湾。此地骚人埋骨，新柳惜梅残。天际遥峰凝碧，相映潭光塔影，风景旧曾谙。图绘孤亭处，万绿满重峦。

汪世清书，时一九七六年四月

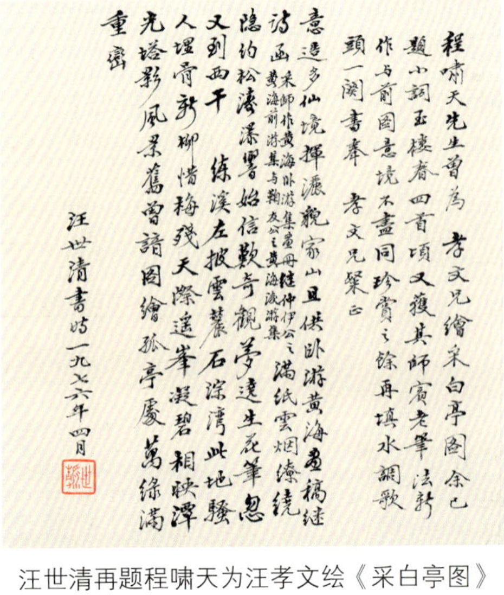

汪世清再题程啸天为汪孝文绘《采白亭图》

汪孝文※

书札

汪孝文致程啸天书札

一

啸天同志：

读手示，承为汪迎[①]操心，至为感激。我爱人已来沪度暑假，手表要等她回去再办，她说此事一定给程老师办好。时间放宽些，因市上时有时无，难以把握。汪迎可能要上黄山，高华已来一信。我要汪迎再考虑一下，如能动身，一定要去找朱锋，也定要到虹梁拜谒师父师母，当然也是打扰你们了。一切等他来函再告。自信不卜何时来沪，为念。尊画容交散公，时间也是不短的。

敬礼！

聪

二

啸天兄：

汪迎到虹梁，他说鸡子三个、玉米一碗，吃个痛快，足见师父母关怀。至为感谢。四日打扰，可能把"好货"都吃光了。如何报答，心中无数矣！又劳送去雄村，又烦亲至潭渡，真是过意不去，只好督促他好好学习，不负老师殷殷期望。至我之所求，还望将观感细细告我，俾就近督教也。昨日与凤老[②]、警舆[③]同集石门，凤老说他没有"万灶"，警舆前求赐一横披，还望有以赐给。立华另有函奉，不赘。钱老已返沪，八字容批来即寄上。《永念图》石翁已寄虹梁否？为念。此函专是道谢的，故不及其他。再谢谢！

敬礼！

聪　九.四

※ 汪孝文（1923—2011），安徽歙县人，又名汪聪、少文。著名文物收藏家、徽学专家，长期致力于徽州文化研究与徽州文物收藏保护。与黄宾虹、林散之、傅雷、郑逸梅等文艺界名流交往密切。编著有《黄宾虹书法集》《渐江资料集》（与汪世清合编），校注有《疑庵诗》等，著有《阿聪笔记》（未刊）。

① 编者注：汪迎，安徽歙县人，名厚载，字欣之，汪孝文之子，任职于东南大学。工书法、篆刻，师从林散之、程啸天、钱瘦竹。

② 编者注：凤老，即胡凤子。

③ 编者注：警舆，即程警舆，一名程颖，教育工作者，工书画。

三

啸天吾兄：

久不通信，极念尊况。我亦穷忙，终日碌碌，估计二三年后有个空闲身体，再到虹梁与公对酌。在宁遇同乡江翁说叶元龙先生有子将由美回国探亲，想要点书画带去。吾兄如有兴能挥一二帧寄江翁最好。江翁亦善画，惜因校务过忙，无暇握笔。在宁见林老[①]，已代致问候之意。曹老已住院，小恙也，知念附闻。顺致敬礼！

弟江孝文　初十　汪迎随叩

四

啸天画师：

手示敬悉，画一卷亦收到，谢谢。几件事奉答如下：

一、冻米糖已吃到。这点吾兄之赐也，感感。

二、辅文、端澍二条已寄上，可收到？云龙一条以后再想办法吧，可能不是指点江山可以满足的吧。

三、玄丈[②]一画，以后当寄去，并要他寄画给您。散丈一画当要汪迎面尘。林老对老兄印象甚深，誉为潭渡替人，可谓恭维之极，长者鼓励，还望老兄再加把劲（前诗二页北游诗稿，想已收到，未见提及，何故？），继承黄学而发扬之。

四、石城翁要梅花，您可以寄去，估计价钱不会太大（高），他会汇给您的，槐老[③]梅花，里中所传不多，您仅有一块，实际可以留着纪念，还是把画屏让给他。

五、砚笺深谊岂能告一段落，如何答谢不在时日，各记心中便好。

六、洪为农是徽中同学，我倒很记挂他的，记得徽中遭轰炸，我们有三个同学在一起，还有一个的名字也忘了（锡朋胖的侄子），遇面乞代致意。茶叶不必太好，有一斤给林老便可以了，物轻情重呵。

敬礼！

聪　三．十五

我在南京共发四邮：

一、散老诗稿。

二、汪迎的字，知已收到。

三、虾和玄宇丈的鸡冠花。

四、散老的字条（辅文、端澍）。

您信中只提了第二项，其他的为啥不提一下，下次来信乞示。

过老[④]来信说把您的信封弄丢了，嘱将他的诗抄上。兹照办，如有兴仍去函

① 编者注：林老，指林散之先生。

② 编者注：玄丈，指曹元宇。曹元宇，一字玄宇，化学史家、书画家，师从齐白石。

③ 编者注：槐老，指方槐三，教育工作者，书画家，其子方炳文系我国著名生物学家。方槐三系程啸天之姑父。

④ 编者注：过老，即过旭初，围棋国手。

北京索诗可也。永康曾要嗣进来信索画，正好伯敏同志为我画来叶少珊翁画轴，我因叶翁与永康同宗，故已寄嗣进转他，遇永康可以促他善护之（少珊先生，我还不认识，以后如能通信，再为兄索画，他也是宾虹先生弟子）。

亚君同志家，我还没有去过，嘱事容得机会当代进言面索。

汪迎不肯下苦功，我也没办法。寿林诗极好。初民先生亦有四律，也极好。

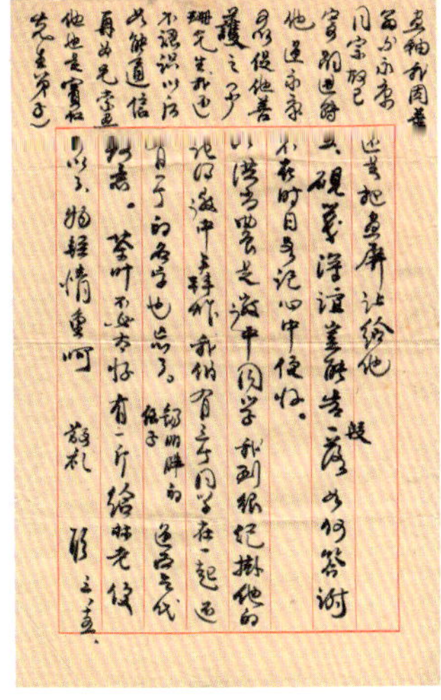
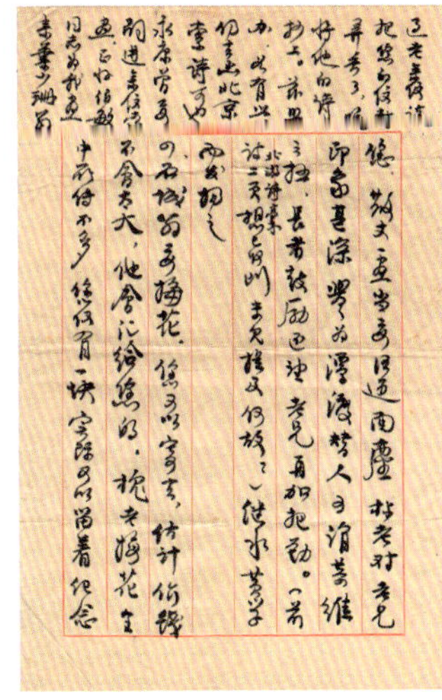
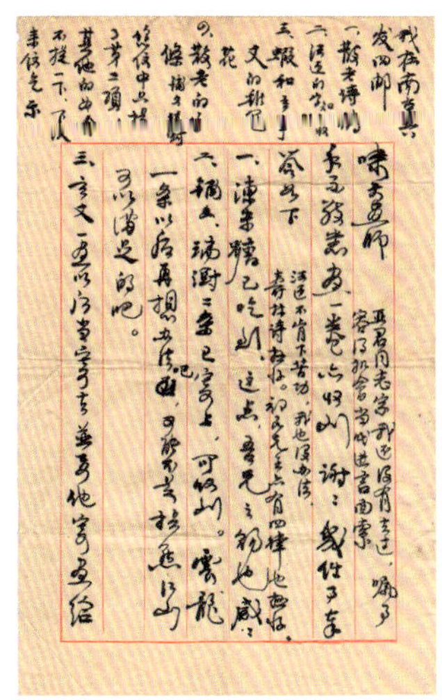

汪孝文致程啸天书札

五

啸天兄：

顷得宁富信，知 30 元已汇到。目下，市上无表，俟有供应即代买好带上。特此奉告。

汪迎又想上黄山，我已有信致高华兄索介绍信。我想让他迳上黄山，住一二个月后再下山拜望老师，那时可能还要麻烦程老师陪他去雄村。这点，还想听听吾兄意见。

朱锋住黄山何处，亦乞告我，自当拜访。

高华兄说汪迎在山上伙食分摊，宿费免去，不卜这样妥当否？乞代考虑一下。

初步打算：

1. 由芜湖直达黄山。

2. 下山时先到岩寺谢黄高华同志，再至虹梁拜望师父师母，住一两天去雄村。

3. 可能进城，去文化馆读垢道人画册、慕道人画轴，然后去东乡。

4. 东乡进城即回南京。

以上打算，不知吾兄以为当否？

程警舆同志曾来说有画赠啸天先生，我要他送至凤老处，因上次凤老来说曾代程求您一字一画，不知已寄去否？

謦舆同志还想您一张横幅，我说啸老总肯画的。天凉快些，一挥如何？

您在文化馆所见采公[①]六尺中堂不知有上款否？如记得，请告画的内容。因采公曾为吾父作桃潭图，写李白诗意。此大堂不知道落何人手，所以很想知道此画之内容也。此中堂准备点上西洋红再拿来，后来采公即病矣，所以没有拿到。

弟汪孝文　7/18

六

啸天老友：

赐示均悉。散老已去北京开会，您给他的茶叶已寄到百子亭，此汪迎所告。

"啸天"一印已带到曹嗣进家，便中可以去取。

目下画家恐尚未订润格，但北京荣宝斋可以代售。一流者一尺见方是五元，三尺条是十五元，当然不是天天可以卖掉，不过行情已出，"字便是钱"，再要便在打"白差"了，叫人不好意思。当然，有些高人是不计较这些的（宾老从不计润，他的学生当亦如此）。曹老已见面，他去年上北京开会，很得尊敬。研究化学发展史，从世界来讲曹公名列第三，从国内说是首位，他一九三三年就有论文发表，受人敬佩，是极不简单的，老人心情舒畅。知念，附闻。

敬礼！

聪　廿五日

朱锋同志便代问好，汪迎有日课，日内寄二张，请转朱君指正。到上海后，当再函虹梁。

辅文求之林书，恐有落空之可能，而茶叶已寄出。乞与汪迎一商，如何？

七

啸天兄：

想等您一信再执笔作书，果然等到了，信人也。可佩可喜！

散老论画，有部分道理，程兄谈画也有部分道理。临黄师之作，散老可临，啸兄可临，独汪迎目前不可临。伯敏前函言兄临黄之作，颇得神韵，这就说明可多多地临，我也大大地要。汪迎学画□□□，所以林老说给他听，非专指好多人也。我虽不知画，但觉得老兄功夫甚深，基础极固，若多临黄画，处理好虚实，肯动脑筋，参以新意，又何尝不能称家新安。

老兄目下退休在家，正有功夫，为新安画派发一异彩。愿兄多临宋元名迹，多看宾师原作，在家则挑灯作画，出外则访友评画，十年之后，必有大进，廿年之后该又是一个朴翁。不知老兄以为然否？汪迎实不知画，所以我只说他稍具画胆，但有胆下笔加上钻研，也可能有些收获，主要还要良师益友。他很敬爱程老师，希望程老师经常与他通信，逼他上梁山。我只能尽买笔买纸之义务，他兄弟俩说我的字是越看越不好，我也照单全收，但也见他们眼高手低。这些方面，如你们

① 编者注：采公，指汪采白。

师徒在通信中发觉苗子，也望代为教训教训。

我这里还有一点宾虹资料，以后得便当带上供研究，这些东西相伴我已多年，故以后在尊处还望好好保存，并不须急急寄还，将来等汪迎回里面取亦可。

林老多病，只要恢复健康便可通信，我春节要回宁，可能见面，当再代为致意。

逸老[①]即兄所知之老作家，他顷来一信今抄上，原函如兄要保存，我当寄赠，因我知兄素来不在乎这些东西，所以不附寄了。我近来“雅兴”极淡，惟老兄有画来，我还是贪而不止的。临黄之作多多益善也。

敬礼！

弟聪　10/1

八

啸天兄：

前奉手书并承赐以丰翁[②]佳制，十分高兴，曾有感谢之意附笺飞呈，想已抵虹梁，此地再次伸谢。我对丰老极有好感，解放前他住杭州，曾通过信，也画过画，但廿余年未尝往谒，就是目前还是不想去干扰老人，此大半因我素懒之故，如兄在通信中能代我致以敬意，尤感。此地作画多不署上款，有些只钤一印，此亦谨慎之故，可以效法。我的生日承兄寿以黟峰一角，尤感盛情。令师[③]已题一诗，顷由令师妹携来，至感至感！上次有陈序寄上，此序做得极好，可以一读再读。黄公文献我箧尚有少许，以后当然寄上，只要老兄爱护，存之陶苑，实无关系，我过去收罗不少，惜皆不存，对这一点点我很爱惜，但只知保管而不能发挥其作用，实在有负作者也，负黄公教育后辈殷殷之意。存尊处实得其所，故望能一读又读，以后汪迎需要时，再嘱其走领可也。您说我谦虚太过，既已成“过”，自当改之。

令师赠诗亦由令师妹带到，兹奉上，请径复昆山。

聪　1973.10.28

九

啸天同志：

手示敬悉。小恙已愈，仍有画兴，极为欣慰，且读近作精神更为一振，还希善自珍摄并多挥毫。昔日黄先生[④]九十高龄仍工作十小时以上，终日伏案反以为乐。我想老兄山居弄孙，每日能作画三五小时，我辈读画恐如山阴道上矣，盼盼。

林老字二张已由南京寄上，小孩恐怕写不好信，故迟迟未发函。他们兄弟俩对程老师似乎有特殊感情，绝不会有啥意见的。如老兄以后有兴寄二小块宣纸“求”汪迎近作，且要点品，再见此孩如何应付。林书收到可写一信道谢，由汪成、汪迎送去甚便，而且他们也乐为服务。若以后向令师骨灰鞠躬时，乞代我行一鞠躬，

① 编者注：逸老，指郑逸梅先生。

② 编者注：丰翁，对丰子恺先生的尊称。

③ 编者注：令师，指曹靖陶先生。

④ 编者注：黄先生，指黄宾虹先生。

故交已少而我们还是至亲，想涤凡二伯必定允许一祭的。曹度在肥想好，以后通信，可将林诗抄寄合肥为感。

敬礼！

弟汪孝文　12/29

散老来书，抄奉一段：

靖陶先生下世，由乃兄元宇托人转达凶音，实深哀念。故人日见凋零，抚念身世，更可痛惜。嘯天先生传闻仆有哭靖陶诗，尚未有作，不知从何处闻知，实伤痛之余，不愿作此哀悼之作。今弟既提此事，只得抑情勉成三首，以慰故人黄泉之下，并书一份寄元宇一阅，望弟亦可抄一份寄嘯天阅之。嘯天往岁屡寄所画，均未奉报，仆实懒人，秋凉偷空将拙作一二件奉政耳。

哀曹靖陶先生三首

林散之

八月十三夜，惊闻噩耗初。人传生死信，泪湿去来书。黄岳魂归晚，青林月照孤。仓皇犹记得，为补看云图。

契合凋同辈，伤心独此君。诗留秋梦影，人隔暮天云。一字遗孤愤，千秋感世纷。江流流不断，哀溯倩谁闻。

忧患在肝鬲，秋窗泪泫然。因缘悭此面，书字滞长年。已负江南约，空存旧日篇。生刍嗟一束，无以到灵前。君有江南之约。

一九七四年九月五日林散之。

此诗可给益公[①]、谷弟[②]一阅，或请兄抄去亦好，聪注。

十

嘯天同志：

在上海读手书，因要返宁，故未即复为歉。我八日到宁，除夕访林老[③]，林老多次谈到老兄，说还要替天嘯先生画点画，我已代老兄道谢。并写了您的地址给他（是老人叫我写在他的本子上的，说要画点东西寄天嘯先生）。关于“天嘯”，这里要说明一下，记得六四年先父把老兄画的画给他看，当时有一个图章 天嘯 →，估计他这样去看了。于是乎记得天嘯，十余年来都未忘记，确也难得。所以我也未加说明。好在陶先生有行知、知行之例，老兄似可一用。

伯敏仍在杭州，世清先生数年前曾在凤阳搞教改，已无联系多年，如兄要通信，可一询采翁之女允清同志当可知之。

① 编者注：益公，对曹益丞的尊称。

② 编者注：谷弟，指曹度（又名谷青）。

③ 编者注：林老，指林散之先生。

承代向令师骨灰致奠，又向怀毅夫人致意，极感极感。

汪迎不常画画写字，目前只好任其自然。吾兄能通信导之更好。拜托了。
敬礼！

弟聪　元旦

十一

啸天同志：

手示敬悉，要事当努力去办。最后当然还可重拍放大，至于放那张，我看还是合影的好，所以合影一帧暂时可存我处备用。兄看如何？

上海已大热，山中当有清风，健羡之至。如有佳构，还祈赐读。

里中不知尚有善画善书者否？郑初民兄近况如何？世清先生久未通信，容试函北京，估计世清情况，西溪汪家当知之较详，世清有子在乡任教，不知可熟悉？黄树滋先生逝世后，其处所藏宾公书札，不知尚在高华君手中否？研究宾老早期思想之大好材料也。拉杂写些，为兄挂问。顺致
敬礼。

弟汪孝文　7/15

上海有一个书法家，名曰“任政”，攻书数十年，甚负时誉，俟得机会，当为“人杰”书一纸寄兄。鲍君不知与幼文师是一家否？汪君是否是郡城人？能爱好这些，确已罕见。

顷接汪成来信说，程老师二信均收读，纸已由汪迎送百子亭，散老近来高血压，所以要迟一些，当随时面催，但不能急。散老自谓甚懒且常闹痛，便中可告汪鲍二君。

以后遇初民先生，可一询近年可得些檀干旧藏，乡贤文物可有收蓄？在家乡，处于西溪一角，得些旧东西，估计还不难吧。可羡！

尊夫人前问好！自信夫妇今年来上海否？吾兄何时赴杭？今年出门否？南京重游如何？

十二

啸天同志：

首先向您祝贺，祝尊展胜利举行。此里中来信告知，情况如何，还望详示。

前来二示均悉，其中主要二点，分告如下：

一、方先生[1]追悼会向无所闻，他们不来通知，是无法推荐的，方先生生前未受很大冲击，是否有此仪式，不知内详，亦不便去问。

二、蔡老天寒不大出门，一俟见面当代转求。他乐为朋友做事，估计有希望的。附柳函一览便知。（天气冷，老人穿衣甚多，不宜出门，所以没有和他通信，等天暖了，可以约期相晤的。）

我近来的确很忙，工作的时间还有五年左右，现在全力以赴，所以看起来干

① 编者注：方先生，指方与严先生。

劲不小，别的事也就顾不上了。胡老也是久不晤面，他也是忙人，而我呢，很少去访朋友，所以胡、柳、江处均未往访。情况不详。

我二月中旬回南京，也可能在南京住下来，不想回家乡去了，动一动要票，此系又很不易的。知念附告。

聪

十三

啸天尊兄：

手示敬悉，我总是忙，且今年人渐消瘦，所以各处都少信，还望知我者谅之。我还没有退休，但在争取，因小曼想顶替。果能退休在家，便有时间和大家面谈、笔谈了。今年八、九（月）间可能回里，那时当有函奉告，如老兄能同登黄岳，亦一大快事。汪迎仍在南工，汪成已结婚，奉上在沪所摄小照，以留纪念。丰先生[①]画展在沪举行，我亦往观并致敬意。

虹庐故居征诗，还希信函自信弟，请其在合肥多为努力。草草奉复。顺致敬礼。

汪孝文　七日

题画

题程啸天绘《栖霞永念图》

汪孝文

山前已祭先生墓，湖上还询师母安。
人去楼空遗泽在，清芬馥馥满人间。

壬寅春，赴杭州扫宾翁墓，并趋故宅问宋师母起居，曾有此作。戊午中秋，啸天学长兄属录卷上。阿聪。

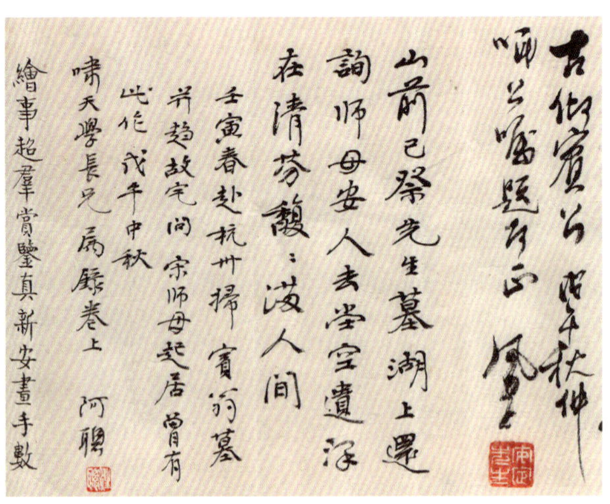

汪孝文题程啸天绘《栖霞永念图》

① 编者注：丰先生，指丰子恺先生。

题程啸天绘《迎丰图》

汪孝文

一溪出山谷，清澈照眸欣。淡泊先生志，桥头眷眷巡。

丰老人偕女游黄山，尝访啸天先生于郡城。时先生居虹梁，电话约晤于岩寺桥头。老人停车，伫候桥边，先生荷米徐步而至，握手甚欢，邑中传为美谈。今先生作《迎丰图》贻我，敬书二十字。

题程啸天为黄高华绘《四季山水册》

汪孝文

雄奇笔墨谪仙姿，良玉精金出盛时。
许借他山为砺石，佳章都是性情诗。

此凤老寄啸天兄诗，为高华先生书之。啸翁仙去多年，思及曷胜怆然。癸酉三月，汪聪于金陵。

附：程啸天诗文稿

程啸天致汪孝文函

一

孝文同志：

去腊心绪不宁，东奔西走，聊以遣怀！腊底去屯度岁，较为安适。正月初六始返抵家园。

去腊叠接来示，敬悉一是。赭石一瓶，未知何价？《新溪石屋》，已图就径寄凤老了。你们和凤老春节想必都好！

郑仁山画已和敦浩商妥，他说寄一斤好茶外加香墨一大锭表示交换，如茶寄到凤老，请他遇便把画寄到歙县电影院洪百里收转。

春节来林翁想必健康如昔。玄老也一定健康。令郎、夫人想都好。我们家也好。

我的小儿、女双照，前寄托放加印，如无法办理，有暇望寄回为盼。宾老影画、报画，如有新发现，望寄来点学习。

致礼！

程啸天上　2.6

二

孝文同志：

奉函敬悉，两次法书均敬领，谢谢。因无情绪，高华处久未聚面，前悉彼有宾老书函百通，关于论画的已售与出口商，余下较多，均系家常琐事。

鲍君（非岩寺鲍）系教育界老友，汪君系较好的医生，他们借书画消遣，于此道似尚未精。叶则由的儿子叫永康，能知书画。

《纳凉图》（原件附还）题字甚佳，深望再加题词，以留纪念。亡女是否能请画？不能，则麻烦放一放，价多少，即汇。

画片至今尚未找到，深为抱歉！后当以长画奉赔，如何？

林翁来沪，望为慰问，附《石农治印图》博粲。复致

敬礼！

程啸天上　8.1

潭、西一带乡贤手迹亦难收了，初民兄曾说过。

谢阿聪惠佳笺并画

程啸天

谷口卧云霞，念念素心友。
佳纸频频来，乐逾白衣酒。

一九七一年十月孝兄索画　书怀二首

程啸天

尘封一砚已多年，偶入南柯画辋川。
忽接雁音惊结习，拈笔初试旧云烟。

经磨历劫继初衷，衣钵遥传一脉灯。
敝帚自珍还自惜，黄罗山下忆黄公。

题黄山归葬图

程啸天

改庐[①]为阿聪之尊人，嘱图并系以诗。

白下淹留骨已寒，佳城且喜筑黄山。
琴台月夜英魂慰，一片云波绕笔端。

程啸天为汪孝文绘《新安揽胜图》

程啸天画作《纪念画师采白先生》

① 编者注：改庐，即汪孝文之父汪己文先生。汪己文(1899—1970)，名邦录，字纪文、后改己文，晚号改庐，安徽歙县人。1915 年于上海中华法律专门学校毕业后去苏州任教。1927 年后，在苏州创办安徽公学和新安小学，曾任歙县旅苏同乡会会长。抗日战争爆发，任歙县战地服务团团长、第三区区长，与汪任民编写《抗日三字经》，进行救亡宣传。离任后家居清贫，乡民馈米以济，黄宾虹为之作《送米图》。1949 年后在南京从事教育工作。平生著述颇丰，有与王伯敏合著的《黄宾虹先生年谱》及自编的《黄宾虹书简》《改庐笔记》《新安画苑录》等。

汪光裕※

赠画

为啸天先生画像题识

写给画家啸天同志。小兀，壬寅年于黄山。

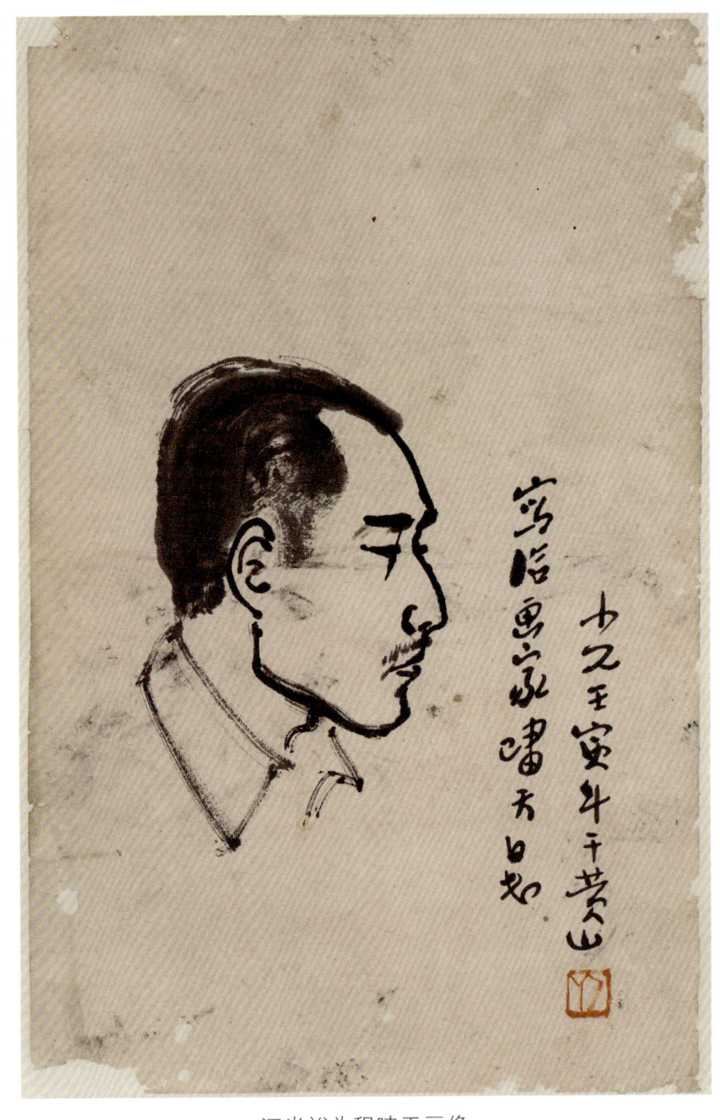

汪光裕为程啸天画像

※ 汪光裕，一名小兀，书画家，曾任《徽州报》美术编辑。

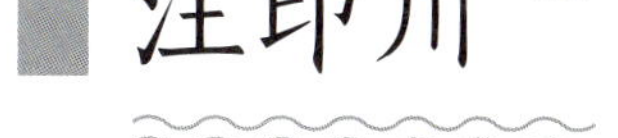

砚铭

汪印川赠程啸天砚铭

而色黑可以受墨，而质坚可以永研。印川。

赠印

啸天长寿。啸天道兄属作。丁丑午月，汪印川刻。

程啸天画作《拟元人笔意》

※　汪印川（1896—1956），黄山市徽州区唐模村人，常年在浙江金华、兰溪等地经商。擅书法、篆刻，尤工隶书。

吴进贤※

赠诗

赠程啸天

吴进贤

团结安定复何求，八十残年意未休。

愿托毫端歌四化，共商大计绣神州。

啸天乡兄两正，壬戌夏，八十叟吴进贤。

附：程啸天诗文稿

赠吴进贤先生于苏州

程啸天

黄山忽获晋公诗，激励愚情喜自知。挥就石松祝上寿，公已八十矣。二千同看一林枝。

谓能与公看到 2000 年国家富强。

※ 吴进贤（1903—1999），字寒秋，安徽歙县里河坑人。著名书法家，擅行楷，尤精隶书。作品多次参加国内外书画展。出版有《毛主席诗词选》《千字文》（隶书）等。生前为中国书法家协会会员、苏州市文联艺术指导委员会委员。

吴皖生※

赠诗

赠程啸天画家

吴皖生

笔墨精工像朴存，当年沪上早蜚声。
程门今得贤高足，后继新安喜有人。

附：程啸天诗文稿

程啸天赠吴皖生诗稿

六一年秋与昌溪吴翁皖生翁为县政协代表、安徽省文史馆馆员。共游黄山，联欢匝月，别后存望十又八年，无由相见，不意偶步罗田，遽逢于江君根义宅，罄谈甚欢。吴翁念旧情殷，并约予往访其师仰周公之子绍周，殷殷垂询往事，然而匆匆赋别，不及共进午餐为憾。翁今年八十又二，腰脚清健，予亦六十八矣。戊午五月二十作此寄呈粲正，戊午五月二十一日，啸天草。

两人百五十，奉手本应难。翁居昌溪，我家虹梁，相距百里。不意缘前定，重逢忆旧欢。认颜更共话，失巧莫同餐。原定午餐而别，翁忽匆匆乘车游屯，未及在绍周[①]家共进午餐矣。清健跨江介，诗情想郁蟠。

※ 吴皖生（1897—1990），字亦楚，安徽歙县岔口人。名书画家，善画兰竹，有“江南一枝竹”之誉，曾任安徽省文史馆馆员。

① 编者注：绍周，苏绍周，文史工作者，苏仰周之子，方槐三之女婿，曾任黄山市屯溪区政协委员。方槐三系程啸天之姑父。

武旭峰※

书札

武旭峰致程啸天书札

程老：

我从上海去北京学习，历时近二月。回来后，听说你曾为我和江声皖同志各画了一幅画，我多方查询，均不见，想是被人拦路“打劫”了。

你信中问及大作《访虹初稿》，我和声皖同志均未见到，不知你是何时寄来的？

两本增刊现奉上，请指正。

并祝康健！

武旭峰拜上　（19）83.9.22

程啸天画作《迎头坞水库》

※　武旭峰，安徽省黄山市人，旅游文学作家、广州大学教授。曾任广东旅游出版社总监、黄山旅游杂志社总编辑。

赠画

夏仲清赠程啸天《万古苍松图》题跋

万古苍松接太清，绝无攀跻与逢迎。仲芳仁兄雅属，己巳夏七月，鉴瀛写。

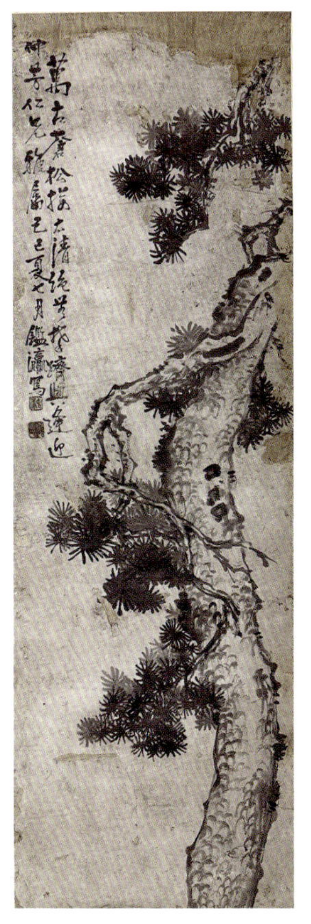

夏仲清为程啸天绘《万古苍松图》

附：程啸天诗文稿

程啸天文稿

甲子。为生计所迫，由舅父托方惠安先生推荐学商于浙江崇德，离乡背井，心怀抑郁，喜同事夏仲清善画，与之同学，暂以忘忧。（《程啸天自撰年表》）

※ 夏仲清（1908—1993），名廉，字仲清，一字鉴瀛。浙江桐乡书画家，鸳湖诗社早期社员，张伯英先生弟子。

向　镛※

砚铭

向镛为程啸天刻砚铭

吸以冷光，吐为文章。君子之交，久而弥芳。丁丑天中，向蔗公铭并刻。

附：程啸天诗文稿

程啸天忆稿

癸酉，时与向蔗公同客枫泾，为予刻砚铭。蔗公画笔峻拔（后游兰溪与之同道），铁笔苍古而落拓不羁，蜀人，居金华。（《程啸天自撰年表》）

※　向镛，字金甫，号蔗公。四川人，侨居杭州、金华等地。工兰竹、花卉，山水画作亦佳。旁及金石、治印之学，得秦汉遗法，其篆刻作品尤显功力，甚得时人赞誉。

萧龙士[※]

赠画

一

赠程啸天《清香》题跋

清香。啸天同志指正，龙士年八十八作。

萧龙士赠程啸天画作

二

赠程啸天《清香》题跋

清香。啸天画师正之，龙士年八十九作。

※ 萧龙士（1889—1990），安徽萧县人。著名书画艺术家和美术教育家。曾任中国美术家协会安徽分会名誉主席、安徽省书画院名誉院长、安徽省文史研究馆馆员。

徐永端※

赠诗

敬题啸天丈画山水歌

徐永端

啸翁师造化，咫尺势千里。多谢贤郎相引介，丈人为我留真迹。美哉新安山水图，挂我书斋之素壁。闲时坐对层峦望，眼目顿明胸际畅。山头清气扑人来，峰回路转鸟鸣喈。天际岚光云缥缈，泉边红药添妖娆。未曾拜识心仪久，忽闻仙去徒生疚。彩笔灵芬天地间，丹青不朽自古有。　敬题啸天丈画山水歌兼呈自信学长。辛未夏，徐永端于吴下。

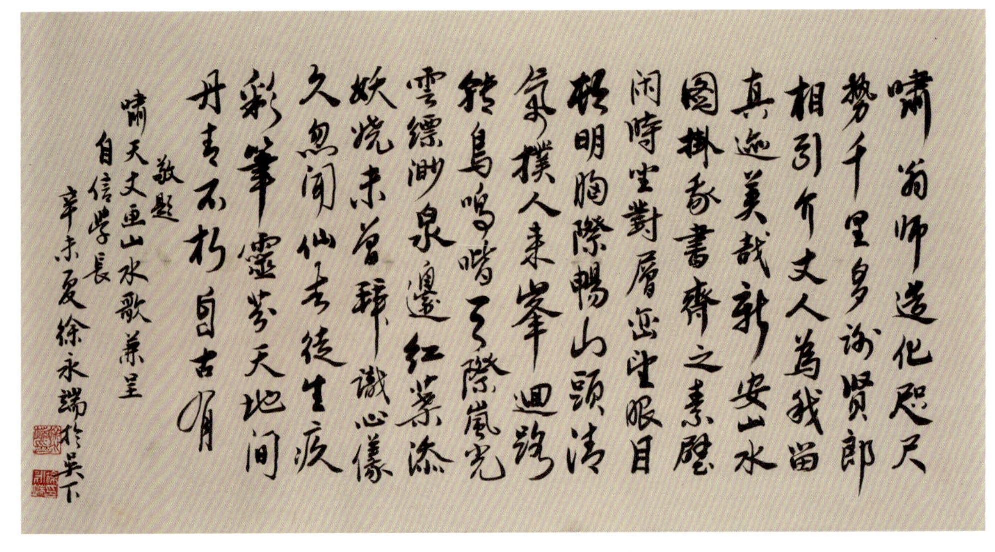

徐永端敬题啸天丈画山水歌

※　徐永端，苏州大学文学院教授，曾任全国政协委员。现代学者徐澄宇与著名女词人陈家庆之女。

新安书画社※

书札

新安书画社致程啸天书札（黄澍[①]先生执笔）

啸天同志：

自去年地区新安书画会期间，在部分社员座谈会上欢叙之后，忽又数月。前闻贵体违和，至为悬念。日前理事会上，大家又谈到您的为人、您的书画造诣，以及您对本社事业的关心，不约而同地盼望您早日康复，主持社务，推动我们共同的事业前进。前此理事涂影同志专程去虹梁看望，并代我们面致怀念之意。在会上面告贵体已渐恢复，精神亦佳。请您继续疗养，珍重身体。待渐江大师纪念会上，我们得聆雅教，共叙契阔。纸短情长，不尽欲言。专此，恭祝

健康！

新安书画社理事会　（一九）八四.三.十三

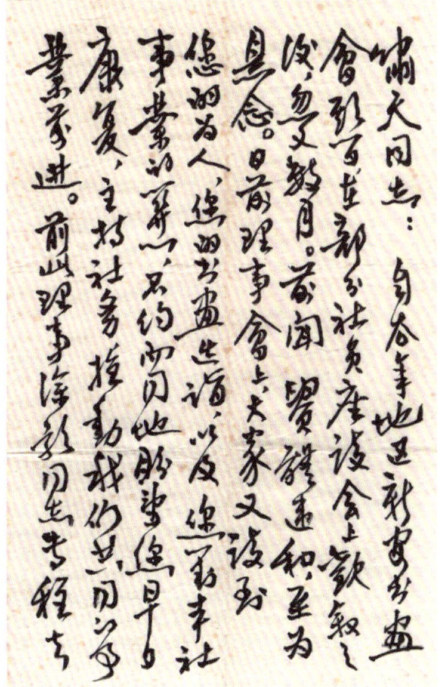

啸天同志：自去年地区新安书画会期间，在部分社员座谈会上欢叙之后，忽又数月。前闻贵体违和，至为悬念。日前理事会上，大家又谈到您的为人、您的书画造诣，以及您对本社事业的关心，不约而同地盼望您早日康复，主持社务，推动我们共同的事业前进。前此理事涂影同志专程去

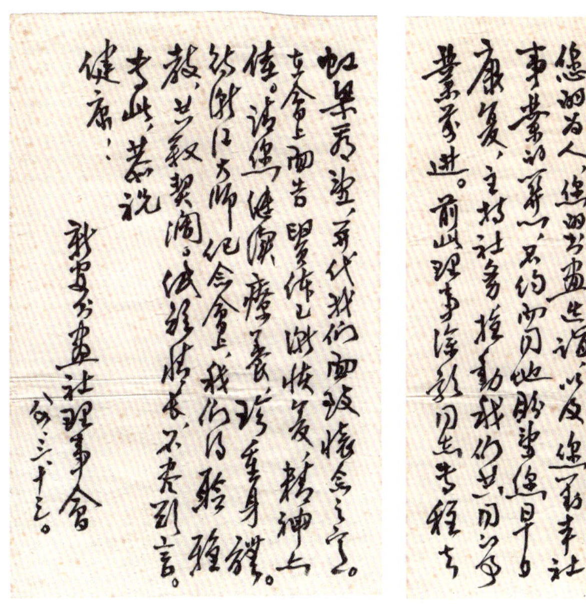

虹梁看望，并代我们面致怀念之意。在会上面告贵体已渐恢复，精神亦佳。请您继续疗养，珍重身体。待渐江大师纪念会上，我们得聆雅教，共叙契阔。纸短情长，不尽欲言。专此，恭祝

健康！

新安书画社理事会

八四.三.十三。

新安书画社致程啸天书札

※ 新安书画社，1983年10月成立于徽州地区屯溪市，是改革开放后徽州地区成立的书画艺术群众团体，第一任理事长为黄山学院教授、著名书画家黄澍先生。

① 编者注：黄澍（1917—2013），著名书画家，黄山学院教授、中国书法家协会会员、中华诗词学会会员，时任新安书画社理事长。

颜国钧[※]

书札

颜国钧致程啸天书札

程老师：

在一本月刊[①]看到老师作品《新安山水》，十分欣赏，故冒昧提笔，毛遂自荐。

学生乃美国加利福尼亚物理硕士，目前承继父业经营鞋厂，我厂虽不是全马来西亚与新加坡规模最大者，但全厂员工三百名，日产各类拖鞋近万双。

学生不敢称大藏家，但所藏不少，且均精品，目前已和国内十几位著名画家书信来往，航空邮寄的画均能收到。（上星期就收到两幅大中堂）

只是学生未有机会欣赏程老师作品，十分响往，尤其在新加坡，未见一幅安徽画家作品，故很想藏老师画。同时介绍与推荐给本地藏家认识。

每收到一幅大中堂，学生必由本地中国银行汇款人民币百元为酬，望能收到老师代表性佳作，谢谢。

通讯处：新加坡，第0820邮区，翰密顿路□□号，新华鞋厂有限公司。

祝老师健康，盼复。

学生颜国钧上　1982年5月3日

※　颜国钧，新加坡收藏家、企业家。

①　编者注：月刊，指香港《明报月刊》。

袁廉民※

赠照

袁廉民赠程啸天黄山摄影照一组

赠照题识（一）

1. 程老啸天大教，袁廉民摄影并赠。

赠照题识（二）

2. 银树狂舞。袁廉民摄影。

※ 袁廉民（1932— ），浙江慈溪人，著名摄影家，国家一级摄影师。中国摄影家协会理事、安徽摄影家协会名誉主席。曾多次在国内外举办黄山摄影展，出版黄山摄影集多部。

叶雨蕉※

书札

叶雨蕉致程啸天书札

一

啸翁惠鉴：

顷接（叠韵诗章，环诵极好）迴云，敬悉为弟访觅词书而奔走劳累，无任心感。西乡为吾歙文风最盛之区，旧家藏书必极丰富，如访有诗词或有价值之书籍，请代购一点，因我所有书画已尽付一炬矣。遇到时即便函知，俾将钱汇上。旭初兄在沪逗留两周，业于是月十九日返京，但尚未来信，曾告歙城屋事已和平了结，极好。弟三十年未归，爰赋菩萨蛮词两阕，乞指教为幸。耑复，并颂冬祺！

弟雨蕉启，十一月廿六日（承赐药末甚感，当试用）。

凌歊叆叇云长住，古虹泽畔笼烟树。怅望故园愁，悠悠三十秋。渐江滩碎月，政问山头雪。幽梦忽还乡，珠兰茉莉香。

流光不为韶华住，随时沤灭风前树。何事苦吟愁，湖山卧看秋。朦胧花里月，村社飘香雪。垂老滞他乡，思亲一炷香。

三十年未归，思乡颇切，爰填菩萨蛮词奉呈啸翁词长正拍。

丁巳初冬叶雨蕉依声于杭州

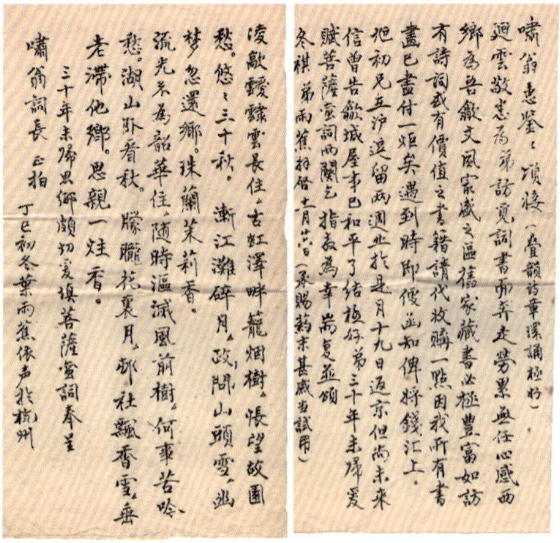

叶雨蕉致程啸天书札

※　叶雨蕉，原籍安徽歙县，居杭州，民国时期著名报人。工诗词，擅书法。曾任《昆仑》《春光》杂志总编辑。

二

啸翁左右：

厚赐画幅拜观欣感，走少读诗书，愧未学画，虽骖靳诸耆老间，偶以诗词和唱，顾所学肤浅，未能登大雅之堂，深自惭怍。况复年来臂患痛风，不能书大字，即小字亦甚拙陋，如不嫌弃，容当勉以报命耳！旭初、惕生二兄因歙城屋事稽未解决，业已去沪，尚未返京。尊札将为转寄京。走喜填词，然前所藏词谱等书散佚殆尽，虽欲倚声，直如盲人扪虱而已。是以亟想购置有关词之调书，籍以资观摹，然书店未有出售，因此请公代为留意，如有旧家尚藏上项词籍而能割爱者，当不靳值也。尊画已悬壁间欣赏，特此鸣谢，并奉和佳什，叠韵二首，乞请教正。（拙和录后面）

专复，祇颂

撰安！

弟雨蕉拜上　十一月十五日

叠和前韵乞啸翁粲正

丁巳秋叶雨蕉未是草

白帢青鞋妄自华，卅年湖上客烟霞。
浮云掠尽终虚幻，悟澈灵山一束花。

豪气元龙迥不同，虹光乡里啸天红。
荆关笔法师宾老，仿佛栖霞画室中。

叶少珊 ※

题画

题程啸天为黄高华绘《四季山水册》

叶少珊

啸天先生与予均先后得宾虹大师指授，晚年鸿雁频传，所惜缘悭一面。今参观宾师故居，高华先生出其遗作嘱题，爰述数语于次。

旅杭叶少珊于歙城

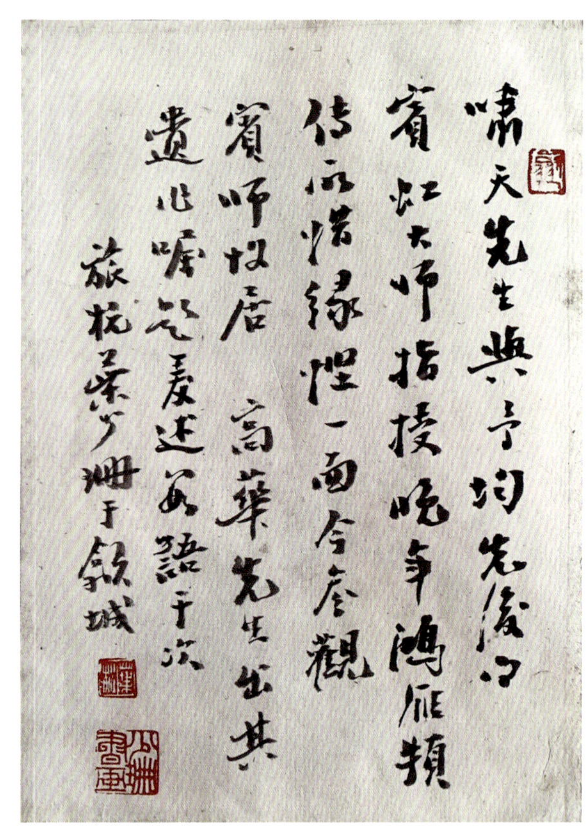

叶少珊题程啸天为黄高华绘《四季山水册》

※ 叶少珊（1919—2000），书画家，安徽歙县富堨镇善福里村人，居杭州，黄宾虹弟子，曾为杭州市美术家协会理事、杭州黄宾虹学术研究会副会长。著有《黄宾虹传艺录》《新安画苑》等。

郑逸梅※

题画

《栖霞请益图》题跋

郑逸梅

宾虹老人，一代画宗，邈兮既往。我友汪孝文一再缅怀之，为纂年谱，复事述录。兹又集老人之高弟程啸天、朱砚英、王伯敏、段无染、林散之之山水，一如老人之疏宕奔越、聊浪自放者，装之为《栖霞请益图》。栖霞者，老人之所居也。蒙见示，观之，则连绵衍演，一气贯之。想见五子挥毫时，绎然思，攸然会，而妙得其趣致，所谓琴尊几辈、衣钵传人者，非耶？楚珩晋璧，一时并重，孝文其宝之。

九五叟郑逸梅

文稿

《艺林散叶》（节录）

郑逸梅

新安程啸天，作画数十年，初师张伯英，继师黄宾虹，每日挥毫，从不间断。晚上睡息时，常用手指在腹部点画，自称打腹稿。

※ 郑逸梅（1895—1992），出生于上海江湾，祖籍安徽歙县。著名作家，被誉为报刊补白大王。为中国作家协会会员、上海市文史馆馆员。 著有《艺林散叶》《文苑花絮》《近代名人丛话》等。

附：程啸天题跋

程啸天赠郑逸梅《松风读书图》题跋

癸丑中秋后一日获此佳纸写《松风读书图》，祝逸梅老先生八旬大寿。歙县程啸天作。

程啸天为郑逸梅绘《松风读书图》

周汝昌※

书札

周汝昌致程啸天书札

程啸天同志：

来信收见，因极忙，不能即复。今拙著已由国内出版社排印新版，已经就绪，估计本年夏秋间应可印竣（我们出书效率极慢）。特此奉闻，并颂

新年新吉！

周汝昌　1982.1.6

程啸天画作《新安翠色》

※　周汝昌（1918—2012），著名红学家、古典文学研究专家、诗人、书法家。曾任职于人民文学出版社、中国艺术研究院，为中国作家协会会员、中国书法家协会会员、全国政协委员。

张炳森 ※

书札

张炳森致程啸天书札

一

仲芳哥：

来信及画都收到了，谢谢你。你为什么要这样性急，要冒暑作画。

你的大笔很不错，画得很好，像梯田、江里的舱船，农民都是时装，这种种都是新风气。

你的笔法是大改变了。你给我的画，为什么不写上年代？否则存年累月放下去，一看就知道啥年上画的。在收到下一天，我就拿去给鲍先生[①]看，他也说你画得很好。仲清哥的信，待开了学，托他女儿捎去。老伯母是否还在？身体可好否？想必嫂嫂从事家务劳动也很忙的。我很想到你家玩上个够，跑跑山溪，多么好啊！不知可有这一天。余言下谈。即请

夏安！

张炳森手上　8 月 4 日

二

仲芳哥、嫂嫂：

好久不通信了，想必你们大家都好。你寄来的茶叶已经收到，泡来喝味道很好，香气也足，谢谢你。关于我父亲刊入上海艺术字典都靠你出力，我们全家都感谢你。

我们现在已经造了新房子，两间大门间，一间灶间。老虎已经搬出，我们的楼房不拆。你以后工作之便路过这里，请你无论如何来玩，我们等着你。

祝你工作顺利。不多谈了。此致

敬礼！

师妹张炳生手启　（19）83.7.3 晚

※　张炳森（1916—2013），又名炳生，石门书画家张伯英与吴月薇（海宁蒋百里堂甥女）之女。

①　编者注：鲍先生，指鲍月景先生。

附：程啸天题识

赠张炳森《江风欲雨》题识

江风欲雨。写似炳森师妹正可。歙县啸天。

程啸天为张炳森绘《江风欲雨》

郑伯荣※

书札

郑伯荣致程啸天书札

姐夫:

您好!时间过得真快,转眼之间就是30年。记得我们还是在衢州相住一段时间,在脑海中还回忆起在店堂前展画之情形,店门上贴的是安徽新安画家程啸天。(19)54年因父亲歇业,转学屯溪中学,此时与自信侄同学。(19)56年参加邮电工作。我们虽没有见面,但每次回家二位兄长均谈到你的近况。记得1958—1960年之间你还在《徽州报》上发表了一幅《放排》国画,这张国画至今我还保存着。

托写的对联已收到,谢谢!我们在此一切尚好,当然包括精神、经济、工作。王子培、程东明离我们不远,希抽空来宁玩玩,欢迎!

我自少喜爱集邮,春节回家一趟,想在亲戚朋友家收集清代、民国时间(期)的旧信封,结果还是在柘林庆汝姐那里搞了几个民国时期的信封,总算还有点收获。收集人家的对象是:1.上代是做官或做生意的。2.老屋,没有给别人住过。3.成分要好。在集邮方面希能得到你的支援。

大小孩仕宁读高二,成绩中等,小的仕图初三,成绩中上等,今年要过二关。好吧,再见!

祝全家身体好!

表弟伯荣　(19)81.5.8

※ 郑伯荣,程啸天内姑丈郑兰圃第三子。1948年,程啸天鬻画浙江衢州时,曾寓居在衢州经商之郑兰圃宅。

郑初民※

书札

郑初民致程啸天书札

一

啸天老哥足下：

兹因范同志便，烦代致一言问候左右，未审暑假中眠食何似，画兴佳否？倘深秋致爽，能为我一挥素彩，悬我蓬壁，得以见画如亲杖履也。再者宾师年谱现已出版并征求资料补充，前弟在兄《渐江诗偈》本后罗集宾师之信件、诗题，弟因借给恕常失去，望能借回再抄对。渐江塔文、祭文、传略，弟亦搜得许多，亦可奉为录该册之后，兄以为如何？希复，此问

秋安！

弟初民顿首　八月卅日

二

啸天仁兄台览：

前聆侃文兄谈及高斋蓄名流手迹，又肖像奇夥，颇欲前来一窥富美，复恐若不相值，则入宝山空手回也，故不果行，至怅。

刻奉旭丈[①]来鸿，嘱代转言如下：

"如晤啸老，请告他候我们向赵老[②]索字事办好，再将汪件寄来。原拟候其寄来一同送去，等候日久，细思不如分办较佳。"信中所言汪件系何所指，我与凌兄都猜不透，恳示知，以博一噱何如？闻黄警翁言："散公评兄法书在现在却是难得，则在歙可称独步，亦非夸语矣！"如暇，请将佳笺书尊作诗词称心者一纸掷我，以与佳帖名画作伴，又何如？即颂

吟安！

弟初民顿首　十二月廿八日

※　郑初民（1911—2003），字雪鲸，号白云子、白云翁、天适子，安徽歙县人，师事许承尧、黄宾虹，工诗文、擅画兰竹。生前系安徽省文史馆馆员。

① 编者注：旭丈，指过旭初先生。

② 编者注：赵老，指赵朴初先生。

三

自信世兄礼次：

兹在潭渡警老处获诵手教，敬知兄旅况清嘉，至以为慰。尊公与弟缟纻论交，是在1937年于罗田方槐三伯伯宅上，交谈之顷，非常欢洽。往事如潮如影历历，人生如白驹过隙，不其然乎？

世兄绩学有成，堪继先志，弟极为钦佩，啸兄亦可无毫发遗憾矣。尊公弱冠之年即已蜚声海上，抗战期间唐模许疑庵先师见尊公法绘赞不绝口，即函告宾虹公，时宾虹公寓居北平，不克南来，在复信中喜新安画事承继有人，并将此画交浙江美术陈列馆珍存。后宾虹公于胜利后归抵申江，尊公即怀许公介绍信往谒，一见如旧，宾虹公谦逊不遑，以小友称之。后来定居杭州，时时通信对艺事勖勉。甫至时弟亦添列门墙，通信有七十多次，直至（一九）五五年。

尊公绘事得巨匠之传经，则更飞跃前进。海内知交无不倾佩，方冀为闾里增荣，乃彼苍太酷，竟以劳累忧愤得病，夺其天年，未克展其大用，伤哉！

以思虑爱女遭磨折致短命之故，闲居独坐，每一念至，忽然感生，呜咽吞声，以泪洗面，心情惨痛，至酿成心事病。古云忧能伤人，噫是可哀也已。而今法治明时，宇内额手望治，乃"中山狼"猖狂如故，何也？社会评论对此"狼"无不切齿，所谓是非自有公论，然而又何补于治也？悲夫！弟与尊公同年同志，兔死狐悲，既伤逝者行自念也。滔滔狂流，不堪设想！如何！如何！

所冀世兄节哀奋发以无负先人之志，有厚望焉。此复，敬请

文绥。

郑初民拜书　8月28（日）

请将尊公事迹资料汇集所已知者，再汇合诸知友所知者，拟交省文史馆立传，如何？

题画

题程啸天《采白亭图》，调寄玉楼春

郑初民

西干诗酒流连地，寂寞音尘百年矣。
洗桐追踵渐江僧，能事留名传画诣。
墓门相对遥相挹，披云翠拥三千级。
江山增色著危亭，暮霭苍茫人独立。

题啸天兄《冷香农舍图》

郑初民

名园依绿野，书舍出平泉；融融娱爱日，春秋葆大年。

柳谷早闻莺，春郊景物明；西畴欢埜唱，赓和读书声。
探梅斜山麓，寻芳涧水滨；美君清福备，羲皇以上人。
绕庐楳数本，临水柳千枝；徒倚小桥上，春风到处诗。
啸公雄健笔，取舍丘壑美；明净无纤尘，冰心玉壶里。

敬题啸天兄《冷香农舍图》为高华兄作，乞哂政之。戊午年正月呵冻书。郑初民拜稿。

诗文

寿林散之先生八十

郑初民

逋仙矍铄艺林夸，海宇清宁阅岁华。
迁想情移堪寄傲，解衣槃礴任横斜。
清凉山麓寻诗料，玄武湖头泛酒艖。
万本梅花祝公寿，由来清福属林家。
先生椠矱接虹庐，书画渊玄喜得珠。
独有精诚导先路，要将灯塔示航途。
欣看俊髦连云起，无限辛劳愿未虚。
祖国即今多雨露，汪洋艺海展鸿图。
雪碗冰瓯淬笔锋，篇篇琢出玉玲珑。
诗佳争共梅花发，春好长依杖履中。
墨妙直教樱岛服，笔精煞费雪窗功。
栽成桃李知无数，叨荷甄陶化雨恩。
烟雨鸿濛海岳船，摩挲韵事兴陶然。
林泉高蹈诗文宴，童鹤清标陆地仙。
喜上春台登寿域，闲斟酒盏伴吟笺。
才名品望人同仰，椿老春秋纪八千。

即尘啸天仁兄吟坛指教，郑弟初民拜稿，（一九）七七年三月十九日。

郑初民致程啸天诗札《寿林散之先生八十》

挽联

挽程啸天

郑初民

浊酒不销愁，伤心失掌上明珠。刘伶哀鸣，死便埋我。

黄山堪作友，随意写胸中奇气。宾公快语，艺有传人。

通家弟郑初民拜挽。

附：程啸天诗文稿

程啸天致郑初民书札

初民兄：

久未晤，想好！

来诗及过老诸件 26 日由马岭转来，照收无误！

尊诗隽逸，人所不及。我不能诗，谨和两首见意，不计工拙。

请政后，给黄高华兄，有机会附函内，致孝文兄（请高华兄遇小萧，向宗照翁说，我寄过、朴两函，请交回自寄为盼）。小萧此次到烟村，不到我家，我看，不对！

嘱为敬翁画，暇当遵命不误！也请敬翁和。

如到城，请催立信寄纸！或寄便信。

郑、西诸友久未见面，遇时请代候候！附转致孝文一纸。敬请

传安。

弟啸上　3.29

赠郑初民书法轴

独游屡忘归，况此隐沧处。
濯发清泠泉，明月不能去。
更怜垂纶叟，静若沙上鹭。
白云，千里沧洲趣。
芦中狂火尽，浦口秋山曙。
叹息分枝禽，何时更相遇？

写唐钱起诗以应初民大兄教正。乙卯春月程啸天。白上脱“一论”，云下漏“心”字。

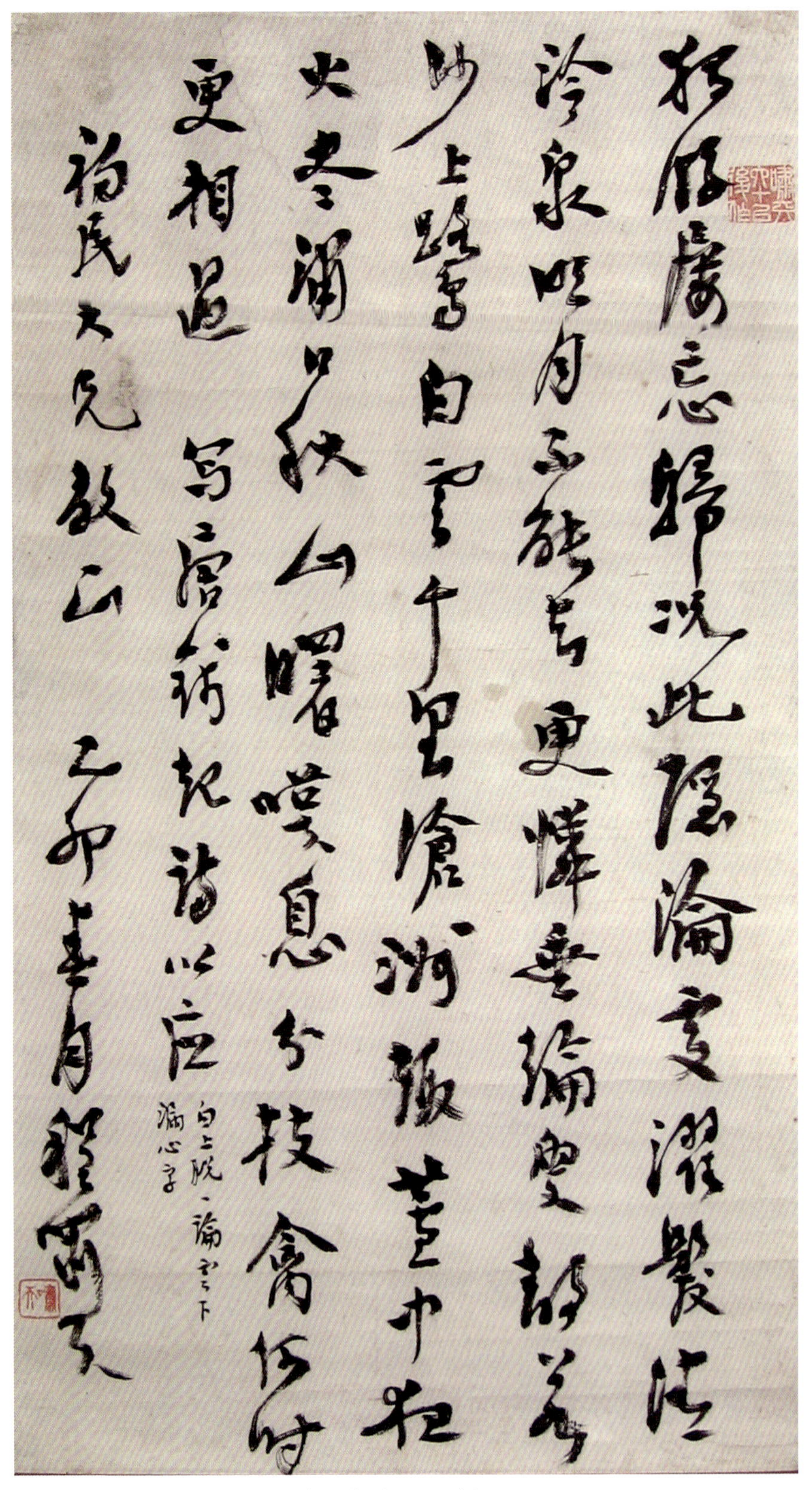

程啸天赠郑初民书法轴

周　吾※

书札

周吾致程啸天书札

程老：

许久未见，时在念中。我因公私冗杂，很长时间没写信给您，万望原宥。您赠送给我们杂志社小武、小江的画，遍查未得，想必被人从中打劫“捞”去了。以后如蒙赐字画，最好托便人捎带。今年冬天，我们拟在南京办一次出省画展（潘英乔同志可能早告诉过您了），希望您能惠赐大作，光彩版面。现在是黄山旅游旺季，想必您十分繁忙，我想等您闲下来的时候，恭请您到屯溪来住个三五天，既给地区文联画张把大幅山水，也酬答一下各地美术爱好者通过我向您求画的“债”。近半年，我多次收到向您求画的信，为了不影响您创作，全压在手边没有转给您。另外，省史志小丛书编辑组特约我为黄宾老撰写一本八至十万字的传记，我虽作了一些准备（包括从上海许士骐、北京汪世清诸位老前辈那里借来一些资料），苦于不懂国画理论与实践，又一时借不到曾经出版过的《黄宾虹年谱》，故迟迟没有动笔。这本书最好是您来写，如果硬要由我写初稿，也得由您修改、校正。这是辉耀新安、光彩先贤的大事，相信您老不会不愿应约的。我盼望您能把手边这方面资料清点出来，等我们见面时再详细计议。《新安人物志》拟编四集，第二集在今年年底可以出版，您答应写的几篇越快越好，每篇 1000 ～ 1500 字，语言要明白通畅。您何时脱稿，直接交给我，寄也行，这不像画稿，没有什么人从中“打劫”。

今天就写这些了。

祝您健康长寿！

周吾匆上　9.6

※　周吾，作家，曾任《黄山》杂志主编、徽州地区文学艺术联合会常务副主席。

张恺帆※

赠字

张恺帆赠程啸天书法立轴

朝辞白帝彩云间，千里江陵一日还。

两岸猿声啼不住，轻舟已过万重山。

啸天同志属书，张恺帆。

附：程啸天诗文稿

程啸天赠张恺帆山水立轴（王石城题）

不法云林不巨然，不涂青绿不丹铅。

胸中自有奇烟景，不写昔人残剩山。

恺老教正，程啸天画，王石城题。

程啸天赠张恺帆山水轴（王石城题）

※ 张恺帆（1908—1991），安徽省无为市人。曾任安徽省副省长、中共安徽省委书记处书记、安徽省政协主席。为中国书法家协会名誉理事、中华诗词学会副会长、安徽省书法家协会名誉主席。

庄月明※

书札

庄月明致程啸天书札

啸天吾翁：

晚前日才返屯，得赐墨宝，不啻获璧，同览者，莫不为晚庆幸。今已交装裱矣。特此来字致谢，并叩

文安。

晚庄月明叩　（19）83.4.3

附：程啸天诗文稿

程啸天赠庄月明诗文稿

五律二章

庄君月明枉顾山居，观画论文，陈义甚高，并承赠诗，感赋五律二章以见意，愧不能诗。

壬子冬月，程山人未是草。

一

退居本养拙，不意独逢君。绿水迎佳客，青山听典坟。胸怀原磊落，词气亦氤氲。君曾赠诗，陈义甚高。我已无才思，相携感逸群。

二

深感东风意，柴门绝点尘。闲来亲笔砚，隙次抱孙身。酒薄人情厚，才清友谊醇。君才高意厚。隔江[①]山路近，酬唱莫辞频。

※　庄月明（1927—2005），啸天先生友人，任职于徽州地区文物商店。

①　编者注：江，指新安江。

词二首

一

调寄南乡子

一九七二年十二月二十九日灯下呈月明先生削正

冬至渐春光，陶苑（退居桃园，今易名陶苑）日影长。回首当年几许事，茫茫，喜接新雨热中肠。君才自悠扬，谦逊心情不可当。一阕清词见衷曲，无狂（君前词“生性本来狂”，再读赠词：谦厚正直，足见又能养性），灯下抒诚答数行。

山人[①]未是草。

二

蝶恋花

相思正渴，忽路遇谢翁，相视笑语，袖递芳札，为之喜心翻倒，赋答谷人法家。

偶忆新云闲信步，才过溪桥，渐觉遥山暮。数点昏鸦啼不住，忽归茆室亲婴去（时长孙小龙二岁，壬子冬）。

芳讯不来思早渡，路值他翁，笑对轻轻语。一札清词欢言绪，嘤鸣颇得心安处。

山人未是草，12.11晨。

① 编者注：程啸天自号山人。

张启立※

书札

张启立致程啸天书札

尊敬的程老先生：您好！

久仰程老大名，可惜未能会晤尊面，实为憾事！多谢鲍杰同志热心，给了我您老先生贵府地址，故冒昧提笔，相烦老先生一事。

我处为了发展齐云山旅游事业，满足广大游客全面系统地了解齐云山风光名胜和道教历史等情况之要求，拟编辑出版一本导游小册子和一本风光影集。您老是书画界的显赫名流，大名早就流芳于世。我们想借助您的高手，为齐云山增色添彩。请您老在百忙中为本书创作一幅齐云山的山水画和题词一幅。

另：鲍杰同志为我们撰写的游记——《齐云山探奇》，也请您为他挥毫稿题。在此代他一并致谢。

欢迎老先生来白岳指导、观光！

遥祝安康！

张启立顿首　（19）84.3.10

※　张启立，原齐云山管理处负责人。1984年3月致函程啸天先生，邀请其为《天开神秀齐云山》一书题词、作画。

朱念孝※

赠诗

秋柳

朱念孝

走马章台迹已荒，灵和宫殿郁苍凉。
年华底事如流水，过眼匆匆总断肠。
疏影毵毵景物妍，清秋摇曳晚风前。
春来化作相思絮，芳草天涯又一年。
每为离人送别离，垂垂犹是旧丰姿。
只应清梦隋堤冷，懒向游人更展眉。

末二句为家父[①]改作。

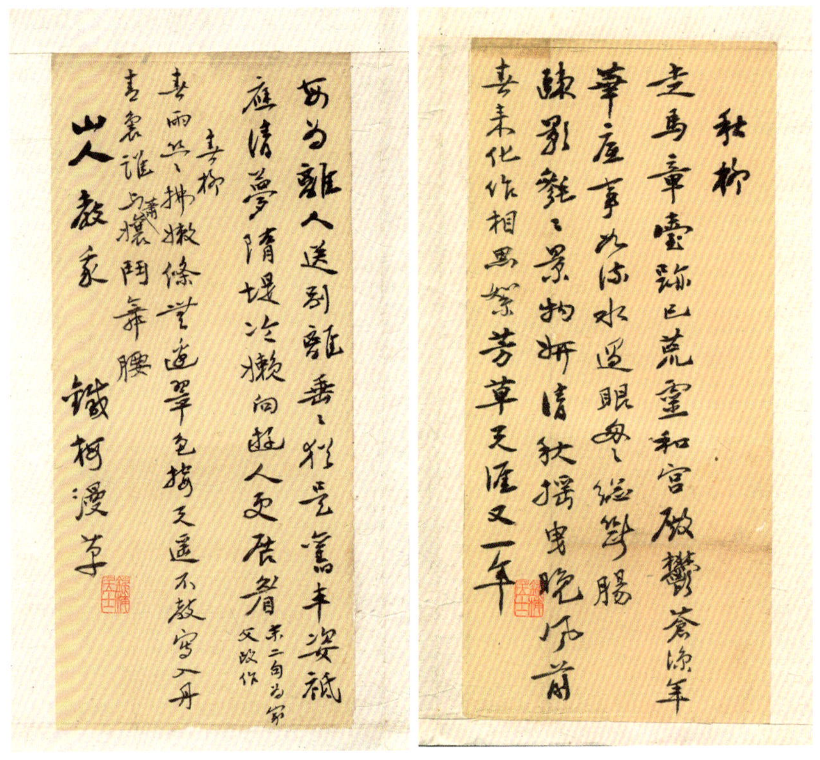
秋柳
走馬章臺跡已荒靈和宮殿鬱蒼涼年
華底事如流水過眼匆匆總斷腸
疏影毿毿景物妍清秋搖曳晚風前
春來化作相思絮芳草天涯又一年
每為離人送別離垂垂猶是舊丰姿祇
應清夢隋堤冷懶向遊人更展眉 末二句為家父改作
春柳
春雨絲絲拂嫩條鶯遷翠色接天遥不教寫入丹
青裏誰與描摹問舞腰
山人教家
鐵梅漫草

朱念孝致程啸天诗札《秋柳》《春柳》

※ 朱念孝（1909–1959），名广慈，字念孝，号铁梅居士，朱似石之子。上海松江人，久居枫泾。工书善画，师从张琢成。曾任“墨社”书法指导、《松江民报》总编辑。

① 编者注：家父，指朱似石先生。

春柳

朱念孝

春雨丝丝拂嫩条，无边翠色接天遥。
不教写入丹青里，谁与萧孃斗舞腰？

山人教我，铁梅漫草。

砚铭

朱念孝赠程啸天砚铭

虚其中，方其边，我赖此为田，岁获盈千。啸天道兄属铭，癸酉冬，念孝。

附：朱似石太守事略

朱似石太守事略

严昌堉

太守姓朱氏讳运新，字似石，晚号顽叟，江苏娄县人，光绪戊戌进士，以主事分刑部。读书且读律，既而朝议变法，改官制，刑部改法部，太守仍留部中。时又开法律馆，改新刑律，所改纂者动与礼教相抵触，其尤甚者如：祖孙相论抵及犯奸勿论种种谬戾，太守每太息痛论之。旋以知府发浙江候补，然未真除也。以律学之深派充秋审等事。辛亥革命事起，弃官遁侨居嘉善县属之枫泾镇数年，乃归珂乡五厍。戊寅□月捐馆，春秋七十有六，正倭氛炽盛时也。邦人士私谥之曰贞文先生。辛亥后拳拳故国，终其身辫发如故。所著诗文都若干卷，封君庸庵搜编成集，贤子广慈搜付之梨枣，颜之曰朱贞文先生遗集，奈所印仅八部，猥承以一部见贻，丙午浩劫中被掠，今存否不可知。广慈客死北方，亦且近廿载。书庋藏何处，存否亦不可知，是可慨矣。辛酉仲夏严昌堉。

附：程啸天诗文稿

程啸天文稿

一

辛未，随师出游硖石、枫泾、松江等地，观览、临摹各藏家所藏历代名画，得识朱似石太守之子朱念孝先生，朝夕相处，颇不寂寞，并获其书法指导，觉有所悟。时在外生活不继，商于舅父，乃假百元，生活因获安定。（《程啸天自撰年表》）

二

壬申，识费龙丁金石家于松江，亦心悟其书法，益致力书写，而画亦益进。

初次偶仿黄鹤山樵一帧，极为此间前辈称誉。常与朱念孝饮、游、赋诗，甚为莫逆。是年弟婚。（《程啸天自撰年表》）

三

乙亥，是年夏，与吾师游乍浦徐振家先生家，观其藏画，时荷花盛开，其家有并蒂莲一枝，观者称异。后至东方大港观海，于峡崖下与吾师合影留念。时浙皖大旱，运河干涸，民饥待哺，吾师与朱似石太守等发起醵金购粮，载入浙之崇德县境发赈（摄有照片留念），居民赖以生全，予亦躬与其事。是年冬，游沪西召稼楼奚铁棠宅观画，并临摹作画，居数月，主人颇为优待。主人，朱念孝先生之表兄也。居此常与朱君联系，情好弥笃。（《程啸天自撰年表》）

程啸天题《欧阳文忠全集》书跋纪事

啸将归黄山，枫溪太守朱似石先生谆谆以孝悌为勉，并阐释立身处世要义，复属以：值兹神州板荡，谋生维艰，若菽水可继，仍以求学为宜，无须奔走云云。公子念孝先生又持赠《欧阳文忠全集》，用意与其尊人同。啸既闻长者之言，复获是书以为耕读之助，将来所学得有寸进，讵非所赐欤？感而记此。啸天。

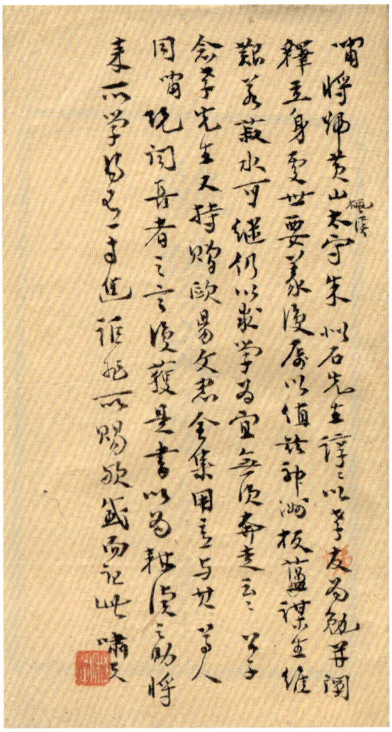

程啸天题《欧阳文忠全集》书跋纪事

程自信（宝光、葆光）※

书札

程自信致程啸天书札

一

亲爱的爸妈：

来信及照片已收到了，请勿远念。

丰老先生[①]那儿已经去过了，他刚好从北京开会回来，谈了许多关于此次人代会和政协会议的情况。我们学校[②]也由内部传达了周总理的《政府工作报告》，很长，全文读完要三个下午。

松江还没去，因近来时间较紧，而且松江离上海还是较远的，陛泰又还在松江的乡下，来去也不方便，一来一去，起码要用四五块钱呢！

从下个礼拜开始，我们在校内参加两个礼拜的劳动，大约又是种种菜的。

中药要凭本市医生处方，上次说的青霉素不知是要买什么样的？像消治龙一样的药膏是有的。如果你那边消治龙之类有用，或有的人要，我以后倒是可以寄一些去的。只是5月份的钱很紧，因为已经寄去22元还文琴姐，她在我这儿的钱一共还有42元。家里再给她20元就刚好。

过两天，要考俄文，还得准备，不多写了。

祝你们康乐。

儿　宝光　（1962）5.8，上海

二

爸爸、妈妈：

我在4月27日离沪，已于4月29日平安抵广州了。我们的工作分配方案是在四月二十几号才公布的，而学校要求我们在4月底以前赶到工作地点报到，所以这次没有能返家了。

到学校[③]后，各方面都很关心我，这几天就是办手续，休息休息。这儿生活

※　程自信（1938—　），1960年毕业于厦门大学中文系（本科），1963年毕业于复旦大学中文系（研究生），师从朱东润先生。1980年在华东师范大学进修研讨，师从徐中玉先生。曾任中国古代文论学会理事，中国李清照、辛弃疾学会理事，安徽大学文学院教授。著有《宾虹诗草》（校注）、《金瓶梅人物新论》、《唐五代词》及合著《中国古代文论类编》《秦观集编年校注》《宋词精华分类品汇》等。

① 编者注：丰老先生，指丰子恺先生。

② 编者注：我们学校，指复旦大学。

③ 编者注：学校，指广州暨南大学。

条件也较好，就是东西贵些，比上海要高 15% 左右，还有语言也不大通，不过将来慢慢地就会好了。

现在我住的地方是：暨南大学中区教工第 1 宿舍 304 室，同房的一个人原来是南方日报的记者，人还和气，所以住在这儿也挺合得来。据说这儿夏天天气要比厦门热些，因厦门靠近海，有风，而广州离海还有一段路。

因为学校在广州市郊（据说有 10 公里），虽然有汽车来来往往，也懒得去跑，所以市区除了下火车时坐公共汽车经过几条街以外，还没去过。以后有空再去跑跑，参观一下。

系里大约不久就要我上课了，因为数学系有一个也是从复旦刚来的毕业研究生下星期即开始上课，所以工作任务看来还是较忙的。

这儿就是离家远点，坐火车大约 36 小时可到杭州，距杭州约 1500 公里。我在外生活、身体均好，请勿远念。离开上海时寄一本小说《强盗的女儿》给妹妹，大约收到了吧。

敬祝康安！

儿　宝光上　（1964）5.1，广州

地址：广州暨南大学中文系办公室转

三

爸妈：你们好！

8 月 28 日早晨分别后，一路平安抵达芜湖。到宣城以后座位较空，我和小龙各坐一个位子。一路也较凉爽，在汽车快到芜湖时，芜湖及周围下了一场不小的雨，我们车到时又天晴了。（繁芜一带 23 号下过一场大雨，已不干旱。）

转火车也较顺利，因火车从芜湖康复路火车站开出已是 6 点 10 分，所以到繁昌时天已黑（7 点 10 分），海燕在车站上未看到我们，我们也未看到她，我们看到一个邻居在接我们，后来海燕才赶回来。

海燕已抽去参加治疗唐山伤病员（400 人在此），这几天上小夜班。比在医院辛苦，因病员住在繁昌中学大楼。

一路在芜湖看到居民大多搭了帐篷住在室外马路上。商店、交通、饮食供应正常。但饼干、糕饼之类没有供应。繁昌没有芜湖紧，有少数人在外住。其他还正常。

小龙来后玩飞机、汽车很高兴。洗了澡。但不大和人讲话，院子里大人小孩纷纷来看他。

我们走后小麟（林）吵吗？希你们多多保重身体。我们这儿一切正常，请勿远念。

顺祝秋安！

儿　宝光上　（1976）8/28

四

爸妈：你们好！

来信收悉，我们在外清吉，请勿念。

海燕还在收治伤员办公室那边上班，较忙。四百名伤员通过一个月治疗，已有二百余人病愈出院，于9月16日乘专列火车返唐山。目前这儿还有一百余伤员，工作人员中泾县、南陵医疗队先撤走，所以海燕他们一时还不得返医院。

小龙来繁已近一个月，身体健康，和周围小朋友玩得很起劲，有时坐下来看小人书，尤喜坐救护车玩。开始来几天还午睡一阵，有时几小时，现在不肯午睡了，因和外边小孩熟了，饭碗一丢就想出去。吃饭很快，每餐一2号碗。最近市场上大菱角上市了，小龙也喜欢吃。菜蔬很简单，因市场上也没什么买。现在小龙也吃青菜，并说："不吃青菜要烂嘴角。"也喜欢到带小麟的戴妈妈家玩。

关于地震，也不知怎么一回事，除皖、苏等地外，一个最近从广州回杭州的同志来信讲广州、杭州也预测有6级地震。8月29号中央来电讲：预测有强烈地震，但目前还不会发生，大体精神是如此。省委书记宋佩璋在谈到告全国各族人民书时，也附带讲了几句关于地震的话，大意也是如此。据我们这儿部队的同志讲南京前阶段也很紧张。现在各地普遍松了一点。

我们身体都健康，请勿念。小麟身上发疹块，可给他擦点肤氢松软膏（我这次带回去有一支），另外垫被、被单多放在太阳下晒晒，减少跳蚤咬。你们自己也要多保重身体为盼。

顺祝康安！

宝光上　（1976）9/23

五

爸妈：你们好！

来信收悉，知家中近况，很高兴。

我现在生活已安定下来，周围环境也逐渐熟悉。安大东边是安徽医学院，1路公共汽车从火车站可达安医附属医院，再走至安大需十来分钟。3路公共汽车从市中心可达安大北面的蜀山新村，下车后需走十分钟到安大。由安大西大门门口可乘10路公共汽车至长江路三孝口（省博物馆所在），步行一站路即到长江饭店市中心区。

我现住集体宿舍，同一层楼也有许多住家户。在食堂吃饭。生活不怎么方便。打算让海燕调来安大卫生所，但卫生所已有一五官科医生，所以他们不怎么主动要。系里已向校人事处打了报告。由于卫生所（即要人单位）不够主动，所以事情恐怕还有得拖。

中秋那天，小盛（省总工会）开车（轿车）来安大，带我到他家去玩，在他家吃午饭，饭后一同去王石城处，稍坐一会，即三人同去郭因同志处。他写的一本书叫《中国绘画美学史》，有四十多万字，国家出版局局长王子野等对其评价甚高，准备出版。他花了近二十年功夫写此。郭因是绩溪人，很热情，留我在他家吃晚饭。

为纪念安大校庆二十周年，校图书馆展出了馆藏名画、书法集子，有日本、朝鲜、中国古代及当代各种画页或画集。有一本《上海博物馆藏历代名画集》，定价是 125 元，仅一本。还看到一本《安徽名人画集》，有渐江等人的画。另有一本贺天健作序的《梅瞿山画集》，序言中提到石涛、梅清（瞿山）、渐江各得黄山精神的一个方面云云。画集中多系梅清在黄山、宣城两地的写生山水画，自成风格。梅系宣城人。有一本小书将梅列入新安画派。

安大校园中每天卖花生米的农民甚多，每斤 7 角 5 分左右。但火车站查得较严，不易带走。

系里编写一本古代作品分析，我参加写一篇，另外已写好的稿子宋代部分由我修改一下。目前一个月，我就做这件事。准备国庆节去王石城处，把你的画带给他。已拜访过曹度和汤天真各一次，以表感谢。赖少其处去过二次，均未遇，我留一字条给他，请他写二幅字。

合肥下过几次小雨，但都很小，自来水供应尚充足。宣城安徽劳动大学至今未开学，师生都未到校，因该校地处乡间无水之故。合肥气候还不冷，有时穿一件衬衣，有时可再穿一件制服。还睡席子，但需盖被子了。

顺祝近安！

儿　宝光上　（1978）9.28

随信汇上人民币 10 元，请收用。

六

爸妈：你们好！

上星期去王石城处，小坐一会，他说已问过张□□书记，张说文史馆员住馆的很少，一般只是挂个名，还住在原地。可请徽州地委有关部门报个表来申请，同时要说明生活补助费的要求数字。［王说：文史馆员生活补助在 30 ～ 100 元之间，你可申请 50（元）左右，比原来略有提高，这样生活才有所改善。］

具体情况地委统战部会知道的，可与他们洽谈。以上情况王老要我告诉你。同时张恺帆赠你的字（一首唐诗）已写好，现尚在王老家中。

今天去黎佳处，他说你给他的信已收悉。准备在安徽文艺封面 3 页上发表你一幅画，同时由白榕写一篇在黄山与你相见的散文作说明，但黎未说在哪一期发表，估计最早要到 4 月。因白榕的文章尚未写就，所以黎说宾老给你的信还留在他处，未取回。黎说 3 月份要去黄山（与上海同志一道）定稿（导游手册）。

我不久前与朱一清同志合写一篇评论曹禺新作历史剧《王昭君》的文章，六千字，送给《安徽戏剧》，编辑说准备发表在《安徽戏剧》今年第 2 期上。第

2 期在 4 月下旬出版（双月刊），朱一清是安大中文系古典文学教研室主任［北大（19）59 年毕业］。

我这学期要上点课，所以目前正备课。

妈妈身体好吗？希望你们平时多保重身体。有机会请来合肥玩玩。

顺祝春安！

儿　宝光上　（19）79.3.5

寄给郭因的字画今收到。安徽汉语大词典组崔思棣（太平县人）见到你的字画，也要求你给他画一幅（画、字各一）。思棣是我的同学（屯中），因他家在太平，可题上“太平山水图”之类字样给他，“太平”意义双关。

七

爸妈：你们好！

寄来的《书法》杂志收到了。（我们系阅览室有《书法》杂志等）

协议书放在家中吧，不用寄来。

照片已给王老，张恺帆的字在我处，是上星期天拿来的。王老正在校对《萧云从》一书（上海人美出版）。那天他和我一块到萧龙士、葛介屏处去，请萧画了一张兰草，在葛家取了一幅写好的现成的隶书。这些等以后回家时带回去给你。

听汪云龙讲：烟村有家人家有一幅曹雪芹的手书，是从扬州一带当铺里带回歙县的，不知具体情况（字的内容、纸的大小、署名为何及真伪程度等）如何，你有空可到烟村问问看。如较可靠，我想向系领导汇报，如他们有兴趣，我可回去看看。上次路过芜湖，云龙讲起此事，我只记得大概，后来写信去问他，至今尚无回信（已有一个多月），所以也不知汪云龙本身近来有什么情况。

我目前还在上课。

海燕的档案等已寄到安大。学校同意后还要报省人事局，才能下调令。估计要到暑假前后。

今年安大招生 600 余人，比去年少一百来人。中文系今年招 60 人，外语 120 人、哲学 30 人、历史 30 人、经济 50 人。理科各系招生人数比文科略多些。

顺祝春安！

儿　宝光上　（1979 年）4 月 23 日

八

爸妈：你们好！

来信收悉，请勿念。

①郭因同志想请你代他画幅山水画，他现在省文史馆工作，待人很热情。

②王石城说：过两天就要到南京艺术学院去校对《画家大辞典》一书，是人美[①]上海分社请他去的，估计一时回不来。

① 编者注：人美，即人民美术出版社。

王说：请你将张伯英或其他三十年来已故画家的生平小传寄给他。他说地址可写：南京艺术学院谢海燕转王石城收。（南京是否有艺术学院，我弄不清楚。我看了给王老的通知上仅写“南艺”二字）有关古画，王说最好挂号寄来看过才能定价，似是私人所要，出价不会太高。

③已托人买到花生米 10 斤（代永法买），每斤 0.86 元，还贴了他 1 斤粮票。给你的花生米约 6 斤多。各装在一葡萄糖纸盒内。请永法有空来收去。另外我不识秤，买东西斤两短缺也不一定。另外晒晾后斤两还要少掉，也要事先说清楚。

请你们注意保重身体。

顺祝近安！

儿　宝光上　（1979）8/11

我上次（老早）买 17 斤花生米晒干并拣去坏的后，只剩 15 斤 3 两。是上海淑娟表妹要的，她暑假已给我钱。

九

爸妈：您们好！

来信及干笋都已收到，请勿念。

洪友处已送一张画给他转名教寺展销，其他等见到朱大松以后再说。朱师傅身体欠佳，据说有心脏方面的毛病，也是很忙的。丰老的字他已拿去裱。洪友出差去滁县[①]，不知回来了没有。各人都有自己的事，都是很忙的。

我近来为合肥工业大学讲课，所以行期要和他们商定。大约是 23—24 号。因临近春节，所以车船码头均很挤，加之转车等，是很辛苦的。我因下学期为两届学生上课，所以时间是很紧的。这两届（七七、七八）学生水平高，据说很难“侍候”。也就是说要求是很高的。

王乐匋处去过了，他儿子说他去蚌埠讲学未回。去年春节他和我讲要你到他家玩，后来我把他当成巴老了，所以忘记了，因他住在巴老隔壁一栋楼。这次他对朱大松讲你怎么未到他处玩。

旅游车开得快，颠得厉害，据坐过的人说很难受，而且票也不好买，所以我大约还是坐火车去芜再转汽车回歙。

顺祝春安。

儿　宝光上　（1980 年）1 月 18 日

朱老处去过，他说可以告诉鲍寄照片一套给您，在朱老处的画可以代卖。

李宾的《夜访程啸天》已在省人民广播电台 1 月 6 日、8 日两次播过，并在广播电视报上登过简介。

① 编者注：滁县现为滁州市。

十

爸妈：

你们好！来信收到了。

我在 5 月 31 日由上海乘火车回合肥。

因小林生病住院，我们系里领导要我回来看看。小林有一次在外与小龙淋了雨，小龙倒没什么，小林次日就发烧了，一直十来天都未查清原因，后来托熟人到安徽医学院住院部找医生看了，怀疑是伤寒，送往合肥市传染病院住院，至前几天温度才正常。我回来后去看过他两次，已不发烧，精神还好，能看小人书，还要我跟他下象棋。这个医院的医护人员很负责，一切由院方照料，小林在那儿很听话，想不久就会恢复健康的。但住院费用也可观，交了 95 元，是海燕向卫生科借的。我们中文系领导研究后决定补助小林营养费 25 元，已送来。大家很关心的。等小林的身体基本好转以后，我还要到上海去，因那儿的学习、工作尚未结束。我估计 6 月 15 号左右可以去沪，7 月初再回合肥。合肥医疗条件较好，小林会很快好起来的，请你们放心。

顺祝康安！

儿　宝光上　（1980 年）6 月 2 日

十一

爸妈：你们好！

来信收到了，请勿念。

我在 7 月 3 日乘火车回到合肥。

小龙期考已结束，明天发成绩单。小林已恢复健康。两人平时就在家看书、休息，有时下下象棋。外面热，不让他们下楼去，他们也习惯了。

在沪时去过丰一吟处一次，她不在家，只和她丈夫谈了一会。

今寄上布料三块，一块花布（泡泡纱）给萍萍，5 尺 5 寸，可做长袖衬衫。另一块灰的确良 6 尺整，给母亲做褂子。另一条子的确良，是海燕给母亲做褂子的。

我 12 号开始参加高考阅卷，时间半个月，地点在芜湖。8 月 1—15 号大约要去庐山参加全国文艺理论讨论会，所以今秋不能返歙了，等以后有空再回来。

顺祝近安！

儿　宝光上　（1980 年）7 月 8 日

十二

爸爸妈妈：您们好！

在去庐山之前，即 7 月 29 日，由安大邮电局寄上林散之、黄宾虹书信一卷（挂号），想已收到。其中黄信是 29 号上午由石谷风处取回的。

我在 30 日启程去庐山，由芜湖乘大轮至九江（票价三等舱 6.40 元、四等舱 4.40 元，行程 24 小时）。31 日傍晚到达九江，有会议专车接我们上庐山，住庐山牯岭饭店。会议由文化部副部长陈荒煤主持。参加会议的各地（大学、报刊、科研机关）代表二百余人。著名作家丁玲、吴强、白桦、王西彦及人民日报副总编王若水等出席了会议并作了报告。

会议共进行了半个月。大会组织派车送我们去秀峰（有南唐李璟读书台及瀑布）及白鹿洞书院（朱熹曾在此讲学）游览，这两处离牯岭有四十多公里。此外，我们自己步行到牯岭附近的仙人洞、花径、三宝树、小天池、含鄱口、五老峰等处玩过。牯岭街在山顶，有各种商店、机关，共有居民一万二千余人，所以比黄山热闹、方便。山上气候凉爽，比山下城市低12（摄氏）度，多雨、多雾。

我回到合肥已有几天了，家中一切均好，就是家务事忙些。

小龙近来在读《三国演义》小说，他对历史很感兴趣。两个平时都在家复习或看小人书、报刊，去看了八九场电影。

合肥今年因多雨，也不热。请你们忙中多保重身体。

顺祝秋安！

儿　宝光上　（1980）8/22

8月17日邮上人民币15元想已收到。

十三

爸妈：你们好！

由黄山寄来的信及柳画已收到，请勿念。

我于7月30—8月15日去庐山，会议于15日结束，我于15日下午从九江乘船至芜湖，16日回到合肥。

陈荒煤、丁玲、吴强、白桦等参加了庐山文论会议。全国各地代表共二百余人。也到各风景名胜区进行了参观游览（如五老峰、仙人洞、白鹿洞书院等）。

我在8月17日由安大邮局寄去虹梁币15元及平信一封，想已收到。

黄宾虹及林散之的信、字，也已于7月底寄往虹梁（挂号寄上），想已收到。

邹晓利已来电话，我和小龙、小林去电视台放映室看了有关你作画的电视片，我们都很高兴。邹说以后还要交给另一组去配音及领导审查，以后将在电视台播映。

我们即将开学，还有不少家务（买菜、烧饭等），所以还是很忙的。这儿家中一切均好，请勿念。

顺祝秋安！

儿　宝光上　（1980年）8月26日

合肥水已退去一个多月。安大地势高，一向未上水。

十四

爸妈：您好！

来信及咸笋都收到了，请勿念。

我已去过巴坤杰先生处，他很高兴，问了忠堂的许多情况。他还问到石秋母亲的情况。他说表伯母（方健光妻）仍在合肥，在女儿文英（在合肥轻工机械厂子弟学校任教）处，已八十五岁了。寿侃（元彦）在离合肥不远的撮镇工作。等以后有空我想去看看文英他们。

巴老说他只有五十七岁，还有上课的任务，不少人找他看病，很忙的，但基本上是在家里，所以较为自由。

他谈到曹英艾（雄村曹锡鹏之女）已从分校调回合肥安徽农学院，大约在附中教书。她丈夫在教务处。我记得那年去雄村她家一次，但不记得是什么亲戚了。

关于鲍杰文章，巴老说让我写信，他签名。我很忙，等过几天去图书馆找到那张报纸看了才能写。

小龙、小林最近功课小测验，成绩均在 90 分左右（这儿要求严，90 分不算很好的）。小龙算术练习经常做错，不如小林好。

我 11 月初去武汉开古代文论学术讨论会（邀请书已来，但具体日期尚待另行通知）。

顺祝秋安！

儿　宝光上　（1980）10.6

前几天寄上《安徽广播电视报》一份，《庐山旅游》二份，想已收到。无照片。

十五

爸妈：你们好！

来信收悉。

近来一直很忙，所以还未到朱老处去。五月一日、二日都有客人来，走不开。另外的时间主要在赶写《古代文论类编》一书，系里要求尽早脱稿［80（万）～100 万字］。

歙县工艺美术厂的吴一飞来，讲到今年夏天准备请您去黄山作画，另外还有黄叶村先生。你有空进城可找方经理联系一下。据说时间大约是 7 月份。

小龙、小麟他们期中考考过了，小龙成绩不怎么好，语文、数学一门 80、一门 70 多分。小麟两门均得 90 分以上。萍萍近来学习好吗？

扬州师范学院中文系封桂荣、车锡轮请你各画一幅山水画，直接寄他们好了。他们是我复旦时的同学。封桂荣现是系副主任。

顺祝近安。

儿　宝光上　（1982）5 月 3 日

十六

爸爸：您好！

托安大数学系学生带来的信已收到，我们在肥一切都好，请勿远念。

朱老处已去过，王伯敏题的画他正在裱。他说："画的下端与上端颜色不能一个样，应下浓上淡些。树木与山峰也不宜作一边倒。"这是他对你平时的画的意见，可能有些道理，因他看的画多。

石老说文物商店出售的你的画是徽州来的，他一见就认出是你的画。他说钱是交公的，但至少要给一批纸给你云云（我估计送画来的人至少是会得点工本费的）。可是石老也管不到文物店，只是抱不平而已。他说有一幅售到一千多元。

《安徽日报通讯》的稿费历来很迟，同期我写的《吴应箕》文的稿费也至今未寄来。他们的稿酬较低，二千字文只 10 元左右。

今晚省歌舞团来校演出，小龙、小林去看了。小龙毕业考试已结束，成绩一般，算术 82（分），语文 90 分，英语 70 多。今年小学升初中，要淘汰 30%，所以非加油不可。

顺祝康安！

自信、海燕上　（19）82.5.31，合肥

十七

爸爸：您好！

来信收悉。

昨由安大历史系孙国樟老师转来加拿大温哥华市华侨领袖人物蒋清华先生信一封，今附上，请尽力为其作画。为免其悬念，我已复函去温哥华市，请蒋先生放心，并告诉他已请你为其画《长江万里图》（横幅）及桂林、黄山山水条幅各一，由北京转达（我校历史系有人在加拿大讲学）。并估计说你可能还不知此事。另外省委信访处汪浩来函告知张恺老为您写的字已写好，我日内将去取来。

我们一切近况均好，请勿念。如你以后去信给蒋清华先生，告诉他来信寄合肥我处转你亦可。因至加拿大函往返总要一月以上。

顺祝近安！

自信、海燕上　（1982）6.3

十八

爸爸：您好！

前转去加拿大温哥华市华侨领袖人物蒋清华请你作画《长江万里图》的信一件，想已收到。记得人民画报以前登过一幅宋人的《长江万里图》长卷，可以参考。

我已复信给他，告诉他你的永久地址：中国安徽省歙县罗田公社虹梁村，以及近在黄山作画等。此外也已告诉他再为他作两幅山水（桂林、黄山为背景各一），可寄北京地址，他国庆回来观礼时取。

恺帆老字已取来，今寄上两页。家中我已去函。

顺祝康安！

儿　宝光上　（1982 年）6 月 6 日

恺老字共三页，我的已留下。

加拿大信每封邮资 8 角（航空）。

十九

爸爸：您好！

小龙6日和方驰一道去歙，7日抵歙城，现想已在虹梁家中了。

今接加拿大蒋清华来信，说原请绘《长江万里图》（仿王石谷本），柳老去函时谓已付定金与啸天先生。如未付，可能系柳老空言，此事可以作罢。我将去函告诉他画早已画好，将寄北京，酬金请其自定。

蒋目前生病住院，拟来北京治疗，可能于七月底八月初到达。如《万里图》在你身边，可迳寄上北京转蒋清华收。（我原估计你不知此事，所以告诉蒋说可能柳老年纪大了，忘了对你说。）你按何地址寄京（上次他开两个地址）请来信说明，我将去信告诉他。他说一到北京即给我来信。

顺祝近安！

儿　自信上　（19）82. 7 .13

今年中文、外语、历史均在安大改卷。以大专教师为主。语文科改卷的仅300人，只是去年的三分之一还不到。

二十

爸爸：您好！

我与小龙、小林于24日上午7时50分由罗田上火车，下午4时到芜，过江后，于8时25分乘火车，12时抵合肥。乘1路车返校，校门还是开的，我们回家好好睡了一觉。

方驰与我们同车到达合肥，还送了一斤茶叶给我们。

你的《桂林象鼻山》一画已在香港《大公报》1982年7月25日上刊出，同页上并有吴冠中、俞云阶等名家作品。附寄上马国权邮来的该页大公报一份。

我们在肥一切均好，请勿念。

顺祝近安！

儿　宝光上　（1982）8.25 晨，合肥

二十一

爸爸：您好！

寄来的明信片已收到，知您平安返黄山工作，我们很高兴。

您离黄山前夕，马国权寄来今年七月二十五日大公报一份，上有您画的《桂林象鼻山》一画。我已将此份报纸于8月25日寄去黄山给您了，是挂号寄的。想已收到。

另外，《长江万里图》已寄去北京朱贵生教授处，他已来信说收到了。他在信中还谈及蒋清华先生已于七月十六日在加拿大病逝。但清华先生的儿子蒋鸿钧将来京，参加国庆观礼活动，画将交给他，他会付酬的。关于酬金，已函告朱老师转告鸿钧先生，请按柳老生前与清华先生商议之数（二百加元），如仍蒙认可，

即按此数上下寄来。

如果鸿钧先生寄款来，我们拟用此款买台洗衣机，以节约时间，集中精神学习、写作。日前，北京的人民文学出版社约我和另一同志（周义敢老师）合作校注宋代秦观的《淮海集》一书，完成此任务大约要二年多时间。为了搜集有关版本，下月或 11 月可能要去京、沪等地一次。

海燕、小龙、小林在此均好，请勿念。

顺祝康安！

生光上　（19）82.9.22

二十二

爸妈：您好！

挂号信（黄山画册等）已收到。

关于小传已据来信修改，明日寄去北京李延祐处。此文要北京方面根据辞典本身特点定稿，所以他们所拟原稿文字，一般不会动的，我们只宜增补有关具体材料。

鲍杰来函附上，您有空可去看看他。

我约在 16 日到南京，住南京大学招待所的可能性较大，也可能住南京师院招待所，现在未能定。因不知留青地址，所以不能去找他。去南京查阅有关科研材料（明代、清代古籍）任务重，所以是较忙的。

顺祝近安！

儿　宝光上　（1982）10 月 10 日—11 日

《中国艺术家辞典》第三分册已定稿，即将发排。他们如已发排则可能采用上次（10 月 1 日）寄去的稿子，如尚未发排，则可能用 10 月 10 日的稿子。

二十三

爸妈：你们好！

我们已正式开学，小龙、小林也已正式上课了。

前曾与湖南同学联系，由湖南出版向全国发行的《美育》杂志编辑答应刊登你的两三幅国画，请速选几幅能制版的画稿照片来，我意《桂林象鼻山》一幅可用，另再选两三张黄山风光的一道寄来。此照片事可请鲍杰叔帮忙。

《新观察》今年 16 期已刊登你画二幅及鲍杰文一篇，我们已见到。

我们的身体一切均好，请勿念。萍萍想已开学，希努力学习争取好成绩。

顺祝康安！

儿　宝光上　（19）83.8.6，合肥

上次的《黄山》（刊登你的国画号）已寄去湖南。如有再寄一册来。

二十四

爸妈：你们好！

来信收到了。《永念图》（王石城先生处转来）及黄山与侯北人宴会照二幅均已收到，请勿念。

我这学期有课（古代文论），同时要修改《中国古代文论类编》一书（福建海峡文艺出版社决定正式出版此书），全书一百万字，修改任务较重，所以较忙。

上次《安徽日报通讯》83.6（1983 年第 6 期）期刊登您的《新安山水》图，已寄稿费来，已转去虹梁给您，想已收到。

我们在此一切安好，请勿远念。

顺祝康安！

儿　宝光上　（19）83.9.20，合肥

二十五

爸妈：你们好！

白老[1]已恢复健康上班，上周四去文物总店见他。他交我一瓶酒，说系王司令所赠，为进口（香港）酒。另外交我宣纸 20 张，系从泾县宣纸厂带来的。如有人去歙，以上东西将带给你（我起草的简介已交白老审阅）。

另郑敦平来信说易进已将您画二幅交给他。等过几天我去取来。

另白老说《新安书画展》去南京展出后，最好顺道来合肥、芜湖等处展出，可请黄澍或地区文联、美协与合肥有关方面联系，在省博物馆、工人文化宫、逍遥津公园均可。此事请速联系。我们近况一切均好，请勿远念。

敬祝康安！

儿　宝光上　（19）83.11.28

二十六

爸妈：你们好！

来信收到，知你们近况均好，我们很高兴。我们这儿开学上课已半个月，各项工作都已走上了正轨。

昨天驰和老方来这儿，他是来出差采购衣服的，送了一包茶叶和一包笋来。

省美术画廊设在六安路与长江路交汇口（即三孝口与长江饭店中间），那里的展览我去看了，每人展出一幅画，你的《松谷仰望》放在进门不远处，在张恺帆与袁振、刘夜峰的字中间，比较显眼。装裱也较好。另外一些不很出名的画家作品在另一室展出（其东、西二室）。

我因联系书稿的出版工作，将于 3 月 1 日动身去福州。在上海、杭州各停留二日，然后乘杭州—福州直达车去福州。大约前后需 20 天时间。同行的有李汉秋教授。如有时间可能去厦门转一下。在福州的同学甚多，其中有一位当了省委宣

① 编者注：白老，指白冠西，安徽省博物馆文物鉴定专家。

传部部长，一位当了省文化局副局长。一些同学已来信邀我一定要去谈谈。

我们在合肥身体一切都好，请家中不必挂念。请你们多保重身体。

顺祝春安!

儿　宝光上　（19）84.2.28

我在福州时的地址：（3 月 6 日至 15 日左右）

福州市福建艺术学校黄镜濂同志转

程啸天画作《小龙学步》

陈海燕[※]

书札

爸爸、妈妈，您们好：

你们寄来的咸笋已收到，谢谢你们。

我和小林身体都好，望家中勿念。小林很顽皮，学习成绩中等，天资是可以的，就是太贪玩，我因忙于工作和家务，因此在对他管教方面也就欠缺了些。

我的工作调动之事已在进行中，估计今年总能走得成的。

你们近来身体好吗？望你们自己身体要多保重。

我有个朋友叫徐永江，去年在我家看到你给我们的八帧小山水画[①]，他很喜爱。他托你老人家给他画二幅山水画，不知你是否有空，若能办到，画好后可直接寄给我，我再转交与他，他一定会很高兴的。

敬祝健康！

儿（媳）海燕　（1979）5.24

附：程啸天诗文稿

程啸天致程自信、陈海燕等书札

一

宝光、海燕：你们好！

文摘已收，勿念！此间立秋日喜获霖雨，田园皆苏！近来想必很忙！

家中很好，勿念！为了萍萍前途，今年为她留了一级。因她历年受到家庭严重打击，幼小心脑，不无受有影响，故接受能力不强！

托方老寄你：我参加宴会的照片，以及前寄的《栖霞永念图》，谅必俱已收到。

关于宾师轶事，想必不搞了！

※　陈海燕（1941—　），程啸天儿媳，业医。俄罗斯文学翻译家陈君实（笔名梦海）与吴墨兰之女。

①　编者注：八帧小山水画，指程啸天为程自信、陈海燕绘《新安八景》册页，题识：山水八小帧，写给葆光、海燕欣赏。丙辰，父啸天。

秋后渐凉，早晚宜注意身体健康！

小孩们好。

父母手书　8.12

二

宝光：

昨天来信已知悉。关于易进处的两幅，已寄存在郑敦平同志处，望去拿来。如白老处，可以悬挂，可标价每幅 80 元。如卖去，你们拿去用好了。

小龙成绩很好，但须语文、数、理、化同时并进，那就好了。小林努力吧，看看你哥哥的好成绩！

白老处，我屡托他，给我买的东西：要开台头，写《黄山》杂志社的发票，票价每页不超过 30 元。再买一两好印泥，如超过 30 元，可匀数元在秋季发票上。印泥的发票开冬季度。至今白老还没有办好！其价可在润笔内扣除，如不够，我又寄去 10 小幅了。请他代收。

为潘谔璋老先生所绘五幅，亦已寄去。想已由白老代转，请潘老在香港多多宣传，或者能推荐些画件，搞点润资，以鼓励我能够出游！

上述，望于见白老时说说，首先感谢他对我的关注！又为我麻烦！并望看看他为我撰的《观画记》一篇短文。并向海燕和小龙、小林问好！家中亦好，望弗远注！

父母手示复　11.24

三

海燕：你好！

小龙、小林好！

我已于本月 25 日到黄山北海小住。23 日萍萍到岩寺寄了点干笋给你们，想不日可到！

你们注意学习，并要注意休息，练练身体！

小龙、小林除了努力学习外，有空给萍萍写信，鼓励她提高积极性，争取做个有用的人！

问好。

朝朝[①] 字　（1982）5.25

四

宝光、海燕、小龙、小林：

你们好。

小龙、小林，信收到了，萍萍也看到了，她觉得平时不努力，不及你们，很有惭愧，近日来，复习时间加长了。

---

① 编者注：朝朝，徽州方言，祖父之意。

我的病是重感冒，没有事，你们放心！

今寄给你们《黄山》增刊看看！家中都好！

天气炎热，希你们注意休息！

向你们问好！

父母字　（1983）7.24

五

宝光、海燕：你们好！

你这次返家，我们都很高兴！

关于笋干的吃法如下：

大笋干必须早上浸以滚开水，一日一夜，至次日再切下来煮肉吃，就很嫩了，不浸长久，老的部分，可能咬不动。

酥黄豆法：

也是要滚开水，泡一个半小时，等它发胖了，再下油锅，翻滚到嫩黄，就可以捞起来，在碗中放上生盐一拌，凉一下，吃起来，很爽口。

咸笋一般要先洗一下，下锅煮烂就行。

王耀华同志，人很好，他已把你的撰稿，打了十份，寄到香港。这次徽州“新安书画会”成立，我被选为“副理事长”。

我的肠炎，因下便太多，又日久了，觉得人很消瘦！但我精神自感不错，并无大碍！你们放心好了。

这次有几张好底片，遇到鲍太山同志，可请他便中洗放，以后备用。

复问，近好。小龙、小林好。

父母手书　（1983）11.8

程啸天为程自信、陈海燕绘《新安八景》之一

程啸天为程自信、陈海燕绘《新安八景》之二

程啸天为程自信、陈海燕绘《新安八景》之三

程啸天为程自信、陈海燕绘《新安八景》之四

程啸天为程自信、陈海燕绘《新安八景》之五

程啸天为程自信、陈海燕绘《新安八景》之六

下编

匋斋藏碑跋尾（张祖翼部分）

陈未知 / 整理

张祖翼（1849—1917），字逖先，号磊盦，安徽桐城人，晚清民国时期书法家、篆刻家、金石收藏家，自言藏有千余种碑拓。书法取法碑刻，精通篆、隶等诸体。张祖翼早年应乡举不第，后入资为县丞，赴泰西游历，归国后分江苏候补。光绪三十三年丁未（1907）延至端方（1861—1911）幕下，为其藏拓品评题跋。张祖翼晚年寓居无锡濠湖之畔著书立作，沉湎于金石，在《清代野记》中自署梁溪坐观老人。在张祖翼的金石交游痕迹中，能看见潘祖荫（1830—1890）、缪荃孙（1844—1919）、端方、吴隐（1867—1922）等金石大家的身影。从现有的研究来看，他的生前成就与身后影响不相对等，部分原因是他的题跋、书信等资料散乱，并且著述未能全部付梓。

本次整理以《匋斋藏碑跋尾》为底本，选取张祖翼题跋部分，共计九十九条。《匋斋藏碑跋尾》现藏于上海图书馆，为稿钞本，共六册，抄录书体为小楷及行书，朱格纸本，抄写人不详。此书不同于《金石萃编》等金石类著录，不记碑拓详细信息，仅录端方幕府及交游圈各学者对各碑的评定跋语，其中不乏《魏鲁孔子庙碑》《魏封孔羡碑》《爨宝子碑》《隋龙藏寺碑》《忠惠父鲁峻碑》《汉石门颂》等碑拓，除张祖翼之外，题跋者还有王瓘、金蓉镜、吴广霈、震钧、陈绍炘、邓邦述、杨寿昌、俞廉三、杨钟羲、陈伯陶、杨守敬等人。在各条碑目下，几乎都有张祖翼题写的跋尾，个别甚至一碑多跋，这在《匋斋藏碑跋尾》中占据重要地位。

尽管《匋斋藏碑跋尾》中记载的题跋体量不大，但仍然补罅了张氏文字的诸多细节，为研究张祖翼的金石成就与思想提供了可靠的材料。

第一册

旧拓仓颉庙碑

《仓颉庙碑》近拓可见者不过数十字，碑阴更无一字可寻，惟碑侧尚完好，即顾南原所谓朔方太守碑阴者是也。此拓据孙氏所释，竟存三百四十余字，碑阴亦存百余字，此极难得之本矣。赵明诚《金石录》以为熹平六年立，《关中金石记》又以为永寿二年制，皆不若翁北平以为延熹五年似确也。此本阴侧及额之上方隶二则、楷二则皆全可称完美，较所见第一本尤佳。光绪三十四年戊申六月望日，桐城张祖翼谨记。

岣嵝山铭

自刘梦得有《寄吕衡州》诗，韩昌黎有《谒衡岳庙》诗（《谒衡岳庙遂宿岳寺题门楼》），而《岣嵝碑》出焉，何子一亦狡狯矣哉？历元及明有杨用修、杨时乔、安如山辈辗转摹刻，海内无虑六七本，而所释文亦不过以意为之而已。贵州有《红崖碑》，字亦类此。新化邹叔绩太守释之，亦以意为之也。曩在京见潘文勤公书斋一联云：爱识模黏字，专攻穿凿文。可为此碑铁板注脚。此拓本甚旧，字体盘曲诡异，堪与埃及古碑并存不朽。戊申正月，张祖翼记。

琅邪台刻石跋语

此较前所见更觉精采，钱竹汀宫詹谓苏翰林摹刻即此本，吾邱衍亦谓其不类秦刻而不著录，皆未见原拓故也。谨按秦刻真本，惟此石存字较多，篆势古雅厚重，断非后人所能摹拟。此拓旧而且精，甚为难得。戊申正月，张祖翼。

旧拓申刻郙阁颂

元申屠駉，绍兴推官也，而翻刻秦《会稽颂》。明申如埙，陕西知县也，而翻刻汉《郙阁颂》。元之推官、明之知县，其伎俩足堪伯仲，何二颂不幸而遇二申哉？然康熙间秦颂已为石工磨去，独此汉颂至今尚在耳，存之以备参考可也。戊申夏至，张祖翼识。

明拓魏鲁孔子庙碑跋

与所见第二本初无轩轾，碑额不拓，盖明习也。字数与《隶释》同，较今本多字，致为难得。《隶释》谓魏隶可珍者四碑，此为之冠，其推许如此。《金石录》引《魏志》文帝黄初二年正月诏，以议郎孔羡为宗圣侯，奉孔子之祀。顾南原《隶辨》云：以碑考之乃元年，当以碑为正。鄙意《志》亦不误，犹之元年，经部议准二年正月始行文史，即据行文之日为断耳，古今官事如出一辙，不足异也。戊申上元，张祖翼读第三本谨记。

魏鲁孔子庙之碑

前所见已佳矣，今此本尤佳，古色古香溢于纸墨，洵非明拓本不办。按自钟氏创为铭石体以书碑，遂为一代台阁规模，此碑追亦遵铭石体而更加严谨者，方整而就矩范，绝无风神，孙退谷遂以矫厉方板加之。碑称皇上怀仁圣之懿德，盖用《尚书》“惟皇上帝”之语以尊崇之也。皇上之称始见于此碑，前次未有，厥后晋、魏、唐碑遂屡沿用之矣。篆额六字极佳，非善书者不能，此额似非同时所拓。戊申上元得见第二本，张祖翼谨记。

旧拓汉鲁相乙瑛请置孔庙百石卒史碑

汉代所建孔子庙廷碑今所传者四，第一即此碑，永兴元年立。其次为《韩敕造礼器碑》，永寿二年立，同在桓帝时。再次为《史晨奏祀孔子铭》，建宁二年立在灵帝时。此外尚有《鲁相谒孔庙残碑》，无年月，文亦残剥，仅据《隶释》辨为《谒孔庙碑》而已。东汉尊孔崇儒，且极信纬书，屡言孔子为汉制作，故其祠孔子礼独备。碑称“故事辟雍”云云，考武帝时丞相、大司空始奏立辟雍，丞相一官，至哀帝时改为大司徒，鲁相请置百石卒史必上笺于司徒、司空者，援故事也。此碑一司徒等奏章，一司徒等行鲁相牒，一鲁相上司徒等书，独阙前相瑛书未载。以元嘉三年三月下永兴元年六月讫事，考元嘉三年四月即改元永兴，实一年中事也。此明代精拓本，“辟雍”“辟”字犹存数笔，今时殊不易觏，所见匋斋尚书秘笈佳本，此为第五次矣，谨书数语以志眼福。光绪三十四年戊申六月十九日，桐城张祖翼第五次拜观并记。

旧拓上尊号碑跋

此本较前所见拓稍后，然额、阴皆全矣，惜字口少有漫漶，不如前本之精采光芒四射也，即此亦非国初毡蜡不能。隶体与《范式》《王基》同一机杼，或曰大理，或曰孟皇，聚讼纷纭，莫衷一是，总之出于工书者之手，非若汉石随意为之，自然古奥，亦文字风气之变迁欤。匋斋尚书命题。丁未嘉平十一日雪夜，张祖翼书所见第二本。

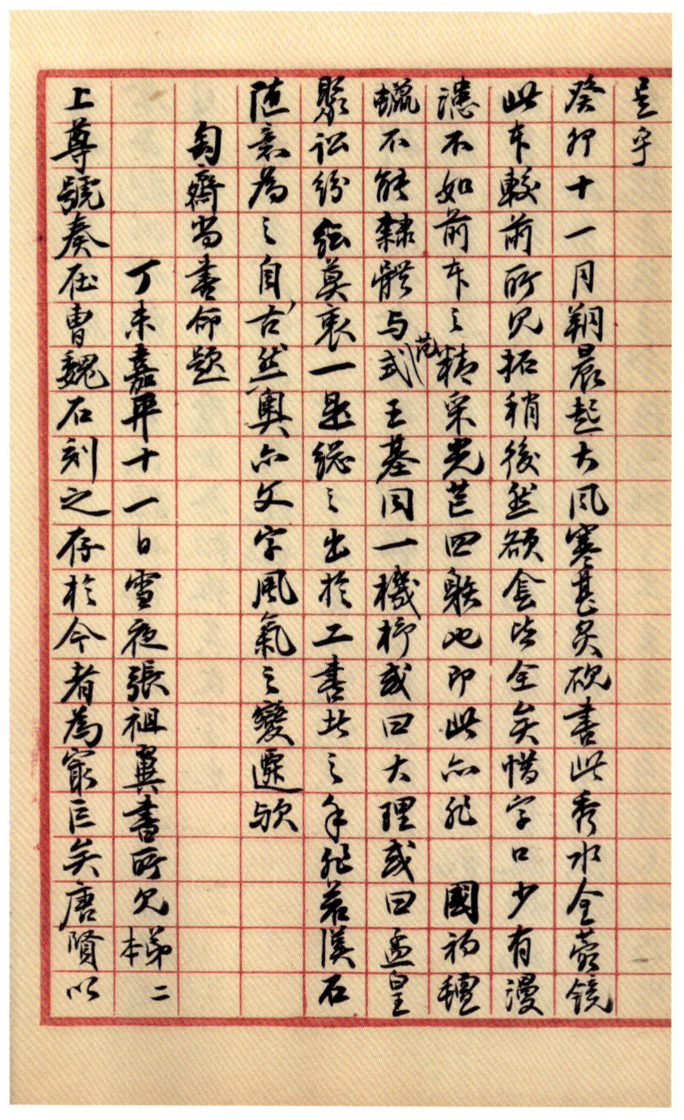
足字
癸卯十一月朔晨起大风寒甚炙砚书此秀水金蓉镜
此本較前所見拓稍後然額陰皆全矣惜字口少有漫
漶不如前本之精采光芒四射也即此亦非國初氈
蠟不能隸體與范式王基同一機杼或曰大理或曰孟皇
聚訟紛紜莫衷一是總之出於工書者之手非若漢石
隨意為之自然古奧亦文字風氣之變遷歟
匋齋尚書命題
丁未嘉平十一日雪夜張祖翼書所見第二本
上尊號奏在曹魏石刻之存於今者為巨矣唐賢以

旧拓上尊号碑跋

魏上尊号奏

前明拓碑往往遗阴与额不拓，不知他碑之阴与前碑文不相属，遗之犹可为完本，独此碑阴与前碑文气贯串，遗之则文不全矣。此本精湛，得未曾有，圆浑苍劲，可与《建宁》《熹平》方驾，明初拓本无疑。昔年松禅老人尝购得《受禅表》《上尊号》二碑，全文不阙，《受禅表》“黄初元年”四字皆全，闻以四百金得之帖贾李姓者，不知今尚存否也？匋斋尚书命题。丁未腊八，张祖翼谨记。

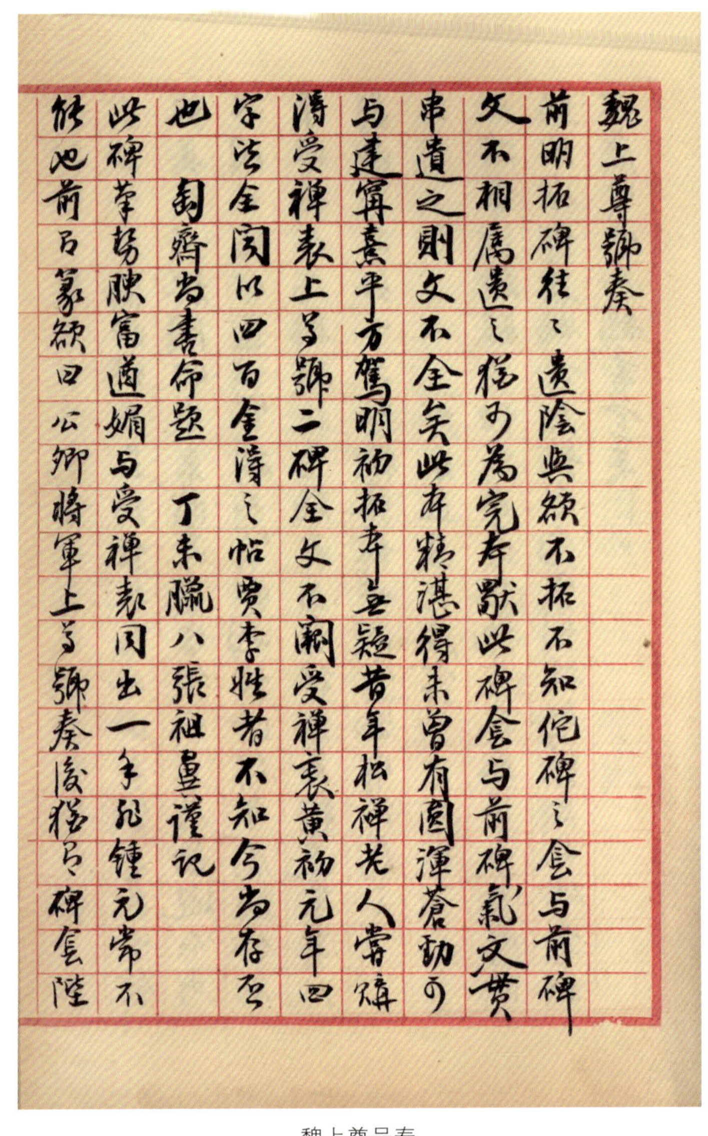

魏上尊號奏

前明拓碑往往遺陰與額不拓不知他碑之陰與前碑文不相屬遺之猶可為完本獨此碑陰與前碑氣文貫串遺之則文不全矣此本精湛得未曾有圓渾蒼勁可與建寧熹平方駕明初拓本無疑昔年松禪老人嘗購得受禪表上尊號二碑全文不闕受禪表黃初元年四字皆全聞以四百金得之帖賈李姓者不知今尚存否也

匋齋尚書命題 丁未臘八張祖翼謹記

此碑筆勢腴富遒媚與受禪表同出一手非鍾元常不能也前有篆額曰公卿將軍上尊號奏後猶有碑陰陸

魏上尊号奏

旧拓受禅表

此本首六字已缺，然亦为国朝雍乾间拓本，较之近年所拓犹精神百倍也。第三行“允皇代之仪”[①]确是“允”字，犹下文之“允宜”也。吴剑华观察释作“况且”，“况”字下文亦有之，未尝以“兄”为“况”也，其说恐未必然。《（受禅）表》与《上尊号》同出一人之手，即当时所谓铭石书体，若梁鹄，若钟繇，若卫觊，皆后人拟议之词耳。碑额“受”字损其上半，林于野谓南宋时有官其地者，恶而椎之，未知确然。光绪丁未嘉平十九日，雪后甚寒，张祖翼所见第二本。

魏黄初孔子庙碑

《石墨镌华》云：梁孟皇学书于师宜，梁灵帝重之，曹孟德爱之，王逸少学之。梁武帝评其书云：龙威虎震，剑拔弩张。是其书本自可贵，特不知张稚圭所按何图而定为鹄书也，自古及今，著录家皆未知其图之何在，岂臆断欤？此本第十八行“体”字犹存，的是旧拓可宝。光绪三十四年戊申五月，得见第六本敬书数语于后，张祖翼。

魏曹真碑跋

此碑前人未有著录，道光二十三年刘燕庭方伯得于长安，嗣是张氏《金石聚》、杨氏《望堂》始著录之，且双钩锓木焉。杨氏考核最详，按碑称“羌胡迸之妖道，公张罗设阱陷之”，此事不载本传，又本传载真与宗人曹遵、乡人朱赞共事太祖，遵、赞早亡，真愍之，乞分所食邑封遵、赞子，诏许之，此事不载于碑。张少薇谓：真卒后所立颂德碑，非神道碑也，信矣。碑仅凿损一“贼”字，乃初出土时拓本，近闻并此一行皆凿去之。此石今归匋斋尚书阔石图龛矣，惜此本未拓碑阴耳。杨星吾先生谓唐代韩、梁、卢、蔡皆脱胎于此，诚然。光绪戊申六月既望，桐城张祖翼读。

《关中金石记》云：乾隆四十四年，修理岳庙五凤楼，得此嵌置壁间。王孝禹观察云：惜无人出其正面一观，究其何碑。然曩在京师闻之碑估云：此石甚厚，正面磕损，已无一字，故以阴面嵌置壁间耳，正不知为何碑也，特以书势、官衔、时代论之，定其为汉刻而已。此拓甚旧，近拓“故督”之“督”字已泐大半矣。光绪三十四年戊申六月既望，桐城张祖翼题记。

① 应为“允皇代之上仪”，脱“上”字。

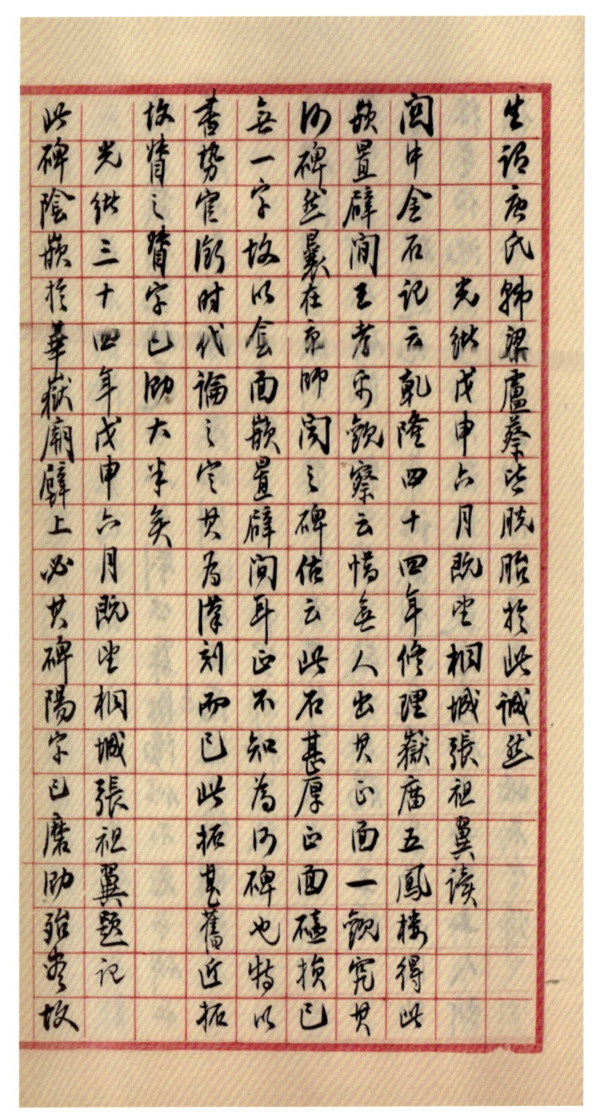

生語彥氏鉢梁廬奉詒朕貽於此識兹

光緒戊申六月既望桐城張祖翼讀

閩中金石記云乾隆四十四年修理嶽廟五鳳樓得此嵌置壁間王孝廉鈞察云惜無人出其正面一觀究其何碑然今嵌在京師聞之碑估云此石甚厚正面種損已無一字故以全面嵌置壁間耳正不知爲何碑也特以書勢宜瀾時代論之定其爲漢刻而已此拓甚舊近拓故精之精字已泐大半矣

光緒三十四年戊申六月既望桐城張祖翼題記

此碑陰嵌於華嶽廟壁上必其碑陽字已磨泐殆盡故

魏曹真碑跋

旧拓魏封孔羡碑跋

此本较前所见数本似少后，以第十八行“体”字全泐证之耳。长沙郑氏引武授堂《跋》云：《宋史·孔宜传》、胡三省《通鉴注》皆以为四年，鄙意自当以碑为正。李文石观察谓郑谷口习此碑，参以《曹全》，遂诧为孟皇复出，至乾隆诸家始斥为野狐禅，良然良然，此拓虽不甚旧，然亦非近三十年毡蜡也。光绪戊申六月十二日，桐城张祖翼拜观第七本谨记。

魏封宗圣侯孔羡碑

匋斋尚书所藏孔羡碑至此已四见，中间明拓两本，墨色厚重，精采赫然，此用淡墨，尤觉锋棱豁露，大有剑拔弩张之势，虽氊蜡少后，当亦在康熙雍正之间，孝禹观察谓第十八行“体”字存太半，是其明证，展读竟日，神为之往。光绪三十四年戊申正月十七日，桐城张祖翼谨记。

魏潘宗伯、韩仲元、李苞阁道题名跋

曹奂改元景元仅四年，明年又改咸熙而魏亡矣，泰始六年乃晋武年号，后景元八年，不知李苞题名与潘、韩所题何以似一人手笔。《潜研堂跋》以为曹睿太和六年，而以“泰”“太”古通为说，于是以潘、韩题字在李苞前三十一年，窃谓造桥一事，开阁道又一事，两事本不同时，惟惜年代漫漶，不能考其孰先孰后耳。此石已佚，此拓今已不可得矣。光绪三十四年戊申上元夜，桐城张祖翼识。

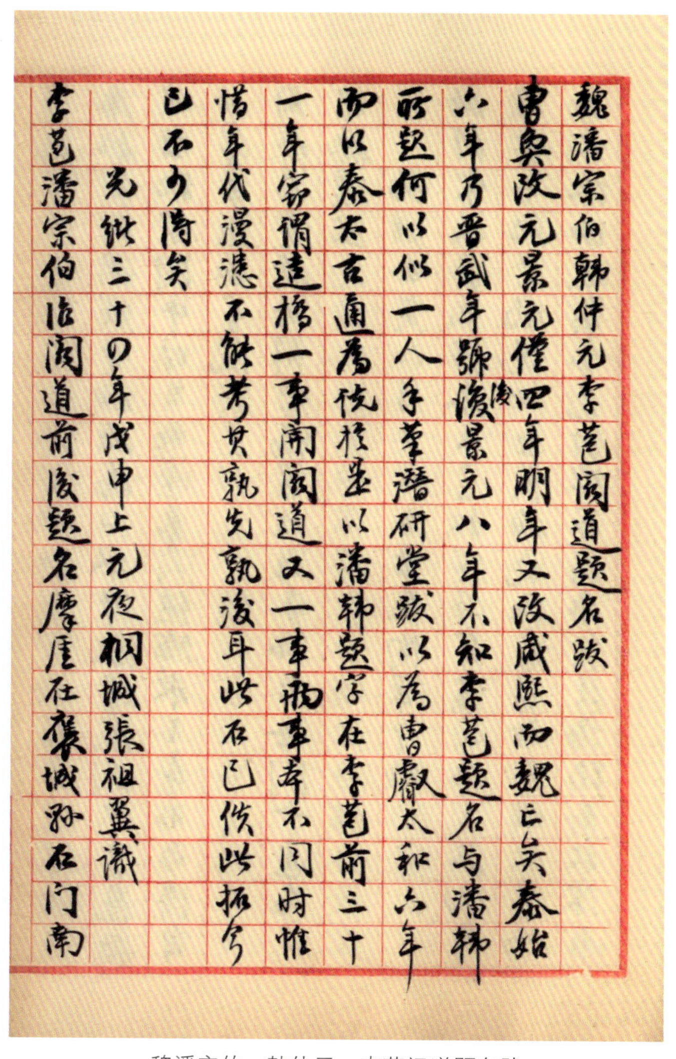
魏潘宗伯韓仲元李苞閣道題名跋
曹奐改元景元僅四年明年又改咸熙而魏亡矣泰始六年乃晉武年號後景元八年不知李苞題名與潘韓所題何以似一人手筆潛研堂跋以為曹睿太和六年而以泰太古通為說于是以潘韓題字在李苞前三十一年竊謂造橋一事開閣道又一事兩事本不同時惟惜年代漫漶不能考其孰先孰後耳此石已佚此拓今已不可得矣
光緒三十四年戊申上元夜桐城張祖翼識
李苞潘宗伯韓仲元閣道前後題名摩崖在褒城縣石門南

魏潘宗伯、韩仲元、李苞阁道题名跋

晋郛休碑

此石今已辇至匋斋尚书阔石图堪矣，以五百金得之，何其廉也。字体介乎汉魏之间，方整而生动，碑阴清晰，完美如新奏刀然，爱玩不忍释手。篆额胎息《天发神谶碑》，瘦硬有神，自成一格。碑出土于道光十九年，此或即当时拓本，漫漶不多，文可卒读，致足宝也。买碑电讯埘装于前，足为千古佳话。自古收藏家金类多藏器，石类只藏拓本而已，自匋斋尚书创为藏石之举，遂为千古收藏家别丌生面，前无古人，此碑其权舆也，后有作者弗可及矣。光绪三十四年戊申正月六日，桐城张祖翼读竟，泚笔谨记。

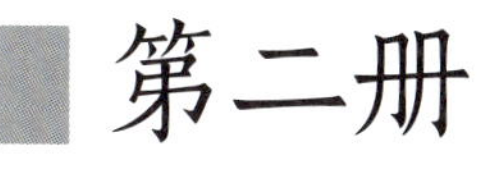

第二册

旧拓爨宝子碑

前一本不知何人摹刻，一波一磔，神情逼肖，极翻刻之能事，若不以原石相较，几不能辨，惟少弱耳，然亦绝无仅有之作矣。此本为锡席卿尚书旧藏，后有翁北平、王虚舟、吴南海、赵昆明诸公小印，岂皆曾经鉴赏耶？如此佳本宜诸公不以寻常摹本视之矣。后一本确系原石，惜拓工草率，反不如前本之精采。碑多别体字，如“粹”作“粋”，“德”作“德”，“氓”作“氓”，“享”作“亨”，“殲”作水旁，“抱”作“枹”，“旬”加“心”，皆一时俗尚也。戊申二月，张祖翼读。

旧拓爨宝子碑

晋任城太守孙夫人碑

此亦乾隆间初出土时拓本，所多之字孝禹观察考之极详，字迹亦用钟氏铭石体，盖一时风尚如此，典午石刻此为矩观。光绪三十四年戊申上元夜，张祖翼得见第二本谨记。

晋太公吕望表

晋人碑刻多沿用钟氏铭石体，惟此碑犹有东汉遗意，其取势作态实开唐隶之先声，所谓丰姿有余魄力不足也。《潜研堂跋》谓刘氏青藜以此碑为后人重刻，固属一偏之见，然较之《孙夫人》《爨宝子》实损其古厚之气矣。碑称卢无忌为太公之裔。《金石聚》云：太平之后四十八姓，卢氏与焉？《通志氏族略》云：齐高傒食采于卢，子孙因以为氏。此碑有阴，前人皆未著录，李震跋“初”字下尚有“刻也，尤宜宝惜，因从季父移置学署，嘉庆四年八月朔密邑李震跋”二十六字，所谓“初刻”者即原刻也，所谓“魏武定八年碑”者即正书《太公庙碑》也。此拓甚精，当是李氏移石时拓本，较近拓所损尚少，可贵也。戊申二月十八日，张祖翼谨记。

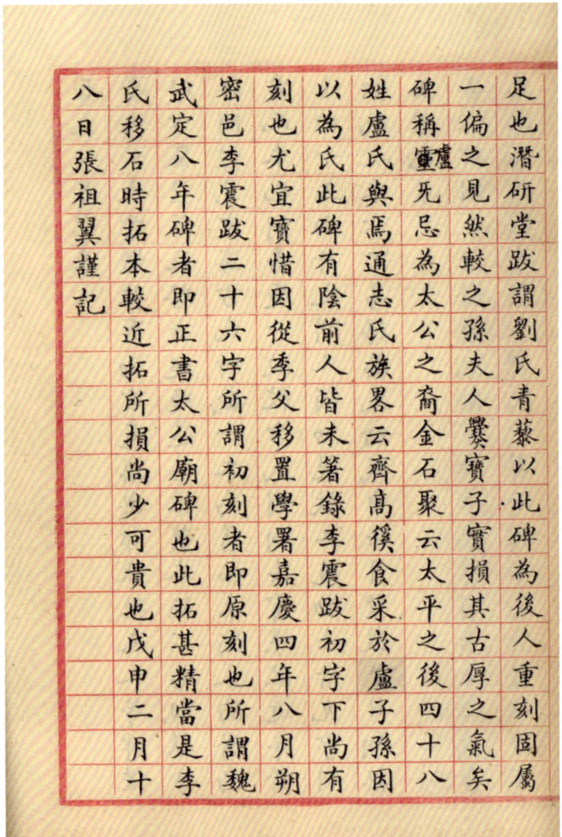
足也潛研堂跋謂劉氏青藜以此碑為後人重刻固屬一偏之見然較之孫夫人爨寶子實損其古厚之氣矣碑稱盧无忌為太公之裔金石聚云太平之後四十八姓盧氏與焉通志氏族畧云齊高傒食采於盧子孫因以為氏此碑有陰前人皆未著錄李震跋初字下尚有刻也尤宜寶惜因從季父移置學署嘉慶四年八月朔密邑李震跋二十六字所謂初刻者即原刻也所謂魏武定八年碑者即正書太公廟碑也此拓甚精當是李氏移石時拓本較近拓所損尚少可貴也戊申二月十八日張祖翼謹記

晋太公吕望表

晋太公吕望表

此本已有李氏刻跋，当即其移石时拓本，墨采精神腾跃纸上，足见当时毡蜡之工，后有吴让之明经道光五年书跋，其时正吾乡姚伯昂阁学督学浙江，聘吴入幕时也，吴为包慎伯先生入室弟子，包又为完白山人高弟，故其金石之学有渊源矣。光绪三十四年戊申夏四月七日立夏，桐城张祖翼三记。

旧拓隋龙藏寺碑跋

《龙藏寺碑》，明初拓本。末行“张公礼”三字仅“礼”字损左旁，“毁”“谛”“迦”之下均可连贯读之。此本“毁”字、“谛”字皆全，“迦”字下尚有“文”字，“说”字，即碑末“乐毅”之“毅”字未漫漶，国初精拓之本也。字体宽博而有矩范，承晋魏之峭厉，开虞褚之雍容，则此碑实为之枢纽矣。况经翁、郭二公手眼，其名贵又当何如哉？碑额楷书十二字，极其整健，惜此本未拓。匋斋尚书命桐城张祖翼审识，丁未腊八。

隋陈叔毅修孔庙碑跋

翁北平谓以书势定时代，实为不刊之论，分隶降至魏晋，日趋于薄，至隋而古法尽失，楷书盛兴，故分隶遂无可观。读《陈叔毅碑》而叹隶法之失传也，碑为仲孝俊撰，文辞典雅，不愧作家，想为先贤仲子后裔。惟书碑人姓名不传，或非当时名笔耳。考叔毅为陈宣帝四十二男之一，陈时未有封号，故史亦无传。赖有此碑，足以知其品谊，传其政绩，亦叔毅之幸哉。当杨氏政职丛胜之时，而能尊崇先师，修饰文庙，其为贤令可知矣。碑通体不阙一字，确为百年前旧拓本也。光绪戊申二月十八日，张祖翼谨记。

唐修孔子庙碑

汉隶无意求工而自然古雅，魏晋承汉隶之后，极力摹拟汉碑，有意求工矣，虽气息不如汉碑之浑厚，而亦不失其流丽，至唐人则以楷书之用笔而作隶书，丰神姿态，绰有可观，其力其气则不免弱而薄矣。此碑与《御史台精舍碑》同为唐隶中佳品，盖皆当时名作也。拓本甚精可玩。丁未腊八，张祖翼记。

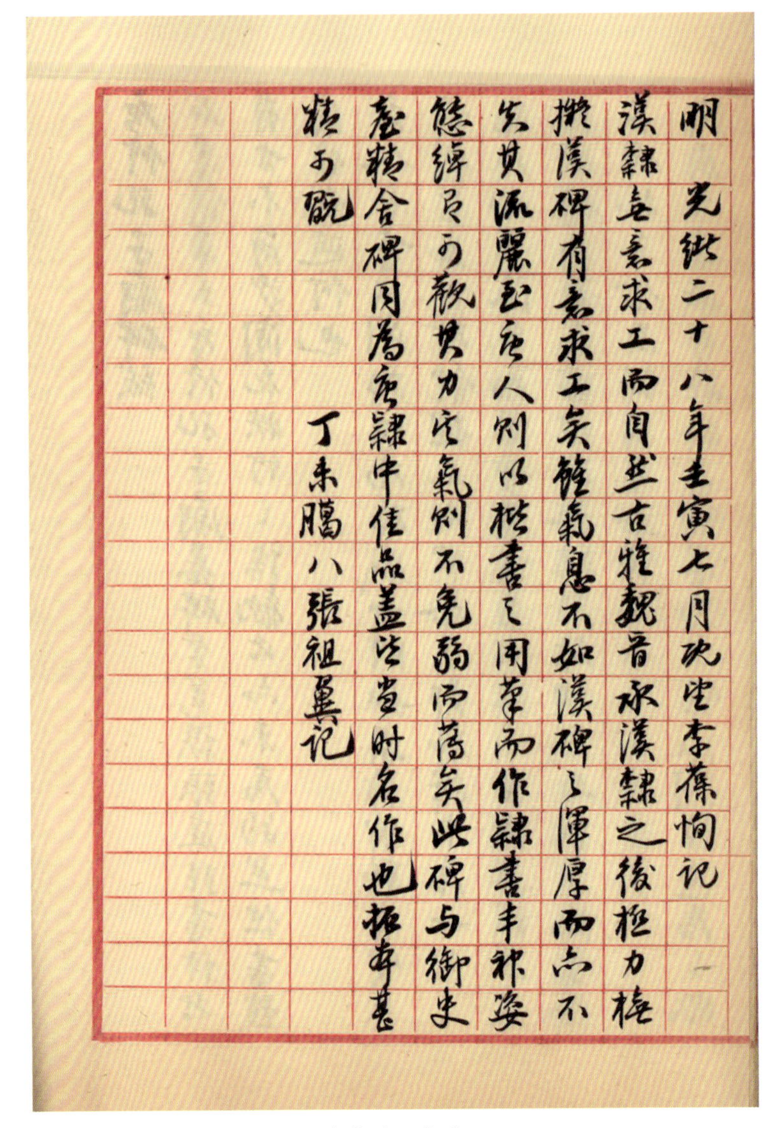
明　光緒二十八年壬寅七月既望李葆恂記　一

漢隸無意求工而自然古雅魏晉承漢隸之後極力橅擬漢碑有意求工矣雖氣息不如漢碑之渾厚而亦不失其流麗至唐人則以楷書之用筆而作隸書丰神姿態綽有可觀其力其氣則不免弱而薄矣此碑與御史臺精舍碑同爲唐隸中佳品蓋皆當時名作也拓本甚精可翫

丁未臘八張祖翼記

唐修孔子庙碑

唐谷城黄石公祠记

唐李栖筠未第进士以前名卓，故曰布衣也。《萃编》云：碑在山东东阿县谷城山。《潜研堂跋》云：记成未刻，至大历八年马炫为郡守，始勒诸石工，未毕，谢病，去后，守郭岑实踵成之，是时卓已改名登第为御史大夫矣云云。书者裴平殆亦学汉隶者。碑文一字不泐，旧拓无疑。光绪三十四年戊申四月八日，张祖翼谨记。

唐许国公苏文贞公碑

王氏《萃编》云：《苏文贞碑》文约千五百余字，存者千二百余字，较《石墨镌华》云存者十之三，固已倍其二矣。此本亦与《萃编》所收相颉颃，当是国初拓本。撰铭一人，撰序又一人，一碑而撰者二人，唐碑中不多见也。卢藏用亦当时工书者，其隶法较《宗圣观》《房彦谦》二碑均似过之，文石观察称其有魏晋之风，良然。唐代隶书各家皆宗一体，如脱墼然，想其时台阁规模盖如此耳，非若汉碑各有面目，气象之不同也。光绪戊申浴佛日，张祖翼记。

旧拓唐大智禅师碑跋

碑在陕西西安府学，唐史惟则隶书，颇有摹本似，此原本甚为难得。弇州山人谓其行笔绝类《太山铭》而缜密过之,《庚子销夏记》亦谓惟则分隶为开元时第一，惟《石墨镌华》云书法瘦而少态。或褒或贬，言人人殊，妄之。自是唐人台阁之体，非若汉碑之躬极其妙，无可訾议也。此本墨光如漆，毡蜡极精，惜残失太多，碑阴亦佚，为憾事耳。戊申浴佛日，张祖翼谨记。

旧拓唐宗圣观记

楷法至唐可谓前无古人后无来者，虞褚欧柳颜诸大家各具面目，皆臻极轨，千百世后学楷法者终不能出数家矩范，惟分隶则为唐人所短，盖以楷法之用笔施之隶书，但见矫揉生硬，不见挥洒自如也。翁北平谓以书势定时代，愚以为时代亦可以定书势，其中之消息有莫之为而为者。《宗圣观碑》相传与《房彦谦碑》皆为欧阳率更书，虽具力量，究不如其楷书之神妙。昔吾乡姚惜抱先生有致汪稼明制府书，论此二碑与柳书《李西平碑》，云：此二碑恐非率更亲笔，率更为当代巨手，岂肯舍其所长用其所短，或当时重其名而借用之耳。其论《李西平碑》则云“笔法拙涩，不似诚悬”云云。是说也颇与壬秋先生之意暗合，然拓本固非常精妙，今则漫漶不能卒读矣。狂瞽之言，殊多谬妄，尚祈陶（匋）斋尚书进而教之，幸甚幸甚。戊申二月廿一日，张祖翼记。

書勢定時代愚以為時代亦可以定書勢其中之消息有莫之為而為者宗聖觀碑相傳與房彥謙碑皆為歐陽率更書雖具力量究不如其楷書之神妙昔吾鄉姚惜抱先生有致汪稼明制府書論此二碑與柳書李西平碑云此二碑恐非率更親筆率更為當代巨手豈肯舍其所長用其所短或當時重其名而借用之耳其論李西平碑則云筆法拙澀不似誠懸云云是說也頗與壬秋先生之意暗合然拓本固非常精妙今則曼患不能卒讀矣狂瞽之言殊多謬妄尚祈陶齋尚書進而教之幸甚幸甚戊申二月廿一日張祖翼記

旧拓唐宗圣观记

金普照寺开堂疏碑

党怀英隶书颇得汉碑用笔，当唐宋以来汉隶绝响之时，忽有如此手笔，自当名重一时矣。碑在济宁州普照寺，《潜研堂》《访碑录》皆仅有目而已，未知诸家尚有著录不？篆额三字颇有《坛山石刻》笔意。戊申浴佛日，张祖翼记。

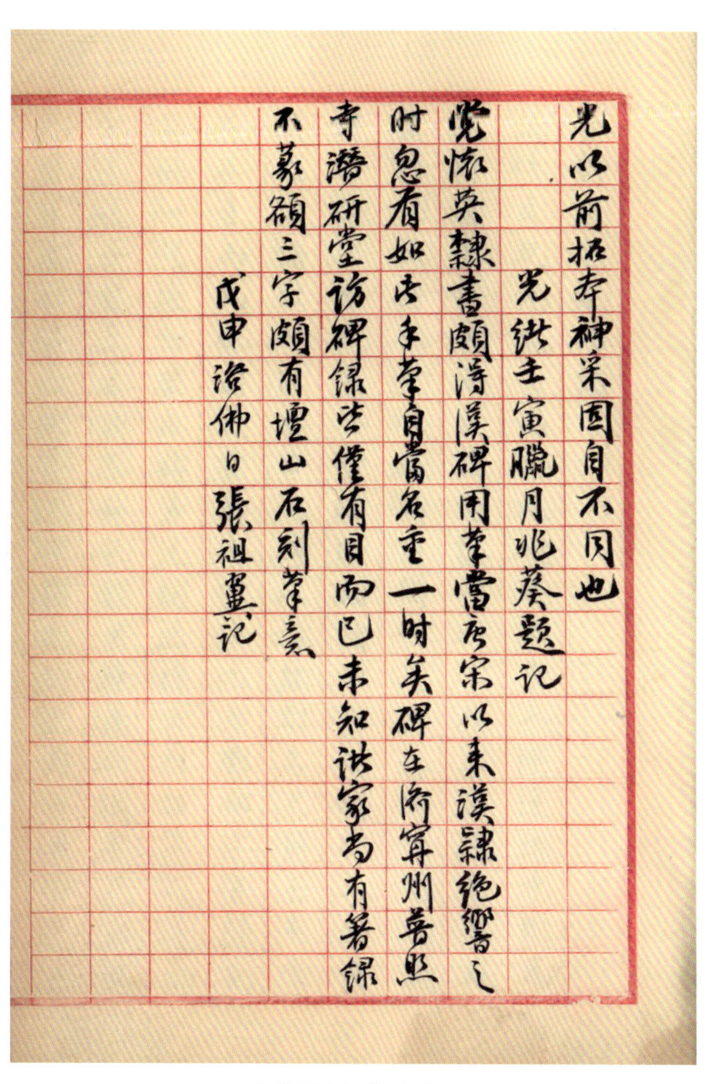
光以前拓本神采固自不同也
光緒壬寅臘月兆蓉題記
黨懷英隸書頗得漢碑用筆當唐宋以來漢隸絕響之
時忽有如此手筆自當名重一時矣碑在濟寧州普照
寺潛研堂訪碑錄皆僅有目而已未知諸家尚有著錄
不篆額三字頗有壇山石刻筆意
戊申浴佛日張祖翼記

金普照寺开堂疏碑

金刘处中墓碣铭

刘处中名不见史传，《志》称其笔札似汉隶，又云西州碑版多出其手，想亦当时博雅好古君子也。《志》为武功张徽分书，用笔结体尚有汉人遗法，金元间得此已非易易矣。戊申中元，张祖翼记。

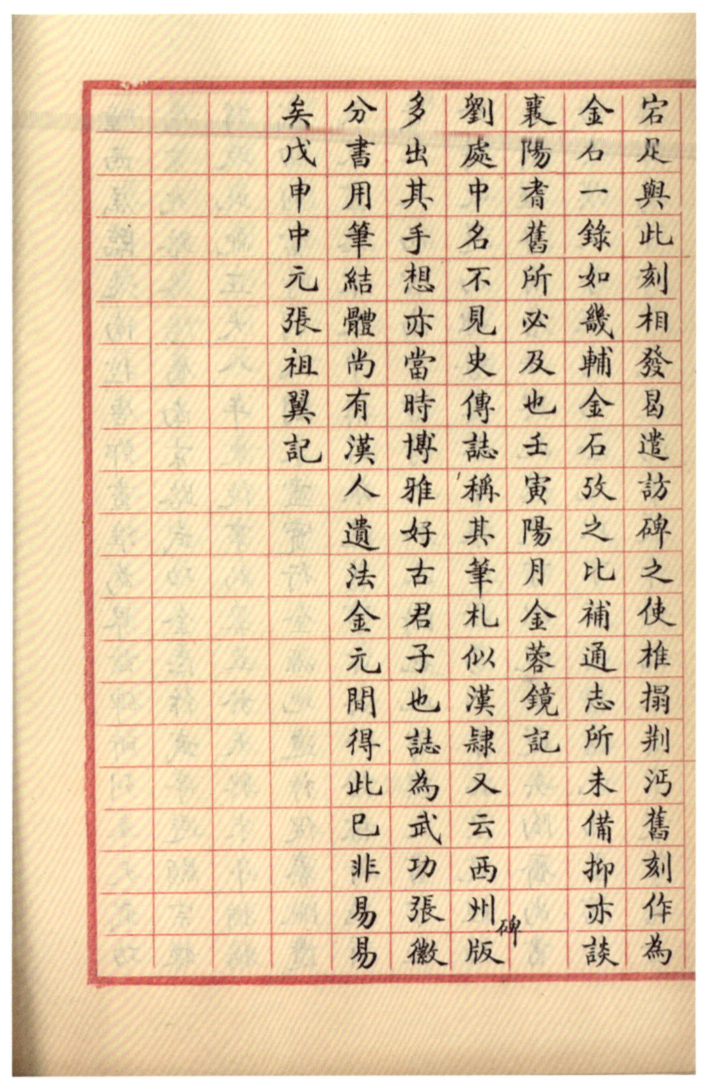
宕足與此刻相發曷遣訪碑之使椎搨荆汚舊刻作為
金石一錄如纖輔金石攷之比補通志所未備抑亦談
襄陽耆舊所必及也壬寅陽月金蓉鏡記
劉處中名不見史傳誌稱其筆札似漢隸又云西州碑版
多出其手想亦當時博雅好古君子也誌為武功張徽
分書用筆結體尚有漢人遺法金元間得此已非易易
矣戊申中元張祖翼記

金刘处中墓碣铭

元重摹桐柏淮源庙碑跋

此碑原石不可得而见，得见吴炳重书，亦虎贲中郎也。《潜研堂跋》谓其书颇有法度而少汉人苍古之气，所以然者以楷书之用笔而作隶书故也。然碑末行书跋亦炳手笔，颇似赵吴兴，炳在当时盖以工书名矣。此本颇旧，无一剥蚀字，据炳跋谓原石与《刘熊碑》如出一手，则其妙不可思议矣，读之今人神往无已。时丁未祀灶日，桐城张祖翼记。

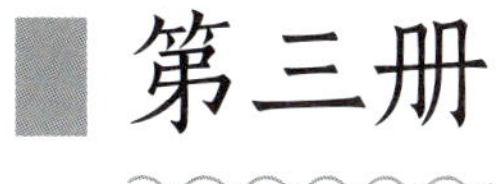

第三册

旧拓白石神君碑

直隶元氏县汉碑最多，皆言祀神之事，《白石神君》其一也，碑有“犹白抱损[1]，不求礼秩”之句，以人事比之，殊属可笑，汉末迷信一至于此，可慨哉。当时有所谓白石教者，亦邪教也。观燕元玺跋“家门传白石将军教”一语是其明证，此拓亦旧，与甲本相颉颃也。戊申六月二日，张祖翼谨跋乙本。

白石神君碑

《白石神君碑》以“峻极太清”之“清”字左上一点不损为明季国初拓本，微损者为雍乾拓本，大蚀者为道咸以来拓本。此本“清”字左上一点已大蚀如钱，以墨涂之，若不泐者乃近三四十年间拓本也，碑阴较旧，较甲本所配为佳。戊申六月二日，张祖翼读丁本。

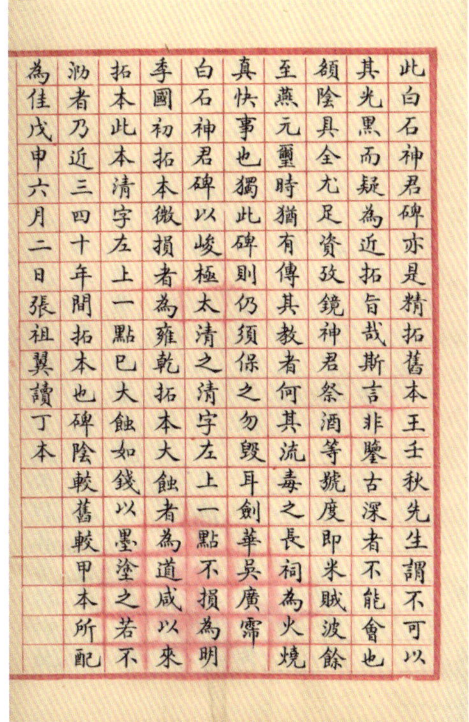

此白石神君碑亦是精拓舊本王壬秋先生謂不可以其光黑而疑為近拓旨哉斯言非鑒古深者不能會也額陰具全尤足資攷鏡神君祭酒等號度即米賊波餘至燕元璽時猶有傳其教者何其流毒之長祠為火燒真快事也獨此碑則仍須保之勿毀耳劍華吳廣霈

白石神君碑以峻極太清之清字左上一點不損為明季國初拓本微損者為雍乾拓本大蝕者為道咸以來拓本此本清字左上一點已大蝕如錢以墨塗之若不泐者乃近三四十年間拓本也碑陰較舊較甲本所配為佳戊申六月二日張祖翼讀丁本

白石神君碑

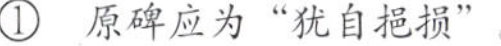

① 原碑应为“犹自抱损”。

旧拓惠安西表

此拓未经吴愙斋中丞刓补，尚是旧拓精本。武虚谷大令引曾子固跋云：此颂有二，一立于建宁四年六月十三日壬寅，即此刻是也。一立于建宁四年六月三十日，今此刻不见，是《西狭颂》已亡其一矣，盖犹《郑文公上下碑》两刻之也。此仇靖书文，李文石观察云：并书撰为一手。诚然，《五瑞图》下题记亦靖所书也。戊申六月六日，张祖翼谨记。

事也又云鐫燒破析蓋叚鐫為鐫說文同在一部故耳
此拓最舊後來者無此精采矣匋齋尚書出以見示僣
為跋之震鈞
此拓未經吳愙齋中丞刓補尚是舊拓精本武虛谷大
令引曾子固跋云此頌有二一立于建寧四年六月
十三日壬寅即此刻是也一立於建寧四年六月三十
日今此刻不見是西狹頌已亡其一矣蓋猶鄭文公上
下碑兩刻之也此仇靖書文李文石觀察云並書撰為
一手誠然五瑞圖下題記亦靖所書也戊申六月六日
張祖翼謹記

旧拓惠安西表

旧拓忠惠父鲁峻碑

此虽不及有阴之本，然按裴斋题签为戊申十月，当是道光二十八年，至今日亦六十年矣。此或为彼时新拓本，而有阴之本似早于此五十年也，宜乎今日剥损更甚矣。旧本日久日少，可不宝诸。光绪戊申正月廿八日，张祖翼四记。

汉司隶校尉忠惠父鲁峻碑

《鲁峻碑》笔法厚重沉著，相传为蔡中郎书或然。此本与前所见初无轩轾，较乾隆以后拓本多出数十字，殊不易得。碑阴故吏门生而外有义士一人，与《孔宙碑阴》之门童皆仅见者。匋斋尚书出示第二本谨识。祖翼，戊申正月。

开母庙跋

此庙阙辞也，与前一本题名似同时所拓，辞凡二十五行，二十二字[1]。第一行“百川”之上翁氏北平释“鄣防”二字，误以“范”为“鄣”。此本朱文释注甚精，与《金石聚》所释相同，所不同者二十行“化”字上“此”作“慕”，而张氏作“晏”，然“慕”字实不误也。三阙欧、赵、洪皆无著录，前明程孟阳亦止有《太室》，而钱牧斋又称其石已毁，至国朝始大显于世，故明拓甚鲜。此与前一本题名似皆国初拓本也。光绪戊申正月，桐城张祖翼读记。

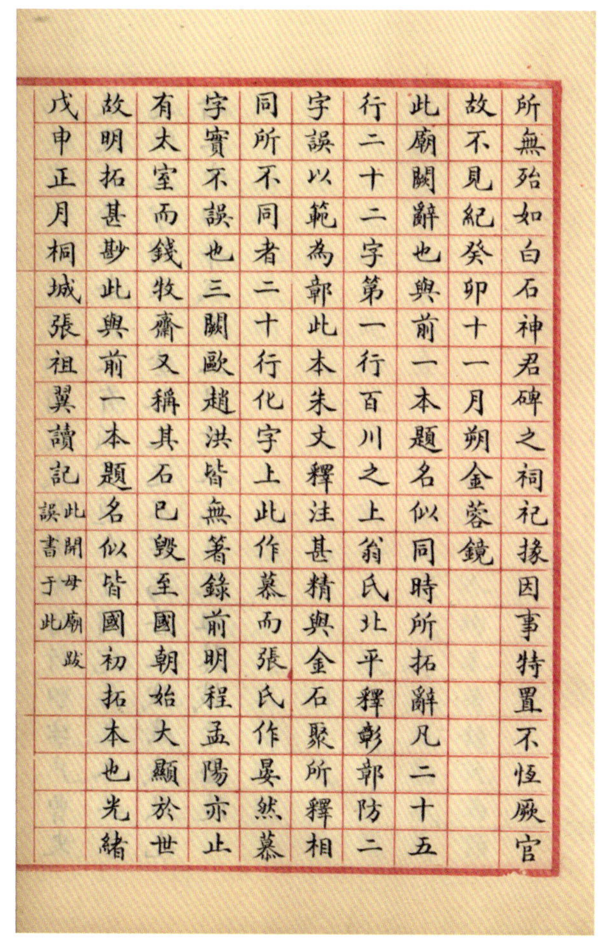
所無殆如白石神君碑之祠祀掾因事特置不恆厥官
故不見紀癸卯十一月朔金蓉鏡
此廟闕辭也與前一本題名似同時所拓辭凡二十五
行二十二字第一行百川之上翁氏北平釋鄣防二
字誤以範為鄣此本朱文釋注甚精與金石聚所釋相
同所不同者二十行化字上此作慕而張氏作晏然慕
字實不誤也三闕歐趙洪皆無著錄前明程孟陽亦止
有太室而錢牧齋又稱其石已毀至國朝始大顯於世
故明拓甚尠此與前一本題名似皆國初拓本也光緒
戊申正月桐城張祖翼讀記此開母廟跋誤書于此

开母庙跋

① “二十二字”应为“行十二字”，或为抄写者讹误。

旧拓汉少室神道石阙铭

此较前一本毡蜡似稍后，共十九行，行四字。“户曹史张”后三行亦全拓，且有额有题名，可谓完美之本矣。李芝陔太守谓虽有涂抹之迹，不害为善本，诚然诚然。光绪三十四年戊申正月廿又三日，张祖翼识于金陵。

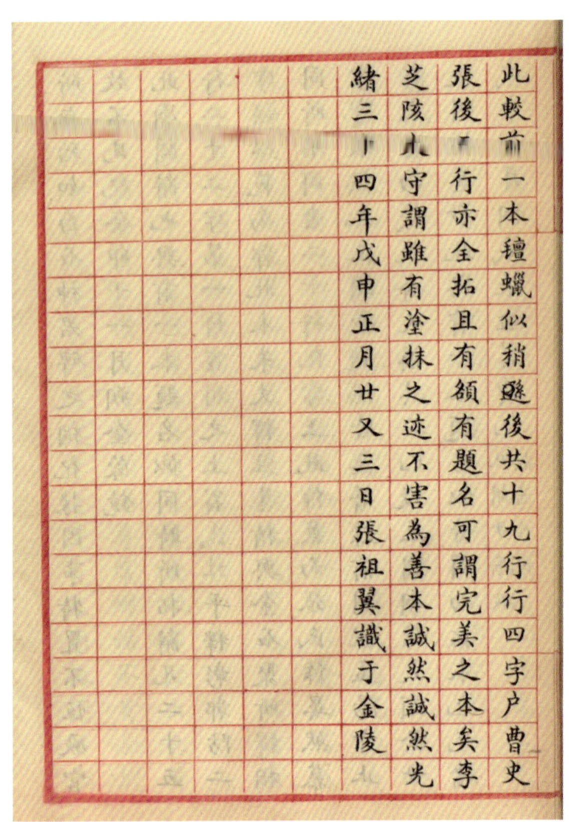

此較前一本氊蠟似稍遜後共十九行行四字户曹史
張後三行亦全拓且有額有題名可謂完美之本矣李
芝陔太守謂雖有塗抹之迹不害為善本誠然誠然光
緒三十四年戊申正月廿又三日張祖翼識于金陵

旧拓汉少室神道石阙铭

汉赵廿二年群臣上醻刻石

赵廿二年群臣上醻刻石，或以为石勒，或以为赵王遂，或但云西汉祖刻而不定何王。张氏《金石聚》乃据地理谓为赵武灵王，其说甚辨，然赵武灵王时未有小篆，此刻固明明小篆也。云是石勒时者与谓《石鼓》为宇文周时物同一纰缪，犹不足论。总之，此为西汉祖刻无疑。“醻”字《彤弓》传曰：报也。《笺》曰：主人献宾，宾酢主人，主人又饮而酌，宾谓之“醻”。《瓠叶》传曰：醻，道饮也，谓主人必自饮，如今俗之劝酒也，然则假“醻”作“寿”，正以见主宾酬酢之意，非西汉人不能辨。“北”字当依本意，不必假作“背”，古人假“背”作“北”，不假“北”作“背”。《诗》：焉得谖草，言树之背，注“北堂也”，可证此本与前所见相伯仲，后有唐人题名尤难得。匋斋尚书鉴教，张祖翼记。

旧拓武氏石阙铭跋

《武氏石阙铭》黄小松司马始访得之。东汉武氏伐阅之盛，于此可见。铭内有“孙宗”，王兰泉司寇不敢定为石工，抑武始公子云云，此未统上下文而读之也，上文明明云：使石工孟孚李弟卯造此阙，直钱十五万，孙宗作师子直四字[①]。三人皆石工也，因阙为孟、李二人合作，师子乃孙宗一人独作，不得不分别书之，而以“使石工”三字领其纲。下文叙及武斑，又另提明为开明子，此皆恐后人误会“孙”字，认为武氏子孙也。此本字口如新，神采飞动，汉人用刀之法明白可见，平生所见此为第一。光绪戊申六月，桐城张祖翼二次读记。

乾隆拓武祠象榜书

此与前所见《石室画象题字》拓本正同，盖皆极旧精拓本，汉刻字之小无过于此者，结构精严，刀法劲整，可称双绝。武氏石缺铭亦旧拓，今本损泐太甚，不可卒读矣。戊申六月六日雨中，张祖翼再记。

武祠画象第一榜题“伏戏仓精，初造工业”，诸家皆释“工”为“王”，此拓“工”字甚明显，足征旧拓之可贵。磊堪又记。

汉豫州从事尹宙碑跋

元皇庆碑[②]，忠显校尉、鄢陵县达鲁花赤阿八赤，因奉诏追封孔子，遂立石泮宫，以彰圣恩而重名教，物色碑材，得片石于洧川，辇致鄢陵，盖即《尹宙碑》也。将命匠刮磨而新之，既而弗忍，遂更立新石，并以旧石竖立庙庑，鄢之士民咸颂之。按此碑几毁于阿八赤之手，幸而得全，流传至今，殆有鬼物呵护之耶？此拓全本不缺一字，毡蜡亦精，的是国初旧本，较所见重墨本尤精采也。功曹从事，官并不显，且在外郡，而云立朝，殆即以长吏之庭为朝欤？汉碑往往有此，不足为怪，若在后世则忌讳矣。匋斋尚书命题第三本。戊申正月廿九日，张祖翼谨记。

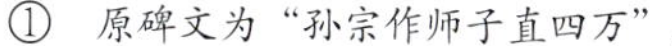

① 原碑文为“孙宗作师子直四万”。
② “碑”或为衍字。

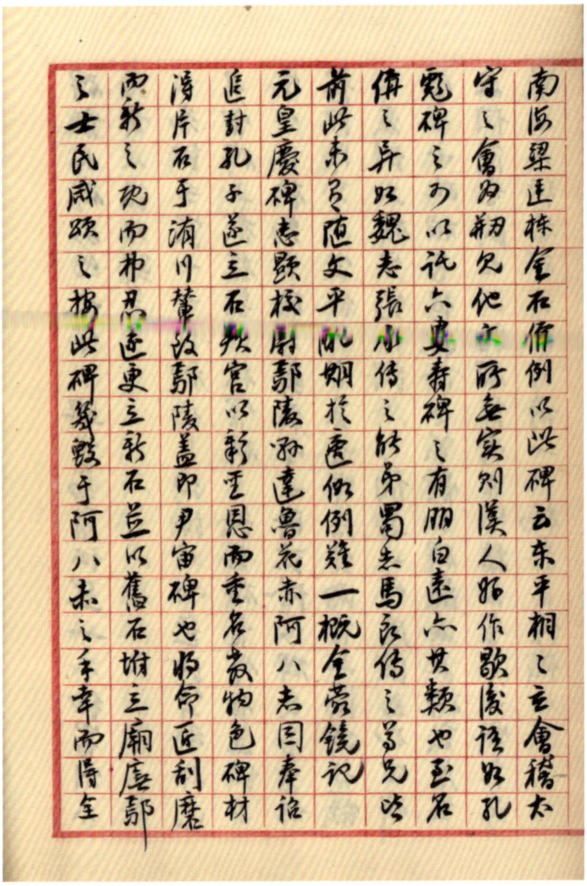

汉豫州从事尹宙碑跋

汉豫州从事尹宙碑跋旧拓本

前一本墨色厚重，气势遒劲，下角未损，此明代打本，至可宝也。碑额似有七八字，或曰“故豫州从事尹君铭”，篆书二行，不知何时损其上截，只存“从”“铭”二字，可惜也。额不居中而偏于穿之右方，亦汉碑所仅见。额字之大亦他碑所无，或《惠安西表》足以方之。后一本拓稍后，字体亦肥，下角虽缺，而拓工甚精，当亦乾嘉间毡蜡，若近年为俗工刓敝，全无神气矣。隶法极有矩度，凝重而多风神，足为学者楷范。匋斋尚书以合装本命题。丁未祀灶日，张祖翼谨书。

尹宙碑跋

《授堂金石跋》云：《尹宙碑》出土完好，土人据之以要利，不容椎拓，苦无善本云云。是此碑在乾隆时善本已极难得，况至今百余年，碑已折角，欲求完本尤难之难者矣。此本首尾完好，椎拓亦精审，为初出土时拓本无疑，碑中假借之字诸家已详，兹不赘。匋斋尚书赐示第四本谨记。光绪戊申六月，桐城张祖翼。

旧拓汉石门颂

此本旧藏毘陵庄氏，纸墨既旧，毡蜡尤工，且有碑额，弥可宝爱。此为摩崖刻石，椎拓至艰，拓工惜费省纸，往往残缺，不但额字遗拓也。汉隶中雄深挺劲，断惟此刻额字尤为瘦硬。桂未谷云：欲窥汉人明径，舍此末由。诚然诚然，然力弱者不能学，胆怯者不敢学，学此良非易易哉。光绪三十四年戊申七月朔，桐城张祖翼拜观第二本记。

旧拓石门颂

此建和二年汉中大守王升立石，颂故司隶校尉杨君开通石门之德者也。碑但云永平四年开通石门后，桥梁断绝，复循子午，杨君数请于朝，始得重修故道。未言杨君修道在何时，史亦阙略，不可考。碑前序后颂，序亦作四言韵语，颂后又有“序曰”云云，体制特异，“序曰”后数行乃赵劭等记王君造石[illegible]、事政绩之美，可媲杨君矣。此本甚旧，精神飞动，致可宝贵。光绪三十四年戊申七月朔，拜观匋斋尚书所藏第四本谨记，桐城张祖翼。

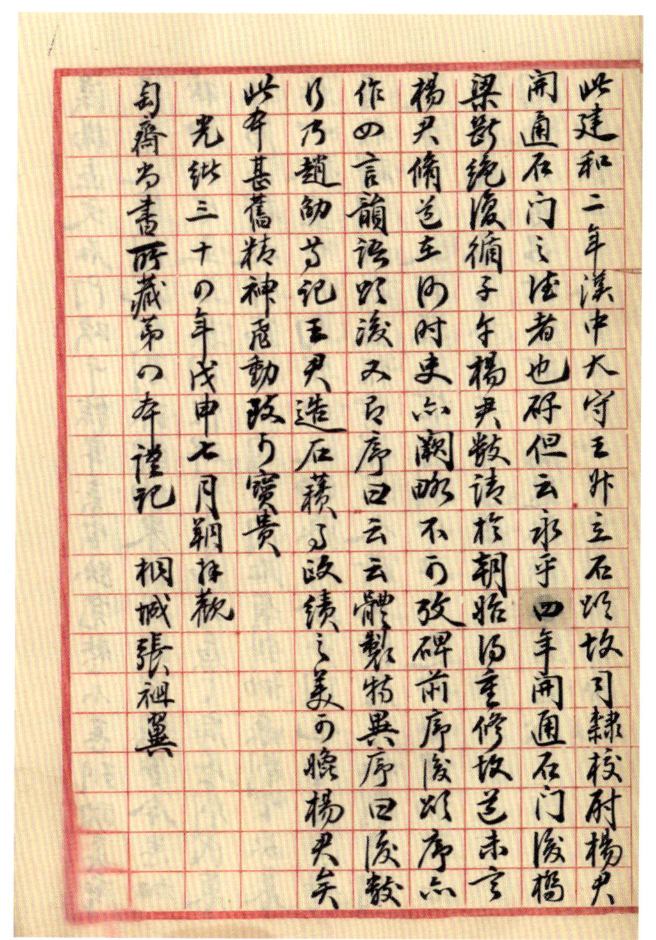
此建和二年漢中大守王升立石頌故司隸校尉楊君
開通石门之德者也碑但云永平四年開通石门後橋
梁斷絶復循子午楊君數請於朝始得重修故道未言
楊君脩道在何时史亦闕略不可考碑前序後頌序亦
作四言韻語後又有序曰云云體製特異序曰後數
行乃趙劭等記王君造石積之政績之美可媲楊君矣
此本甚舊精神飛動致可寶貴
光緒三十四年戊申七月朔拜觀
匋齋尚書所藏第四本謹記　桐城張祖翼

旧拓石门颂

旧拓孔谦碣鲁相谒孔庙碑

首书“孔谦，字德让”，不曰“君讳谦”，此又一例也。语气亦似尊长对卑幼之词，岂族中父老所立耶？碑称“年三十四”，隶释作“二十四”，此拓墨色极厚，颇见精神，当时国初精拓之本。得见匋斋尚书所藏第三本矣。戊申正月十八日，张祖翼谨记。

自去年冬得瞻匋斋尚书所藏碑版，此本已三见矣，拓工并精，真所谓愈残泐愈精采也。此本亦用重墨施工，虽存字不多而斑剥处觉有烟云缥缈之境，令人可望而不可及（即），非汉碑不能如是神妙。光绪三十四年戊申正月十七日，桐城张祖翼谨记。

鲁相谒孔庙残碑

《鲁相谒孔庙残碑》,《萃编》云: 高四尺四寸，广二寸六寸[①]，九行，行十六字，今存者高三尺有奇，广及二尺而已。盖上下所阙更多，故仅得七行，行十字也。碑阴亦有七行，碑侧有唐题名，正书四行，《萃编》皆不录，想拓本罕见耳。侧题有“举子高賁”，李文石先生作“童子”，想别有佳本可证也。匋斋尚书藏此拓最多，今已奉读第三本矣。光绪戊申六月二日，桐城张祖翼谨记。

沙南侯获碑

一行　惟汉永和五年六月十五日伊吾　下阙

二行　马云中沙南侯获字伯奋达识　下阙

三行　孝廉菑丘乌埒张掖　下阙

四行　伊　下阙

五行　上阙　君阳　下阙

此据张氏《金石聚》所释，鄙意“达识”二字恐误。张祖翼摹记。

碑在镇西厅大道旁，横卧于地，同里方剑华户部从左文襄戎幕时曾数经其地，手拓数纸以归，字迹亦模糊莫辨矣。考《汉书》无沙南侯封号，张氏《金石聚》云:侯获字伯奋，举孝廉，菑邱乌埒张掖令。不知何据，或释碑文而以臆断之耳，且其所释亦与诸家不同也。碑立于永和五年，去《裴岑》之立仅三年也，《后汉书》无侯获名，其事迹不可考。张祖翼读。

① 此处应为“广二尺六寸”，疑为笔误。

此據張氏金石聚所釋鄙意達識二字恐誤張祖翼摹
記
碑在鎮西廳大道旁横卧于地同里方劍華户部從左
文襄戎幕時曾數經其地手拓數紙以歸字迹亦糢糊
莫辨矣攷漢書無沙南侯封號張氏金石聚云侯獲字
伯奮舉孝廉菑郎烏埒張掖令不知何據或釋碑文而
以臆斷之耳且其所釋亦與諸家不同也碑立於永和
五年去裴岑之立僅三年也後漢書無侯獲名其事蹟
不可攷張祖翼讀
此石自薩公訪得後徐星伯錄入西域水道記同治十

沙南侯获碑

第四册

旧拓史晨碑

此已在乾隆己酉升碑后所拓，故每行末一字已显出，然犹是初升碑时毡蜡，较近三十年所拓为精采也。拜观溧阳尚书所藏此第四本矣，宋明翠墨炳炳朖朖，此犹季耳。光绪戊申孟秋之朔，桐城张祖翼记。

旧拓史晨碑

此拓每行少一字，尚在乾隆丁酉以前未举石时所拓。顾南原、牛空山、吴山夫皆以为每行损一字，不知嵌入碑趺也，乾隆丁酉以后拓本则不缺矣。此本圆湛有神，国初毡椎奚疑。丁未小初夕，张祖翼审识。

旧拓鲁相史晨奏祀孔子庙碑

此本“秋”字左角已损，虽逊于江蔗畦本，然犹是明代毡蜡，以墨神采神韵断之也，中间残失数字，可惜。光绪三十四年戊寅[1]六月，桐城张祖翼拜观第二本。

旧拓礼器碑跋

此较前所见拓本稍后矣，“古”字下“口”已蚀，“廟”字“月”旁亦模糊，“于沙”之“于”字亦剥损，是盖雍乾间拓本之佳者，较道光以后所拓犹觉精神百倍也。此本仅有左侧，虽非同时所拓，亦旧本也，隶体异于前碑之整秀而雄劲过之。光绪丁未祀灶日，张祖翼审识第二本。

旧拓礼器碑阴两侧

《礼器碑》规矩森严，字体谨饬，阴侧则有挥洒自如之致，较前碑稍纵而遒劲过之。此当是乾隆以前拓本，虽无项伯修题名十三字，而今日亦罕见矣。按《隶释》尚有《韩敕孔庙后碑阴》载任城吕馥等七十人，永寿三年七月廿八日孔从事所立，有钱数者六十一人，无钱数者九人，与前碑阴同姓名者几半，想系前捐之数不敷又续捐耳。此碑今不见，不知何时佚去。戊申上元，桐城张祖翼谨记。

---

① 此处“戊申”误为“戊寅”。

汉鲁相乙瑛碑跋

此本极旧，字体腴润，较今本真有霄壤之别。司徒雄吴雄，司空戒赵戒也，鲁相平、行长史事、卞守长擅皆衔名也。末注钟太尉书，宋张稚圭按图题记，正不知何本。洪适《隶释》云：钟繇卒于魏太和四年，去永兴元年已七十八年。《图经》所云非也，顾亭林、朱竹垞亦皆辨之。丁未冬至前三日，张祖翼谨记。

旧拓乙瑛碑跋

此本之旧与前本相伯仲，惜多损脱耳。按东汉桓帝元嘉仅二年，三年四月即改元永兴矣。碑纪元嘉三年三月与永兴元年六月正在一年中也。"勉"字清晰，"始"字完全，旧拓中之难得者。光绪丁未冬至前三日，张祖翼得见匋斋尚书所藏第二本谨记。

旧拓汉鲁相乙瑛请置孔庙百石卒史碑

此亦明拓本，锋颖毕露，致可宝忠[①]。碑云"出王家钱，给犬酒直"，洪误为"大"字，翁氏《金石记》云是"发"字之省，恐太穿凿。汉时赐民间牛酒、羊酒，史不绝书，犬酒亦犹是耳，正不必别生异议也。《潜研堂跋尾》云：鲁相平所上书，前称司徒司空府，当时必有故事，今不可考。考《太平御览·职官部·司徒》下第二十七条引《汉官典职》"司徒府与苍龙阙对，厌于尊者，不敢称府"云云。此书前以司徒、司空并称，府字属"司空"下，后只称司空府，或即以此。且以书首相、长史并列，后只相一人署名例之，或汉时公牍体制应尔。此本"辟"字数笔为褾工误割去，可惜也。拜观匋斋尚书所藏第六本谨记，桐城张祖翼读，戊申六月。

汉郑固碑跋

此本极旧，字口虽模糊，神韵极浑沦，较乾隆四十三年以后之本少十余字，盖犹是未升碑前上段打本也，中有数字如"非其好也"之"也"字，"行于昃陋[②]"之"昃"字，反不如近本清晰，乃是碑陷于土中，施工不及之故，读者不可以为疑，观"典籍"之"籍"字足证之矣。光绪三十四年戊申六月既望，桐城张祖翼读第四本谨记。

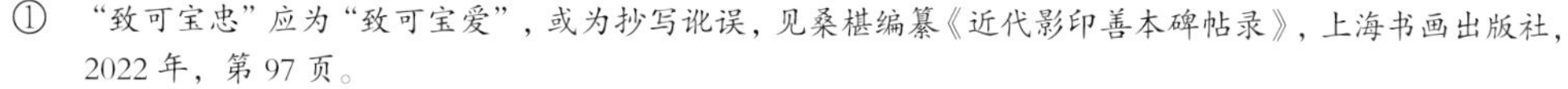
① "致可宝忠"应为"致可宝爱"，或为抄写讹误，见桑椹编纂《近代影印善本碑帖录》，上海书画出版社，2022年，第97页。

② 原碑或应释为"行于蔑陋"。

汉故郎中郑君之碑跋

此本毡蜡极精，笔意明晰，以所阙之字考之，不独在乾隆以前，犹在雍正六年李鹍未得残石之前也，盖是碑下截埋于土中者不知几何年，至乾隆四十三年李东琪、蓝嘉瑄掘起升高，于是全碑俱见，可知此本必在未升高时所拓矣，漫漶不多，精神跃跃，诚为不可多得之本。丁未冬至，张祖翼读记。

旧拓汉郎中郑伯坚碑

此本较前所见初无轩轾，惟李氏所得残石，前本无，此本有，又有数字纸墨微有不同，想以他旧本羼入之耳。碑与《季宣》同称“二郑”，今皆漫漶，不可卒读，似此拓之精审，诚难得矣。光绪丁未腊八日，祖翼见第二本。

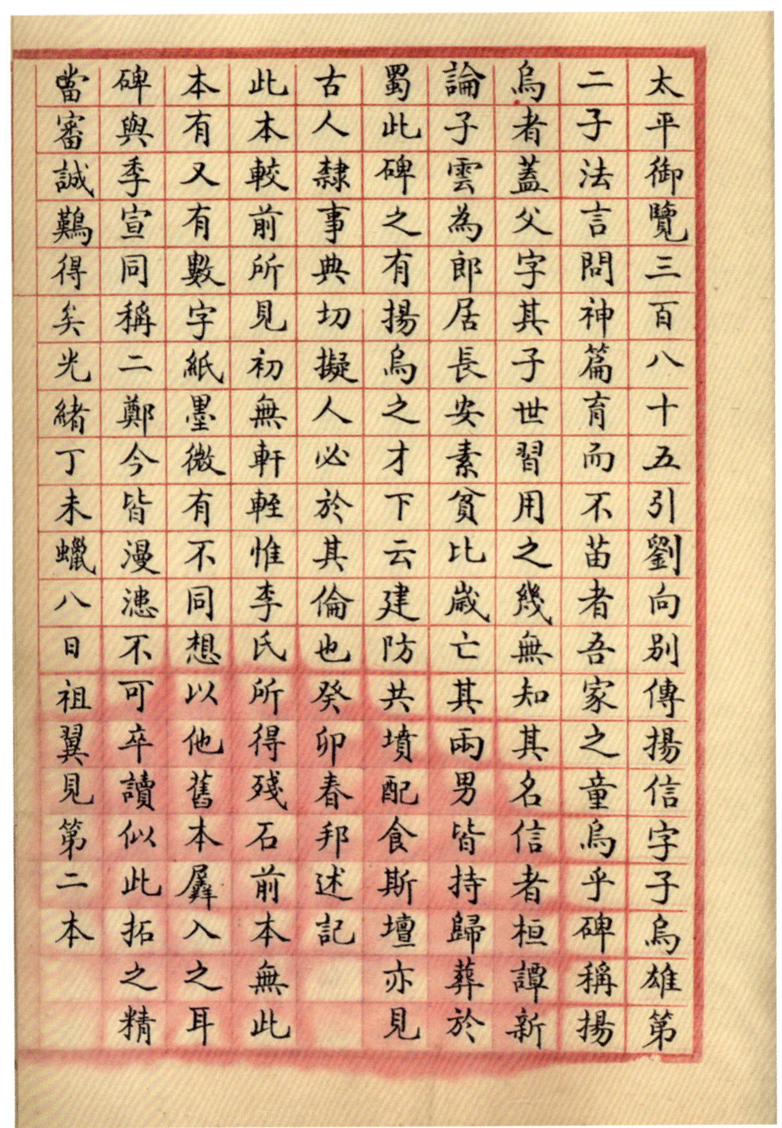

太平御覽三百八十五引劉向别傳揚信字子烏雄第二子法言問神篇育而不苗者吾家之童烏乎碑稱揚烏者蓋父字其子世習用之幾無知其名信者桓譚新論子雲為郎居長安素貧比歲亡其兩男皆持歸葬於蜀此碑之有揚烏之才下云建防共墳配食斯壇亦見古人隸事典切擬人必於其倫也癸卯春邦述記

此本較前所見初無軒輊惟李氏所得殘石前本無此本有又有數字紙墨微有不同想以他舊本羼入之耳碑與季宣同稱二鄭今皆漫漶不可卒讀似此拓之精當審誠鷄得矣光緒丁未蠟八日祖翼見第二本

旧拓汉郎中郑伯坚碑

旧拓郑季宣碑

《郑季宣碑》仅洪氏《隶释》所录得二百余字，已不全矣，《金石聚》云：乾隆丙午以前下截埋土中，丙午后黄小松司马升高之，始见正面行十七字，碑阴乃见下截矣，然仅辨此数十字耳。近年拓本已如没字碑，惟碑阴篆额八字尚完好，阴之有额与《孔宙》同，汉石仅见。邓完白山人篆书即得力于此八字，化而裁之，神而明之，遂成一代名笔，古刻之益人如此。此本旧藏阳湖庄氏，读眉叔跋有较翁所见多三十七字。今归溽阳尚书秘笈，世间恐难得第二本矣。戊申六月朔，祖翼。

旧拓郑季宣碑

此《郑季宣碑阴》，旧藏昆陵庄氏，拓本极为精审，朱书释文亦极详确，近拓漫灭，绝无一字可寻矣。光绪三十四年戊申七月朔，桐城张祖翼谨记。

汉执金吾丞武荣碑

此本较前所见少后，然毡椎极精，墨色亦厚，其明季国初拓本欤？虽不如前本多出十一字，而“经论语”亦未蚀，至难得之本矣。光绪三十三年丁未嘉平二十又一日，得见匋斋尚书所藏第二本谨识，桐城张祖翼书。

汉竹邑侯相张寿残碑跋　精拓旧本

汉《竹邑侯相张寿碑》碑文已残缺不可读，幸《隶释》载其全文，知为竹邑侯相耳。《后汉书·明八王传》竹邑侯刘阿奴为彭城靖王恭子，安帝永初六年封朱竹垞《曝书亭集》误作明帝，章怀太子注。竹邑属沛郡，故城在今徐州府符离县，“竹邑”或为“邕”字传写之误云云。今洪《释》明作“竹邑”字，《新唐书·宰相世系表》有沈悰、沈平，亦皆封为竹邑侯，章怀太子注误也。张寿事迹赖洪《释》以传，金石著录有功于古人不浅。此本墨色沉静，神味渊味，近本漫漶不足观矣。汉碑重旧拓，于此益信。匋斋尚书赐观第四本谨识。光绪戊申六月，桐城张祖翼。

汉竹邑侯相张寿残碑跋　旧拓本

此本亦旧，然较后于所见第二本矣。乾隆五十六年邑令林绍龙访得之，加跋于趺穴中。近年拓本又不见，不知何时損去矣。碑全文见于洪氏《隶释》，铭词作三言韵语，与《曹全》《圉令》正同，自经翁椎三千之后棱角尽秃，字迹亦瘦，无此拓精神矣。此本前有张启泰小印，即厂肆松竹斋旧主人张仰山也，生于闤闠之中而耆金石，善书工琴，其《儒林外史》中之雅人欤？光绪戊申六月二日，桐城张祖翼读第三本记。

旧拓汉荡阴令张迁碑

《张迁碑》以“东里润色”四字完美者为宋拓本，“东”字全，“润色”存半者明拓也，“东”“润色”皆存半者，雍乾间拓本也。此本翁覃溪先生跋于嘉庆丙子，谓是百年前所拓，其为雍正初年毡蜡矣。汉代吏胥工匠皆能分书，此碑或即孙兴所书，惟其人微，故不敢竟称书碑耳，在当时固寻常视之，不知二千年后直球图珍之矣。碑阴尤佳，近时罕见。光绪戊申六月五日雨中，桐城张祖翼记。

汉谷城长荡阴令张迁表颂

此本与翁本相伯仲，近年拓本较此稍肥，殆洗剔失真矣，字体雄厚有力，直起直落，不作姿媚，终身习之不厌也。至文中引称家世，固属牵合，然文人点缀之笔，不足为疵，其别体假借之字诸家考之綦详，兹不赘。伊墨卿太守得笔力矣，桂未谷大令犹未也。张祖翼记。

旧拓汉荡阴令张迁碑阴跋

此仅碑阴，墨光纸色均似极旧，若早于翁跋本一二百年。然以石花、字口与翁本对勘，翁本不损处此本多损，即石花亦较翁本为多。“范德宝”之“宝”字竟与翁本大异，殊可怪也。谨将对勘之处一一签出，敬求匋斋尚书教正。光绪戊申六月，桐城张祖翼妄注。

旧拓汉北海相景君碑跋

此碑以“残伪”之“残”字左角不损为明季国初拓本，然所见“残”字不损本反不如已损本之精采，盖明季施工草草，不如雍乾间之精细也。碑首行明明“汉安二年”，不知《萃编》何以作“三年”，盖固“二”字上有石花似一横，故误以为“三”耳。考顺帝改元汉安，仅壬午、癸未二年，至甲申四月又改建康矣。若碑立于甲申仲春，犹可称汉安三年，至仲秋则断断不能三年矣。何兰泉司寇竟未之考邪？此本虽“残”字已损而墨光朗耀，字迹挺湛，确为百年前精拓之本。碑额亦极完美，庄氏眉叔朱书释文，并遍录前人题跋，其什袭宝贵可知。所见浭阳尚书藏本此已第五次矣。光绪戊申六月，桐城张祖翼读识。

旧拓景君碑

《北海相景君碑》今已刓敝无精采矣。此拓“残伪”之“残”字上半不剥，国初拓也。较前所见虽墨有浓淡而精神过之，碑阴亦清晰，至为难得。光绪丁未十二月十九日雪后，张祖翼得见第二本读记。

旧拓景君碑

此本用淡墨拓，字字显出精神，颇不易得。景君之名字不著，即籍贯亦不特书，汉碑之别例也。《隶释》载景君三碑皆不著其名字，殊不可解。碑阴之末忽用四言韵文十余句，亦他碑所无，此本碑阴惜未拓。匋斋尚书所藏《景君碑》今已见第四本，无不精妙，为之欣羡不置。光绪戊申正月廿四日，桐城张祖翼谨识。

北海相景君碑

墨色厚重，明晰处精神跃然，确是旧拓，惟额阴不全，又割去模黏一百四十字，殊为可惜，然即此亦不多见矣。光绪丁未冬至前五日，桐城张祖翼谨记。

第五册

旧拓汉延光残碑

《延光残石》上平而下削，上横有界限，似有额，横书三字，惜剥泐太甚，不可读矣。额下亦有直线，字体盘曲如篆。首行有“是吾，字安都”，“都”字较小，偏于左旁。碑在山东诸城县[①]署，拓本虽漫漶，清晰处颇见精神，佳本也。张祖翼读书。[②]

旧拓卫尉卿横君碑跋

此本淡墨精拓，并碑阴皆有字迹可寻，自是当年精拓佳本，朱文藻《校定隶释》谓卒葬之日有讹，长沙郑氏驳之，谓朱氏不知是年有闰。此说似确，安有建碑之人误书日月，致为后人指摘之理？然碑不书闰，汉刻亦有其例，如《校官碑》光和四年十月己丑朔实乃闰十月己丑朔是也。光绪三十四年戊申六月既望，久雨初晴，桐城张祖翼拜观第三本记。

汉卫尉卿横方碑

此与前所见初无轩轾，庄氏原拔[③]谓：得旧拓毡于康熙二年[④]历书上，即定为康熙毡蜡，亦至难得矣，况碑不拓额，安见不为明拓耶？张祖翼识。

旧拓孔宙碑跋

碑额之外于碑左上方又有标目，亦汉碑之仅见者。孔宙孔伷是一是二，诸家辨之详矣。碑阴有称“门童”者，亦他碑所无。碑文“兼禹汤之罪己”，似非誉扬人臣之语，故王元美以为非佳品。然字体之秀劲骀宕，诚如牛空山所云，不得谓非佳品也。碑左下角缺于明之中叶。首行末之“严”字，次行末之“都”字，明初拓本尚有之。若乾隆以后拓本并“辞”字亦蚀矣，此本“辞”字存太半，“殁垂令”三字皆未全佚，其为国初佳本可知。光绪丁未冬至，桐城张祖翼读识。

① 诸城县现为诸城市。

② 端方藏《延光残碑》后张祖翼题为“光绪戊申正月十九日，桐城张祖翼谨书”，北京保利2022年春季拍卖会。

③ “拔”为“跋”误，或为抄写讹误，见上海图书馆编著《上海图书馆善本碑帖综录》（卷一），上海书画出版社，2017年，第119页。

④ 脱“见第二本”，见上海图书馆编著《上海图书馆善本碑帖综录》（卷一），上海书画出版社，2017年，第119页。

宋拓汉泰山都尉孔宙碑

此本用重墨施工，故字迹觉瘦，然实为明拓精本，有“印高”之“高”，“殁垂”之“殁”可证。光绪戊申夏至，张祖翼三读《孔宙碑》。

旧拓泰山都尉孔宙碑

此本较前所见拓稍后，然字口未泐，精神焕然，亦乾嘉时拓本也，惜有损脱，谨据洪文惠《隶释》摹补之，狗尾续貂之诮，知必不免。匋斋尚书出示所藏第二本，张祖翼补讫记，丁未嘉平。

旧拓孔宙碑阴

浭阳尚书所藏旧本《孔宙碑阴》无不佳妙，所见明拓二本，尤天下之至宝。此本为国初毡蜡，虽不及明本，而纸墨精审，剥蚀处较近拓为少，且用淡墨施工，故精神逾觉飞动。牛空山谓“蛰虫蟠屈深冬自卫”，固属善于形容，犹不如“端凝质重，妥而易施，卑而不可贬”之数语。为能尽此碑阴之能事，我公亦许为知言否？光绪戊申六月，桐城张祖翼读第四本记。

旧拓汉泰山都尉孔宙碑

此亦乾隆年拓本，字迹较所见第二、第四少肥，更觉精神涌见纸上。匋斋尚书所藏《孔宙碑》剪褾者已见五本，当以所见第三本为最佳最旧之本也。光绪三十四年戊申五月廿九日，张祖翼五记。

旧拓孔宙碑阴跋

此本为庄眉叔旧藏，当是嘉道时打本。庄氏朱书释文甚精确，惟“塍”字释作“滕”，似误耳。此当年精拓本，较近拓远胜矣。光绪戊申六月，桐城张祖翼读第五本记。

明拓孔季将碑阴

此本纸墨极旧，亦明拓中至精者，特拓工不如所见第二本精采，故字口略沁耳。然求之近今已为祥麟威凤，可闻而不可见矣。戊申六月，桐城张祖翼读三本记。

旧拓汉博陵太守孔彪碑

此本以《隶释》较之不过少十之一二耳，钱竹汀宫詹云以《隶释》读之，仅得十之一二，岂乾隆时已漫漶不可卒读耶？此本不特五字不损，即字之波磔亦复起讫分明，精采满幅，比之《曹全碑》结体大致相同，而魄力胜之。汉碑多用骈俪语，似此通篇皆以韵语成文，亦汉刻之仅见者。额、阴皆全，在明拓中尤不易觏。甲午在上海见一本，墨色较此厚重而无额无阴，索百元未能购也，三十年来五字不损之《孔彪》仅见此二本耳，何难如之？何幸如之？光绪三十四年戊申上元前一日，桐城张祖翼谨记。

宋拓孔彪碑

此较前所见毡蜡更精，年代尤早。第五行“膺”字存大半，第六行“命”字，第九行“官”字，第十一行“遗”字，第十四行“辩”字皆为人割去，殊为可惜。既有“膺”字则其余四字不应无也，想因其不全而弃之耳。庄氏已有太璞不完之惜，盖古今同此叹惋矣。欧阳《集古录》谓名字皆磨灭，殊不可解。至赵、洪乃著为“孔彪”，岂欧阳公所见乃不全本耶？《礼器碑阴》有孔彪，即其人也。匋斋尚书前赐示五字不损本完美不阙，神往累日，今读此本不禁太息痛恨于割弃者，岂徒叹惜而已哉？张祖翼谨记。

旧拓孔元上碑

自去年冬至今日得见匋斋尚书所藏《孔彪碑》已第三本矣，皆极精旧拓也。此本亦五字皆存，少逊于第一本耳。孔彪之名两见于汉碑，一《韩敕碑阴》称尚书侍郎，一《史晨后碑》称河东太守，而此碑称博陵太守者以博陵故吏崔烈等所立也，观碑阴崔烈领衔可知矣。惜此本无碑阴耳。以五百万买司徒之崔烈，而为孔元上建碑设元，上死而有知恐亦唾弃不屑，然烈为掾时固负一时之盛名者也。桐城张祖翼。

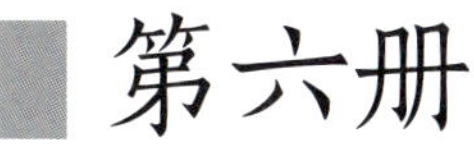

第六册

汉曹景完碑跋

此“乾”字未穿本，与前所见无异，皆旧拓也，惜年月一行脱去，纪河间以十月无丙辰谓为伪造，而钱竹汀宫詹考证中平二年十月丙辰乃月之廿一日，以四分术推之，凿凿可据。按铭文三言者汉碑不多见，《张寿》《圉令》而外惟此碑耳。《张寿》已残，洪文惠《隶释》载其全文。《圉令》已佚，仅存小蓬莱阁双钩本。独此碑完美可读，铭文三言，典雅如古谣谚，何纪文达以为后人妄作哉？至碑文与史传异同处，诸家考之綦详，兹不赘。匋斋尚书赐示第二本谨记。戊申五月，张祖翼。

汉曹景完碑跋

汉沂水凤凰碑跋

西汉宣帝九年改元元康，西晋惠帝三年亦改元元康，今以题字之古拙证之，其为汉之元康无疑。庄氏眉叔所考较之张氏少薇为确，张氏释“康”为“狩”，且云“狩”下尚有一“元”字，今“康”下并无字，不知张氏何据也？“邯郸”二小字在小凤左脚之后，谛视可见，他本所无，弥可宝贵，西京古物，此其选矣。匋斋尚书命题。丁未冬至前三日，桐城张祖翼记。

居摄二年刻石跋

匋斋尚书所藏《居摄坟坛石刻》凡四本，一有阮文达小印，一无印，一春山小印，一梧亭小印，并皆佳妙，惟分先后耳。石方广皆不过五六寸，今在曲阜庙廷。《潜研堂》谓赵德甫不知为何官，洪景伯据《绵竹江堰碑》称“县丞犍为王卿”，又据《武荣碑》终于“吴郡府丞”称“吴郡府卿”，遂以二说定其为“府丞”“县丞”之称，且引应劭说“大县有丞，左右尉，所谓命卿三人。”以证之，不知非此“天子命卿”之“卿”，乃僚友相谓之词耳，何得专属于丞？而即定上谷之为府丞，祝其之为县丞邪？愚以为“上谷府卿”即“上谷府君”，“祝其卿”即“祝其君”，当别有碑志序其爵里姓氏事迹，此不过石龛一题记，故略而不详，但书造龛之年月而已。坿呈截句一首，即步程子大太守原均[1]，录请钧教：妄称居摄师公旦，犹把周官手一编，片石不知留僭号，刹那建武巳元年。光绪三十四年戊申正月丁亥朔越廿又四日庚戌，桐城张祖翼谨题。

瘗鹤铭摹临本二种

此本大致尚存，足资考证，文石观察谓为无锡华氏摹刻。祖翼居无锡有年，但知其刻有《真赏斋帖》《澄观楼帖》，自粤寇之乱，石皆散失矣，此或长洲文氏所刻，然《停云馆帖》亦无之，俟再考。丁未除夕，祖翼。

相传鹤为胎生，由来久矣，其实不然。同治间英果敏师抚皖时，署中蓄二鹤，一年忽生二卵，其巨如欧洲之鸵鸟卵，然壳无其厚，而白如羊脂美玉，惜为人所嬲，伏雏不成。果敏公遂取而藏之，此幼时所亲见者，足征（证）古书之不确。祖翼坿记。

此焦山摹刻横本也，今亦剥损，远不如此拓之风华掩映矣，增刻之字武断可哂。丁未小初夕，张祖翼记。

熹平残石　孔谦碑　孔君墓碣　五凤石刻　鲁相谒孔子庙碑

此刻在汉石中不得谓之极轨，虽属残石度全，碑字亦无多，缘年仅廿有七，事迹、名位当亦不甚显也，然以汉例“府君”之称属之“太守”，“都尉”岂年

① “原均”应为“原韵”，或为抄写讹误。

龄如此已至二千石耶？此与前所见皆出土时拓本。光绪戊申试灯日，张祖翼读记。

《熹平残石》

较前所见稍肥而拓工甚精，近世邓完白、吴让之辈隶书皆似此体，惜不得宋明拓本较之，当不致如此肥重也。戊申上元，张祖翼记。《五凤残石》

右残石在曲阜孔子庙，首尾上下皆碎裂，立碑年月无可考，碑文有“吉月令辰”字，土人遂名为《吉月令辰碑》。此亦乾隆旧拓，用淡墨施工，故较前所见稍肥。张祖翼谨记。

蜀中诸阙

此本即顾南原云所见六十年前石刻也，“颐”字损泐，后人遂改“君”字，“贯”字下阙，旁刻三小字隐约可辨，惟“府君”之“府”字无之，岂顾氏所见亦褾本而为人加一“府”字耶？此与前所见大不相同，二者必有一伪，然考之《高颐碑》有历北部府丞、武阳令诸官，无怪顾南原、张松坪皆以二阙为一人也。然则王象之《舆地碑记》果何所见而云然耶？杨星老以此阙为伪，必有确见。若主杨说，则王象之又似不误矣，俟考。尚乞匋斋尚书进而教之，幸甚。戊申正月十九日，张祖翼谨记。

王象之《舆地碑记》云：《李业阙》在四川梓潼县西五里，引《旧经》云：前汉御史李业葬此，按《后汉书·独行传》：李业，字巨游，广汉梓潼人，习鲁诗，师博士许晃，元始中，举明经，为郎①。王莽时杜门不出，公孙述据蜀，征之不起，使尹融以毒酒饮之而死。光武即位，下诏表其闾云云，史不言其为侍御史也。愚按此阙与《蜀侍中杨公阙》同一笔意，汉碑汉字虽各刻不同，从未见似此写法者，两“侍”字、两“公”字皆不似汉碑用笔。审其字迹似在晋魏之间，恐与《杨公阙》为同时之物也。考李雄据蜀先号成，再传至李寿亦号汉，正当晋惠元之间，此或李氏之汉欤？于以《邓太尉祠碑》“大秦”之下加“苻氏”二字，有裨于后来考据家真不浅也。光绪戊申正月十九日，桐城张祖翼谨记。

阙在四川夹江县，洪氏《隶释》著录之，以为益州太守，今见此阙，乃益州牧，“牧”字与“杨”字皆存右半，甚明显也。王象之《舆地碑记》亦书太守，盖沿洪氏之误。杨府君讳宗，字德仲，今“德”字已泐，“墓道”之“道”字今亦泐。文石观察以为“谯宗阙”，盖因讳字存下半，拓本不甚明晰，又有石花似四点，故误以为“谯”耳。光绪三十四年戊申正月十九日，桐城张祖翼谨记。

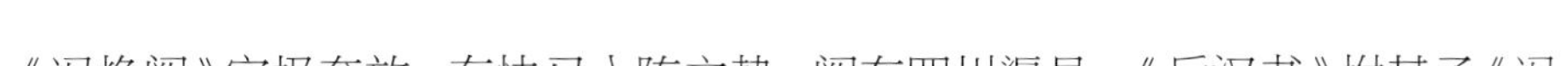

《冯焕阙》字极奔放，有快马入阵之势。阙在四川渠县。《后汉书》坿其子《冯

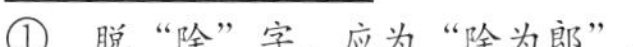

① 脱“除”字，应为“除为郎”。

绲传》，内所载颇略。《隶释》有《焕》残碑三十九字，焕字平侯，永宁二年即建光元年，怨者诈作玺书，收焕下狱，遂病死狱中。又有残碑阴十余人，今皆佚，仅存此阙矣。戊申正月，张祖翼记。

阙在四川梓潼县，刘燕庭方伯《三巴汉石纪存》云：蜀李雄建兴元年以杨发为侍中。又《华阳国志》晋惠帝永兴元年杨裒[①]、杨珪共劝雄称王，遂改元建兴，以裒[②]为仆射，发为侍中，按此则似为李氏臣杨发也。考李氏国号成，再传始号汉，岂雄初称王时尚未有国号耶？字迹与前《李公阙》相类，形式亦相类，不应相去四百余年而相类如此也，俟考。光绪戊申正月十九日，桐城张祖翼敬记。

汉人隶书不独因时而变，亦因地而变，如山东诸碑多方整，陕西诸碑多流动，而四川诸阙又皆奔放，至《沈府君》二阙而极矣。沈君不详何名，阙在今四川渠县，此拓本甚旧难得也。戊申正月，张祖翼记。

汉武都太守耿勋碑

碑在陕西成县，漫漶不可读，后人重凿之，遂与洪氏《隶续》多有不同，如第五行“六日郎官”四字，洪氏为“癸酉到官”，十二行“劝课”，洪为“劝勉”，十四行“都”字，洪为“醳”[③]，十五行“大小民”三字，洪为“大如农”云云。然谛视此拓甚旧，并无后人刓改痕迹，不知洪氏所据何本也，岂宋拓本与此本大异欤？奇矣。匋斋尚书命题，丁未小初夕，桐城张祖翼谨书。

旧拓汉闻憙长韩仁铭

此本用淡墨拓，较所见第二本毡蜡似少后，然“熹”字、“谓”“京”字均与前本同，惟少赵李二跋，想遗脱耳。赵跋云字体颇类《刘宽碑》，宽碑今已佚矣。按秉文为宋宗室仕于金者，正大六年为金哀宗年号，距金亡仅五年矣。《潜研堂跋》谓李天翼历任荣阳[④]、长社、开封三县令，所在有治声，即观其搜索古碑一事可决其必非庸俗吏矣。光绪戊申正月廿又八日，桐城张祖翼三记。

旧拓闻憙长韩仁铭

前一本“熹”字四点全，纸墨暗旧，非明拓不能如此精采，后一本虽道光毡蜡，然“谓”“京”不损，椎拓亦精，赵李二跋字字清晰，远出近本百倍。此碑初于元

① “裒”应为“褒”，或为抄写者讹误。
② 同①。
③ “醳”应为“译”，或为抄写者讹误。
④ “荣阳”应为“荥阳”，似为抄写者讹误。

正大间，遇李天翼掘地得之，继于国朝道光间遇刘彬筑楼护之，又于同治间遇元淮重建碑楼而树立之，《韩仁》何幸而遇此三贤令哉。彼《张寿碑》不幸而遇俗吏，遂断为碑趺矣。《韩仁》之名不见东汉《循吏传》，观司隶生表于朝，没祭于墓，其风劝良吏之意可师可法，惜铭中不著其名，遂无从考索，惜哉。张祖翼记。

旧拓汉仙人唐君房碑

翁北平学士云是碑拓本甚少，顾南原作《隶辨》尚未见此碑也，又云中间略可辨者尚有三百字，今此本碑阳清晰之字得二百四十九，碑阴得三十六，额上题名得八，共得二百九十三字，皆甚明显，非略可辨也，似较翁所见为佳矣。洪文惠《隶释》云：第十三行“天下莫知”，今此本乃“天下莫斯”，“斯”字且甚清楚，岂文惠所见非精本耶？李文石观察称为善本第一，良然。光绪三十四年戊申五月廿又九日，好雨知时，桐城张祖翼读。

旧拓裴岑碑

诸家辨“海祠”为真，“德祠”为伪，固已。然“海祠”亦有摹本，以清仪阁翻刻者为能乱真，颇难鉴别。近人又以有本处官印者为凭，是亦审定之一法。此二本一浓一淡，皆原拓佳本也。戊申正月廿四日，张祖翼记。

見真本之難得也邦述記時壬寅長至
裴岑以郡兵三千名人誅其名王厥功甚大而漢書順帝
永和二年不載其事申氏兆定歸之於命然湮沒不傳
者何可勝道此碑足補史闕壽之金石亦云幸矣山陰
俞廉三記
諸家辨海祠為真德祠為偽固已然海祠亦有摹本以
清儀閣翻刻者為能亂真頗難鑒别近人又以有本處
官印者為憑是亦審定之一法此二本一濃一淡皆原
拓佳本也戊申正月廿四日張祖翼記

旧拓裴岑碑

汉巴郡太守樊敏碑

《金石萃编》无《樊敏碑》，盖兰泉司寇未之见也。按此碑洪氏《隶释》已录之，碑阴且有宋人题记。张氏《金石聚》考订《隶释》及《庚子销夏记》甚详且确，惟张氏双钩本“或集于梁”，“集”字加“氵”旁，殆为石泐所迷而误钩耳，末行有“石工刘盛息懆书”。《隶续》谓盛刻石而其子落笔也。据李文石观察云，道光中杨海琴大守访得于芦山荒郊，是隐而复见，想自宋以来遂无拓本，宜乎王氏未之见也。此本甚精，当时初觅得时所拓。光绪三十四年戊申夏六月朔，久雨初晴，桐城张祖翼读第一本谨记。

旧拓司隶校尉杨淮表

金君闇伯题记云杨淮名旧皆误，近始据《水经注》《华阳国志》纠正。按赵一清《水经注释》：《晋书》云山简与谯郡嵇绍、沛郡刘谟、宏农杨淮齐名，即蜀中晚出碑，其人也云云。此表晚出，欧、赵皆未见，故《隶续》谓为晚出碑，然此杨淮熹平四年以前卒，历熹平至建安末，其间得四十五年，汉亡，又历曹魏四十余年，始至晋安，得与山简等齐名哉，然则《晋书》所谓杨淮当别是一人，不得据以为即此杨淮也。洪氏明明作“淮”字，可知当时并不误后人，因一阙字妄生疑窦耳。张氏《金石聚》云：今本《华阳国志》讹“淮”作“准”，当以碑为正。赵氏谓蜀中晚出碑，今此石刻乃在陕西褒城之石门，摩崖非碑也。“黄门”之“黄”字乾隆以前拓本有之，后脱去，道光间又为人觅得补之，故新本又有“黄”字也。光绪戊申六月，桐城张祖翼读第二次记。

吴禅国山碑

此本字迹可见者得五百九字，据《金石聚》所录得六百八十余字，而《云麓漫钞》存九百余字，吴槎客考订千余字，实止存五百余字，翁北平得吴赠本存五百九十三字，王氏《萃编》同，若空山、吴山夫所得皆止二百五十三字。今此本虽不如赵彦卫、张少薇所录，较之翁、王所藏足相伯仲。两读匋斋尚书所弆，皆五百余字之旧本，诚不易觏者也。光绪戊申二月既望，张祖翼谨再记。

洪武都太守李翕西峡颂

《授堂金石跋》以此为六月三十日刻石，曾子固所跋为六月十三日壬寅立之一石，大误，盖当时拓工往往惜纸不全拓，又授堂所见或为褾本，今此石固明明六月十三日壬寅造也，六月三十日一石殆早佚矣。此本拓工精审，字字挺湛，旧拓也。光绪三十四年戊申七月朔，桐城张祖翼读第三本记。

陈鸿寿集外诗辑考

张武装[1]

摘要：西泠印人陈鸿寿诗作结集者仅见《种榆仙馆诗钞》两卷，集外之遗必有可辑。《陈曼生研究》一书为其补遗不少，惜错谬亦不少。本文在纠其误之余，由诗话、诗文集之中续辑曼生集外诗。

关键词：陈鸿寿　补遗　诗话　诗文集

西泠后四家之陈鸿寿，是一位典型的文人篆刻艺术家。陈文述《颐道堂诗选》载“嘉庆丙寅”（嘉庆十一年，1806）铁保序《碧城仙馆诗钞》说：

> 余于淮安工次得“二陈”焉，曰云伯，曰曼生，俱出余及门门下。云伯专工西昆，博雅壮丽极似吴梅村，而气骨清俊，青出于蓝。曼生诗笔挺健，卓然成家，兼通篆隶，尤留心吏治，为有体有用之学。[2]

云伯即陈文述，原名文杰，曼生为陈鸿寿。序中所指及门系阮元，他在浙江学政任上，于署中辟“曼云吟馆”，供“二陈”居住。其《定香亭笔谈》卷一载：

> 杭州诸生之诗，当以陈云伯文杰为第一……同时能诗者，有陈曼生鸿寿，其才略亚于云伯，而峭拔秀逸过之。陈瀛芝甫又亚于曼生，余尝称为“武林三陈”。[3]

相比陈文述有《颐道堂诗选》三十卷、《颐道堂诗外集》十卷，曼生诗作结集者现仅可见《种榆仙馆诗钞》（下文简称《诗钞》）两卷[4]。

《诗钞》之大部分诗为一题一首，一题数首者在少数。而《象山县石屋八景，和友人作》《消寒八咏之四，次胡西庚祭酒韵》《分题琅嬛仙馆所藏画扇得十绝句》三组诗，每一首又自有小题。若以此类组诗一组为一题，则《诗钞》存诗二百六十四题五百十四首。

萧建民著《陈曼生研究》[5]（下文简称《研究》）之第五章，即为《诗钞》点校、

① 张武装，常州大学晚清民国文献研究中心研究员。

② 陈文述：《颐道堂诗选》，载《清代诗文集汇编》编纂委员会编《清代诗文集汇编》第504册，上海古籍出版社，2010，第9页。下文凡属再引各书，一般给出书名而不出注，仅于引文后括注页码。

③ 阮元记：《定香亭笔谈》，载《丛书集成初编》，中华书局，1985，第16页。

④ 陈鸿寿：《种榆仙馆诗钞》，载《清代诗文集汇编》编纂委员会编《清代诗文集汇编》第488册，上海古籍出版社，2010，第219–280页。

⑤ 萧建民：《陈曼生研究》，西泠印社出版社，2011。“种榆仙馆诗补遗”见第230–234页。

补遗。但其误将《江行杂诗》第一、第二首合为一首（第214页），又将《书汪奂之〈诗境图〉后》两首四言诗误作一首（第223页），则其数为五百一十二首。《研究》谓《诗钞》“存诗五百一十一首”（第86页），则不止自相矛盾，且与实际数目亦不相符。又云“补遗四十九首”（第86页），应指第五章所附“种榆仙馆诗补遗”（下文简称“补遗”）三十八题四十九首。其第三、第七、第十五三题均将两首并作一首，实为五十二首。第三至十九题计十七题二十四首，即由第四章所收之《粤游合笔》（下文简称《合笔》）中辑出。萧氏后又点校《西泠八家诗文集》（下文简称《八家》），其中陈曼生卷之“桑连理馆拾遗一”为集外之诗，未收入此十七题，亦未于目录中作存目处理，或许是《合笔》已收入“桑连理馆拾遗三”之故[①]。其他二十一题二十八首，均注出自何书，虽未详示卷数、页码，据以索骥，亦非难事。但美中不足的是，所录两部分诗均多疏漏，不无可商之处。本文之目的，即拟对此粗作校正，并试作新的辑佚，同时对所辑诗之写作时间及所涉交游略为考述。

一、“补遗”辨正

兹依“补遗”之先后次序，逐题辨析。第三十八题《题〈奚冈黄鹤山樵画〉》两首，辑自郭麐《爨余丛话》，疑“奚冈”两字后应有“仿”“摹”“临”之类，诗中亦有不解之处，但笔者未见此书，故不作校核。至于录文错讹，则仅指出《研究》与《八家》均误者。笔者所据《合笔》，采自中国国家图书馆网站“数字方志”专题库。

1. 第一题《与焦循、李锐、顾广圻、罗永符、许珩、阮亨诸友登吴山弟一峰》一首，辑自焦循《雕菰集》卷四[②]。“阮亨”误作“阮享”；诗题之“弟”字，《研究》依原书而《八家》径释“第”；所拟诗题直呼诸人名姓，似不合古谊。第二句“君真弟一流”误作“君争弟一流”。

焦循原作题为《辛酉元旦登吴山弟一峰》，后附李锐、顾广圻、陈鸿寿、罗永符、许珩、阮亨六家和诗，作于嘉庆六年（1801）。

2. 第二题《题素春阁斋壁》一首，辑自陈文述《颐道堂诗外集》[③]卷八。其诗题为《素春阁壁间见家曼旧题一绝，语境清妙，微吟不置，辄为和之，即以寄曼》，则此题中“斋”字似可去之。

3. 第三题《题〈陈古华太守五十学书图〉》一首，实为五律两首。

4. 第四题《题徐夫人〈落伽梵相赞〉》一首，宜作《徐夫人〈落伽梵相〉赞》。原文作“曼生为孙三春桥补作徐夫人写落伽梵相赞云”，可知“落伽梵相”为徐夫人所绘；“赞”系曼生所作，首句谓“一品夫人”，则徐夫人似为“秦淮八艳”

① 丁敬等：《西泠八家诗文集》，萧建民点校，西泠印社出版社，2016。“桑连理馆拾遗一”见下册第528–535页；《粤游合笔》见第589–618页。

② 焦循：《雕菰集》，载《清代诗文集汇编》编纂委员会编《清代诗文集汇编》第472册，上海古籍出版社，2010，第49页。

③ 陈文述：《颐道堂诗外集》，载《清代诗文集汇编》编纂委员会编《清代诗文集汇编》第504册，上海：上海古籍出版社，2010年，第691页。

之顾横波，工墨兰。“或降龙斗”误作“或降龙门”，“瞻像何缘”误作“胆像何缘”。

5. 第五题《题余二起泉〈慈柏图〉》一首，“贞干”误作“真干”。

6. 第七题《和銈斋，游石鼍洞》一首，亦为五律两首。第二首误将诗中两处双行小字夹注“寺有落叶松”与“归经柏子庵”作为诗句，使两诗由十六句变为十八句。题中“銈斋”后之逗号似亦可省。

7. 第八题，《与假少尉怀忠、陈学博廷献、吴上舍锡清、许上舍元少邀游兰山》四首。陈廷献即上一题之銈斋。“假少尉”，原作“叚少尉”。“叚”虽通“假”，但各作姓氏，叚作姓氏时读若瑕，两姓均极少见。清代刻本中偶有将“段”字刻作“叚”者，少尉则为县典史之别称。检得嘉庆十一年（1806）春《缙绅全书》“兰溪县”下有：“典史叚怀忠，顺天大兴人。议叙，八年三月题。”该年“内阁衙门”则有：“中书加一级叚克宗，直隶蔚州人，辛酉。”[①] 辛酉指嘉庆六年（1801）恩科，直隶宣化府蔚州人段克宗为二甲第十六名。[②] 据此似可推知叚少尉为段怀忠。诗题中“与”字当去，宜作《段少尉怀忠、陈学博廷献、吴上舍锡清、许上舍元少邀游兰山》。《合笔》第三十叶下有“唐司农卿叚秀实”，亦可证该书之“叚”为“段”。

8. 第九题《銈斋遣小吏以诗追送。酬诗一首》。《合笔》原文为：

十一日……銈斋遣小吏，以诗追送曼生云：“肃清铃阁暂栖鸾，好为图南刷羽翰。别赋一江兰水绿，怀人千里海风寒。古来治策边疆重，天下官居牧令难。他日循良推第一，绝胜双鲤报平安。”

一看即可知为銈斋所作。若在“以诗追送”处点断，自会以为是曼生之作。其实细看诗中内容，所怀之人将在“海风”“边疆”之地，就是曼生此行之目的地广东。“牧令”“循良”云云，则是对曼生的期许。兰水指兰溪境内的兰江，误作“阑水”。

9. 第十题《迎秋诗》一首，“拈毫”宜仍其旧作“拈豪”。

10. 第十三题《舟泊三曲滩，苦热联句》一首。“痴龙閟幽蛰”误作“痴龙闷幽蛰”；“骄阳擅威福”误作“骄阳擅成福”；“炀灶祸方烈”之“炀灶”误作“焬灶”；“破斧薪谁抽”一句，原书“斧”字疑为“釜”之误；“炮格同累囚”一句，将“炮格”释作“炮烙”，似宜仍其旧；“竹修暑罔避”误作“竹修暑冈避”；“榜人习篙纤”之“榜人”即船夫，误作“搒人”；“缩项尻益高”一句，“尻”同“居”，虽原书如此，似为“尻”字之误。

11. 第十四题《无题》一首。“閒画蟹爬沙”一句，“閒”释作“间”，似应作“闲”。

12. 第十五题《次七姑庙》，系不同韵之七绝二首，而不是七律一首。第一首“绛云”误作“绛雪”。

① 《缙绅全书 中枢备览（嘉庆十一年春）》，载清华大学图书馆、科技史暨古文献研究所编《清代缙绅录集成》第6册，大象出版社，2008，第99、16页。

② 江庆柏编著：《清朝进士题名录》，中华书局，2007，第688页。

13. 第十七题《放山偶登舵楼，矢其一履，徒跣而归，相与失笑。吟诗嘲之》一首，"矢"当作"失"。诗云："舵尾看月上，只履如飞凫。从者廋非也，徒人诛可乎？我家赤脚婢，只配黄头奴。君但跣一足，决踵还胜无。""只履"误作"双屐"，"徒人"误作"从人"，"廋"误作"廖"。

《清稗类钞》所录该诗，"舵尾"作"舵楼"，"君"作"若"[①]。

14. 第十九题《与紫山、放山竟夜谈史联句》一首，系误收冯延华之作。《合笺》第二十九叶下：

八月初一日……曼生、紫山相与谈史竟夜，各撮举得快事若干。放山信手拈成云……

则谈史者曼生与紫山，作诗者放山，非三人联句。

"拔山入秦"一句，系述"汉舞阳侯樊哙"者，误入"西楚霸王项籍"中。

"汉将军李广"之"汉塞夜行"，漏一字、误一字作"寒夜行"。

"汉侍中汲黯"之"元元无肉"，误作"元元无月"。

"汉淮阴侯王霸"之"快河冰坚"，误作"快河水坚"。

"唐雍邱令张巡"，"邱"误作"叩"。

"唐汾阳王郭子仪"之"一叛两寇"，误作"一叛两冠"。

"唐司农卿段秀实"之"段秀实"误作"假秀实"。

"宋沂公王曾"误作"宋公王沂曾"，此处双行小字夹注分布于两行（且为两叶），前一行为"宋沂"两字，后一行为"公王曾"三字，辑者或将两行上下拼接后释读而误。

"唐延州范仲淹"，"唐"为原书之误，"当鉴覆车"误作"当览覆车"。

漏"宋学士苏轼"一首，因辑出时于其起首两字后跳行，致"众欲"与"宋招讨使韩世忠"之"旧君"相接。前者原为："众欲杀臣，不死而窜。知己何人，快奇才叹。"后者为："吭扼背抚，旧君故土。敌骇创闻，快江上语。"

第三至十九题，作于嘉庆十年（1805）粤游途中。

15. 第二十题《武林节院听雨，杨补帆为作〈春山话雨图〉因题一首》，辑自陈文述《颐道堂诗外集》卷十，诗题亦与之相同（第716页）。实则此诗已收于《诗钞》下卷第二十五叶上（第260页），即《题〈话雨图〉，即送澹川之扬州，四香、蒋山还吴门》：

登山不宜雨，闭门不必晴。前峰纳庭户，冉冉云初生。云生未肯飞，落花相因依。一夜雨声足，春瘦梅子肥。雕梁梦双燕，人语催银箭。昨日柳如眉，明朝柳垂线。柳线那堪折，同心怆离别。渺渺胥江烟，艳艳扬州月。烟月接天涯，横塘飞柳花。归来重话雨，春在阿谁家。

① 徐珂编撰：《清稗类钞》第4册，中华书局，1986，第1796页。

《颐道堂诗外集》所录，“闭门”作“看山”，“落花”作“花落”，“明朝”作“今朝”，“艳艳”作“皎皎”。“一夜雨声足”一句则相同，辑者误作“一夜雨声中”。

16. 第二十一题《题〈尹文端公偕袁简斋游栖霞图〉》四首，辑自陈文述《颐道堂诗外集》卷四（第624页）。第二首中“山水清音”误作“山水清香”。

17. 第二十二题《九日，曼生招集吴山，用频伽韵》一首。此题颇不成话，若曼生自拟，绝不会用“曼生招集”云云。第五句“且拌酒户分中下”之“拌”虽同“判”，辑者径释“判”，似有不宜。第二十九题后注云“以上见《灵芬馆诗话》”，实则系误收屠倬诗。《是程堂集》卷四之《九日，曼生招集吴山登高，同频伽韵，兼怀诸友人》[①]，正是此诗。

18. 第二十三题《题〈雩门花影楼〉》一首。此诗在“桑连理馆拾遗一”中列于第二十二题之前，诗后注云“见《是程堂集》”。所注甚是，却系误收屠倬之诗。屠诗见《是程堂集》卷四，《题赵雩门花影楼二绝句》之二（第39页），不知为何只错选此首。

19. 第二十四题《晚眺》一首。亦系误收《是程堂集》卷三之《晚眺》（第32页）。

误收屠倬凡三题，当与郭麐《灵芬馆诗话》卷五“琴坞”一则有关：

> 琴坞神锋隽爽，有无前之气。……《九日曼生招集吴山用频伽韵》云……《题雩门花影楼》云……《晚眺》云……[②]

所载甚明，不知为何误作曼生诗作。

20. 第二十五题《题〈盟鸥图〉》一首。辑自《灵芬馆诗话》卷七（第3355页）：

> 顾西梅洛为余作《盟鸥图》……同人各以词题之，奚铁生《菩萨蛮》云……陈曼生云：“凉蝉疏柳江南路，烟深认是秋声处。一片掠微波，夕阳影外过。 扁舟寻旧约，梦破溪云薄。船尾问樵青，西风恐不禁。”

则系曼生词作，上下阕间辑者未留空。《清词综补》卷二十三[③]、《全清词钞》第十五卷[④]所录，“秋声”均作“秋生”，题为《菩萨蛮题郭频伽〈盟鸥图〉》则甚是。

21. 第二十六题《戊午春尽日，梦华、兰雪、频伽同集西泠舟中，遇雨留宿葛林园，得诗二首》。诗后有辑者按语：“按，此诗与《湖上饯春，同吴兰雪、郭频伽、何梦华》实为同首诗，但略有改动。”诗见《诗钞》下卷第十二叶（第254页）：

> 一雨失春红，众山如梦中。不知芳草路，绿遍画楼东。别意黯湖水，吟笺擘晚风。

① 屠倬：《是程堂集》，载《清代诗文集汇编》编纂委员会编《清代诗文集汇编》第535册，上海古籍出版社，2010，第45页。

② 张寅彭选辑：《清诗话三编》第5册，吴忱、杨君点校，上海古籍出版社，2014，第3334页。

③ 丁绍仪辑：《清词综补》，中华书局，1986，第428页。

④ 叶恭绰编：《全清词钞》，中华书局，1982，第724页。

归云近南浦，底事太匆匆。

邂逅得良友，春残酒不辞。人兼色香味，船载画书诗。孤岸晚花瘦，暮溪新燕迟。小园留一宿，梅子解相思。

《研究》与《八家》所载则辑自《灵芬馆诗话》卷七（第3359页）：

戊午春尽日，曼生、梦华、兰雪同集西泠，舟中遇雨，留宿葛林园，各有诗以纪……余诗存集中。……曼生云："一雨失春红，众山如梦中。扣舷歌小海，把醆饯春风。云墨心胸荡，萍蓬气味通。壮年求友切，吟赏莫匆匆。""客况但如此，远游我不辞。酒兼色香味，船载画书诗。孤岸晚花瘦，暮溪新燕迟。园林投宿处，梅子亦相思。"

可见第一首改动之大，并非"略有改动"。戊午为嘉庆三年（1798）。

22.第二十七题《和题藕香小影》一首，"蘼芜"误作"荒芜"，"华鬘"误作"华发"。辑自《灵芬馆诗话》续卷二（第3467页）：

吾友徐稼庭宝善，往在金陵眷一姝号藕香，缠绵甚至，有嫁娶之约。中间多故，几不克践，今卒归于徐。徐有《种藕成莲图》，余曾题《迈陂塘》一阕于上。先时，稼庭属人画藕香小影，自纪七律四首，录其二云……曼生和云："似笼芍药烟中影，欲觅蘼芜梦后魂。""生长华鬘原跌宕，隔重香雾更玲珑。"余人题者甚多。

则郭氏仅摘取分属两诗之两联。《清诗纪事》题为《题藕香小影句》[①]，甚是，但亦未分作两首。曼生所和，或有四首，惜未能窥其全豹。

23.第二十八题《和陈晴岩岁末怀人诗》一首，第二十九题《见怀》一首，均系误收陈传经诗。《灵芬馆诗话》续卷四第一则（第3481页）：

亡友陈晴岩太史传经……生前诗文莫有能收拾者，良足慨息。曼生仅得其《岁莫怀人》诗四十一首，为刻之于木。……《陈曼生》云："绰有名士风，一笑擅三绝。篆刻世共尊，山农转嫌拙。榆馆梦春游，岭南花似雪。"见怀[②]云："奇哉白眉生，狂态转秀妩。纵谭花欲开，掷笔天可补。碧净鹤湖楼，抱琴向谁抚？"颇能妙于形容。

诗中"榆馆"即陈鸿寿之种榆仙馆，又提及其岭南之行。但曼生必不至自称"擅三绝"，更不会以"篆刻世共尊"自诩，亦不会以之轻许陈传经或其他一般人。这在他刻的"茗园外史"白文印边款中可证："吾乡此艺，丁老后予最服膺小松司马。"[③]郭麐右眉全白，因自号白眉生。郭氏所谓"见怀"，应是陈传经怀郭麐之作。辑者似未通读全文，遽以"《陈曼生》云"为"陈曼生云"，加之不解"见

① 钱仲联主编：《清诗纪事》第13册嘉庆朝卷，江苏古籍出版社，1985，第8905页。

② "见怀"原有书名号。

③ 丁仁编：《西泠八家印选》，上海古籍出版社，1991，第269页。

怀”之意，是以误收；将“篆刻世共尊”误为“篆刻世其尊”，则似因原书“共”字刻作“共”之故。

24. 第三十题《题〈疏柝竹石图〉》一首，与第三十一题“见西泠印社藏陈曼生作品”，“树老叶易脱”误作“树老叶易落”。画见《西泠印社藏品集》，系黄易“写石”、高树程“补疏柝”、奚冈“写乱筱”。曼生所题则在画幅之外，诗后款云：“小松归道山之次年，种榆仙客陈鸿寿为家秋堂三兄题此志慨。”[①] 则作于嘉庆八年（1803）。

25. 第三十一题《题〈海风碧云夜渚月明图〉》一首。《研究》云“陈鸿寿为百龄绘《海风碧云夜渚月明图》长卷”，且备注“《西泠印社藏品集》”（第31页）。辑出时体例不一，如“沇沙”“鱷波”一仍其旧，“筦鑰”“翦”却径作“管钥”“剪”。误释则有“毳幮”作“毳厨”、“袯衣”作“袂衣”、“隐约”作“隐钓”、“倚伏”作“倚伙”、“操不律”作“掺不律”、“贾策”作“贾荣”，“茫茫水月两不辩”之“辩”似为“辨”之误。此画跋云：“嘉庆癸酉九秋，钱唐陈鸿寿制图。”诗跋云：“菊谿先生制府大人命作《海风碧云夜渚月明图》并缀长句，不敢以谫陋辞，辄写戴星之景状兼摅筹笔之精诚，无当高深，伏祈鉴诲。嘉庆癸酉重九日，制于濑上无倦堂中。属吏钱唐陈鸿寿谨上。”[②] 作于嘉庆十八年（1813）。

26. 第三十二题《焦山为巨超上人书偈》一首，注云“见《阮元年谱》”，即《研究》之“主要参考书目”第68种，系中华书局点校本（第350页），实为《雷塘庵主弟子记》，似未见此偈。另有未列入“主要参考书目”之王章涛编著《阮元年谱》，其内容涵盖前者，亦未检得。[③-④]

此偈或辑自陈文述《颐道堂诗选》卷十九之《曼兄为巨超上人书偈云：“焦山近东海，正好借庵住。但须立脚牢，不怕随流去。”禅理甚深，笔亦奇伟。拟镌之巨公崖侧》（第332页）。陈文述此诗为道光二年（1822）六月初七日陪阮元游焦山时所作，而曼生卒于本年三月，自是无法与游，此偈未知书于何时。

曼生所书，不知后来是否刻成。巨公崖今尚存其与张问陶等人嘉庆十八年（1813）之题记：

> 嘉庆癸酉秋八月，潼川张问陶、钱唐陈鸿寿、吴兴郑祖琛、郡人杨铸入山访诗僧借庵、琴僧问樵，信宿鹤寿堂中，韩棒书石。[⑤]

借庵即巨超。

27. 第三十三题，《饲鱼》一首，见《八砖吟馆刻烛集》卷三第十八叶[⑥]，为《冬

① 西泠印社编：《西泠印社藏品集》，西泠印社出版社，2003，第47页。

② 同①，插页。

③ 张鉴等：《阮元年谱》，黄爱平点校，中华书局，1995，第139页。

④ 王章涛编著：《阮元年谱》，黄山书社，2003，第714页。

⑤ 殷光中：《张问陶焦山之行》，载刘扬忠、王本杰主编《张船山全国学术研讨会论文集》，中国三峡出版社，2002，第378页。

⑥ 阮亨辑：《文选楼丛书》第6册，广陵书社，2011，第3561页。

至日澹宁精舍分咏》之一。“游儵”误作“游倏”，“蛮语”误作“恋语”，“细縠”误作“纲縠”，“江湖已相忘”误作“江湖己相忘”。

阮亨《瀛舟笔谈》卷九第四叶云：“癸亥长至日，署中同人集淡宁精舍，分咏一时之事，得诗八首：曰拓铭、曰洗砚、曰苫蕉、曰看花、曰画灯、曰饲鱼、曰测晷、曰焚香。”[①] 癸亥为嘉庆八年（1803）。

28. 第三十四题《奉题季青姻丈大兄文集，即政》两首，辑自《书·画·印·壶：陈鸿寿的艺术》。诗后曼生跋云：“录旧句于好醉竹间楼。曼生陈鸿寿。”此作为南京博物院藏品，编者谓：“此册共有四页，曼生所书为其一。松灵俊迈之气溢于纸表，是为才子书法。”[②] 题中“文集”二字，或从其他几页而来。第一首“淡欲著盐味，细如抽茧丝”误作“淡影著盐味，细如抽蚕丝”。季青为许乃椿之号，检其《无尽意斋诗钞》，曼生题词作：“奉题季青姻丈大兄大集，即政。曼生弟陈鸿寿。”[③] 则所辑诗题似从此中来，而将“大集”改作“文集”。曼生书法似非以“松灵”见长，南博所藏反不如刻本之笔致跌宕不羁，是否曼生所书，颇可存疑，于此附及。

29. 第三十五题，《春草》七律二首，据诗后括注之“见《颐道堂诗外集》”，却遍检不得。卷二有同题七律四首，但未附录“原作”“同作”或“和作”（第585页）。翻检《颐道堂诗选》，亦未见此二诗。实则《春草》系阮元在浙江学政任上所出诗课，曼生所作收入其手订之《浙江诗课》卷十第二叶。[④] 第一首颈联“梅花梦后春才到”误作“梅花梦后春不到”。曼生此联亦见于《定香亭笔谈》卷二（第68页）。

30. 第三十六题《题〈秋海棠画扇〉》一首，亦云辑自《书·画·印·壶：陈鸿寿的艺术》。但翻检该书，似未见。日本人林田芳园编之《陈鸿寿的书法》有收：

> 汲得胭支水，描成绝代愁。三分秋影瘦，一缕梦魂幽。无力如依槛，临风欲坠楼。沉香终古恨，怨粉满荒邱。右旧作题秋海棠画扇句，尚不至恶，故录于上。曼道人并记。[⑤]

辑者将“胭支”释作“胭脂”，古人“胭脂”多有作“燕支”“胭支”者，

① 阮亨编：《瀛舟笔谈》，清嘉庆间刻本。

② 黎淑仪主编：《书·画·印·壶：陈鸿寿的艺术》，上海博物馆、南京博物院、香港中文大学文物馆，2005，第51页。

③ 许乃椿：《无尽意斋诗钞》二卷，清嘉庆间刻本，浙江图书馆藏，索书号：普811.17/08141。《研究》“主要参考书目”第179为“《无尽意斋诗钞四卷》许乃椿著，清嘉庆刻本”（第353页）。据袁行云著《清人诗集叙录》所叙四卷本概况，浙江图书馆本多出张云璈序及施杓、李钧简、姜上桂题词，缺汪为霖、蔡复午、凌霄、李琪题词。

④ 阮元订：《浙江诗课》十卷，清嘉庆间刻本，浙江图书馆藏，索书号：普811.108924/7110.3/c1c2。《浙江诗课》收有《春草》之信息，笔者得自金丹：《中国书法家全集·伊秉绶、陈鸿寿》，河北教育出版社，2006，第31页。

⑤ 林田芳园编：《陈鸿寿的书法》，二玄社，1997，第109页。

似宜存其原貌。

31. 第三十七题《题〈吴门画舫录〉》一首。《研究》“主要参考书目”中未列此书，不知其所据为何版本。笔者所知甚少，仅见《中国风土志丛刊》所收之《吴门画舫录》有“题词”。曼生题诗为七绝八首，不知何故仅辑出第五首。且第一句“小沧浪水绕城隈”中，“小沧浪”误作“小苍浪”；末句“愧无花史记瑶台”，误作“忆无花史记瑶台”。兹将八首题诗全部录出，新辑者于诗后以“新”字打头括注编号：

小名录待补西堂，重染饴山翰墨香。君是竹枝词别派，要将繁露洗花光。（新1）
板桥旧事已成尘，吴苑莺啼别有春。闲把簪花图作例，镜中人尽卷中人。（新2）
提鸥挈鹭亦因缘，况是维摩悟后禅。纵不销魂也难说，烛花红瘦木兰船。（新3）
烟笼雨罥柳丝丝，憔悴寻春杜牧之。侬更多情兼善恨，花开花落怕侬知。（新4）
小沧浪水绕城隈，曾见蟠根仙李来。尝遍名泉七十二，愧无花史记瑶台。
珠江流月月含珠，十五珠娘珠不如。怪煞金莲生步步，昵人风定夜凉初。（新5）
绿叶成阴感岁华，青衫不敢泣琵琶。我家群从风流甚，评到吴宫第几花。（新6）
二分憨态十分柔，待燕开帘不上钩。一舸闹红抛未得，素春阁与绿云楼。[①]（新7）

《吴门画舫录》沈廷炤序作于嘉庆十年（1805），郭麐、吴锡麒、汪廷楷三序作于嘉庆十一年（1806），则曼生题诗似亦作于此两年间。

“补遗”所搜辑之其他书中，亦尚有“漏网之鱼”。

其一，五律一首。见《合笔》第七叶下：

闰月一日，曼生仝人游大云寺，赠寺僧也颠诗云：“七叶诗僧地，西湖万峰山房。能诗有小颠。阿师真不让，健笔走云烟。茗碗洽今雨，桃花悟旧禅。试拈清妙理，挥麈潋江边。”（新8）

“挥麈”，《研究》及《八家》均误作“挥尘”。诗作于嘉庆十年（1805）闰六月一日，诗题可作《赠大云寺僧也颠》。以诗僧小颠比之，则也颠也能诗。

其二，七律一首。见陈文述《颐道堂诗外集》卷三第四十四叶下，《族弟云伯下第南归，道出吴门，过访话旧，诗以慰之，即送越中省觐》（第616页）：

青衫憔悴饯余春，远道归来事苦辛。久别君应怜梦寐，当年我亦悔风尘。骚坛云散怀诸子，谓蓉裳、船山诸君。经国心劳忆故人。桂冬庵侍郎以频年漕运艰阻，留意北直水利。送子南归觐堂上，重来更尽酒如渑。（新9）

此诗列于《辛未三月二十五日，曼兄将之官溧阳，同人饯之山塘湖楼，得诗二首，次首兼示犀泉》《挽桂香东》之间，陈文述这两首诗非同一年所作，曼生诗显然与两诗均不同时。此诗在版式上与陈文述诗平齐，并未与其他附诗一样作低一格处理，容易使人以为是颐道堂原作。

① 西溪山人编：《吴门画舫录》，载张智主编《中国风土志丛刊》第38册，广陵书社，2003，第414页。

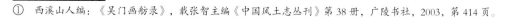

《颐道堂诗选》陈文述自序云：“明年己未，又从至浙。越二年，又以计偕入都，居京师者五年。……丙寅，归里门。”（第 6 页）查揆序云：“云伯三上春官，行将谒选。”（第 8 页）李元恺序亦云：“春官三黜，行将谒选。”（第 9 页）陈文述参加的三次会试，应是嘉庆六年（1801）辛酉恩科、嘉庆七年（1802）壬戌科、嘉庆十年（1805）乙丑科。《颐道堂文钞》卷四，《从兄翼庵先生三十九岁像赞》中小字注云：“丙寅，兄来袁江，铁梅庵制府延佐宣防。”[①] 则此诗作于嘉庆十一年（1806）丙寅春暮，时或值曼生至吴门公干。

综而述之，“补遗”所辑三十八题五十二首诗中，将两首误作一首者二题，残句一题两首；以词当诗者一题一首；已收入《诗钞》者两题三首，其中第二十题略有异文，第二十六题第一首则异文甚多。误收他人诗作七题七首：分别是陈廷献一题一首，冯延华一题一首，屠倬三题三首，陈传经二题二首。其“补遗”实得二十七题四十首，残句一题两首，词一首。于所辑诸书漏收三题九首：《吴门画舫录》一题七首，《合笔》与《颐道堂诗外集》各一题一首。

二、诗话、笔记所见曼生集外诗

（一）《清诗纪事》（第 8902—8906 页）所见

《清诗纪事》虽对“无事之诗，不予辑入”，但其所采资料颇多，可资考索。兹依其“条目排列顺序”，录出不见于《诗钞》及“补遗”者，异文及有误者则辨之。其所录不尽依原文且未标明所在何卷，以下引文多据诗话、笔记录出。

1. 法式善《梧门诗话》卷十三第三十五条：

> 钱塘陈曼生鸿寿槃槃大才，具兼人之禀。……尝为余题《移竹图》，云：“种竹胜种花，花谢竹尚香。种竹胜种树，树短竹已长。江南好烟水，土润宜苍筤。自踏东华尘，秋梦迟南塘。残暑未全退，茶瓜开虚堂。展此秋一幅，未雨心先凉。似闻西涯西，古寺颓斜阳。茶陵栽竹地，至今盛筼筜。主人抱仙骨，诗笔如修篁。爱竹等爱诗，微波吟潇湘。移此碧鸾尾，玉立森成行。潇洒杜陵仆，不压畚锸忙。浇以玉泉水，枝枝摇青苍。新箨迸藓碱，细雨铺琴床。暮影上雪壁，晨气清风廊。映带万芙蓉，瘦骨立奇礓。不羡绿天绿，无复黄尘黄。有时诗心闲，幽韵敲琳琅。颇似辋川馆，清吟和裴王。佳儿与快婿，一一青凤皇。竿头励直节，云路骖翱翔。题诗刻苍玉，寸心志不忘。画手古石田，先生今东阳。”朴属微至，面面俱到。题者甚多，推此为最。[②]（新 10）

可见法式善对曼生诗才之认可。此则《清诗纪事》作为“诗人生活故事及诗歌总论”之一，未录诗。

2.“诗人生活故事及诗歌总论”最后一则，直录七绝四首：

① 陈文述：《颐道堂文钞》，载《清代诗文集汇编》编纂委员会编《清代诗文集汇编》第 505 册，上海古籍出版社，2010，第 57 页。

② 法式善：《梧门诗话》，载张寅彭、强迪艺编校《梧门诗话合校》，凤凰出版社，2005，第 384—385 页。

佚名《归田老人诗话》："陈曼生七绝极有风致，《赠渔者》云：'东津打网北津收，载取霜鳞问别舟。一夜西风何处醉？满江红树不知秋。'《溪上夜坐》云：'流萤如雨竹间飞，荷气扑人香满衣。遥听隔溪打门急，知君何处夜深归。'《江头送客》云：'无数青山送客航，两边红树饱经霜。暮天惟有雁声远，秋水不如人意长。'《孤山遣兴》云：'林逋宅畔有提壶，醉倒壶头不用扶。见惯青山如我懒，梅花开老一诗无。'"（新 11–14）

此"佚名"或为慈溪童赓年。①

3. 从袁洁《蠡庄诗话》录出一首：

送袁玉堂之山东

不借天风驾海涛，诗人肯让酒人豪。投竿自惜千丝密，伏枥还嗤九折劳。日下壶觞曾未共，江南花月漫相遭。重携琴鹤翛然去，期尔声名岱岳高。（新 15）

4."清淮君子水，山木女郎祠"句。采自黄钧宰《金壶七墨》，其中明言"（露筋）祠中联额极多"，当是楹联。实则为郭麐所集孟郊、王维诗句为联，见《灵芬馆诗话》卷十一（第 3421 页）：

余尝阻风高邮，因默祷露筋祠，倘得顺风，当以平韵《满江红》为寿，如白石故事。……后又集孟东野、王摩诘诗作楹帖云："江淮君子水，山木女郎祠。"属曼生书之，刻于祠中。

5. 由《梧门诗话》卷十四第三十五条录出《题西湖第一楼句》（第 411 页）：

西湖第一楼在诂经精舍之左，阮云台侍郎所建。侍郎自题云……陈曼生大令云："马帐生徒人似玉，邺侯风度望如仙。"屠琴坞尝为予诵之。

全诗载于阮亨《瀛舟笔谈》卷四第八叶，《诗钞》中此联已改为："碧水一湖堪注砚，青山三面当题笺。"（第 261 页）

6. 采自吴文溥《南野堂笔记》卷九两联：

曼生《秋蝶》诗为时传诵，其佳句云："几度销魂悲楚客，半生落魄谢东风。"又云："此日早惊团扇妾，前身惯傍荔枝奴。"真才子之笔。

前一联为《诗钞》所无，后一联作"此日空惊团扇妾，前身只傍荔枝奴"。（第 222 页）

前一条有七绝一首，《清诗纪事》未录：

① 张寿镛：《约园杂著三编》卷二第三十五叶下，载《民国丛书》第四编第 96 册，上海书店出版社，1992，第 762 页。

钱塘陈曼生鸿寿……《往返天台不得入山》云：“不曾真个入天台，懒甚刘郎空去来。一饭胡麻重有约，桃花须为我迟开。”[1]（新 16）

《国朝杭郡诗续辑》卷三十亦收录《往返天台，不得入山》一首，小传后有《秋蝶》二联。

曼生集中有《往返天台，不得入山，和中丞师韵》一首，与此不同。阮元诗即《揅经室集》卷五之《庚申正月督兵海上，往返天台，未能入山》，后一首题为《天台山大雪三日，守冻剡溪》。[2]《雷塘庵主弟子记》卷一载：“正月……初八日，赴台州……十五日……乃自台州回省。过天台山，大雪，守冻剡溪三日。”[3]则此诗作于嘉庆五年（1800）元宵后几天。

（二）《瀛舟笔谈》所见

1. 卷一第一条云：

兄于所居西厢池上葺屋三楹，题曰“瀛舟”。陈君曼生鸿寿为之隶，并跋云，“瀛洲仙客，旧领清班。横海将军，新修战舰。构兹水榭，如坐楼船。志在澄清，铭诸几席”云尔。（新 17）

此四言铭一首，约作于嘉庆五年（1800）。

2. 卷六第三十一叶，录《题〈珠湖草堂图〉》七绝二首：

无恙家山入画图，二分明月满珠湖。微吟朗诵乐复乐，更有闲情射鸭无？（新 18）

一篙春水碧于油，归梦还随江上舟。残月晓风杨柳岸，珠帘初卷十三楼。（新 19）

前叶云“尝倩王椒畦、杨补帆二君画珠湖草堂前后二图”，阮元《揅经室集》卷五有《属王椒畦同年画珠湖草堂图即题》（第 830 页），作于庚申，即嘉庆五年（1800）。未知曼生所题为前图还是后图？上海神州国光社曾影印《阮芸台珠湖草堂图》，内中或有曼生笔墨，惜未能觅致。

三、他人诗文集等所见曼生集外诗

（一）陈熙《腾啸轩诗钞》题辞

陈熙，字梅岑，浙江秀水（今嘉兴）人。他的《腾啸轩诗钞》卷首题辞有二十三人之多，其中不乏袁枚、蒋士铨、朱筠等大名家。孙士毅题诗中，有“名士江南第一人”之誉。其后即曼生所题：

---

① 吴文溥：《南野堂笔记》，载张寅彭选辑，吴忱、杨焄点校《清诗话三编》第 3 册，上海古籍出版社，2014，第 2143 页。

② 阮元：《揅经室集》下册，邓经元点校，中华书局，1993，第 824 页。

③ 张鉴等：《阮元年谱》，黄爱平点校，中华书局，1995，第 23 页。

吾宗有诗伯，声名卓天壤。髫年随园惊，弱冠笥河赏。参苓药笼收，国士夸无两。遂令操觚家，咸作景卿仰。薄宦涉皖江，落拓绁尘鞅。量移历淮海，经济谢标榜。十年官未迁，名场亦惝恍。鲰生习吟事，鸳水劳梦想。浓熏香一瓣，幽寻屐几緉。通词讬孙绰，披雾就乐广。示我两卷诗，光焰轹万丈。如会武夷君，群仙振鹤氅。如入桃花源，一罅露平敞。或如宿雨过，明月瞰帘幌。或如秋夜凉，金茎浥瀣沆。又若绝巘凌，胸次层云荡。偶然策蹇驴，雪花大于掌。奇探岣嵝碑，乐听琅璈响。大造极形色，遐陬穷象罔。灵心与迎拒，妙翰恣还往。全豹许乍窥，一脔矜独享。始知两钜公，品题端不爽。诗教本无邪，弦诵励吾郶。请登百尺楼，诗佛虔供养。皈依矢愿诚，膜拜稽万颡。[①]（新20）

可谓揄扬甚至。陈熙是袁枚高弟，少年成名，是《随园雅集图》中人。他的字“梅岑”，也是袁枚所取。《腾啸轩诗钞》卷二十有诗题中云：“忆乾隆丙申冬，至随园谒简斋师……字谓熙曰‘梅岑’。”（第517页）丙申为乾隆四十一年（1776）。

他的答诗，见卷十六第十六叶下，《家曼生大令赐题拙集，推许过当，因次韵答谢》。诗中有两人交往之事，故录于此（第491–492页）：

名儒与俗吏，相去判霄壤。倚玉惭形秽，抛砖蒙器赏。牛铎应黄钟，声谐异铢两。何期葛藟庇，竟慰斗山仰。自嗟辱泥涂，词场敢掉鞅。罗隐人不知，无名挂金榜。一官甘蹭蹬，卅载惜惝恍。钓天乐动心，颠倒劳梦想。卧云望五岳，冠簪累屦緉。哲人感山颓，来诗谓受业笥河、随园两先生，故云。浊流赋河广。劫来遇宗盟，英特钦我丈。少陵诗，“我丈时英特”。饮投陈遵辖，座接王恭氅。问字皋比拥，横经讲舍敞。夜火青藜杖，春风绛纱幌。借用《邺中记》。籍湜幸师韩，昉云咸友沆。祥鸾振羽仪，霞举伫摩荡。驽马恋豆刍，尘驱叹鞅掌。学海发潮音，细流休竞响。大雅谬见推，群言诧为罔。郑重知己情，有来肯无往？爰居愁避风，时以高堰风暴，奉檄搂护，承办石工。钟鼓难滥享。精卫枉填海，木石激凄爽。怜才感诩扬，阿好笑偏党。巨灵俯僬侥，邯郸嫁厮养。和韵望吟坛，何辞笏叩颡。

曼生祖父与袁枚为丙辰同年，《诗钞》有《呈袁简斋先生》一首（第238页）。不知他与陈熙是否早就相识，但两人相熟，似在南河。这首答谢诗，作于嘉庆十二年（1807），则曼生之题辞总在此前不久。

卷十九第三叶下，有《家曼生奉檄同勘引河有赠》一首，反映并肩工作之状。集中此后所见，已是曼生在赣榆任上。卷二十八第十七叶下有《寄沭阳家曼生大令》，作于嘉庆十四年（1809）。从诗中可看出，两人工作勤勤恳恳。题辞一事，也见提及，惟不知为何题作沭阳。嘉庆十八年（1813）春，梅岑曾至溧阳访曼生，见卷三十第十五叶《舟中杂咏自兰陵迂道至溧阳，访曼生大令》四首。

① 陈熙：《腾啸轩诗钞》，载《清代诗文集汇编》编纂委员会编《清代诗文集汇编》第430册，上海古籍出版社，2010，第372页。

（二）张镠《求当集》所见

张镠，字子贞，号老蘁（或作蕫），江苏江都（今扬州）人。

1. 张氏所著《求当集》，卷首有张赐宁所画《老蘁先生四十七岁小象》，后为陈鸿寿所作赞：

比德于金其义精，取象于物其味辛。金石刻画靡不能，长谣短歌笔力胜。形容甚臞气则振，面目虽恶不可憎。呜呼！此山泽之逸士，而江湖之劳人。钱唐陈鸿寿赞，江青书。[①]（新 21）

或可题作《张老蘁四十七岁像赞》。

2. 卷十二有陈鸿寿与江青、张镠、汪鸿、马功仪五人《食蟹连句》一首（第 320 页）：

水国秋风冷，蒹葭渐已苍。听香江青。燕应辞旧垒，蟹又趁新霜。张镠。不待题糕会，先分荐菊觞。小迂汪鸿。频占食指动，喜共酒人尝。棣原马功仪。一一堆盘紫，津津透甲黄。曼生陈鸿寿。外强愁棘手，中热比探汤。青。嗜以尖团别，分偏大小详。镠。爬搜争甲乙，咀嚼应宫商。鸿。寒忌逢生柿，辛宜配子姜。功仪。如山堆爪甲，入口腻脂肪。鸿寿。纵使蟛蜞误，终留齿颊芳。青。吾侪诚负腹，公子本无肠。镠。莫笑余腥染，难抛隽味良。鸿。盥分甘菊水，挼擘绿橙瓤。功仪。食后思加饭，收时议用糖。鸿寿。征书笑食客，为业感渔郎。青。暮港蜻蛉集，前村穲稏香。镠。暗乘潮信上，遥逐夜灯凉。鸿。睥睨缘沙久，逶迤引簖长。功仪。多如鱼在笱，逸胜鹭窥梁。鸿寿。束缚何须柳，轮囷倏满筐。青。趁虚来得得，压担走伥伥。镠。市近人争买，年丰价不昂。鸿。跪拳疑鳖蠢，目努敢鸱张。功仪。鼎镬宁辞赴，江湖自不忘。鸿寿。加持犹倔强，乘间或逋亡。青。一入庖厨手，何容窟穴藏。镠。横行元有戒，肥遁究何尝。鸿。既饱无兼味，联吟聚一堂。功仪。登高如有约，后日是重阳。鸿寿。（新 22）

曼生所作有六联十二句。

为考此诗写作时间，不妨把郭麐之诗与之对比：

《求当集》卷十一	《灵芬馆诗四集》卷六（壬申十月至癸酉）
寒食日，同郭麐、汪坤泛舟湖上，用昌黎《寒食日出游》韵各赋一首	三月四日，子贞招同汪玉屏坤、江素山诩游湖上，同用昌黎《寒食日出游》韵
题朱为燮《洮湖泛月图》	题朱理堂为燮《洮湖看月图》，并寄茮堂京师
卷十二	
开炉日集欧斋，分得“说”字	开炉日同集欧斋，以石湖“开炉修故事，听雨说新寒”分韵得“寒”字
大雪后二日，微雨薄暖，似有雪意。用东坡祈雪雾猪泉韵	大雪后二日，小雨薄暄，似有雪意。用东坡祈雪雾猪泉韵

① 张镠：《求当集》，载《清代诗文集汇编》编纂委员会编《清代诗文集汇编》第 492 册，上海古籍出版社，2010，第 207 页。

续表

卷十二	
清明日，许之翰招集棣华吟馆赏新开桃花	
食蟹连句	
八月廿二夜雨中连句	
溧阳入夏涉秋，河道干涸。十月间东风大作，水从县区来，始通舟楫	

嘉庆十八年（1813）癸酉清明是三月五日，《求当集》卷十一之“寒食日”与《灵芬馆诗四集》“三月四日”正是其前一天。中间经“开炉日”“大雪”，卷十二之“清明日”，必在明年。从后一首《八月廿二夜雨中连句》看，其末句“后日是重阳”似非实指。表中末一首，与嘉庆十九年（1814）江苏大旱相符。如此则易推得联句之时或在该年八月间。

（三）《是程堂倡和投赠集》所见

《是程堂倡和投赠集》，屠倬所辑。笔者所据是书亦采自中国国家图书馆网站，为天津图书馆藏道光五年（1825）刻本，总目三十卷，实存二十五卷。

1. 卷五为《小檀栾室题词》，第五叶下至第六叶上：

前题，次铁生题画元韵。时铁生归道山已三阅月矣

不藉游丝十丈牵，落花飞絮识因缘。客愁自拓烟波外，吟侣重盟鸥鹭前。江上潮痕迎素月，床头剑气落飞泉。画图只触人琴恨，莫道先登忉利天。（新 23）

十五年来聚散多，玲珑竹翠浸帘波。坐深破墨迷云海，劫后颓垣剩薜萝。肯信才人偏坎壈，尚留真气在诗歌。平生不作千秋想，来日无妨一醉酡。（新 24）

《小檀栾室题词》首为王昶《题〈小檀栾室读书图〉》，后有姚鼐至法式善六人所作“前题”诗。紧接着又是法式善《秋白以铁生所作第一图见示，再题一诗并寄琴坞》，诗中注云：“琴坞《小檀栾室第二图》，余先有诗。”曼生所作“前题”当指法式善“再题”之《小檀栾室读书图》第二图，为奚冈所作，胡元杲持有。汤礼祥《奚君蒙泉传》云：“君殁于嘉庆八年十月二十四日，年五十有八。”[①]“已三阅月”，则是嘉庆九年（1804）正月末、二月初所作。

2. 卷八《耶溪渔隐题词》第三叶：

次元韵

瓜皮艇子蓼花滩，溪水溪风夏亦寒。便拟从君结茅屋，门前添种竹千竿。（新 25）

一湾斜月晚凉天，白纻当风意洒然。越女如花亲挽髻，一时齐上采莲船。（新 26）

① 汤礼祥：《奚君蒙泉传》，载《清代诗文集汇编》编纂委员会编《清代诗文集汇编》第 412 册，上海古籍出版社，2010，第 363 页。

输与青鸡更白鹇，年来笑我不曾闲。钓竿纵拂珊瑚树，能料征帆几日还。（新 27）

一尊别酒坐宵深，渔弟渔兄入梦寻。话到水村风味好，檐花如雨落沈沈。（新 28）

屠倬原作在本卷最末，题作《第一图原作四绝句》，即《是程堂集》卷七之《自题〈耶溪渔隐图〉四首》（第 69 页），为嘉庆十一年（1806）秋所作。后第二首为《木芙蓉三绝句》，其后“还山阴”诗中有“持螯且值秋深候”之语，则曼生四诗或作于秋间。

3. 卷十三《湘灵馆杂钞上》第九叶：

松泉近过真州，作《湘灵峰图》。琴坞题句云：“真州城西三丈石，烟鬟净沐江天涛。沙头寒月为谁白，清夜佩声闻汉皋。”今松泉来濑上，重写此幅，云将寄琴坞尊人兰渚年伯为座右清赏。因即次琴坞元韵，并书于上。鹭君石在吾乡城东杨兰渔所，绉云则国初查孝廉伊璜得于岭南吴将军者。此石得琴坞以传，足以鼎峙，故及之昔年同赏鹭君石，何似绉云逐海涛。今向湘灵闻瑶怨，不胜清梦落寒皋。（新 29）

松泉，周士乾。曼生此诗一百二十五字长题，并录屠倬之诗。《是程堂集》卷十一《湘灵峰图》诗则有长序（第 101 页）：

石，荣园旧物。芦碕竹漾间，岿然屹立，日与薜萝、山鬼相守也。阮中丞师为题今名，大书镌刻其上。伊墨卿守扬时来观，题名。石于是晦而复显矣。周子松泉为余图其状，聊系一诗。

屠诗作于嘉庆十六年（1811）。以曼生诗题中“松泉来濑上”推之，当在陈鸿寿赴溧阳任即四月后。郭麐《灵芬馆诗四集》卷四有《题松泉〈长江无尽图〉》《濑阳多奇石，皆花石纲故物也。曼生属松泉图其九，戏题一首》《同听香、小迂、松泉、晴厓、犀泉、午庄游芟山》等诗，可证此年周士乾在溧阳。

4. 卷十七《真州官舍十二咏》第十七叶下《题就竹亭》一首：

昔闻申屠蟠，因树以为屋。我作就树堂，十年计良足。尚讬梦想间，邻宅皆未卜。输君官舍中，结亭就丛竹。高瞰隔岸山，遥对满园菊。通直义自喻，讵止惬心目。子猷殊可风，东坡乃不俗。树木如树人，竹亦木同属。共守岁寒心，何烦较荣辱。（新 30）

此诗《国朝杭郡诗续辑》卷三十、李濬之《清画家诗史》卷“己下”有收。该组诗系专咏就竹亭，前有“就竹亭诗附”字样。首为张赐宁《题就竹亭》诗，序中云：

嘉庆癸酉春四月，余自扬州过访，宿留旬日。论诗读画，日坐此亭……凡宾客过此者，题句已满四壁。爰写为图，并赋二绝。

后为王学浩、郭麐、陈鸿寿、江青、钮树玉、汪正鋆、汪正荣、许乃普、释了学诗及殳春源、夏宝晋二人联句，或均题于张赐宁画后，而非就竹亭题壁者。郭麐诗见《灵芬馆诗四集》卷七，题为《题琴坞〈就竹亭图〉，即效其体》，作于嘉庆十九年（1814）夏。曼生之诗，或在该年此后。

（四）题杨铸《自春堂诗》

杨铸，字子坚，号石瓢，镇江人，“京江中七子”之一。杨氏即上文所及之焦山同游之人，有《自春堂诗》，书名为曼生所题“自春堂集”四字。总目后即“自春堂诗题跋”，录曼生诗一首：

曹刘鲍谢，去其浮夸。李杜王孟，撷其精华。独有千古，不名一家。如嚼冰雪，如餐烟霞。斜簪散发，山颠水涯。狂者狷者？仙耶侠耶？钱塘陈鸿寿。[①]（新31）

其前为朱为弼题，有云：“戊辰腊月，同曼生假榻石瓢仙馆。风饕雪虐，酒渴灯昏，披此卷共读之。”则为嘉庆十三年（1808）十二月，题于杨氏之石瓢仙馆。

杨铸与陈鸿寿、屠倬均交好，集中所见与二人有关之诗颇多。卷十二道光八年（1828）所作，有第五叶下之《江上赴吊琴坞即送至杭州》，其后附《与齐梅麓太守》，有“陈大曼生葬翁家山下”之语，则曼生墓地所在，亦大致可知。《研究》谓曼生“葬于葛岭之东”（第22页），未知何据。《颐道堂诗选》卷十八《哭曼兄》诗云：“更生我幸还如故，白云黄鹤君归去。孤山西去葛岭东，与君有约移家处。”（第328页）似只是相约移家之处，而《研究》以为葬地。实际方位，孤山在葛岭之西南，翁家山则更在孤山西南。

（五）《西溪梅竹山庄图咏》所见

卷首“西溪梅竹山庄图”七字为曼生所题。图有二，奚冈一图作于嘉庆八年（1803）长夏，高树程一图作于嘉庆十年（1805）十月。曼生诗见第八叶上：

溪流溯南湖，溪源接天目。群山互回绕，中有高人屋。拥雪万树梅，成町千个竹。不知人境远，静对溪光绿。横枝丛篠杂，碧影寒香足。双屐阻幽寻，计里三十六。[②]（新32）

此诗近今有关杭州西溪之著作多有引录。

① 杨铸：《自春堂诗》，载《清代诗文集汇编》编纂委员会编《清代诗文集汇编》第525册，上海古籍出版社，2010，第79页。

② 章黼辑：《西溪梅竹山庄图咏》，载丁丙撰辑《武林掌故丛编》第10册，京华书局，1967，第6586页。

（六）《浙江诗课》所见

除《春草》外，未见于《诗钞》者尚有卷九第十叶录《拟曹尧宾小游仙诗》三首：

玉台花发一年春，指点蓬莱旧日尘。尚有红霞香在口，可哀一曲又何人。（新 33）

天风轻飐六铢衣，前度曾窥玉女扉。一曲山芗研光帽，有人犹道不如归。（新 34）

凌虚长啸海天秋，好趁洪崖作队游。刚到碧桃花发处，蓬莱清浅不胜愁。

第三首即《诗钞》下卷《小游仙诗》十二首之第一首（第 251 页），“好趁”作“肩拍”。第二首之“六铢衣”典，《小游仙诗》第五首亦用之。尧宾系唐人曹唐，以《大游仙诗》《小游仙诗》著称，后人拟作不断。曼生之作，应不止此数。童槐《今白华堂诗录》卷五有《游仙诗和陈曼生明经鸿寿》四首[①]，似非和此十四首者。

四、余论

陈鸿寿之诗书画印，堪称四绝，然独其诗名不显且存世较少，叶德辉曾慨叹“曼生词翰已飘零”[②]，吴清鹏序《诗钞》亦云“诗名转为书掩，知者恒少”（第 220 页）。《研究》辑有四十首，笔者续辑得三十四首，曼生集外之诗，当不止此数。日后再辑，其方向亦大致不离诗话、笔记、诗文集等。最基本的是，于文字句读、上下文意须更仔细外，尤应翻检《诗钞》是否已收所见诗。

此外还有一条辑佚之门径可循，即书画作品所见诗作。一般来说，须在确证作品无误且曼生文字中明确说明诗是自己所作，方可认为是陈鸿寿的集外诗。但曼生所书，往往不注出处。兹以剔除已知为他人诗作后，疑为曼生诗作且为全璧者，录而待考，并以“待”字打头括注编号。

（一）沈阳故宫博物院藏品

院藏陈鸿寿行书诗轴，录七绝一首：

归去南湖弄小舟，石桥东畔数家秋。碧梧影里人吹笛，红藕花中月上楼。辛未初冬，曼生陈鸿寿。[③]（待 1）

辛未为嘉庆十六年（1811）。

（二）《清陈曼生花卉册》所见[④]

1. 第 3 页三言一首：

茶已熟，菊正开。赏秋人，来不来？曼生。（待 2）

① 童槐：《今白华堂诗录》，载《清代诗文集汇编》编纂委员会编《清代诗文集汇编》第 511 册，上海古籍出版社，2010，第 627 页。

② 叶德辉：《叶德辉诗文集》第 2 册，岳麓书社，2010，第 806 页。

③ 中国古代书画鉴定组编：《中国古代书画图目》（十五），文物出版社，1997，第 314 页。

④ 陈鸿寿绘：《清陈曼生花卉册》，载马荣华主编《中国历代名家册页精品》，上海书画出版社，2000。

此为题画常见之作，未知是否曼生首创。《陈鸿寿的书法》第112页《壶菊图》亦有此诗。

2. 第4页题画兰七绝一首：

滴露和烟染碧丛，超然臭味与谁同。定知空谷幽人意，只在春风澹荡中。丁丑夏六月，曼生。（待3）

丁丑为嘉庆二十二年（1817）。

（三）《曼生遗韵——陈鸿寿的砂壶、书画、篆刻艺术》所见①

1. 第62页书法作品为四言一首：

攫拿长松，便娟修竹。道心与俱，其人如玉。蕉屏大兄属，弟陈鸿寿。（待4）

蕉屏为梁学昌。仅凭此二十来字，难以判断为蕉屏所撰，还是曼生之作。

2. 第67页之画似为红花石蒜，又称彼岸花、曼珠沙华，有五言一首：

疏丛簇荒畦，十日红不改。晚凉篱落间，笑看儿童采。曼公。（待5）

3. 第71页题《荷花图》四言一首：

清漪者泉，静妙者莲。为君子寿，日利大年。曼生。（待6）

4. 第74页题《石榴图》七绝一首：

越桃香里若榴红，乍试生衣款午风。转瞬年华成一笑，艳新节物又天中。鸿寿。（待7）

（四）《陈鸿寿的书法》所见

1. 第99页行书七绝一首：

几株老屋绿藏树，数叠远山青到门。世上热官谁梦见，江南六月水云村。陈鸿寿。（待8）

2. 第105页行书七绝一首：

扬子江头趁暮潮，瓜洲驿火照停桡。舟中仰面看北斗，枕上卧吹碧玉箫。陈鸿寿。（待9）

3. 第158页题《芭蕉图》七绝二首：

茶熟香温鸟自呼，湘帘漾水一尘无。谁当唤起冬心老，重写蕉阴午梦图。（待10）

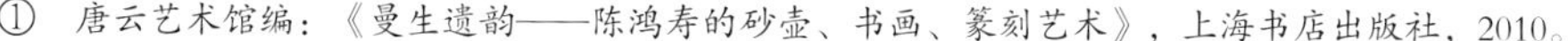

① 唐云艺术馆编：《曼生遗韵——陈鸿寿的砂壶、书画、篆刻艺术》，上海书店出版社，2010。

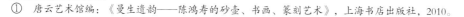

年来情味最无聊，小筑山中隐未招。也拟萧疏梧竹外，听秋添种水芭蕉。（待11）

嘉庆丁丑十月望日，画于袁江春水舍中。用沱江本参以百二砚田富翁大意。曼生陈鸿寿并记。

（五）《艺苑清赏——晏方品珍》所见

汪鸿所作山水卷，前有曼生书“日落余霞尚满天”引首七字。“计有郭麐、江步青、屠湘、蒋因培、程得龄、朱春生、陈鸿寿、张镠、张迎煦共九人题跋”，曼生题七绝五首：

酴醾酒泛金巨罗，幽花细落哀弦和。一声裂帛堕飞鸟，烛光兀兀摇帘波。（新35）

琅琊老凤负殊致，百罚杯深不辞醉。习池鼓吹久曾经，能说当年无限事。（新36）

玉茗院本推擅场，浩歌胡蝶凌苍茫。此时曹偶尽低首，赤城霞影同回翔。（新37）

流莺莫惜春光老，采云争比余霞好。白发婆娑对晚曛，遥天犹羡惊鸿矫。（新38）

秦淮二月花冥冥，红牙按拍来重听。尊前顾曲嗟余懒，江上春还且放舲。（新39）

观复斋寓次为王叟霞满题，曼生陈鸿寿草稿。

书、诗俱精，诚如童衍方先生云：“曼生之题清劲古雅，洒脱超脱，‘白发婆娑对晚曛，遥天犹羡惊鸿矫’句，有感慨而无失意之态也。”①

（六）拍场所见

对于拍品，则更宜谨慎，兹举较为可靠者三例。

1. 前文表中第二首，陈鸿寿亦有同作。嘉德2016年秋拍有“洮湖望月图跋”手卷，首为陈鸿寿题诗七绝一首：

诗瓢茗碗尽缠绵，长荡湖中好放船。不似芜城杨柳岸，二分明月已年年。戏题为理堂五表弟博笑，陈鸿寿。②（新40）

其后依次有朱为霖、王应绶、郭麐、张镠、孙若霖五人题跋，此排次虽未必与实际题跋先后相同，但相隔似不会太久。王诗款署“癸酉夏六月十有九日”，

① 童衍方编：《艺苑清赏——晏方品珍》，上海书店出版社，2006，第108-110页。

② 中国嘉德国际拍卖有限公司2016年秋季拍卖会，中国古代书画专场，1367号拍品，洮湖望月图跋，手卷，水墨洒金笺。起句第五字原释“语”，恐非。疑为“侭”字，通用规范作“尽”。

郭麐则云“癸酉夏中”，诗见《灵芬馆诗四集》卷六。[①] 曼生此诗或亦作于嘉庆十八年（1813）此际前后。至于图名，因朱为霖题诗中亦云《洮湖看月图》，诗题则可拟作《戏题理堂为燮五表弟〈洮湖看月图〉》。

2. 嘉德 2019 年春拍“为觉梅先生题诗画册”中，有曼生七绝两首：

倏然独鹤啄苍落，爱向西溪卜筑来。明月似花花似我，人间桃李尽舆台。（新 41）

忆昨冲寒庾岭游，迷离浅梦接罗浮。香痕雪色分明在，赢得天涯汗漫愁。（新 42）

觉梅二兄正题。曼生弟陈鸿寿草稿。[②]

册中有吴锡麒、陆继辂、郭麐、倪稻孙、屠倬等三十余人题跋。

相较曼生自己的书画作品而言，于他人作品上所题诗作，似更可信，如前文之《题〈疏枿竹石图〉》便是。虽如此，曼生自作书画亦有可信者，如下例。

3. 西泠印社 2022 年春拍“陈鸿寿桂岭觐亲图”，系曼生绘图并题长诗一首：

去岁走东粤，乃在忧患余。强忍风木恨，勉效磨盾书。从军古所叹，思亲泪已枯。一万五千里，魂梦随崎岖。揭来古淮阴，稍稍心目舒。翘材辟高馆，名士如鲫鱼。座中东阳沈，槐市曾联裾。翦烛话游历，感喟同欷歔。苍岭烟霭积，黄河泥沙淤。沧桑几更变，人事多纷挐。惟有至性在，千载不可诬。男儿志四方，漂泊忘故吾。坐使亲罹忧，耕养惭农夫。陟岵苦瞻望，不如命舟车。觐亲承亲欢，亲言儿勤劬。南山有桥梓，哑哑乌哺雏。此乐无终极，此境愁模糊。作图矢永慕，我愧东阳无。霍山仁弟既属绘《桂岭觐亲图》，复索题句。强人所难，恶嬲不休，可恨也。曼生陈鸿寿并记。[③]（新 43）

“去岁走东粤”，即前文所提之粤游；“强忍风木恨”，指曼生继母周氏卒于该年之春。曼生作图与诗，则是嘉庆十一年（1806）在“古淮阴”，即铁保序中所云“淮安工次”。

除去十一首待考之作，如果计入末后这八首七绝与一首五古，笔者新辑曼生集外诗所得有四十三首。

① 郭麐：《灵芬馆诗四集》，载《清代诗文集汇编》编纂委员会编：《清代诗文集汇编》第 485 册，上海古籍出版社，2010，第 248 页。

② 中国嘉德国际拍卖有限公司 2019 春季拍卖会，中国古代书画专场，1327 号拍品，为觉梅先生题诗画册，册页（十六开），水墨纸本。

③ 西泠印社拍卖有限公司 2022 年春季拍卖会，中国书画古代作品暨明清信札手迹专场，1456 号拍品，陈鸿寿桂岭觐亲图，立轴。

读《容庚北平日记》札记

叶公平①

在布衣书局的一个微信群里得知《容庚北平日记》出版后，几乎是在第一时间买了一本。到手之后，感到略有些失望，因为绝大多数条目记载过于简略，颇似鲁迅日记，直接提供的信息就比较少。而胡适日记很多条目记载就较为详细，提供的直接信息就比较多。

最近一段时间，又看了几遍，感觉虽然过于简略，但是还是提供了不少信息，有助于我们进一步了解作为学者、鉴藏家和艺术家的容庚其人。当然也能够加深我们对 20 世纪上半叶中国学术和文化史的认知。

一、容庚是一位开放的、具有世界眼光的学人

据说杨联陞（升）1977 年回国日记中曾说当时由于交流渠道闭塞的缘故，西北大学学者不知平冈武夫之长安研究，北师大白寿彝不懂欧美之中国研究，说明闭关锁国很久的中国学界已经不能与海外有关中国学界对话了。杨联陞 20 世纪 70 年代在哈佛的博士弟子 Charles W. Hayford 先生喜欢在维基百科英文版撰写一些近代人物的条目，他在维基百科英文版的杨联陞条目中也提到杨联陞 1977 年回国得到的印象是当时中国文史学界孤立于世界学术之外。

通过阅读《容庚北平日记》，我们可以看到容庚在北平期间对外国学人的研究成果很关注也比较重视。他年轻时还一度努力学习日文和英文，还曾自己动手翻译日文文献。他与明义士（James Mellon Menzies，1885—1957）、叶慈（Walter Perceval Yetts，1878—1957）、梅原末治（Umehara Sueji，1893—1983）、福开森（John Calvin Ferguson，1866—1945）、刘兆慧（刘兆蕙，George Robert Loehr Jr.，1892—1974）、杜博思（杜让，Jean-Pierre Dubosc，1903—1988）、艾克（Gustav Ecke，1896—1972)、罗樾（罗越，Max Loehr，1903—1988）等外籍学人有较多交往。也很关注高本汉的青铜器研究，还找人帮忙把高本汉的论文翻译成中文拿来阅读。他甚至也注意到了于德文的关于中国古代青铜器的著作。如他在 1930 年 10 月 2 日致英国著名青铜器研究者叶慈的信中请叶慈帮忙代购德国收藏家 Ernst Arthur Voretzsch（1868—1965）于 1924 年出版的《古代中国青铜器》一书（附 169 张插图和一张地图）。收到书

① 叶公平，就职于常州工学院。

后他在 1931 年 1 月 19 日的日记中说：“叶慈寄服尔德古铜器书来，意欲改编《殷周礼乐器考略》，采用大图，增加材料，将成佳著。若然，则谓受服氏书之启发亦无不可。”我把 Voretzsch 的中国古铜器著作翻了一下，图版确实比容庚 1927 年发表在《燕京学报》第 1 期的《殷周礼乐器考略》好多了。容庚于 1954 年 11 月在《中国青铜器概论序》中说：“我不识外国文，对于外国学者研究青铜器的论文，很少引用，这也是《彝器通考》缺点之一。张维持同志通英文、日文，与我合编《中国青铜器概论》，多采用外国学者之说。正可补我的不足。”罗泰（Lothar von Falkenhausen，1959— ）指出实际上容庚的《商周彝器通考》并不局限在传统金石学的框架内，而是很有学术前瞻眼光（That Rong Geng was not isolated from international scholarship is also evident from his approach in *Shang Zhou yiqi tongkao*, which is remarkably forward-looking for the time and is by no means mired in obsolete antiquarian scholarly habits.）。容庚说他不识外国文当然是自谦的话，不过他的外文水准应该很有限。他在燕京大学任教期间曾经试图重新学习英语，但是学习了两个月即决定不再继续，后来还找人帮他翻译英国学者叶慈的来信。容庚曾经一度自己动手翻译日文文献，似乎日文水平要比英文高很多。其实未必，根据《容庚北平日记》记载，他专门抽出时间来学日文不超过半年。之所以曾经自己动手翻译日文资料，原因是日文资料中汉字很多，在 20 世纪早期尤其如此，即使没有学过日文有时也能看懂大意。但是《中国青铜器概论序》中的这段话也说明即使到 20 世纪 50 年代容庚还是很重视外国同行的研究成果的。实际上 20 世纪上半叶，大部分学人都是持海纳百川的开放心态，罗振玉、王国维、陈垣等与外国学人都有不少交流互动。甚至连如今大家一般都认为较为保守的钱穆也曾在其至交汤用彤的建议下一度努力学习英文，阅读英文书籍。在这种大背景下，长期生活在北京这一文化中心并且长期任教于教会大学的容庚成为一位开放的、具备世界眼光的学人丝毫也不让人觉得奇怪。

二、作为艺术家、鉴藏家和艺术史家的容庚

容庚以青铜器研究和古文字研究而闻名于世，其在青铜器研究和古文字研究方面的盛名掩盖了其在书画篆刻、鉴藏和艺术史研究方面的成就。甚至连韦陀（Roderick Whitfield，1937— ）先生也只把容庚与古铜器联系起来。但是《容庚北平日记》提供了不少关于艺术家、鉴藏家和艺术史家容庚的第一手资料。

日记中不时会有给别人写字、刻章或者作画的记载。如 1925 年 10 月 6 日和 7 日日记记载给陈恭甫祖母罗太夫人写寿屏。1925 年 10 月 22 日日记记载写“籀仁室”匾额。1926 年 5 月 25 日日记记载为台静农书联一、横批一，为施少川书屏条四。第 44、45、224、305、338、368、388、408–409、590–591、594–598、609、645 及 647 页都有关于书画家容庚的记载。

第 365、371 页有容庚为人刻印的记载。1934 年 4 月 1 日早为杨金甫刻“滴石之居”印，及沈从文印。1934 年 5 月 14 日刻“徽音”二字印，因石劣不佳。

《容庚北平日记》绝大多数条目都极其简略，不过对于购买书画却不仅记载了书画作者和名称，往往也记下了价格。如 1935 年 10 月 19 日条记载与徐中舒看鲁省水灾筹赈游艺会，购董其昌、陈继儒字卷三，价 43 元。除了有购买明清书画家作品的记录之外，还曾以 30 元的价格买下林琴南山水屏（第 405 页），以 6 元买梅兰芳画“一枝梅影正当窗”横幅镜屏（第 171 页），以 12 元购买了姚华画佛像 12 页（第 429 页）。

日记中也不乏容庚本人对于拓本及书画作品的鉴赏意见。如 1925 年 4 月 12 日日记谈到对于拓本的鉴赏意见：“以余臧本较之，点画不差，而予本多碑侧题名。以余观之，乃清拓耳，谬题宋拓，何书贾欺人乃尔。又余见罗叔言臧明拓本，字反模糊，意此碑经清人剔清，故较明本清晰也。”1925 年 10 月 3 日日记指出文华殿所展出的清代作品多精品，宋画多伪作。1925 年 11 月 14 日日记记载应马衡邀请审定明器，认为凡真者硬度低，指甲可刮入。

1931 年 5 月 25 日至 28 日日记记载他为叶恭绰作《毛公鼎考释》。1926 年 3 月 17 日日记记载研究所购买山西某寺庙佛像壁画。

这些记录对于研究 20 世纪早期北京鉴藏史者而言是很有价值的资料。日记还记载了容庚与书画家、书画鉴藏家和书画研究者如黄宾虹、周怀民、启功、张效彬、徐宗浩、杜博思、艾克等人的交往。如果容庚把他与众多艺术家、鉴藏家和学者的交谈内容详细记载下来了，日记史料价值就会大大增加。

第 429–435 页有多处容庚作《武梁祠画像考》的记载。

日记中也有不少关于王世襄的记载。其实容庚是王世襄的研究生导师。王世襄可谓容庚学生中最著名的艺术史家。容庚的另外两位著名门生陈梦家和郑德坤在艺术史领域也有贡献。

三、《容庚北平日记》整理本疏漏之处

整理者和编校者投入了大量的劳动才得以使我们可以阅读利用《容庚北平日记》。对日记手稿字迹进行释读有时候要耗费大量的心血和时间。该书涉及的人物极多。很多人名我以前闻所未闻，整理者和编校者对绝大部分人名都加了脚注，为读者充分理解日记内容提供了很大的便利。可以说整理者和编校者做了一件嘉惠学林的大好事。而且该书价格也很低廉，近九百页，定价不到百元，是近年来少有的物美价廉图书。我们读者都应该对他们心存感激。

像几乎所有的出版物一样，由于种种原因，此书也偶有疏漏。再版前如能修订这些疏漏之处，会使得下一个版本更利于读者阅读。

本书另外一大优点是附有人名索引，方便读者不少。西文图书多有索引，而中文图书有索引者极少。没有索引，给读者利用带来了很多不便，所以我买到中文书，常常自己动手做索引，以方便自己查找资料。

本书体例对于有多个名称的同一个人，在索引中只有一个条目，对于该人其他的名称则在主要名称后面的括号中注明。本书索引中将杜让与杜博思列为两个条目，显然误将杜让和杜博思当作两个人。而且对于杜让和杜博思都没有提供注释。王静如在《二十世纪之法国汉学及其对于中国学术之影响》（载《国立华北编译馆馆刊》第 2 卷第 8 期（1943 年 8 月）中说："惟今日吾人又见中法汉学研究所得以建立，且主其事者为沙畹教授之旧友与常为葛兰言教授计划改正其著述之良友铎尔孟先生及葛教授最得意而成绩斐然之门生杜让（伯秋）先生（J.P.Dubosc）。"查黄光域编《近代中国专名翻译词典》（四川人民出版社，2001）第 477 页：Dubosc，Jean-Pierre 杜柏秋、杜博斯、杜博思，法国外交官，1929 年来华。

Jean-Pierre Dubosc（1903—1988），汉名杜让、杜博思、杜伯秋、杜柏秋、杜博斯，法国外交官和收藏家，西方较早注重收藏中国明清绘画的人之一，早在 1937 年 10 月就在法国巴黎举办过中国明清绘画展，与中国鉴藏家多有交往，张珩日记与吴湖帆日记均有关于他的记载。

日记中多次提及刘兆蕙，容庚《颂斋自订年谱》中也两度提及刘兆蕙。容庚的燕京大学同事顾颉刚的日记中也多次提及刘兆蕙。刘兆蕙又作刘兆慧，是 George Robert Loehr Jr.（1892—1974）的汉文名，他曾在燕京大学英文系教了 20 年英语，燕京大学学生刊物《燕京新闻》中文版和英文版都有关于刘兆慧的报道。他也曾一度在普林斯顿大学教授德语和法语，是一位曾经对郎世宁研究乃至中西文化交流研究做出过卓越贡献的学者，可惜声名不彰。最近德国的西方汉学史专家魏汉茂（Hartmut Walravens，1944—　）编辑出版了一部关于刘兆慧的论文集 *George Robert Loehr Jr. (1892—1974) und die Forschung über die Pekinger Jesuitenkünstler*（《刘兆慧（1892—1974）与北京的耶稣会艺术家研究》）。2009 年韩书瑞（Susan Naquin）在汉学期刊《通报》上发表的一篇题为《郎世宁：书评》（Giuseppe Castiglione/Lang Shining 郎世宁：A Review Essay）的书评中附有刘兆慧的小传。在美国波士顿大学历史系任教的意大利学者 Eugenio Menegon 近年也在研究刘兆慧，并且找到了刘兆慧在美国的家人，他整理了刘兆慧读大学时写的自传资料，并且在魏汉茂主编的《刘兆慧（1892—1974）与北京的耶稣会艺术家研究》一书中发表。

《容庚北平日记》第 642 页脚注称罗樾"任教于中德学院"，误，罗樾不曾任教于什么中德学院，而是曾经任职于北平中德学会，并担任中德学会会长。

日记中提到福克司有三次之多，最好也对福克司稍作注释。

福克司（Walter Fuchs，1902—1979），德国汉学家，第二次世界大战后改用汉名福华德。

日记中的有些记载要跟其他材料如容庚书信对照阅读，意思才较为显豁。

如 1931 年 1 月 19 日日记说：

叶慈寄服尔德古铜器书来，意欲改编《殷周礼乐器考略》，采用大图，增加材料，将成佳著。若然，则谓受服氏书之启发亦无不可。

如果我们把这段跟容庚 1930 年 10 月 2 日致叶慈信中的一段话联系起来就比较容易明白一些。

容庚 1930 年 10 月 2 日致叶慈信（载曾宪通编《容庚杂著集》第 421 页）：

Dr. E. A. Voretzsch 五年前所发表之奉天铜器三九六件，不知此书先生能代购否？价若干？希示。庚希望能为燕京大学图书馆购藏一部。

两者结合就可推断出这本古铜器书是 *Altchinesische Bronzen.* Mit 169 Abbildungen und einer Landkarte（《古代中国青铜器》，附 169 张插图和 1 张地图）。

民国时期一般用"服尔德"指"Voltaire（伏尔泰）"，在这里明显是容庚笔误，误用指代"Voltaire（伏尔泰）"的几个汉字来指 Ernst Arthur Voretzsch。Ernst Arthur Voretzsch（1868—1965）是德国外交官和著名的东亚艺术收藏家，1906 年任德国驻香港领事。1914 至 1917 年期间先后任德国驻汉口和上海领事。1928 至 1933 年任德国驻日本大使。著有 *Altchinesische Bronzen.* Mit 169 Abbildungen und einer Landkarte（《古代中国青铜器》，附 169 张插图和 1 张地图）（1924 年柏林版）。他在其中国古铜器著作中的序言部分向端方和唐绍仪等人表示感谢。书中提供照片和描述的青铜器都是他自己亲眼见过并且认真检查过的。该书讨论了 1914 年时收藏在柏林、科隆、斯德哥尔摩、汉堡、神户、奉天（沈阳）、大阪（住友春翠男爵）等地的以及 Voretzsch 自己收藏的中国古铜器。里面大约有一半古铜器在 1914 年是收藏在奉天（沈阳）旧皇宫里的。作者在前言中提到奉天旧皇宫中的古铜器布满灰尘，因此在他仔细查看前不得不先清理灰尘。书中的中国古铜器质量都是很高的，也展示了大部分的青铜器类型。该书对古铜器进行了详细描述，也阐述了中国青铜器的历史和类型，对于当时而言，该书是青铜器研究领域的杰作。民国时期中国出版的一些英文报纸，如上海的英文报纸《字林西报》等对 Ernst Arthur Voretzsch 也曾有过一些报道。

第 56 页，1925 年 12 月 24 日日记中说"早往研究所摄景唐写本《说文》木部，即莫友芝所藏者，今归白坚武，闻以五千金售与日人，携来摄影。"此处明显是把吴佩孚的幕僚白坚武与文物贩子和鉴藏家白坚（又名白坚甫）混淆。曾一度拥有唐写本《说文》木部的是文物贩子白坚，不是吴佩孚的幕僚白坚武。钱婉约和高田时雄都有专文谈白坚。傅增湘著作和郑孝胥日记中有多次提到白坚，《容庚北平日记》及日记中所附的通信录中也多次提及白坚。

第 319 页，1933 年 6 月 29 日日记记载说："艾立雪夫与博晨光来观余所藏铜器。"此处的艾立雪夫即 Serge Elisseeff，常用的汉名为叶理绥。

四、日记可以用来核校容庚著述中的不太准确之处

日记因为一般都是当天所记，距离事情发生的实际时间很近，一般比后来根据回忆所写的东西更加可靠。因此我们可以用容庚日记来核校其著作中记载不太准确之处。容庚著作卷帙浩繁，但是有本《容庚杂著集》是由其门人曾宪通选编的容庚的一些篇幅较短的文章。

容庚 1935 年 4 月在《海外吉金图录》序中说：

域外以收藏吾国古器著称者，莫若日本之住友氏，英国之猷氏。猷氏之《集古录》，每册定价十余英镑。住友氏之《泉屋清赏》，乃非卖品。昔年滨田耕作博士来朝我国，燕谈之倾，吾谓住友所藏，多瑰异之品。其采印之美，他国莫及。馈赠非所敢希，愿以购求为请，滨田博士虽允代谋而终未能得也。

……

一九三五年四月

但是容庚 1934 年 11 月 29 日的日记记载：

写住友男谢赠《订正泉屋清赏》信。

容庚 1935 年 2 月 14 日日记记载：

住友寄《泉屋清赏》九册来。

日记中的“住友”和“住友男”即日本大阪大名鼎鼎的中国古铜器收藏家住友吉左卫门（号春翠）男爵。根据日记，容庚实际上是曾经收到过住友男爵所赠的青铜器图录的。

容庚在 1933 年 5 月所写的《颂斋吉金图录序》中说：

（民国）十七年四月，美人某将返国，属余伴游古玩肆，得《西清古鉴》著录之易兒鼎，是为收藏之始。

查容庚民国十七年（1928 年）4 月日记，4 月 28 日有如下记载：

余向不入古玩铺之门，以囊中羞涩，爱而不能得，徒系人思也。今辰会计主任范天祥约往古玩铺买古钱，先到琉璃厂访古斋，为购二汉镜及古刀布十数枚，价二十元，因事他去，余与明义士到尊古斋，购得一易兒鼎，价五十元。又一三羊镜、一得志小玺，价八元。又一宗妇簋，腹已穿，乃吴大澂旧藏，减至二百八十元，欲购之，后其徒云有误，彼购进之价为三百数十元，余遂不强买。易兒鼎，《西清古鉴》著录，余第一次购古器，乃廉价得此，殊自幸也。鼎盖后配，尚合式，《古鉴》无之。三羊镜铭：三羊作竟，大毋伤兮。文字、花纹、色泽均佳。

由日记可知，《颂斋吉金图录序》所说的美人某实际上是加拿大收藏家和学者明义士。

容庚致刘体智书札中曾说：

王文敏公宝鸡所得剑，号称天下第一，今归陶北溟。剑端折失，庚曾摩挲，一面为我“王戊”二字，一面为“自作用剑”四字。前年庚得一剑，两面皆为“王戊”，估人云尚有一剑，售之上海藏家，颇疑为张脩甫君所得。当时寄呈庚藏剑拓本，属为踪迹，去年至沪，乃知张氏所藏并非此剑。回平后，一德国人以一剑照片求作释文。与王氏剑文字正同，以为上海一剑已归德国。今阅大著《古兵录》下“自作用剑”，形制正合，一面亦为“王戊”二字，则王戊剑传世有四，惜庚所藏，于去年除夕售归友人，至今耿耿。

容庚 1933 年 2 月 20 日日记中说：

德人鲍尔铿来，以古剑拓本见示，与王文敏所藏相同。余深悔余所藏之售去也。

两相对照，颇助理解。

美国著名艺术史学者、曾长期执掌美国堪萨斯市纳尔逊·阿特金斯美术馆的 Laurence Sickman 过去常被人译为席克曼，但是与其有私交的王世襄在著述中称其为史克门，《容庚北平日记》亦称其为史克门。此人曾经在北平住过几年，懂汉语，根据《容庚北平日记》和王世襄的回忆，史克门当是其汉名。李济亦称 Laurence Sickman 为史克门。

《容庚北平日记》虽然绝大部分条目的记载过于简略，但是依然是研究 20 世纪早期北京的学术史、鉴藏史和艺术史的重要文献。如果能够与其他文献结合使用，能够加深我们对于 20 世纪早期文化史的认知。

黄宾虹赠吴载和印谱

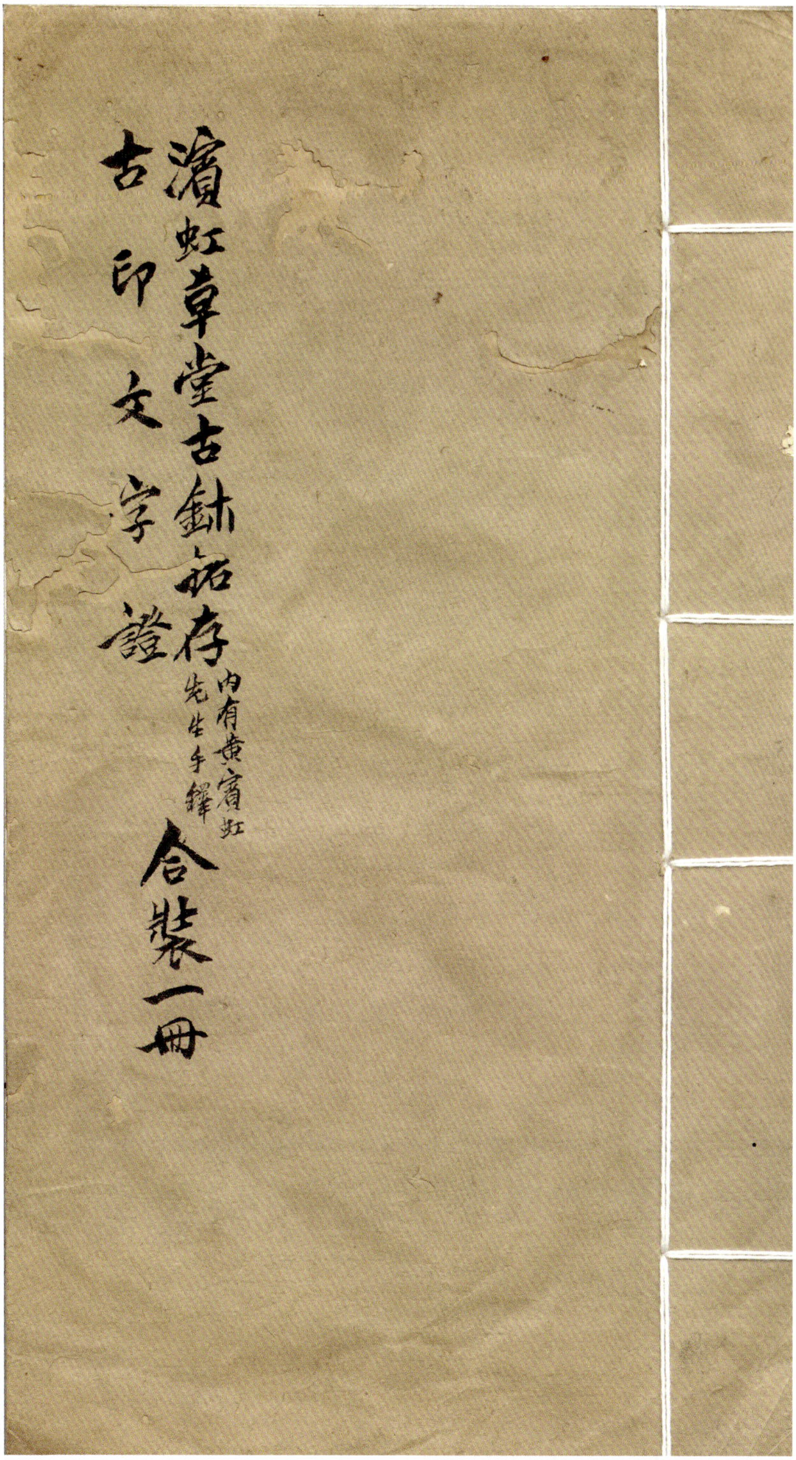

濱虹草堂古鉥拓存 内有黄賓虹先生手釋

古印文字證

合裝一册

濱虹草堂藏古印自敘

東周易轍氏學姿輒文藝沉美昭著古印金石世壽圖書
治隆鑄鼎象物開先禹功江河區域山澤分掌游夏希聖
南北競爽國邑氏族職工人名檢發示信奇字孳生懋遷
有無利通貨賄抑埴傾正匋冶華采大逾寸計小累黍爲
鉨細精粗構物平施六書造作八法遵循剛柔得中離合
有倫著錄朱墨封泥青紫侈誇燹金尊號秦璽卜辭史闕
閒合殷墟經訓師承顯異漢儒前所未言近多出土別附
孜釋志存述古初求識字究極丹青據德依仁永保箴銘

例目

一古肖形印今稱圖騰陳簠齋謂爲非夏即商古文可據
二三代古印匋泥骨角玉石琉璃鉛鐵金銀不得僅言銅器
三周大古印多出綏遠子夏西河設教猶子游之孔道南行也
四白文小印恆多周秦所惜簠齋印舉羅氏文徵均無著錄
五朱文古印吳愙齋云王之非姓因悟長爲長官肖卽鄙字釋張趙誤
六古通用印詞寓懲勸語多吉祥用施銀餅習見陶器
七壇鈕古印白文無闌書體婉美與玉印同當屬秦漢
八方寸官印又有半通瞿木夫吳平齋均有孜釋可補闕漏
九大小私印漢魏六朝文字制作變異繁多俱宜附詳
十唐宋元明雜印溯原周秦王迹久熄學說長存以古視今長可興感

古印千餘但攷釋十餘萬言別附叢於后

濱虹草堂藏古鉨印

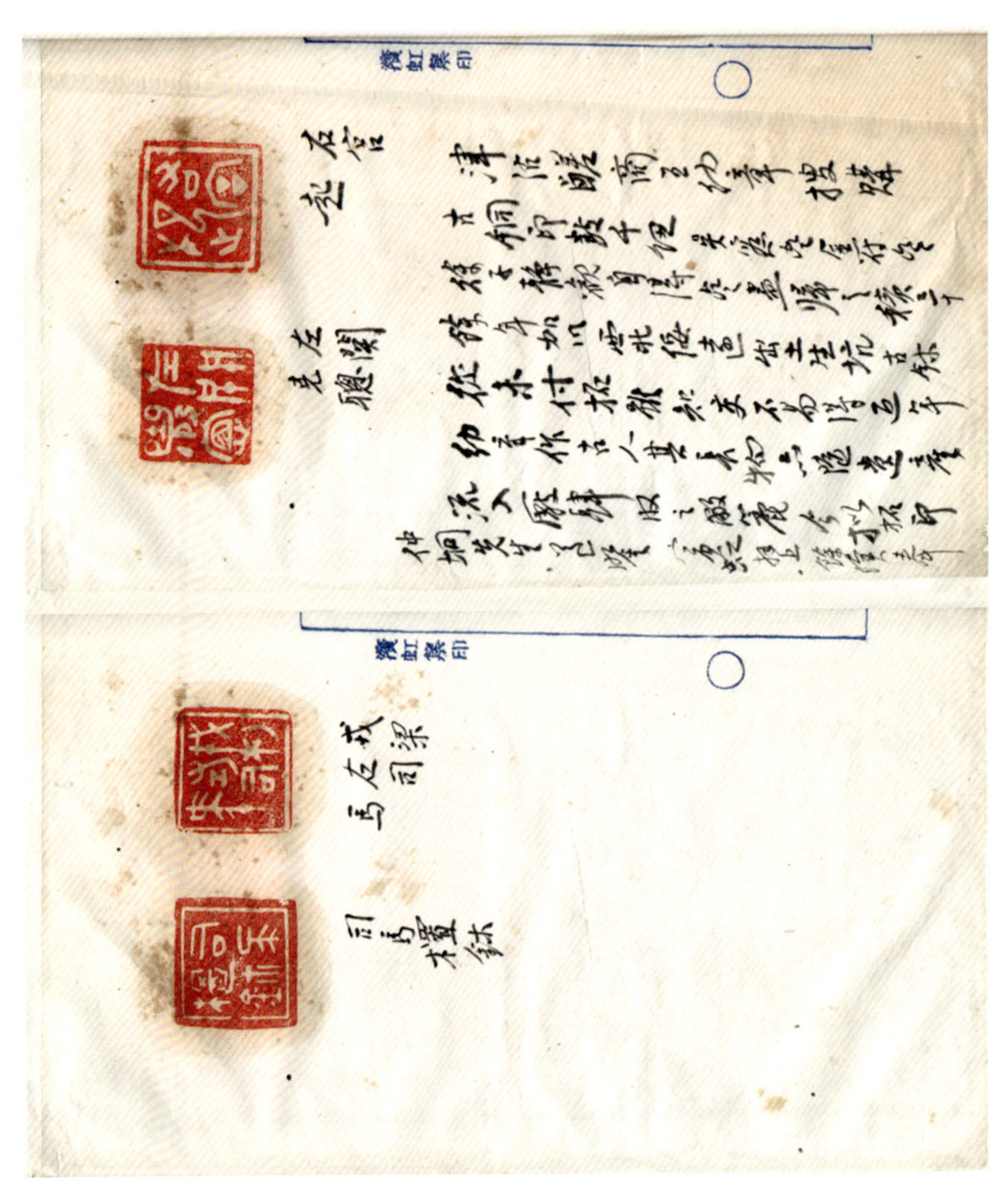

濮虹集印
濮虹集印

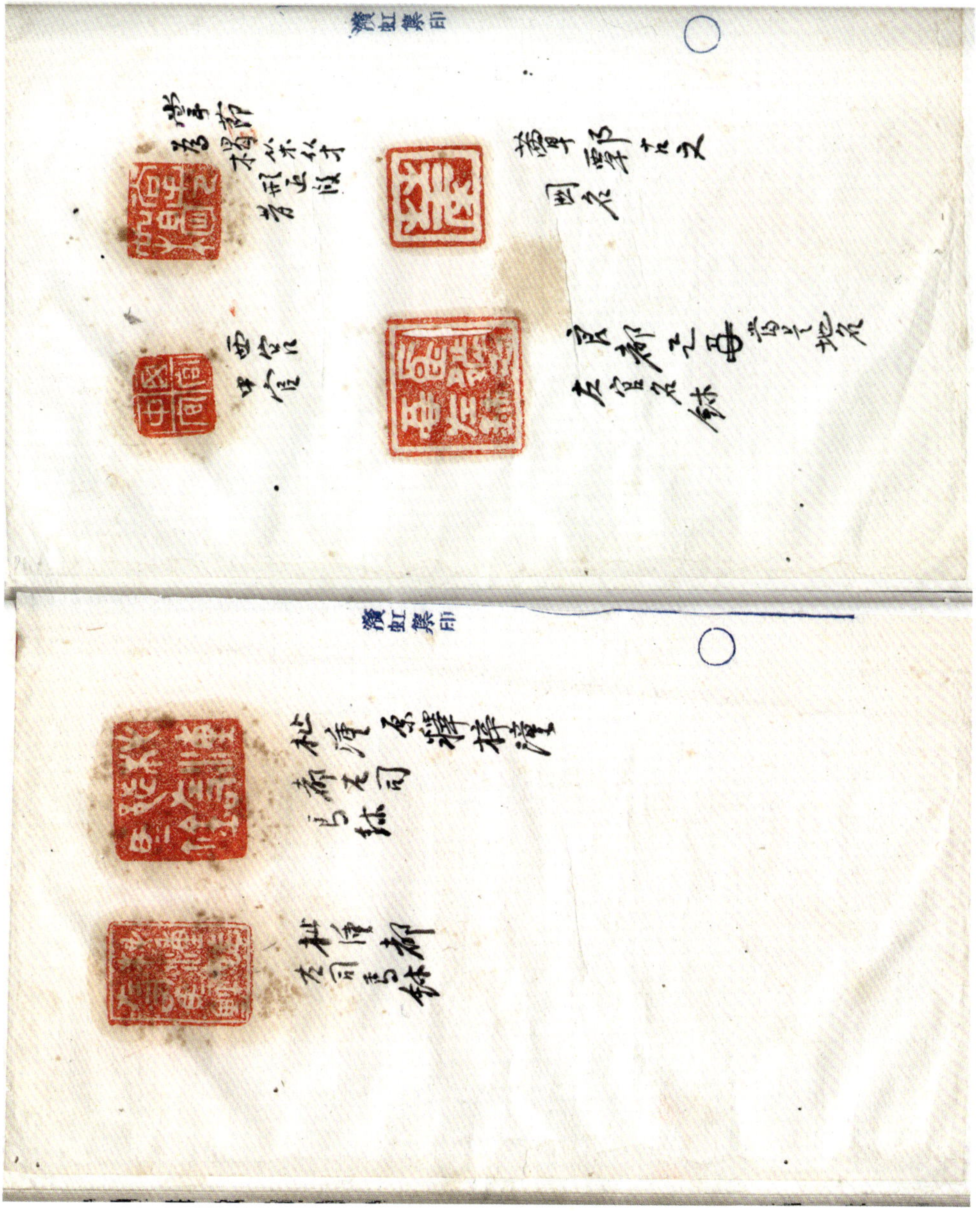

下编

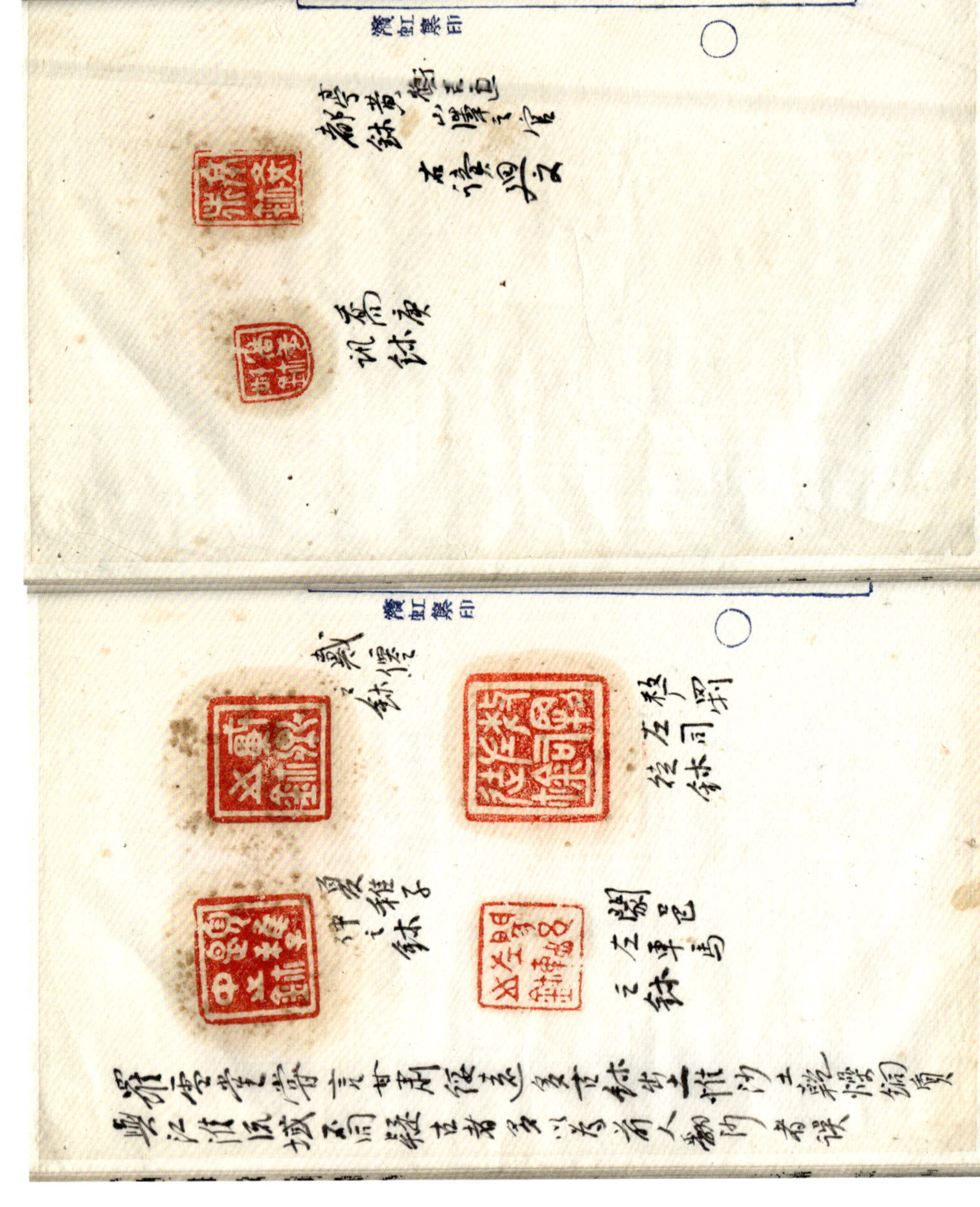

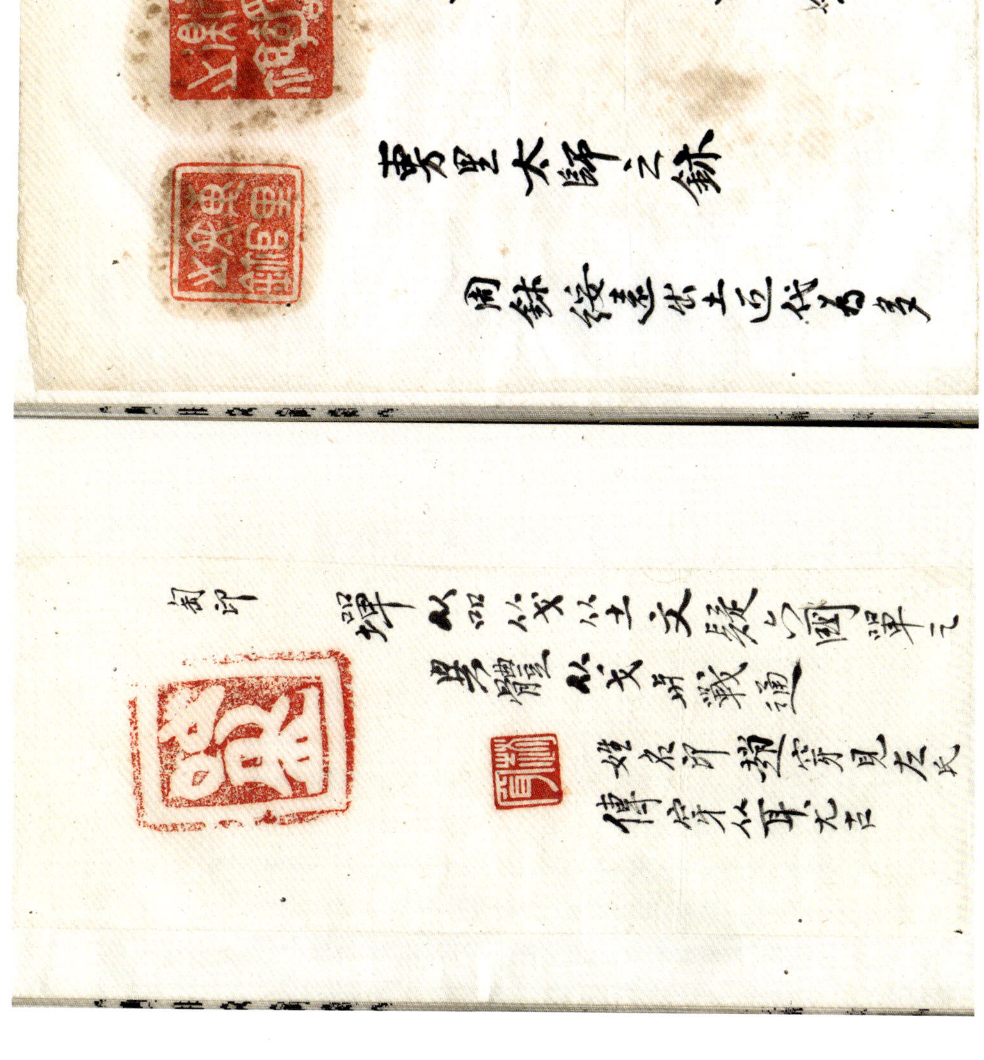

古印文字證

一、周印喬昭里鉢釋文　漢讙成里印附。

古印盛於晚周。文釋喬昭里鉢四字。近年淮河流域出土。前所未見。喬訓高。昭訓大。名其里以高大之義。昔封諸侯附庸之國。賜爵里君。簡稱曰里。或曰君。周千八百諸侯。封國有方十里者。禮王制周官，今俱不詳，觀此知可以補經，漢王莽復用周官古制，因有里印，附讙成里印文，載籍無攷，補之亦可以證史。

（甲）周印喬昭里鉢

（乙）漢印讙成里印

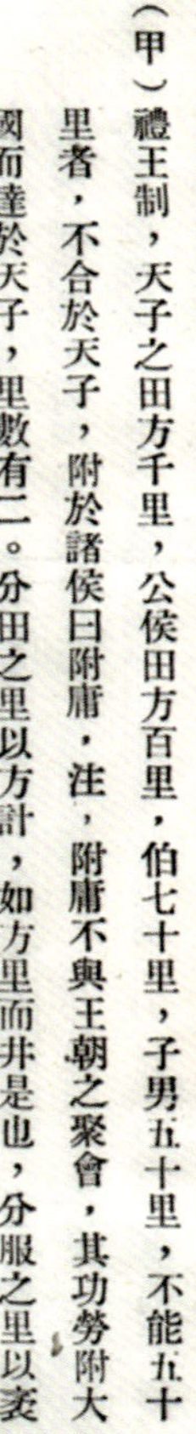

二、里君爲古附庸之證

（甲）禮王制，天子之田方千里，公侯田方百里，伯七十里，子男五十里，不能五十里者，不合於天子，附於諸侯曰附庸，注，附庸不與王朝之聚會，其功勞附大國而達於天子，里數有二。分田之里以方計，如方里而井是也，分服之里以麦計。如二十五家爲里是也，分服計道里之遠近，以爲朝貢之節，分畝則計田畝多寡，以爲賦祿之制。

（乙）金文，史頌敢，友里君百姓。孫仲容謂蔣氏東湖叢記引許光治云，友里君。即書友邦君之例，統天下諸侯曰邦君，指一國之邑里大夫，則曰友里，案許說是也，徐同柏從古堂欵識學，以友里爲地名，以君爲尹竝誤，又周然敢，余既錫大乃里，言天子既命以里錫大，皆是以里爲封爵之證。

（丙）公羊宣十五年傳。什一行而頌聲作矣，注百戶爲里，里一尹，禮雜記下則里尹主之，注引王度記百家爲里。說文，尹治也，君從尹發號，里尹即里君可知。

（丁）讙城里印爲新莽所封附城之爵。讙說文譁也，禮檀弓。書云三年不言言乃讙。陳澔云命令所布，人心喜悅也，讙成殆取此意，前漢王莽傳，有恩澤里附城，莽制，諸公一國土方百里，侯伯一國土方五十里，附城大者，食邑九里，土方三十里，自九以下降殺以兩至於一成，共封附城千五百一十一人，据此則莽之附城，擬周之附庸也，讙成里，若封仇延爲邯淡里附城同，師古曰邯淡豐盛之

古印文字證　一　濱虹艸堂

意，蓋非之附城，取義不取地名，恩澤里非地名可知。

三、喬字爲𩫖從高省之證

喬字作𩫖，古今著錄諸書，並未厚集，古璽印文中有𩫖字，形雖小異而義全同，潍縣陳氏十鐘山房、永明周氏共墨齋及各家藏印譜錄，猶爲習見，不應言古文字者，全無攷釋，蓋代遠迻寫，遞經嬗變，非獲左證，不易瞭然，請舉其字，從𩫖從木，𩫖說文獻也，從高省，曰象孰物形，經典享亨烹爲一字，後人强爲分析。𦎧，說文孰也，從𩫖從羊讀若純，今亦作享，今文孰敦等皆從此，若作享，則從𩫖羊之義隱，因享變二義，說文截然不同，自經典通用，而已不可究詰矣，非獲有金文之左證，又烏知𩫖字原有從山從木者，觀古印文之從山從木，則喬字之古文，不難想像而得之。」

（甲）書禹貢，厥木惟喬傳疏，引詩漢廣傳，南有喬木云，南方之木美喬上竦也。

（乙）詩伐木時邁傳，皆曰喬高也。

（丙）許氏說文喬高而曲也，段懋堂注云，喬不專說木，淺人以說木則作橋，如鄭風山有橋松是也，以說山則作嶠，釋山銳而高是也，皆俗字耳。

古印文字證　二　濱虹草堂

（丁）金文享敦享作𠅘，吳愙齋云享字之最古者，原釋爲象宗廟形，師昊父敦。子子孫孫其萬年永寶用享作𠅘，仲敔父敦作𡅡，皆從二木，從山，則橋嶠字均從𩫖變，當非淺人俗字，特其文異體，時代容有先後耳。

四、喬古文从木之證

橋姚人姓名見史記。橋姓較喬爲尤古，姓[illegible]譜，黃帝葬橋山，子孫守冢，因爲氏其先爲橋，後省作喬，今見古印者，𩫖必系姓，當即橋之古字，上從高省，成爲𩫖字，下又從木未省，𩫖變爲喬古文既廢不用，後人僅知從木之橋，又省而爲從夭之喬，今幸古印出土，有古字嬗變之迹可尋，則喬爲今字，當亦始於秦漢之際，繆篆漢印，喬從又從從廾從十，似從木省，無作從夭者，而橋姓之字。亦如𨚗中敔𨚗字，從十即木省可由桂未谷繆篆諸書徵之矣，漢陳球碑司空喬玄，隸辨云橋借用喬，通志氏族畧，喬氏即橋字，後周文帝作相命橋氏去木，義取高遠橋姓作喬，當不始於後周，然喬字古文從木之證，更可於今𩫖𡅡等字，明其孳乳之緐多矣。

（甲）詩序重喬：與翹通，文選江賦，蛝蠣森衰以重翹，吳𣗥盌言重翹，即詩之重喬喬，傳箋喬矛矜近上及室題，所以懸毛羽，說文翹，尾長毛也，類篇高貌，韓詩鄭箋，讀喬爲鷮，鷮雉名，故有懸毛羽之說，爾雅釋木，曰上句曰喬，句如羽，許說文高而曲，段注言爾雅之上句如羽，木有如是者，他物亦有如是者，此形容其高遠而已。

（乙）禮曲禮，奉席如橋衡，橋俗作轎，史記河渠書山行乘轎，轎作橋。

（丙）說文橋，小梁也，段注，古者挈皋曰井橋，即桔橰上衡，皆以木之橫枝，喻他物之橫者也。

五、喬古文从山之證

嶠古通用喬，或作嶠古印文從山高，似當作嵩，說文嵩中嶽嵩高山也，古文崇，通用崧，堯時崇伯鯀商崇侯虎，皆古之國名，後以爲姓氏，金文彝器崇字未見，前人釋古印文，云即喬字，是從嵩從木之喬，移木於高之上。而未明其爲木高出於亭堂，根在於下。或因從山之嶠，混爲一字，猶之以今文釋古字而未爲塙也，六國印文，嵩別有字。孫愐徐鉉合崧嵩爲一字，戴侗非之。崇嵩二字。繆篆習見。但崧字爲罕，而釋嵩爲喬者，未明印文中嵩亦喬字。析

古印文字證

古印文字證

三 濱虹艸堂

木之形。昭然可見。从山爲嶠，疑木之誤耳。

（甲）金文彝器鄦侯敦，穚祀敦，吳愙齋從古籀補均引有穚字，從喬從示，古今字書不多見，然前人有釋福爲櫄者，其誤至今莫能辨之，古印文中有福壽，福字見曾子簠從酉示字爲最古，或作稟，如喬作象，此爲近似，釋者皆云櫄，積火燎之也，從木從火酉聲，詩曰薪之櫄之周禮以櫄燎祠司中司命，又說祡祭天神，或從示之爲穚爲禱，文不可識，若以從木從示相通例之，若吳愙齋謂穚釋作橋直以爲橋字矣。

（乙）彝器伯喬父敦，陳簠齋釋醽爲喬，吳愙齋改釋就字，劉心源奇觚室吉金文述作伯就父敦，徐同柏從古堂款識學作伯醽敦，其必非喬字可知已。

（丙）古印嵩字習見，不勝枚舉。證之此印，從木尤顯。

六、喬與槀稾古文疑似之證

說文槀稾二字，從木從禾，從高。準以蘇之從木。休之從禾，古多通用，形畧同義亦相近，蒙謂喬木之高者，常多枯槁之枝葉，與槁字同。稾之爲稈相似。而孳乳爲犒勞，且又通行爲

古印文字證 四

濱虹艸堂

草藁，則與喬之義顯殊，是喬之古文，原不同於藁藁也，自漢儒以今字易古字，而古文不可見，後人無釋印文者，俗字日滋，而六國文字。將終歸於湮沒，此讀先秦古書，蓋不可不明也。

（甲）易說卦，離爲火，其于木也爲科上槁，詩蘀兮毛傳，蘀槁也，橋松作槁松，橋箋，松在山上，喻忽無恩澤於大臣，釋文鄭作槁，皆言枯槁也。

（乙）周禮槀人，鄭注箭幹謂之槀，即槀之本字，說文段注，凡潤其枯槁曰槀，如慰其勞苦曰勞，以膏潤物曰膏，又古印文有滈字作滄，正與喬之古文作㐭，爲高從高省同，形義俱顯，其證乃愈碻，漢時盛行犒字，左傳國語均有犒字，皆本作槀，許說文不錄犒字，取正字不取俗書也。

（丙）史記屈原傳，屬草稾未定，草槀之槀，爲矢幹槀字之假借，前漢孔光傳。削草注，言已繕寫輒削壞其槀，與槀爲枯禾之義自有別。

七、喬與藁鎬繁文之證

喬從高省，而喬字古文，其從木者，當爲林省，藁之作藁，原爲藁草，不得謂爲俗字，鎬京之鎬，古文從二艸，殷契從二林，皆爲繁文，即其初字，漢王莽命甄豐改定古文，從茻之字。今已罕見，雖印文㐭字，不知廢於何時。又形與嵩近。嵩即韓之古文，或嫌相混。篆隸變易，賴此僅存，足資參攷，發前人所未發，得有依據，而中流失船。亦一壺千金也。

（甲）金文，北征蒿，吳愙齋釋𣟄爲周禮槀人之槀。從高二艸，靜敦𣟄，舊釋旁非。吳愙齋謂古鎬字必非從金，武王所都在長安西上林苑中，豐多豐草，鎬多林木，故從茻從二林，他邑不得稱京，其爲鎬京無疑。

（乙）殷契𣟄從高從二林，見書契菁華，喬從高字古文作嵩，從山從木，由繁而簡古意尚存，至漢隸作喬。而喬之古文廢而不用，固已久矣。

（丙）屬羌鐘韓作嵩。古印文尤習見。而經典亦亡。

八、結論

喬昭舊里，今無可考，稽古印文，凡稱里者要皆附庸之國，勢位易高，雖在諸侯之次，而分田制祿。實居公卿大夫之間，年代縣邈從無著錄。後之學者，得於古器之中。上窺周秦文字，蝕字書所無。猶有攷證。此[illegible]自喜者耳。

（完）

汪孝文與子迎拜觀於金陵